FREDERICK FORSYTH, geboren 1938 in Ashford/Kent, war mit 19 Jahren jüngster Pilot der Royal Air Force. Danach arbeitete er als Reporter unter anderem für die BBC. Mit »Der Schakal« gelang ihm schließlich der internationale Durchbruch als Autor. Bis heute wurden seine Thriller, allesamt Bestseller, weltweit mehr als siebzig Millionen Mal verkauft. Zuletzt erschien »Der Fuchs«. Forsyth lebt in Buckinghamshire, England.

Außerdem von Frederick Forsyth lieferbar:

Der Fuchs
Der Rächer

Frederick Forsyth

Der Afghane

Thriller

Aus dem Englischen
von Rainer Schmidt

PENGUIN VERLAG

Die amerikanische Originalausgabe erschien 2006 unter dem Titel
»The Afghan« bei Bantam Press.

FSC www.fsc.org MIX Papier aus verantwortungsvollen Quellen FSC® C014496

Klimaneutral* Druckprodukt ClimatePartner.com/14044-1912-1001

Penguin Random House Verlagsgruppe FSC® N001967

1. Auflage 2021

Umschlag: www.buerosued.de
Umschlagmotiv: www.buerosued.de
Satz: Uhl + Massopust, Aalen
Druck und Bindung: GGP Media GmbH, Pößneck
Printed in Germany
ISBN 978-3-328-10726-2
www.penguin-verlag.de

Dieses Buch ist auch als E-Book erhältlich.

Wieder für Sandy

ERSTER TEIL

STINGRAY

EINS

Wenn der junge Talib-Leibwächter gewusst hätte, dass ihm dieser Handyanruf den Tod bringen würde, hätte er es nicht getan. Aber er wusste es nicht, und so tat er es, und es geschah.

Am 7. Juli 2005 ließen vier Selbstmordattentäter in der Londoner Innenstadt ihre Rucksackbomben explodieren. Sie töteten zweiundfünfzig Pendler und verletzten ungefähr siebenhundert Personen, von denen mindestens einhundert ihr Leben lang verkrüppelt sein werden.

Drei der vier stammten aus pakistanischen Einwandererfamilien, aber sie waren in Großbritannien geboren und aufgewachsen. Der vierte war gebürtiger Jamaikaner, naturalisierter Brite und zum Islam übergetreten. Er und ein anderer waren noch Teenager; der dritte war zweiundzwanzig und der Führer der Gruppe dreißig. Alle waren radikalisiert oder durch Gehirnwäsche zu extremen Fanatikern gemacht worden – nicht im Ausland, sondern im Herzen von England, in extremistischen Moscheen, in denen sie Hetzpredigern gelauscht hatten.

Innerhalb von vierundzwanzig Stunden nach der Explosion waren die Täter identifiziert und ihr Wohnsitz ermittelt; sie waren allesamt im Norden Englands ansässig, in Leeds und Umgebung, und tatsächlich hatten alle einen mehr oder weniger stark ausgeprägten Yorkshire-Dialekt gesprochen. Der Anführer war ein Sonderschullehrer namens Mohammed Siddique Khan.

Bei der Durchsuchung ihrer Wohnungen stieß die Polizei auf einen kleinen Schatz, über den sie die Öffentlichkeit nicht informierte. Vier Quittungen belegten, dass einer der beiden Älteren Billig-Handys gekauft hatte, Tri-Band-Geräte, die fast überall auf der Welt benutzt werden können, ausgestattet mit Prepaid-Karten im Wert von zwanzig Pfund. Diese Telefone waren bar bezahlt worden, und sie waren verschwunden. Aber die Polizei konnte ihre Nummern ermitteln und setzte sie auf eine Watchlist für den Fall, dass sie jemals aktiviert werden sollten.

Die Ermittlungen ergaben außerdem, dass Siddique Khan und sein engster Vertrauter in der Gruppe, ein junger Pandschabi namens Shezad Tanweer, im November zuvor drei Monate in Pakistan verbracht hatten. Mit wem sie dort zusammengetroffen waren, ließ sich nicht mehr feststellen, aber einige Wochen nach den Anschlägen strahlte der arabische Fernsehsender al-Dschasira ein kämpferisches Video von Siddique Khan bei der Planung seines Todes aus, und es war klar, dass dieses Video während seines Aufenthalts in Islamabad gedreht worden war.

Erst im September 2006 stellte sich heraus, dass einer der Bombenattentäter eines der »blütenreinen«, unauffindbaren Handys mitgenommen und seinem al-Qaida-Ausbilder/Koordinator geschenkt hatte. (Die britische Polizei hatte bereits nachgewiesen, dass keiner der Attentäter über genügend technische Fähigkeiten verfügte, die Bomben ohne fremde Hilfe und Anleitung selbst zu bauen.)

Wer immer dieser hochrangige al-Qaida-Vertreter war, er gab dieses Geschenk allem Anschein nach als Zeichen des Respekts an ein Mitglied des inneren Führungszirkels um Osama bin Laden weiter, der sich in den kargen Bergen von Süd-Wasiristan an der afghanisch-pakistanischen Grenze westlich von Peschawar versteckt hielt. Sicher war es nur für Notfälle gedacht, denn alle al-Qaida-Kämpfer sind äußerst zurückhaltend im Umgang mit Mobiltelefonen. Aber zu jenem Zeitpunkt konnte der Schenkende nicht wissen, dass der britische Fanatiker so dumm gewesen war, die Quittung auf seinem Schreibtisch in Leeds liegen zu lassen.

Bin Ladens inneres Komitee hat vier Unterabteilungen, die für Einsätze, Finanzierung, Propaganda und Doktrin zuständig sind. Jede Abteilung hat einen eigenen Chef, und nur Bin Laden und seine rechte Hand Aiman al-Sawahiri sind ranghöher als diese vier. Im September 2006 war der Verantwortliche für die Finanzierung der gesamten Terrorgruppe Sawahiris ägyptischer Landsmann Tewfik al-Qur.

Aus Gründen, die später ans Licht kamen, hielt sich dieser am 15. September unter strenger Tarnung in der pakistanischen Stadt Peschawar auf, nach der Rückkehr von einer gefährlichen, ausgedehnten Reise außerhalb der Bergfestung. Er wartete auf die Ankunft des Führers, der ihn wieder in die wasirischen Berge und zum Scheich zurückbringen sollte.

Um ihn bei seinem kurzen Aufenthalt in Peschawar zu schützen, hatte man ihm vier einheimische Zeloten der Taliban-Bewegung zugewiesen. Wie alle, die in den nordwestlichen Bergen beheimatet sind, in der Region der wilden Stammesgebiete, die sich an dieser unregierbaren Grenze entlangzieht, waren diese Männer formell gesehen Pakistani, aber ihrer Stammeszugehörigkeit nach betrachteten sie sich als Wasiri. Sie sprachen Paschto, nicht Urdu, und ihre Loyalität galt den Paschtunen, zu denen die Wasiri als Untergruppe gehören.

Alle waren aus der Gosse in eine *madrasa* geholt und dort erzogen worden, in einer Koranschule extremistischer Ausrichtung, geführt von der islamischen Wahhabi-Sekte, der härtesten und intolerantesten von allen. Sie besaßen weder Kenntnisse noch Fähigkeiten auf irgendeinem anderen Gebiet als dem der Koran-Rezitation und waren somit wie Millionen anderer *madrasa*-gebildeter junger Männer buchstäblich ungeeignet für jede Art von Arbeit. Wenn das Oberhaupt ihres Klans sie jedoch mit einer Aufgabe betraute, würden sie dafür sterben. In jenem September hatten sie den Auftrag, einen Ägypter mittleren Alters zu beschützen, der nilotisches Arabisch sprach, aber auch genügend Paschto, um sich zu verständigen. Einer dieser vier jungen Männer war Abdelahi, und sein Handy war sein Stolz und sein ganzes Glück. Leider war der Akku leer, denn er hatte vergessen, ihn aufzuladen.

Die Mittagsstunde war vorüber. Zum Gebet in die benachbarten Moschee zu gehen war zu gefährlich, und so hatte al-Qur zusammen mit seinen Leibwächtern in der Wohnung im obersten Stock eines Hauses gebetet. Dann hatte er eine karge Mahlzeit eingenommen und sich zu einer kurzen Ruhe zurückgezogen.

Abdelahis Bruder wohnte einige hundert Meilen weiter westlich in der nicht weniger fundamentalistischen Stadt Quetta, und ihre Mutter war krank gewesen. Abdelahi wollte sich nach ihr erkundigen und versuchte, mit dem Handy durchzukommen. Was immer er sagen wollte, würde wenig bemerkenswert sein – nur ein paar der Trillionen Worte »Geplauder«, die täglich durch den Äther der fünf Kontinente gehen. Aber sein Telefon funktionierte nicht. Einer seiner Gefährten wies ihn auf das Fehlen der schwarzen Striche in der Ladestandsanzeige hin und erklärte ihm den Ladevorgang. Dann sah Abdelahi das Handy auf dem Attachékoffer des Ägypters im Wohnzimmer liegen.

Es war vollgeladen. Ohne lange zu überlegen, griff er danach, wählte die Nummer seines Bruders und hörte den rhythmischen Rufton, als im fernen Quetta das Telefon klingelte. Und in dem unterirdischen Kaninchenbau verschachtelter Räume in Islamabad, in dem sich die Lauschabteilung des Counter Terrorist Centre, der pakistanischen Antiterror-Zentrale, befand, begann ein rotes Lämpchen zu blinken.

Viele, die in Hampshire wohnen, betrachten es als das schönste County Englands. An seiner Südküste, am Wasser des Ärmelkanals, liegen Southampton mit seinem großen Überseehafen und Portsmouth mit der Werft der Royal Navy. Verwaltungszentrum ist die historische Stadt Winchester, die von einer fast tausend Jahre alten Kathedrale beherrscht wird.

Im Herzen von Hampshire, abseits der Autobahnen und Hauptstraßen befindet sich das stille Tal des River Meon. An den Ufern dieses sanften Flüsschens liegen Dörfer und Städtchen, deren Ursprünge bis in die Zeit der Angelsachsen zurückreichen.

Eine einzelne Straße der Kategorie A führt von Süden nach Norden durch dieses Flusstal; der Rest ist ein Gewirr gewundener Landstraßen, gesäumt von überhängenden Bäumen, Hecken und Wiesen. Urtümliches Bauernland; wenige Felder sind größer als vier Hektar, und noch weniger Höfe haben mehr als zweihundert Hektar. Die meisten Bauernhäuser sind alte, schindelgedeckte Ziegelfachwerkbauten, zu denen große und schöne Scheunen gehören.

Der Mann, der auf dem First so einer Scheune saß, überblickte das ganze Panorama des Meontals und sah das nächste Dorf, Meonstoke, das eine knappe Meile weit entfernt lag, aus der Vogelperspektive. Zur selben Zeit, als Abdelahi mehrere Zeitzonen weiter östlich den letzten Anruf seines Lebens tätigte, wischte sich der Mann auf dem Dach den Schweiß von der Stirn und nahm seine Arbeit wieder auf: Sorgfältig löste er die Tonziegel, mit denen das Dach vor mehreren hundert Jahren gedeckt worden war.

Eigentlich hätte er eine Kolonne erfahrener Dachdecker beschäftigen sollen, die erst mal die ganze Scheune eingerüstet hätten. Mit ihnen wäre die Arbeit schneller und sicherer vonstattengegangen, aber auch sehr viel teurer geworden. Und das war das Problem. Der Mann mit dem Klauenhammer war ein ehemaliger Soldat, der nach fünfundzwanzig Jahren aus dem Militärdienst ausgeschieden war, und den größten Teil seines Entlassungsgeldes hatte er verbraucht, um sich den Traum seines Lebens zu erfüllen, ein Haus auf dem Land zu kaufen und endlich ein Zuhause zu haben. Daher diese Scheune mit ihren vier Hektar Land und einem Feldweg, der zur nächsten Landstraße und weiter zum Dorf führte.

Aber Soldaten sind meist nicht daran gewöhnt, mit Geld umzugehen, und die Kosten für den Ausbau der mittelalterlichen Scheune zu einem Landhaus und behaglichen Heim waren von Firmen, die auf solche Projekte spezialisiert waren, auf atemberaubende Höhen veranschlagt worden. Deshalb hatte er beschlossen, alles selbst zu machen – ganz gleich, wie lange es dauern mochte.

Das Anwesen war idyllisch genug. Vor seinem geistigen Auge

sah er das Dach in seiner einstigen Pracht wiederhergestellt. Den unbeschädigten Teil der alten Pfannen würde er behalten und die restlichen bei einer Baustoffhandlung kaufen, die gut erhaltenes Material aus Abbruchhäusern auf Lager hatte. Das Gebälk des Stichbalkendachs war noch so stabil wie an dem Tag, als es aus dem Eichenstamm gehauen worden war, aber die Sparren würden entfernt und mit einer guten, modernen Dämmschicht wieder angebracht werden müssen.

Er malte sich das Wohnzimmer aus, die Küche, das Arbeitszimmer und die Diele, die er dort anlegen würde, wo jetzt der Staub auf den letzten alten Heuballen lag. Für die Elektro- und Wasserinstallation würde er Fachleute brauchen, das war ihm klar, aber er hatte sich bereits am Southampton Technical College zu Abendkursen über Maurer-, Tischler- und Glaserarbeiten angemeldet.

Eines Tages würde es hier eine mit Steinplatten ausgelegte Terrasse und einen Küchengarten geben; aus dem Feldweg würde eine kiesbedeckte Zufahrt geworden sein, und im alten Obstgarten würden Schafe grasen. Nachts, wenn er auf der Koppel campierte – die Natur hatte ihm noch einmal eine milde, spätsommerliche Wärmeperiode gegönnt –, ging er die Zahlen durch und rechnete sich aus, dass sein knappes Budget mit Geduld und viel harter Arbeit für all das ausreichen würde.

Er war vierundvierzig und hatte olivbraune Haut, schwarzes Haar und schwarze Augen, und seine schlanke Erscheinung wirkte hart und muskulös. Und er hatte genug. Genug von Wüsten und Dschungeln, genug von Malaria und Blutegeln, genug von eisiger Kälte und durchfrorenen Nächten, genug von verdorbenem Essen und schmerzenden Gliedern. Er würde sich einen Job in der Nähe suchen, einen Labrador oder zwei Jack Russels anschaffen und vielleicht sogar eine Frau finden, die dieses Leben mit ihm teilte.

Der Mann auf dem Dach löste noch einmal zwölf Pfannen ab, behielt die zehn unversehrten und warf die Scherben der zerbrochenen hinunter, und in Islamabad blinkte das rote Lämpchen.

Viele glauben, bei einer Prepaid-Handykarte fallen keine weiteren Rechnungen an. Das stimmt für den Käufer und Nutzer, aber nicht für den Service-Provider. Wenn das Handy auch außerhalb des Sendebereichs, in dem es gekauft wurde, benutzt wird, kommt es zu weiteren Abrechnungen, nämlich zwischen den verschiedenen Mobilfunkbetreibern, und die werden von deren Computern erledigt.

Als Abdelahis Anruf von seinem Bruder in Quetta entgegengenommen wurde, nutzte er Sendezeit von der Funkantenne außerhalb Peschawars. Diese Funkantenne gehört Paktel. Also machte der Computer bei Paktel sich auf die Suche nach dem Verkäufer der SIM-Karte in England, um ihm auf elektronischem Wege mitzuteilen: »Einer deiner Kunden verbraucht meine Zeit und Kapazität, und dafür schuldest du mir etwas.« Aber das pakistanische Counter Terrorist Centre verlangte schon seit Jahren, dass Paktel und sein Konkurrent Mobitel sämtliche in ihren Netzen ein- und ausgehenden Telefonate an ihre Abhörabteilung weiterleiteten. Und von den Briten alarmiert, hatte das CTC Abhörcomputer mit einer britischen Software ausgestattet, die Abfangroutinen für bestimmte Nummern enthielt. Eine davon war plötzlich aktiv geworden.

Der junge, Paschto sprechende pakistanische Army Sergeant, der das Schaltpult überwachte, drückte auf eine Taste, und sein vorgesetzter Offizier meldete sich, hörte ein paar Sekunden lang zu und fragte: »Was sagt er?«

Der Sergeant lauschte kurz. »Etwas über seine Mutter. Anscheinend spricht er mit seinem Bruder.«

»Von wo?«

Ein kurzer Blick auf den Monitor. »Über den Sender Peschawar.«

Weitere Fragen an den Sergeant waren nicht nötig. Das komplette Telefonat wurde automatisch für die spätere Auswertung aufgezeichnet. Die dringlichste Aufgabe war jetzt, den Anrufer zu lokalisieren. Der diensthabende Major bezweifelte, dass dies mit einem einzigen kurzen Telefonat gelingen konnte.

An seinem Schreibtisch hoch über den unterirdischen Räumen des CTC drückte der Major nacheinander drei Kurzwahltasten, und im Büro des Leiters der Außenstelle in Peschawar klingelte das Telefon.

Jahre zuvor, und sicherlich vor dem heute als 9/11 bekannten Ereignis, der Zerstörung des World Trade Center am 11. September 2001, war der militärische Nachrichtendienst Pakistans, das Inter-Services Intelligence Department oder kurz ISI, von fundamentalistischen Muslimen der pakistanischen Armee unterwandert gewesen. Das war sein Problem und der Grund für seine umfassende Unzuverlässigkeit im Kampf gegen die Taliban und ihre Gäste von al-Qaida.

Doch dem pakistanischen Präsidenten General Musharraf war wenig anderes übrig geblieben, als den nachdrücklich formulierten »Rat« der USA zu befolgen und sein Haus zu säubern. Ein Teil dieses Programms bestand in der kontinuierlichen Rückversetzung extremistischer ISI-Offiziere in den normalen Militärdienst; ein anderer Teil war die Einrichtung der Eliteabteilung CTC innerhalb des ISI, besetzt mit einer neuen Generation junger Offiziere, die für islamistischen Terror nichts übrighatten, so fromm sie auch sein mochten. Einer von ihnen war der ehemalige Panzerkommandeur Colonel Abdul Razak. Er leitete das CTC in Peschawar, und er nahm den Anruf um vierzehn Uhr dreißig entgegen.

Er hörte seinem Kollegen aus der Hauptstadt aufmerksam zu und fragte dann: »Wie lange?«

»Bisher ungefähr drei Minuten.«

Colonel Razaks Büro lag zum Glück nur achthundert Meter weit vom Paktel-Sendemast entfernt, innerhalb des Radius von maximal tausend Metern, in dem sein Ortungsgerät zuverlässig funktionierte. Mit zwei Technikern stürmte er auf das Flachdach des Bürogebäudes, und das Peilgerät suchte die Stadt ab und grenzte die Herkunft des Signals immer weiter ein.

In Islamabad meldete der Sergeant im Abhörraum seinem Vorgesetzten: »Das Gespräch ist beendet.«

»Verdammt«, knurrte der Major. »Drei Minuten und vierundvierzig Sekunden. Na ja, mehr konnte man kaum erwarten.«

»Aber anscheinend hat er das Handy nicht abgeschaltet«, sagte der Sergeant.

In der Wohnung im obersten Stock eines Hauses in der Altstadt von Peschawar hatte Abdelahi seinen zweiten Fehler begangen. Als er hörte, wie der Ägypter aus seinem Zimmer kam, beendete er hastig das Gespräch mit seinem Bruder und schob das Handy unter ein Kissen. Aber er vergaß, es abzuschalten. Colonel Razaks nur eine halbe Meile entfernter Peilstrahl kam immer näher.

Sowohl der britische Geheimdienst, der Secret Intelligence Service SIS, und die amerikanische Central Intelligence Agency CIA betreiben umfangreiche Niederlassungen in Pakistan – aus naheliegenden Gründen. Pakistan ist eine der Hauptkriegszonen im derzeitigen Kampf gegen den Terrorismus. Die Stärke der westlichen Allianz beruht – schon seit 1945 – nicht zuletzt auf der guten Zusammenarbeit der beiden Dienste.

Es hat Streitigkeiten gegeben, besonders anlässlich der Welle britischer Verräter, angefangen mit Philby, Burgess und McLean im Jahr 1951. Dann mussten die Amerikaner erkennen, dass auch sie auf eine ganze Schurkengalerie von Verrätern hereingefallen waren, die für Moskau arbeiteten, und damit hörte der Hickhack zwischen den beiden Geheimdiensten auf. Das Ende des Kalten Krieges 1991 verleitete Politiker auf beiden Seiten des Atlantiks zu der törichten Annahme, dass jetzt endlich dauerhafter Frieden eingekehrt sei. Doch genau in diesem Augenblick wurde lautlos und verborgen in den Tiefen des Islam ein neuer Kalter Krieg geboren.

Nach dem 11. September gab es keine Rivalitäten mehr, und selbst die traditionellen Kuhhändel hörten auf. Die neue Regel hieß: Wenn wir was haben, bekommt ihr etwas davon ab. Und umgekehrt. Beiträge zu diesem gemeinsamen Kampf kommen von einer Vielzahl anderer ausländischer Dienste, aber niemand arbeitet so eng zusammen wie die Informationssammler der Anglosphäre.

Colonel Razak kannte die beiden Geheimdienstchefs in seiner Stadt. Sein persönliches Verhältnis zu dem SIS-Mann Brian O'Dowd war das bessere, und das auffällige Handy war von den Briten entdeckt worden. Also rief er zuerst O'Dowd an, als er vom Dach kam.

In diesem Augenblick ging Mr. al-Qur ins Bad, und Abdelahi langte unter das Kissen, um das Handy hervorzuholen und wieder auf den Attachékoffer zu legen, wo er es gefunden hatte. Schuldbewusst und erschreckt sah er, dass es noch eingeschaltet war. Sofort schaltete er es aus. Dabei dachte er an Batterieverschwendung, nicht an eine mögliche Entdeckung. Aber es war ohnehin acht Sekunden zu spät. Das Ortungsgerät hatte seine Arbeit getan.

»Sie haben es tatsächlich gefunden?«, rief O'Dowd. Plötzlich kam ihm der Tag wie Weihnachten und mehrere Geburtstage zusammen vor.

»Ohne Frage, Brian. Der Anruf kam aus der obersten Etage eines fünfstöckigen Gebäudes in der Altstadt. Zwei meiner Undercover-Leute sind dorthin unterwegs, um sich das Haus und die Zugänge anzusehen.«

»Wann wollen Sie zugreifen?«

»Sobald es dunkel ist. Ich würde gern bis drei Uhr morgens abwarten, aber das Risiko ist zu groß. Bis dahin könnte der Vogel ausgeflogen sein …«

Colonel Razak war ein Jahr am Camberley Staff College in England gewesen und hatte einen vom Commonwealth geförderten Kurs absolviert, und er war stolz auf seine Beherrschung des englischen Idioms.

»Kann ich mitkommen?«

»Möchten Sie das gern?«

»Ist der Papst katholisch?«, fragte der Ire.

Razak lachte laut. Dieses Wortgeplänkel gefiel ihm. »Als einer, der an den einen wahren Gott glaubt, kann ich das nicht beantworten«, sagte er. »Also gut. Um sechs in meinem Büro. Aber Mufti. Und ich meine unser Mufti.«

»Mufti« bedeutete Zivilkleidung: Keine Uniformen, aber auch nichts Westliches, wollte er damit sagen. In der Altstadt, vor allem im Qissa Khawani Basar, erregten nur das *shalwar kameez* aus weiter Hose und langem Hemd und die Gewänder und Turbane der Bergstämme keine Aufmerksamkeit, und daran hatte sich auch O'Dowd zu halten.

Der britische Agent erschien kurz vor sechs in seinem schwarzen Toyota Land Cruiser mit den schwarz getönten Scheiben. Ein britischer Landrover wäre vielleicht patriotischer gewesen, aber der Toyota war das bevorzugte Fahrzeug der einheimischen Fundamentalisten und würde deshalb nicht weiter auffallen. Er brachte eine Flasche Chivas Regal mit, Abdul Razaks Lieblingsgetränk. Er hatte seinen pakistanischen Freund einmal wegen seiner Vorliebe für das alkoholische Destillat aus Schottland getadelt.

»Ich betrachte mich als guten, jedoch nicht als besessenen Muslim«, hatte Razak erklärt. »Ich rühre kein Schweinefleisch an, aber ich finde nichts Verwerfliches am Tanzen oder an einer guten Zigarre. Diese Dinge zu verbieten, das ist Taliban-Fanatismus, den ich nicht teile. Und was die Traube oder auch das Korn angeht – in den ersten vier Kalifaten war das Weintrinken weit verbreitet, und wenn ich eines Tages im Paradies von jemandem dafür gescholten werde, der höher steht als Sie, werde ich den allbarmherzigen Allah um Vergebung bitten. Bis dahin können Sie aber ruhig noch einmal einschenken.«

Es war vielleicht merkwürdig, dass ein Panzeroffizier einen guten Polizisten abgab, doch Abdul Razak war einer. Er war sechsunddreißig, verheiratet und Vater zweier Kinder, gebildet. Er besaß die Fähigkeit zu lateralem Denken und war ruhig und feinfühlig, und seine Taktik war die des Mungo vor der Kobra, nicht die eines wütenden Elefanten. Er wollte die Wohnung im Obergeschoss des Wohnhauses nicht mit einem wilden Feuergefecht stürmen, wenn es sich vermeiden ließe. Er würde ruhig und unauffällig vorgehen.

Peschawar ist eine uralte Stadt, und der Qissa Khawani Basar ist ihr ältester Teil. Viele Jahrhunderte hindurch rasteten hier die Karawanen, die die große Handelsstraße über den Khyberpass nach Afghanistan bereisten, um Menschen und Kamele zu erfrischen. Und wie jeder gute Basar hat auch der Qissa Khawani stets alles geboten, was der Mensch zum Leben braucht: Wolldecken, Tücher, Teppiche, Messinggeräte, Kupferschalen, Lebensmittel und Getränke. Das ist noch heute so.

Das Treiben hier ist multiethnisch und vielsprachig. Wer sich auskennt, sieht die Turbane der Afridi, Wasiri, Ghilzai und der Pakistani aus der Umgebung und dazwischen die Mützen aus der Stadt Chitral im Norden des Landes und die pelzbesetzten Wintermützen der Tadschiken und Usbeken.

In diesem Labyrinth aus engen Straßen und Gassen, in denen man jeden Verfolger abschütteln kann, finden sich die Läden und Stände des Uhrenbasars, des Korbbasars und der Geldwechsler; es gibt den Vogelbasar und den Basar der Geschichtenerzähler. In den Zeiten des Empires nannten die Briten Peschawar den Piccadilly Zentralasiens.

Die Wohnung, in der das Peilgerät den Telefonanruf geortet hatte, lag in einem der hohen, schmalen Gebäude mit kunstvoll geschnitzten Balkonen und Fensterläden, vier Etagen hoch über einem Teppichlager an einer Gasse, die gerade breit genug für ein Auto war. Wegen der Sommerhitze haben diese Häuser flache Dächer, wo die Bewohner die kühle Nachtluft genießen können, und von der Straße aus zugängliche, offene Treppenhäuser. Colonel Razak führte seinen Trupp leise und zu Fuß heran.

Er schickte vier Mann, alle in Stammeskleidung, auf das Dach eines Gebäudes, das vier Häuser weit vom Zielobjekt entfernt war. Als sie oben angekommen waren, schlichen sie sich von Dach zu Dach, bis sie das Haus erreicht hatten. Hier warteten sie auf ihr Zeichen. Der Colonel führte sechs Mann die Außentreppe hinauf. Alle trugen eine Maschinenpistole unter ihren Gewändern, nur der erste nicht – ein muskelbepackter Pandschabi, der den Rammbock trug.

Als Brian O'Dowd später versuchte, sich an alles zu erinnern, kam es ihm extrem schnell und verschwommen vor. Und den gleichen Eindruck hatten auch die Bewohner.

Die Eingreiftruppe hatte keine Ahnung, wie viele Leute sich in der Wohnung aufhielten oder was sie dort vorfinden würden. Es konnte eine kleine Armee sein oder eine Familie beim Essen. Sie kannten nicht einmal den Grundriss der Wohnung; Baupläne werden vielleicht in London oder New York archiviert, aber nicht in Peschawar. Sie wussten nur, dass hier jemand ein Handy benutzt hatte, nach dem gefahndet wurde.

Was sie vorfanden, waren vier junge Männer vor dem Fernseher. Zwei Sekunden lang befürchtete die Eingreiftruppe, sie sei in einen völlig unschuldigen Haushalt eingedrungen. Aber dann sahen sie, dass diese jungen Männer dichte Bärte trugen, dass sie aus den Bergen stammten und dass einer – der mit dem schnellsten Reaktionsvermögen – unter seinem Gewand nach einer Waffe griff. Sein Name war Abdelahi, und er starb, als vier Kugeln aus einer Heckler & Koch MP5 ihn in die Brust trafen. Die anderen drei wurden überwältigt, ehe sie sich zur Wehr setzen konnten. Colonel Razak hatte sich deutlich ausgedrückt: Er wollte sie nach Möglichkeit lebend haben.

Ein Krachen aus dem Schlafzimmer signalisierte die Anwesenheit eines fünften Mannes. Der Pandschabi hatte seinen Rammbock fallen lassen, aber seine Schulter genügte für die Tür: Sie flog ins Zimmer, und zwei harte CTC-Männer stürmten hinein, gefolgt von Colonel Razak. Mitten im Zimmer stand ein Araber mittleren Alters, die Augen groß und rund vor Angst oder Hass. Er bückte sich nach dem Laptop, den er auf die Terracotta-Fliesen geworfen hatte, um ihn zu zerstören. Dann begriff er, dass er keine Zeit mehr hatte. Er drehte sich um und rannte zum weit offenen Fenster. »Haltet ihn«, schrie Colonel Razak, aber die Pakistani bekamen den Mann nicht zu fassen. Wegen der Hitze war der Ägypter nackt bis zur Taille, und seine Haut war glitschig vom Schweiß. Ohne an der Balustrade zu zögern, sprang er hinaus und landete zwölf Meter weiter unten auf dem Kopfsteinpflaster. Innerhalb von Sekunden hatten sich Neugierige um ihn versammelt, doch der al-Qaida-Financier gurgelte nur zweimal und war tot.

Im Haus und auf der Straße brach Chaos aus. Leute rannten und schrien durcheinander. Über sein Handy beorderte der Colonel die vierzig uniformierten Soldaten heran, die er vier Straßen weiter in Kleinbussen mit schwarz verspiegelten Scheiben postiert hatte. Sie stürmten durch die Gasse, um die Ordnung wiederherzustellen – falls man ein noch größeres Chaos so nennen kann. Aber sie erfüllten ihren Zweck: Sie riegelten das Wohnhaus ab. Colonel Razak würde mit jedem Nachbarn und vor allem mit dem Hausbesitzer sprechen wollen, dem Teppichhändler im Erdgeschoss.

Der Leichnam auf der Straße wurde von den Soldaten eingekreist und zugedeckt. Eine Trage würde angefordert und der Tote ins Leichenschauhaus des Peschawar General Hospital gebracht werden. Noch immer hatte niemand die leiseste Ahnung, wer er war. Klar war nur, dass ihm der Tod lieber gewesen war als die liebevolle Aufmerksamkeit der Amerikaner im Lager von Bagram in Afghanistan, wohin Islamabad ihn nach einer kurzen Verhandlung mit dem CIA-Chef in Pakistan sicher überstellt hätte.

Colonel Razak wandte sich vom Balkon ab. Den drei Gefangenen wurden Handschellen angelegt und Kapuzen aufgesetzt. Um sie abzutransportieren, war eine bewaffnete Eskorte nötig. Die Gegend hier war Fundamentalistengebiet, und die Stammesangehörigen auf der Straße würden nicht auf seiner Seite stehen. Wenn die Gefangenen und der Leichnam weggeschafft wären, würde er die Wohnung noch genauestens nach irgendeinem Hinweis auf den Mann mit dem Handy durchkämmen.

Brian O'Dowd war gebeten worden, während der Razzia auf der Treppe zu warten. Jetzt war er im Schlafzimmer und hielt den beschädigten Toshiba-Laptop in den Händen. Beide wussten, dass sie hier höchstwahrscheinlich ein Kronjuwel gefunden hatten. Sämtliche Pässe, alle Handys, jeder noch so unbedeutende Fetzen Papier, die Gefangenen und die Nachbarn – alles würde an einen sicheren Ort gebracht und gründlich ausgewertet und ausgequetscht werden. Aber zuerst der Laptop…

Der tote Ägypter war optimistisch gewesen, wenn er angenommen hatte, das Gehäuse des Laptops nur verbeulen zu müssen, um die goldene Ernte zu vernichten. Selbst der Versuch, die Dateien zu löschen, hätte nichts gebracht. In Großbritannien und in den USA gab es Spezialisten, die mit größter Sorgfalt die Festplatte ausbauen und das Zeichengewirr auf der Oberfläche ablösen würden, und sie würden jedes Wort entdecken, das der Toshiba jemals enthalten hatte.

»Ein Jammer – wer immer er war«, sagte der SIS-Agent.

Razak grunzte. Seine Entscheidung war richtig gewesen. Hätte er länger abgewartet, wäre der Mann verschwunden gewesen. Hätte er erst im Gebäude herumgestöbert, wären seine Agenten entdeckt worden, und der Vogel wäre ausgeflogen. Also hatte er schnell und hart zugegriffen, und wenn er nur fünf Sekunden mehr Zeit gehabt hätte, wäre der geheimnisvolle Selbstmörder jetzt in Handschellen. Razak würde eine Presseerklärung herausgeben: Ein unbekannter Krimineller sei bei dem Versuch, sich der Festnahme zu entziehen, zu Tode gekommen. Bis der Tote identifiziert wäre. Sollte sich herausstellen, dass es sich um ein hochrangiges al-Qaida-Mitglied handelte, würden die Amerikaner auf einer Pressekonferenz mit Pauken und Trompeten bestehen, um diesen Triumph bekannt zu geben. Er ahnte immer noch nicht, wie hochrangig Tewfik al-Qur tatsächlich gewesen war.

»Sie werden hier noch eine Weile festsitzen«, sagte O'Dowd. »Darf ich Ihnen den Gefallen tun, dafür zu sorgen, dass der Laptop wohlbehalten in Ihre Zentrale kommt?«

Zum Glück besaß Abdul Razak einen trockenen Humor. In seinem Beruf war das eine große Hilfe. In der Welt der Geheimagenten blieb nur einer, der Humor hatte, bei Verstand. Was ihm jetzt besonders gefiel, war das Wort »wohlbehalten«.

»Das wäre sehr freundlich von Ihnen«, erwiderte er. »Ich gebe Ihnen vier Mann mit, die Sie zu Ihrem Wagen eskortieren. Für alle Fälle. Wenn das alles vorbei ist, müssen wir uns die unmoralische Flasche teilen, die Sie heute Abend mitgebracht haben.«

Der SIS-Mann drückte den Schatz an seine Brust und wurde, umringt von pakistanischen Soldaten, zu seinem Land Cruiser gebracht. Die technische Einrichtung, die er benötigte, befand sich bereits hinten im Wagen, und am Steuer saß ein loyaler Sikh und bewachte Fahrzeug und Gerät.

Sie fuhren an einen Ort außerhalb von Peschawar, wo O'Dowd den Toshiba mit seinem eigenen, größeren und leistungsfähigeren Tecra verband, und der Tecra öffnete eine Verbindung durch den Cyberspace zum britischen Communications Headquarter in Cheltenham in der Hügellandschaft der englischen Cotswolds.

O'Dowd wusste, was er zu tun hatte, aber von der für einen Laien undurchschaubaren Zauberei der Cybertechnologie hatte er nur nebelhafte Vorstellungen. Innerhalb weniger Sekunden und über tausende Meilen hinweg hatte Cheltenham den gesamten Inhalt der Festplatte des Toshiba an sich gebracht. Es hatte den Laptop so gründlich ausgeweidet, wie eine Spinne die Säfte aus einer gefangenen Fliege saugt.

O'Dowd fuhr den Laptop zur CTC-Zentrale und lieferte ihn ab. Aber noch ehe er dort ankam, hatte Cheltenham seinen Schatz an die amerikanische National Security Agency in Fort Meade in Maryland weitergeleitet. In Peschawar war es stockdunkel, in Cheltenham dämmerte der Abend, und in Maryland war es heller Nachmittag. Doch das bedeutete nichts. Im Innern des Government Communication Headquarters und der NSA scheint die Sonne nie. Dort gibt es weder Tag noch Nacht.

Die Lauschanlagen in den ausgedehnten Gebäudekomplexen – beide in dörflichen Landschaften gelegen – überziehen den Globus wie ein Netz von einem Pol zum andern. Die Trillionen von Wörtern, die jeden Tag in fünfhundert Sprachen und über tausend Dialekten durch den Äther gehen, werden hier gehört, gesiebt, sortiert, verworfen oder behalten und, falls sie interessant sind, analysiert und verfolgt.

Aber das ist nur der Anfang. Beide Behörden codieren und

entschlüsseln Hunderte von Chiffren, und jede hat Spezialabteilungen, die für Datenrettung und die Verfolgung von Computerkriminalität zuständig sind. Während der Planet sich in einen neuen Tag und eine neue Nacht hinein drehte, machten die beiden Behörden sich daran, die Maßnahmen, mit denen al-Qur seine privaten Dateien zu löschen geglaubt hatte, zu annullieren. Die Experten fanden diese Dateien in den Tiefen der Festplatte und legten die Schlupfspeicher frei.

Man hat diesen Prozess mit der Arbeit eines erfahrenen Kunstrestaurators verglichen. Mit unendlicher Sorgfalt werden die oberen Schmutz- und Übermalungsschichten von einem Gemälde entfernt, bis das verborgene Werk darunter zutage tritt. Genau so offenbarte Mr. al-Qurs Toshiba nach und nach all die Dokumente, die er gelöscht oder überschrieben zu haben glaubte.

Natürlich hatte Brian O'Dowd seinen vorgesetzten Kollegen, den Niederlassungsleiter in Islamabad, alarmiert, schon bevor er Razak auf die Razzia begleitete. Der leitende SIS-Mann hatte seinen »Vetter«, den CIA-Chef in der Hauptstadt, informiert. Beide warteten jetzt begierig auf Neuigkeiten. In Peschawar würde man heute nicht schlafen.

Colonel Razak kehrte mit mehreren Taschen voller Beute um Mitternacht aus dem Basar zurück. Die drei überlebenden Leibwächter waren in Zellen im Keller seines Gebäudes untergebracht worden. Dem gewöhnlichen Gefängnis würde er sie keinesfalls anvertrauen. Dort wäre ihre Flucht oder ein assistierter Selbstmord kaum mehr als eine Formsache gewesen. Islamabad hatte jetzt ihre Namen und war zweifellos in diesem Augenblick dabei, mit der amerikanischen Botschaft und der von dort operierenden CIA-Niederlassung zu feilschen. Der Colonel vermutete, dass sie am Ende in Bagram landen würden, wo man sie monatelang verhören würde – obwohl er den Verdacht hatte, dass sie nicht einmal wussten, wie der Mann hieß, den sie hatten beschützen sollen.

Das verräterische Handy aus Leeds war gefunden und identifiziert worden. Allmählich wurde klar, dass der törichte Abdelahi es nur unbefugt ausgeborgt hatte. Jetzt lag er auf einem Tisch im Leichenschauhaus und hatte vier Kugeln in der Brust, aber sein Gesicht war unversehrt. Der Mann, der über die Balkonbrüstung gesprungen war, hatte einen zerschmetterten Schädel, doch der beste Gesichtschirurg der Stadt versuchte soeben, ihn wieder zusammenzusetzen. Als er getan hatte, was er konnte, wurde ein Foto von dem Toten gemacht. Eine Stunde später rief Colonel Razak mit schlecht verhohlener Aufregung bei O'Dowd an. Wie alle Antiterror-Organe, die im Kampf gegen islamistische Terrorgruppen zusammenarbeiten, verfügt auch das pakistanische CTC über eine umfangreiche Fotogalerie von verdächtigen Personen.

Es ist ohne Bedeutung, dass Pakistan weit von Ägypten entfernt ist. Unter den Terroristen von al-Qaida finden sich mindestens vierzig Nationalitäten und doppelt so viele ethnische Gruppen. Und sie reisen. Razak hatte die ganze Nacht vor einem großen Plasmabildschirm in seinem Büro verbracht und die Gesichter aus seinem Computer betrachtet, und immer wieder kehrte er zu einem bestimmten Gesicht zurück.

Aus den sichergestellten Pässen – elf Stück, alle gefälscht und alle von hervorragender Qualität – ging klar hervor, dass der Ägypter viel gereist war, und dabei hatte er offensichtlich sein Äußeres verändert. Aber dieses eine Gesicht – das Gesicht eines Mannes, der in der Vorstandsetage einer Bank im Westen nicht weiter aufgefallen wäre, der aber verzehrt wurde von einem Hass auf alles und jeden außerhalb seines eigenen verkorksten Glaubens – schien etwas mit dem zerschmetterten Gesicht auf dem Marmortisch gemeinsam zu haben.

Razak erreichte O'Dowd beim Frühstück mit seinem amerikanischen CIA-Kollegen in Peschawar. Die beiden Männer ließen ihr Rührei stehen und waren wenig später im Büro des CTC. Sie starrten das Gesicht auf dem Bildschirm an und verglichen es mit dem Foto aus dem Leichenschauhaus. Wenn das wahr wäre … Und beide Männer hatten nur noch eines im Sinn: ihrer

Zentrale von dieser atemberaubenden Entdeckung zu berichten. Der Tote auf dem Tisch war niemand anders als Tewfik al-Qur, der al-Qaida-Finanzchef persönlich.

Am Vormittag kam ein Hubschrauber der pakistanischen Armee und holte alles ab: die Gefangenen, gefesselt und mit Kapuzen über den Köpfen, zwei Leichen und die Kartons mit dem Beweismaterial, das in der Wohnung sichergestellt worden war. Es regnete Dankesworte, aber Peschawar ist nur ein Vorposten. Das Zentrum des Geschehens verlagerte sich jetzt, und zwar schnell. Tatsächlich war es bereits in Maryland angekommen.

In der Folge der Katastrophe, die heute schlicht als 9/11 bekannt ist, wurde eines klar, und niemand konnte es ernsthaft leugnen: Hinweise nicht nur darauf, dass etwas im Gange war, sondern auch weitgehende Erkenntnisse darüber, was es war, hatte es die ganze Zeit gegeben. Es war da gewesen, wie solche Erkenntnisse fast immer da sind: nicht in einem einzigen Paket in schöner Geschenkverpackung, sondern bröckchenweise überall verteilt. Sieben oder acht der neunzehn wichtigen Nachrichtendienste und Justizbehörden der USA hatten diese Bröckchen. Aber sie sprachen nicht miteinander.

Seit 9/11 ist das anders. Jetzt gibt es die sechs Hauptinstanzen, die schon in einem frühen Stadium über alles informiert werden müssen. Vier davon sind Politiker: der Präsident, der Vizepräsident, der Außen- und der Verteidigungsminister. Die fünfte ist der Vorsitzende des Nationalen Sicherheitsrates, Steve Hadley, der für den Heimatschutz und die neunzehn Dienste zuständig ist. Und die sechste steht an der Spitze der Pyramide: der nationale Geheimdienstkoordinator John Negroponte, Director of National Intelligence.

Die CIA ist immer noch der wichtigste außerhalb der USA operierende Nachrichtendienst, aber ihr Direktor ist nicht mehr der einsame Wolf, der er früher war. Jeder reicht seine Erkenntnisse nach oben weiter, und die Parole heißt: zusammentragen und abgleichen. Unter den Riesen ist die National Security Agency in Fort Meade immer noch der größte, was Etat und Personal angeht, und der geheimste. Nur die NSA unterhält keinerlei Verbindung zur Öffentlichkeit und zu den Medien. Sie arbeitet im Dunkeln, aber sie hört alles, entschlüsselt alles, übersetzt alles und analysiert alles. Manches von dem, was da abgehört, aufgezeichnet, heruntergeladen, übersetzt und analysiert wird, ist jedoch so unergründlich, dass »externe« Expertenkommissionen damit befasst werden. Eine davon ist die Korankommission.

Als die Schätze aus Peschawar – teils elektronisch, teils physisch – eintrafen, machten sich auch andere Organe an die Arbeit. Die Identifizierung des Toten war von entscheidender Bedeutung, und diese Aufgabe ging an das FBI. Innerhalb von vierundzwanzig Stunden stand die Identität zweifelsfrei fest. Bei dem Mann, der in Peschawar über das Balkongeländer gesprungen war, handelte es sich tatsächlich um den führenden Mittelbeschaffer von al-Qaida und einen der wenigen Vertrauten Osama bin Ladens. Die Verbindung war durch seinen ägyptischen Landsmann Aiman al-Sawahiri hergestellt worden; er war es gewesen, der den fanatischen Bankier entdeckt und angeworben hatte.

Das Außenministerium übernahm die Pässe. Es waren elf – eine unglaubliche Anzahl. Zwei waren nie benutzt worden, aber die übrigen neun enthielten Ein- und Ausreisestempel aus ganz Europa, dem Nahen und dem Mittleren Osten. Es überraschte niemanden, dass sechs belgische Pässe darunter waren, jeder auf einen anderen Namen ausgestellt und allesamt absolut echt bis auf das, was darin stand.

In der globalen Geheimdienstszene gilt Belgien seit langem als löchriger Eimer. Seit 1990 wurden atemberaubende neunzehntausend belgische Blanko-Passformulare als gestohlen gemeldet, und diese Zahl beruht auf Angaben der belgischen Behörden. In Wahrheit wurden sie einfach von bestechlichen Beamten verkauft. Allein fünfundvierzig Pässe stammten aus dem belgischen Konsulat in Straßburg und zwanzig aus der belgischen Botschaft in Den Haag, unter anderem die der beiden marokkanischen Mörder des Anti-Taliban-Kämpfers Ahmed Schah Massud und einer der sechs, die bei al-Qur gefunden worden waren. Die anderen fünf gehörten zu den immer noch verschwundenen 18 935 Pässen.

Die Federal Aviation Administration, die amerikanische Luftfahrtbehörde, nutzte ihre Kontakte und ihren gewaltigen Einfluss im internationalen Luftverkehr, um Flugtickets und Passagierlisten zu überprüfen. Es war eine mühselige Arbeit, auch wenn die Zahl der relevanten Flüge durch die Ein- und Ausreisestempel weitgehend eingegrenzt war.

Langsam, aber sicher fügte sich alles zusammen. Anscheinend hatte Tewfik al-Qur den Auftrag gehabt, eine große Summe Geldes unbekannter Herkunft aufzutreiben, um damit unbestimmte Einkäufe zu tätigen. Nichts wies darauf hin, dass er diese Einkäufe selbst übernommen hatte; die logische Schlussfolgerung war deshalb, dass er anderen Personen die nötigen Mittel beschafft hatte. Die amerikanischen Behörden hätten alles dafür gegeben, zu erfahren, mit wem er zusammengetroffen war. Mit den Namen dieser Leute, so war zu vermuten, hätte man das gesamte geheime Netzwerk in Europa und dem Nahen und Mittleren Osten aufrollen können. Das einzige nennenswerte Land, das der Ägypter nicht besucht hatte, waren die USA.

In Fort Meade kam die Spur der Enthüllungen endlich zum Abschluss. Dreiundsiebzig Dokumente waren aus dem in Peschawar sichergestellten Toshiba gerettet worden. Ein Teil davon waren schlichte Flugpläne, und die darin enthaltenen Flüge, die al-Qur benutzt hatte, waren inzwischen bekannt. Bei anderen handelte es sich um öffentlich zugängliche Finanzreports, die den Financier anscheinend interessiert hatten, sodass er sie gespeichert hatte, um sie bei Gelegenheit zu studieren. Ihnen war nichts weiter zu entnehmen.

Die meisten Dokumente waren in englischer, einige aber auch in französischer und deutscher Sprache verfasst. Es war bekannt, dass al-Qur neben seiner arabischen Muttersprache alle drei Sprachen fließend beherrschte. Die verhafteten Leibwächter, die mittlerweile im Luftwaffenstützpunkt fröhlich plauderten, hatten berichtet, der Mann habe auch gebrochen Paschto gesprochen, was darauf hindeutete, dass er einige Zeit in Afghanistan verbracht hatte, aber im Westen hatte man keinen Hinweis auf Zeitpunkt und Dauer dieses Aufenthalts.

Die arabischen Texte waren es, die Unbehagen hervorriefen. Da Fort Meade im Grunde ein riesiger Militärstützpunk ist, untersteht es dem Verteidigungsministerium. Der Chef der NSA ist immer ein Viersternegeneral, und diesen bat der Leiter der arabischen Übersetzungsabteilung um ein Gespräch.

Die NSA beschäftigt sich seit den neunziger Jahren immer eingehender mit der arabischen Sprache, nicht nur wegen ihres Interesses an der Lage in Israel/Palästina, sondern auch wegen des zunehmenden islamistischen Terrorismus. Durch Ramzi Jusef und seinen Autobombenanschlag auf das World Trade Center im Jahr 1993 trat die Beschäftigung mit dieser Sprache weiter in den Vordergrund. Aber nach 9/11 hieß es: »Wir wollen über jedes einzelne Wort, das in dieser Sprache gesprochen wird, Bescheid wissen.« Infolgedessen beschäftigt die riesige arabische Übersetzungsabteilung Tausende von Übersetzern. Die meisten davon sind als Araber geboren und aufgewachsen, doch es finden sich auch ein paar nichtarabische Experten darunter.

Arabisch ist nicht nur *eine* Sprache. Abgesehen vom klassischen Arabisch des Korans und der akademischen Welt spricht eine halbe Milliarde Menschen mindestens fünfzig verschiedene Dialekte und Mundarten dieser Sprache. Spricht jemand schnell, mit einem unbekannten Akzent, in einem regionalen Idiom, und ist die Aufnahmequalität schlecht, benötigt man meist einen Übersetzer, der aus derselben Gegend kommt wie der Sprecher, wenn man sicher sein will, dass wirklich jede Bedeutungsnuance erfasst wird.

Darüber hinaus ist es eine oft blumige Sprache voller Bilder, Schmeicheleien, Übertreibungen, Gleichnisse und Metaphern. Zudem kann sie sehr elliptisch sein: Gemeintes wird eher angedeutet als ausgesprochen. Sie ist also völlig anders als das eindeutige Englisch.

»Wir haben uns auf die beiden letzten Dokumente konzentriert«, sagte der Leiter der arabischen Übersetzungsabteilung. »Anscheinend stammen sie von zwei verschiedenen Personen. Wir halten es für möglich, dass das eine von Aiman al-Sawahiri persönlich und das andere von al-Qur stammt. Das Erste entspricht al-Sawahiris Sprachmustern, wie wir sie von früheren Reden und Videos kennen. Hundertprozentig sicher könnten wir natürlich nur sein, wenn es Tondokumente wären.

Das Antwortschreiben stammt anscheinend von al-Qur, aber in unseren Archiven findet sich kein Muster, dem wir entnehmen können, wie er Arabisch schreibt. Als Banker hat er hauptsächlich Englisch gesprochen und geschrieben.

In beiden Dokumenten finden sich jedoch wiederholt Verweise auf den Koran und auf bestimmte Passagen daraus. Sie rufen Allahs Segen auf irgendetwas herab. Ich habe eine Menge Arabisch-Fachleute, aber die Sprache des Korans und ihre subtile Bedeutungsvielfalt ist von besonderer Qualität, und sie wurde vor vierzehnhundert Jahren niedergeschrieben. Ich glaube, wir sollten die Korankommission einen Blick darauf werfen lassen.«

Der General nickte. »Okay, Professor, wie Sie wollen.« Er sah den Abteilungsleiter an. »Trommeln Sie unsere Koranexperten zusammen. Fliegen Sie sie ein. Keine Verzögerungen, keine Entschuldigungen.«

ZWEI

Die Korankommission bestand aus vier Männern, drei amerikanischen und einem britischen Akademiker. Alle waren Professoren, keiner war Araber, aber sie alle hatten ihr Leben mit dem Studium des Korans und der vielen tausend gelehrten Kommentare dazu verbracht.

Einer arbeitete an der Columbia University in New York, und auf Befehl von Fort Meade wurde ein Militärhubschrauber entsandt, der ihn zur NSA bringen sollte. Zwei waren in Washington, D. C., der eine bei der Rand Corporation, der andere bei der Brookings Institution, und sie wurden von Dienstwagen der US-Army abgeholt.

Der vierte und jüngste war Dr. Terry Martin von der School of Oriental and African Studies in London, zurzeit Gastdozent an der Georgetown University in Washington, D.C. Die SOAS gehört zur London University, und ihre Arabistik-Abteilung genießt weltweit großes Ansehen.

Was die Kenntnis alles Arabischen anging, hatte der Engländer den anderen etwas voraus. Er war als Sohn eines Buchhalters bei einer großen Ölfirma im Irak geboren und aufgewachsen, und sein Vater hatte ihn mit Bedacht nicht auf die angloamerikanische Schule geschickt, sondern auf ein privates Institut, das die Söhne der gesellschaftlichen Elite des Irak ausbildete. Mit zehn Jahren konnte Terry unter seinen Mitschülern als arabischer Junge durchgehen, zumindest in sprachlicher Hinsicht. Nur mit seinem rosigen Gesicht und seinem buschigen rötlich blonden Haar konnte man ihn niemals *vollends* für einen Araber halten.

1965 geboren, war er elf Jahre alt, als Mr. Martin Senior beschloss, den Irak zu verlassen und ins sichere Großbritannien zurückzukehren. Die Baath-Partei war wieder an der Macht, doch die eigentliche Macht hatte nicht Präsident Bakr, sondern der Vizepräsident, der einen skrupellosen Vernichtungsfeldzug gegen seine politischen Feinde führte, gegen reale wie gegen eingebildete.

Seit den milden fünfziger Jahren und der Regierungszeit König Feisals hatten die Martins bereits turbulente Zeiten hinter sich. Sie hatten das Massaker an dem jungen König und seinem prowestlichen Ministerpräsidenten Nuri Said erlebt, den gleichermaßen blutrünstigen Mord an seinem Nachfolger General Kassem vor laufender Kamera im Fernsehstudio und das erste Auftreten der brutalen Baath-Partei, die ihrerseits gestürzt worden und 1968 wieder an die Macht gelangt war. Sieben Jahre lang sah Martin senior zu, wie der psychopathische Vizepräsident Saddam Hussein immer mächtiger wurde, und 1975 kam Martin zu dem Schluss, dass es Zeit war, das Land zu verlassen.

Sein älterer Sohn Mike war dreizehn und alt genug für ein britisches Internat. Martin senior bekam einen guten Posten bei Burmah Oil in London – ein gewisser Denis Thatcher, dessen Frau soeben die Vorsitzende der Konservativen Partei geworden war, hatte ein freundliches Wort für ihn eingelegt. So waren alle vier, der Vater, Mrs. Martin und die Söhne Mike und Terry, zum Weihnachtsfest wieder in Großbritannien.

Terrys brillanter Verstand war bereits aufgefallen. Er glitt durch Prüfungen, die für zwei oder drei Jahre ältere Jungen gedacht waren, wie ein heißes Messer durch ein Stück Butter. Man ging – wie sich zeigte, beinahe zu Recht – davon aus, dass er mit einer Serie von Stipendien durch die Oberschule und dann nach Oxford oder Cambridge kommen würde. Aber er wollte seine arabischen Studien weiter betreiben. Noch als Schüler bewarb er sich bei der SOAS; im Frühjahr 1983 bestand er die Aufnahmeprüfung, und ab Herbst desselben Jahres studierte er die Geschichte des Nahen Ostens.

Nach drei Jahren legte er mühelos ein erstklassiges Examen ab und verwandte drei weitere Jahre auf seine Promotion, bei der er sich auf den Koran und die ersten vier Kalifate spezialisierte. Danach nahm er ein Sabbatjahr, um seine Koranstudien am berühmten al-Azhar-Institut in Kairo fortzusetzen, und bei seiner Rückkehr bot man ihm im jugendlichen Alter von fünfundzwanzig Jahren eine Dozentur an – eine beachtliche Ehre, denn in allen Fragen des Arabischen ist die SOAS eine der strengsten Schulen der Welt. Mit vierunddreißig wurde er zum Assistenzprofessor befördert, und mit vierzig war er für eine Professur vorgesehen. Er war einundvierzig, als die NSA an jenem Nachmittag um seinen Rat bat, und verbrachte gerade ein Jahr als Gastprofessor an der Georgetown University, denn im Frühjahr 2006 war sein Leben in Stücke gegangen.

Der Abgesandte aus Fort Meade fand ihn in einem Hörsaal, wo Terry Martin eben eine Vorlesung über die Lehren des Korans und ihre Relevanz für die heutige Zeit zum Abschluss brachte.

Selbst aus den Kulissen war deutlich zu spüren, dass seine Studenten ihn mochten. Der Hörsaal war brechend voll. Er gestaltete seine Vorlesung wie eine lange, zivilisierte Konversation unter Gleichen. Nur selten warf er einen Blick in seine Notizen. In Hemdsärmeln ging er auf und ab, und seine kleine, rundliche Gestalt verströmte den Enthusiasmus, mit dem er seine Gelehrsamkeit vermittelte und teilte. Jede Äußerung aus dem Auditorium behandelte er mit ernsthafter Aufmerksamkeit, und niemals demütigte er einen Studenten wegen mangelhaften Wissens. Er hielt seinen Vortrag knapp und ließ reichlich Zeit für die Fragen der Studenten. Die Frage-und-Antwort-Runde war im Gange, als der Agent aus Fort Meade in den Kulissen erschien.

Jemand in einem roten Hemd in der fünften Reihe hob die Hand. »Sie haben gesagt, mit der Bezeichnung ›fundamentalistisch‹ in Bezug auf die Philosophie der Terroristen sind Sie nicht einverstanden. Warum nicht?«

Angesichts der seit 9/11 über Amerika hinwegflutenden Woge des öffentlichen Interesses an allem, was arabisch, islamisch oder koranwissenschaftlich war, wechselte jede solche Fragerunde schnell von theoretischen Erkenntnissen zu den Angriffen gegen den Westen, die einen großen Teil der vergangenen zehn Jahre ausgefüllt hatten.

»Weil die Bezeichnung falsch ist«, erwiderte der Professor. »Das Wort an sich impliziert eine ›Rückkehr zu den Grundlagen‹. Aber die Leute, die ihre Bomben in Zügen, Einkaufszentren und Bussen explodieren lassen, kehren nicht zu den Grundlagen des Islam zurück. Sie haben sich selbst ein neues Drehbuch geschrieben, und jetzt argumentieren sie retroaktiv und suchen nach Koranpassagen, die ihren Krieg rechtfertigen sollen.

Fundamentalisten gibt es in allen Religionen. Christliche Mönche in einem geschlossenen Orden, die Armut, Selbstverleugnung, Keuschheit und Gehorsam geloben, sind Fundamentalisten. Asketen gibt es bei jeder Glaubensrichtung, aber sie befürworten keine Massenmorde an Männern, Frauen und Kindern. Das ist die entscheidende Erkenntnis. Beurteilen Sie alle Religionen und alle Sekten innerhalb dieser Religionen nach dieser Erkenntnis, und Sie werden sehen, dass der Wunsch nach Rückkehr zu den fundamentalen Glaubenslehren nicht zum Terrorismus führt, denn in keiner Religion, auch nicht im Islam, befürworten die fundamentalen Glaubenslehren den Massenmord.«

Von der Seite her versuchte der Mann aus Fort Meade, Dr. Martins Aufmerksamkeit auf sich zu lenken. Aus dem Augenwinkel bemerkte der Professor den jungen Mann mit den kurz geschnittenen Haaren, dem Buttondown-Hemd und dem dunklen Anzug. Das Wort »Regierung« war ihm auf den Leib geschrieben. Der Mann tippte auf seine Armbanduhr. Martin nickte.

»Wie würden Sie die heutigen Terroristen dann bezeichnen? Als Dschihadisten?«

Die Frage kam von einer ernsthaften jungen Frau weiter hinten. Nach ihrem Gesicht zu urteilen, vermutete Dr. Martin, dass ihre Eltern aus dem Mittleren Osten stammten: aus Indien, Pakistan, vielleicht aus dem Iran. Aber sie trug kein Kopftuch, das sie als strenge Muslimin ausgewiesen hätte.

»Auch ›Dschihad‹ ist das falsche Wort. Natürlich gibt es den

Dschihad, aber er hat seine Regeln. Entweder ist er der persönliche Kampf im Innern eines Menschen auf dem Weg zu einem Dasein als besserer Muslim, doch in diesem Fall ist er frei von jeder Aggression. Oder er ist der wahre heilige Krieg – der bewaffnete Kampf zur Verteidigung des Islam. Darum, behaupten die Terroristen, geht es ihnen. Aber sie überpinseln die Regeln, die im Text stehen.

Zum einen kann nur eine legitimierte Koran-Autorität von erwiesenem und anerkanntem Ansehen den Dschihad ausrufen. Bin Laden und seine Anhänger sind berüchtigt für ihren Mangel an Koran-Gelehrsamkeit. Selbst wenn der Westen tatsächlich den Islam und somit alle Muslime angegriffen, gekränkt, beschädigt, gedemütigt und erniedrigt hätte, gibt es immer noch Regeln, und der Koran drückt sich da sehr klar aus. Es ist verboten, Menschen anzugreifen und zu töten, die dich nicht beleidigt oder gekränkt haben. Es ist verboten, Frauen und Kinder zu töten. Es ist verboten, Geiseln zu nehmen, und es ist verboten, Gefangene zu misshandeln, zu quälen oder zu töten. Die al-Qaida-Terroristen tun das alles tagtäglich. Und wir dürfen nicht vergessen, dass sie sehr viel mehr Muslime als Christen oder Juden umgebracht haben.«

»Wie würden Sie ihren Feldzug dann nennen?«

Der Mann am Rand des Auditoriums wurde immer unruhiger. Ein leibhaftiger General hatte ihm einen Auftrag gegeben. Er wollte sich nicht als Letzter zurückmelden.

»Ich würde diese Leute als ›Neue Dschihadis‹ bezeichnen, denn sie haben einen unheiligen Krieg außerhalb der Gesetze des Heiligen Korans und somit des Islam erfunden. Der wahre Dschihad ist nicht grausam, aber was sie praktizieren, ist es. Letzte Frage, fürchte ich.«

Bücher und Notizen wurden zusammengepackt. Vorn hob sich eine Hand. Sommersprossen, ein weißes T-Shirt mit dem Emblem einer studentischen Rockband.

»Alle diese Bomber behaupten, Märtyrer zu sein. Wie rechtfertigen sie das?«

»Schlecht«, antwortete Dr. Martin, »denn man hat sie getäuscht, auch wenn einige von ihnen durchaus gebildet sind. Im Kampf für den Islam bei einem rechtmäßig ausgerufenen Dschihad kann man als *schahid*, als Märtyrer, sterben. Aber auch hier gibt es im Koran klare Regeln. Der Kämpfer darf nicht durch die eigene Hand sterben, selbst wenn er sich freiwillig zu einer tödlichen Mission gemeldet hat. Er darf die Zeit und den Ort seines Todes nicht kennen.

Bei Selbstmordattentätern ist aber genau das der Fall. Und Selbstmord ist ausdrücklich verboten. Zu seinen Lebzeiten weigerte sich Mohammed, den Leichnam eines Selbstmörders zu segnen, obwohl der Mann sein Leben beendet hatte, um den lähmenden Qualen einer Krankheit zu entgehen. Wer Massenmord an Unschuldigen und Selbstmord begeht, kommt in die Hölle, nicht ins Paradies. Die falschen Prediger und Imame, die sie auf diesen Weg locken, werden ihnen dort wiederbegegnen. Und jetzt müssen wir leider in die Welt von Georgetown und seinen Hamburgern zurückkehren. Ich danke Ihnen für Ihre Aufmerksamkeit.«

Die Studenten applaudierten stehend, und der Professor nahm, rot vor Verlegenheit, sein Jackett und ging zu dem Mann aus Fort Meade.

»Entschuldigen Sie die Störung, Professor«, sagte dieser. »Meine Vorgesetzten brauchen die Korankommission im Fort. Der Wagen wartet draußen.«

»Sofort?«

»Gestern. Der Teufel ist los.«

»Wissen Sie, wieso?«, fragte Martin.

»Nein, Sir.«

Natürlich. Verschlusssache. Die unumstößliche Regel: Was du nicht wissen musst, um deinen Auftrag zu erfüllen, werden sie dir nicht sagen. Martin würde seine Neugier zügeln müssen. Draußen wartete die übliche dunkle Limousine mit der verräterischen Dachantenne: Der Kontakt zur Basis durfte nicht abbrechen. Der Fahrer war ein Corporal, aber obwohl Fort Meade ein Militärstützpunkt ist, war der Mann in Zivil, nicht in Uniform. Nur keine unnötige Aufmerksamkeit erregen.

Der Fahrer hielt ihm die Tür auf, Dr. Martin setzte sich auf den Rücksitz, und sie fuhren durch den frühabendlichen Verkehr hinaus zum Highway Richtung Baltimore.

Weit im Osten streckte sich der Mann, der eine Scheune zu seinem Ruhesitz umbaute, neben einem Lagerfeuer im Obstgarten aus. Er fühlte sich wohl. Wer auf Steinen und Schneewehen schlafen konnte, der konnte es ganz sicher im weichen Gras unter den Apfelbäumen.

Brennholz war kein Problem. Er hatte genug verrottete alte Bretter für ein ganzes Leben. Sein Wasserkessel sang über der roten Glut, heiß genug für einen willkommenen Becher mit dampfendem Tee. Extravagante Drinks sind auf ihre Art etwas Schönes, aber nach einem harten, arbeitsreichen Tag ist der Lohn des Soldaten ein Becher heißer Tee.

Tatsächlich hatte er sich den Nachmittag freigegeben; er hatte sein hohes Dach verlassen und war zu Fuß nach Meonstoke gegangen, um für das Wochenende einzukaufen.

Offensichtlich wussten alle dort, dass er die Scheune gekauft hatte und sie eigenhändig instand setzte. Bei den Leuten kam das gut an. Reiche Londoner, die mit Schecks wedelten und gern den Landjunker spielten, wurden höflich begrüßt, aber hinter ihrem Rücken zuckte man die Achseln. Der dunkelhaarige, ledige Mann dagegen, der in seinem Obstgarten zeltete und die handwerklichen Arbeiten selbst ausführte, war ein guter Kerl – davon war man im Dorf immer mehr überzeugt.

Dem Briefträger zufolge bekam er wenig Post, abgesehen von ein paar amtlich aussehenden braunen Umschlägen, und auch die ließ er im dörflichen Pub, im »Buck's Head«, abliefern, um dem Briefträger den langen Marsch über den lehmigen Feldweg zu ersparen, eine Geste, die der Briefträger zu schätzen wusste. Die Briefe waren an einen »Colonel« adressiert, doch davon erwähnte er nie etwas, wenn er im Pub ein Bier trank oder sich im

Laden eine Zeitung oder Lebensmittel kaufte. Er lächelte nur und war immer höflich. Allerdings war die wachsende Wertschätzung der Einheimischen von Neugier gefärbt. So viele »Zugezogene« benahmen sich dreist und laut. Wer war er, woher kam er, und warum hatte er beschlossen, sich in Meonstoke niederzulassen?

Bei seinem Spaziergang durch das Dorf an diesem Nachmittag hatte er die alte St.-Andrew-Kirche besucht, und dort war er dem Pfarrer, Reverend Jim Foley, begegnet und hatte sich mit ihm unterhalten.

Der ehemalige Soldat spürte, dass ihm das Leben hier gefallen würde. Er konnte mit seinem robusten Mountainbike nach Droxford an der Straße nach Southampton fahren und dort im Bauernmarkt Obst und Gemüse direkt vom Erzeuger kaufen. Er konnte die zahllosen kleinen Landstraßen erkunden, die er von seinem Dach aus sehen konnte, und in den alten Pubs mit den Balkendecken das Bier probieren.

Aber in zwei Tagen würde er zur Sonntagsandacht nach St. Andrew's gehen, und im stillen Dämmerlicht hinter den uralten Steinmauern würde er beten, wie er es oft tat.

Er würde den Gott, an den er fest glaubte, um Vergebung für all die Männer bitten, die er getötet hatte, und darum beten, dass ihre unsterblichen Seelen ihren Frieden fänden, sie und die der Kameraden, die er neben sich hatte sterben sehen. Er würde Gott dafür danken, dass er niemals Frauen und Kinder getötet hatte und niemanden, der in Frieden gekommen war, und er würde darum beten, dass auch er seine Sünden eines Tages würde tilgen und ins Himmlische Königreich eingehen können.

Und dann würde er auf seine Anhöhe zurückkehren und die Arbeit wieder aufnehmen. Er hatte nur noch tausend Dachpfannen vor sich.

So groß der Gebäudekomplex der National Security Agency auch ist, er umfasst doch nur einen Bruchteil von Fort Meade, einer der größten Militärbasen in den USA. Vier Meilen östlich des Interstate 95 auf halbem Wege zwischen Washington und Baltimore gelegen, beherbergt diese Basis ungefähr zehntausend Soldaten und fünfundzwanzigtausend zivile Angestellte. Sie ist eine Stadt für sich und hat alles, was eine Kleinstadt zu bieten hat. Der Bereich der »Schlapphüte« liegt versteckt in einer streng bewachten Sicherheitszone in einem Winkel des Komplexes, die Dr. Martin noch nie zuvor von innen gesehen hatte.

Der Wagen glitt durch das weitläufige Fort, ohne anzuhalten, bis er an dieser Zone ankam. An einem Tor wurden die Ausweise kontrolliert, und Gesichter spähten durch die Wagenfenster zu dem britischen Akademiker herein, während der Mann, der ihn abgeholt hatte, für ihn bürgte. Eine halbe Meile weiter hielt der Wagen am Seiteneingang des großen Hauptgebäudes, und Dr. Martin und sein Begleiter gingen hinein. Ein Empfangstisch war mit militärischem Wachpersonal besetzt. Weitere Kontrollen. Telefonate. Daumen wurden auf Touchpads gedrückt. Iris-Scans. Dann ließ man sie durch.

Nach einem Marathonlauf durch endlose Korridore kamen sie zu einer anonymen Tür. Der Begleiter klopfte, und sie traten ein. Endlich sah Dr. Martin vertraute Gesichter und erkannte seine Freunde: die Kollegen und Mitglieder der Korankommission.

Wie so viele Besprechungszimmer in regierungsamtlichen Einrichtungen war auch dieser Raum anonym und funktional. Er hatte keine Fenster, aber eine Klimaanlage sorgte für frische Luft. Die Einrichtung bestand aus einem runden Tisch und gepolsterten Stühlen. An einer Wand hing ein Bildschirm für grafische Darstellungen, und auf kleinen Tischen an der Wand standen Kaffeemaschinen und Tabletts mit kleinen Häppchen für den unersättlichen amerikanischen Hunger.

Die Gastgeber waren keine Akademiker, sondern zwei Nachrichtendienstoffiziere. Sie stellten sich mit unverbindlicher Höflichkeit vor. Der eine war der Deputy Director der NSA, dessen Teilnahme der General persönlich veranlasst hatte. Der andere war ein leitender Offizier vom Heimatschutzministerium in Washington.

Die vier Wissenschaftler, zu denen Dr. Martin gehörte, kannten einander. Schon bevor sie eingewilligt hatten, in der namenlosen Expertenkommission mitzuarbeiten, die sich unter Ausschluss der Öffentlichkeit mit einem einzigen Buch und einer einzigen Religion beschäftigte, kannten sie einander sowohl durch ihre Veröffentlichungen als auch persönlich von Seminaren, Vorträgen und Kongressen her. Die Welt des intensiven Koranstudiums ist ziemlich klein.

Terry Martin begrüßte Dr. Ludwig Schramme von der Columbia University in New York, Dr. Ben Jolley von der Rand Corporation und Dr. »Harry« Harrison von Brookings, der ganz sicher einen anderen Vornamen hatte, aber überall nur als Harry bekannt war. Das älteste und daher leitende Mitglied der Kommission war Ben Jolley, ein großer, bärtiger Bär von einem Mann, der sofort – und ohne auf die vorgeschobenen Lippen des Deputy Directors zu achten – eine furchterregende Bruyère-Pfeife hervorholte und anzündete. Als sie qualmte wie ein herbstliches Laubfeuer, paffte er zufrieden. Die Klimatechnik der Firma Westinghouse über ihren Köpfen tat ihr Bestes, und sie tat es mit einigem Erfolg. Aber demnächst würde sie eine Generalüberholung benötigen.

Der Deputy Director kam ohne Umschweife zum Kern der Sache. Er verteilte Kopien zweier Dokumente, eine Akte für jeden Teilnehmer. Es waren die arabischen Originale der Dateien, die man auf dem Laptop des al-Qaida-Financiers gefunden hatte, sowie die Übersetzungen der internen Arabisch-Abteilung. Die vier Männer nahmen sich unverzüglich die arabischen Fassungen vor und lasen sie schweigend. Dr. Jolley paffte, der Mann vom Heimatschutz verzog gequält das Gesicht. Alle vier waren fast gleichzeitig fertig.

Dann lasen sie die englischen Übersetzungen, um festzustellen, was übersehen worden war – und warum. Jolley sah die beiden Nachrichtendienstoffiziere an.

»Und?«

»Und was, Professor?«

»Was ist das Problem?«, fragte der Arabist. »Warum sind wir hier?«

Der Deputy Director beugte sich vor und tippte auf einen Absatz in der englischen Übersetzung. »Da ist das Problem. Das hier. Was bedeutet es? Wovon ist da die Rede?«

Alle vier hatten den Koranverweis im arabischen Text entdeckt. Eine Übersetzung brauchten sie nicht. Jeder hatte diesen Satz schon oft gelesen und seine möglichen Bedeutungen studiert. Aber das war im Zusammenhang mit wissenschaftlichen Texten geschehen. Hier handelte es sich um moderne Briefe. In dem einen Brief erschien der Verweis dreimal, in dem anderen einmal.

»Al-Isra? Das muss ein Code sein. Es bezieht sich auf eine Episode aus dem Leben des Propheten Mohammed.«

»Verzeihen Sie unsere Unkenntnis«, sagte der Mann vom Heimatschutz. »Was ist al-Isra?«

»Erklären Sie es, Terry«, bat Dr. Jolley.

»Tja, Gentlemen«, begann Terry Martin, »damit ist eine Offenbarung im Leben des Propheten gemeint. Bis zum heutigen Tag streiten sich die Gelehrten, ob er da ein echtes göttliches Wunder erlebte oder ob es sich schlicht um ein außerkörperliches Erlebnis handelte.

Kurz gesagt: Ein Jahr bevor er seinen Geburtsort Mekka verließ und nach Medina auswanderte, hatte er eines Nachts einen Traum. Oder eine Halluzination. Oder es war ein göttliches Wunder. Der Kürze halber will ich sagen, es war ein Traum, und dabei bleiben.

In diesem Traum wurde er aus der Mitte des heutigen Saudi-Arabien nach Jerusalem entrückt, das damals nur für Christen und Juden eine heilige Stadt war.«

»Zu welcher Zeit? Nach unserem Kalender.«

»Um das Jahr sechshundertzwanzig.«

»Und was geschah dann?«

»Der Erzengel Gabriel nahm Mohammed auf einem geflügelt Pferd mit hinauf durch die sieben Himmel und brachte ihn schließlich vor das Angesicht des allmächtigen Gottes, der ihn in den Gebetsritualen unterwies, an die ein wahrer Gläubiger sich zu halten habe. Mohammed prägte sich alles ein und diktierte es später einem Schreiber, und so wurde es zu einem integralen Bestandteil der Sechstausendsechshundertsechsundsechzig. Diese Verse wurden zur Grundlage des Islam, und sie sind es bis heute geblieben.«

Die anderen drei Professoren nickten zustimmend.

»Und das glauben die Muslime?«, fragte der Deputy Director.

»Wir wollen nicht herablassend werden«, sagte Harry Harrison in scharfem Ton. »Im Neuen Testament wird uns berichtet, dass Jesus vierzig Tage und vierzig Nächte in der Wildnis fastete und danach dem Teufel entgegentrat und ihm widersagte. Wer so lange Zeit ohne Nahrung verbringt, wird ganz sicher Halluzinationen haben. Aber für gläubige Christen ist es die Heilige Schrift, an der sie nicht zweifeln.«

»Okay, ich entschuldige mich. Al-Isra ist also die Begegnung mit dem Erzengel?«

»Keineswegs«, sagte Jolley. »Al-Isra ist die Reise an sich. Eine magische Reise. Eine göttliche Reise, unternommen auf Anweisung Allahs selbst.«

»Man hat sie auch als Reise durch die Dunkelheit zu großer Erleuchtung bezeichnet«, warf Dr. Schramme ein.

Er zitierte aus einem alten Kommentar. Die anderen drei kannten ihn gut und nickten.

»Und was würde ein moderner Muslim und ein führendes al-Qaida-Mitglied damit meinen?«

Es war der erste Hinweis auf die Herkunft der Dokumente, den die Akademiker bekamen.

»Waren diese Texte schwer bewacht?«

»Zwei Männer sind gestorben, bevor sie uns in die Hände fielen.«

»Ah. Ja. Verständlich.« Dr. Jolley betrachtete mit großer Aufmerksamkeit seine Pfeife. »Ich fürchte, es kann nichts anderes sein als ein Hinweis auf irgendein Projekt, eine Operation. Und zwar auf eine ziemlich bedeutende.«

»Eine große Sache?«, fragte der Mann vom Heimatschutz.

»Gentlemen, fromme Muslime, ganz zu schweigen von fanatischen Muslimen, reden nicht leichtfertig über al-Isra. Für sie war es etwas, das die Welt verändert hat. Wenn sie einem Unternehmen den Codenamen al-Isra geben, haben sie etwas Großes vor.«

»Aber nichts weist darauf hin, worum es sich handeln könnte?«

Dr. Jolley schaute in die Runde. Seine drei Kollegen zuckten die Achseln.

»Nein. Beide Autoren rufen den Segen Allahs auf ihr Projekt herab, doch das ist alles. Ich glaube, ich kann in unser aller Namen sagen, dass Sie herausfinden sollten, was dieses Projekt ist. Was immer dahinterstecken mag – eine schlichte Rucksackbombe, einen verwüsteten Nightclub oder einen zerstörten Linienbus würden sie niemals mit ›al-Isra‹ bezeichnen.«

Niemand hatte sich Notizen gemacht. Es war nicht nötig. Jedes Wort war aufgezeichnet worden. In der Branche war dieses Gebäude schließlich unter dem Namen »Puzzle-Palast« bekannt.

Die beiden Nachrichtendienstoffiziere würden innerhalb einer Stunde das Transkript der Unterredung in Händen halten und noch in der Nacht ihren gemeinsamen Bericht verfassen. Noch vor dem Morgengrauen würde dieser Bericht das Gebäude verlassen; versiegelt und von einem bewaffneten Kurier würde er an einen höheren Ort gebracht werden. An einen sehr hohen Ort, den höchsten, den es in den USA gibt: ins Weiße Haus.

Terry Martin fuhr mit Ben Jolley in einer Limousine zurück nach Washington. Der Wagen war größer als der, mit dem er gekommen war; zwischen dem vorderen und dem hinteren Teil war eine

Glastrennwand. Durch die Scheibe sahen sie zwei Hinterköpfe: den Fahrer und den jungen Offizier, der sie begleitete.

Der bärbeißige alte Amerikaner spielte gedankenvoll mit der Pfeife in seiner Jackentasche und starrte hinaus in die vorüberziehende Landschaft, ein Meer von goldenem und braunem Herbstlaub. Der jüngere Brite schaute in die andere Richtung und hing ebenfalls seinen Gedanken nach.

In seinem ganzen Leben hatte er eigentlich nur vier Menschen geliebt, und drei davon hatte er in den vergangenen zehn Monaten verloren. Anfang des Jahres waren seine Eltern, die ihre beiden Söhne erst bekommen hatten, als sie schon in den Dreißigern waren, mit über siebzig Jahren beinahe gleichzeitig gestorben, sein Vater an Prostatakrebs und seine Mutter kurz darauf an gebrochenem Herzen: Sie hatte nicht mehr weiterleben wollen. Sie schrieb jedem ihrer beiden Söhne einen bewegenden Brief, legte sich in ein heißes Bad und nahm ein Röhrchen Schlaftabletten. So schlief sie ein und ging, um es mit ihren eigenen Worten zu sagen, »zu Daddy«.

Terry Martin war am Boden zerstört, aber er überlebte durch die Kraft zweier Männer, der beiden anderen Menschen, die er mehr liebte als sich selbst. Der eine war sein Partner, der große, gut aussehende Börsenmakler, mit dem er seit vierzehn Jahren zusammenlebte, bis in einer wilden Nacht im März dieser betrunkene Autofahrer gekommen war, in irrsinnigem Tempo – der knirschende Zusammenprall von Stahl und menschlichem Körper, der Leichnam auf einem Tisch im Leichenschauhaus, die furchtbare Beerdigung, Gordons Eltern mit ihrer steifen Missbilligung von Terrys unverhohlenen Tränen.

Er hatte ernsthaft daran gedacht, seinem eigenen, nur noch jammervollen Leben ein Ende zu machen. Aber sein älterer Bruder Mike schien seine Gedanken zu spüren. Er zog für eine Woche zu ihm und redete mit ihm, bis die Krise überwunden war.

Die Heldenverehrung für seinen Bruder reichte zurück bis in ihre Kinderzeit im Irak und die Jahre auf der britischen Privatschule von Haileybury am Rande des Marktstädtchens Hertford.

Mike war immer all das gewesen, was Terry nicht war. Dunkel, nicht blond. Schlank, nicht pummelig. Hart, nicht weich. Schnell, nicht langsam. Tapfer, nicht ängstlich. Während Terry jetzt in der Limousine durch Maryland glitt, wanderten seine Gedanken zurück zu diesem letzten Rugby-Match gegen Tonbridge, mit dem Mike seine fünf Jahre in Haileybury beendet hatte.

Als die beiden Mannschaften vom Platz kamen, stand Terry an dem mit Seilen abgesperrten Durchgang und strahlte. Mike streckte die Hand aus und zerzauste ihm das Haar.

»Na«, sagte er, »wir haben's geschafft, Brüderchen.«

Terry war vor Angst fast vergangen, als der Augenblick kam, seinem Bruder zu gestehen, ihm sei jetzt klar, dass er schwul sei. Mike, inzwischen Offizier bei den Fallschirmjägern und eben aus dem Falklandkrieg zurück, dachte kurz darüber nach, lächelte dann sein spöttisches Lächeln und antwortete mit Joe E. Browns letztem Satz in *Manche mögen's heiß*.

»Tja. *Nobody is perfect.*«

Von diesem Augenblick an kannte Terrys Heldenverehrung für seinen Bruder keine Grenzen mehr.

In Maryland ging die Sonne unter. In derselben Zeitzone sank sie auch über Kuba, und auf der südwestlichen Halbinsel namens Guantanamo breitete ein Mann seinen Gebetsteppich aus, wandte sich nach Osten, kniete nieder und fing an zu beten. Vor der Zelle schaute ein GI ungerührt zu. Er hatte das alles schon oft gesehen, aber er hatte den strengen Befehl, in seiner Wachsamkeit niemals nachzulassen.

Der betende Mann war seit fast fünf Jahren in diesem Gefängnis – früher Camp X-Ray, jetzt Camp Delta und in den Medien kurz »Gitmo« für Guantanamo Bay genannt. Die ersten Brutalitäten und Entbehrungen hatte er lautlos, klaglos überstanden. Er hatte die vielfältigen Erniedrigungen seines Körpers und seiner Religion wortlos ertragen, doch wenn er seine Folterer anstarrte, konnten sogar sie den unversöhnlichen Hass in den schwarzen Augen über dem schwarzen Bart lesen, und dann schlugen sie ihn desto mehr. Aber brechen konnten sie ihn nicht.

In den Tagen von Zuckerbrot und Peitsche, als die Insassen ermutigt wurden, ihre Kameraden um kleiner Vergünstigungen willen zu denunzieren, war er stumm geblieben und hatte keine bessere Behandlung erwirkt. Andere hatten es gesehen und ihn angeschwärzt, um sich Zugeständnisse zu verschaffen, da ihre Beschuldigungen jedoch aus der Luft gegriffen waren, hatte er sie weder geleugnet noch bestätigt.

In den Akten, die die Verhörspezialisten zum Nachweis ihrer Erkenntnisse führten, fand sich vieles über den Mann, der an diesem Abend betete, aber fast nichts davon stammte von ihm selbst. Höflich hatte er die Fragen beantwortet, die ihm Jahre zuvor von einem dieser Spezialisten gestellt worden waren, der einen humanen Ansatz verfolgt hatte. Nur deshalb existierte überhaupt eine brauchbare Akte über seine Vergangenheit.

Das Problem war allerdings immer noch das gleiche. Keiner von denen, die ihn verhört hatten, verstanden auch nur ein einziges Wort der Muttersprache des Mannes; sie hatten sich immer auf die Dolmetscher verlassen, die sie überallhin begleiteten. Doch die Dolmetscher verfolgten ebenfalls eigene Interessen. Auch sie erhielten Vergünstigungen, wenn sie interessante Enthüllungen lieferten, und so hatten sie einen guten Grund, welche zu erfinden.

Nach vier Jahren war der betende Mann als »unkooperativ« eingestuft worden, was nur bedeutete, dass er nicht zu brechen war. 2005 hatte man ihn über den Golf in das neue Hochsicherheits-Isolationsgefängnis Camp Echo verlegt. Hier waren die Zellen kleiner, sie hatten weiße Wände, und Bewegung für die Häftlinge gab es nur nachts. Seit einem Jahr hatte der Mann die Sonne nicht mehr gesehen.

Keine Familie fragte lautstark nach ihm, keine Regierung bemühte sich um Informationen über ihn, kein Anwalt klagte um seinetwillen. Die Häftlinge um ihn herum verfielen in psychotische Zustände und wurden zur Therapie fortgebracht. Er blieb stumm und las seinen Koran. Draußen wurde die Wache abgelöst, während er betete.

»Verdammter Araber«, knurrte der Mann, der jetzt dienstfrei hatte. Seine Ablösung schüttelte den Kopf.

»Er ist kein Araber«, sagte er. »Er ist Afghane.«

»Wie denken Sie über unser Problem, Terry?«

Ben Jolley hatte seine Gedankengänge beendet und drehte sich zu Martin um.

»Klingt nicht gut, wie?«, erwiderte Terry Martin. »Haben Sie die Gesichter unserer beiden Geheimdienstfreunde gesehen? Sie wussten, dass wir nur bestätigten, was sie bereits vermutet hatten, aber sie waren nicht glücklich, als wir gingen.«

»Das ändert nichts an der Beurteilung. Sie müssen herausfinden, worum es bei der Operation al-Isra geht.«

»Wie sollen sie das anstellen?«

»Na, ich habe schon lange genug mit diesen Schlapphüten zu tun. Seit dem Sechstagekrieg berate ich sie in allen Nahost-Fragen. Sie haben eine Menge Möglichkeiten: Insiderquellen, umgedrehte Agenten, Lauschangriffe, Datenspionage, Satellitenbeobachtungen. Und ihre Computer sind eine große Hilfe bei der Vernetzung von Daten – was früher Wochen gedauert hat, schaffen sie heute innerhalb von Minuten. Ich nehme an, sie werden es herausbekommen und irgendwie stoppen. Vergessen Sie nicht, wir haben einen weiten Weg zurückgelegt, seit Gary Powers 1960 über Swerdlowsk abgeschossen wurde und seit die U2 1962 die Fotos von Chruschtschows Raketen auf Kuba lieferte. Da waren Sie sicher noch gar nicht auf der Welt, was?« Er gluckste grummelnd bei dem Gedanken an sein eigenes, methusalemhaftes Alter, als Terry Martin nickte.

»Vielleicht haben sie sogar jemanden innerhalb von al-Qaida«, erwog Martin.

»Das bezweifle ich«, sagte Jolley. »Wenn es dort jemanden in hoher Position gäbe, wüssten wir längst, wo sich der Führungszirkel aufhält, und dann hätten wir sie mit Smart Bombs eliminiert.«

»Aber vielleicht können sie jemanden dort einschleusen, der uns dann berichtet.«

Wieder schüttelte der Ältere voller Überzeugung den Kopf. »Kommen Sie, Terry, wir wissen beide, dass das unmöglich ist. Ein Araber würde sich wahrscheinlich umdrehen lassen und gegen uns arbeiten. Und ein Nichtaraber? Vergessen Sie's. Wir wissen beide, dass alle Araber weit verzweigten Familien, Sippen und Stämmen angehören. Eine Nachfrage bei der Familie oder dem Klan, und jeder Spitzel wäre enttarnt. Er müsste also einen unangreifbaren Lebenslauf haben. Dazu kommt, er müsste seiner Rolle entsprechend aussehen und reden können, und vor allem: Er müsste sie beten können. Eine falsche Silbe bei all diesen Gebeten, und die Fanatiker würden etwas merken. Sie sprechen ihre Gebete fünfmal täglich und lassen niemals eins aus.«

»Das stimmt.« Martin wusste, dass der andere wahrscheinlich Recht hatte, doch er ließ gern seine Fantasie spielen. »Aber die Koranpassagen lassen sich auswendig lernen, und man könnte eine Familie erfinden, die unaufspürbar ist.«

»Vergessen Sie's, Terry. Kein Europäer oder Amerikaner kann unter Arabern als Araber durchgehen.«

»Mein Bruder schon«, sagte Dr. Martin. Eine Sekunde später hätte er sich am liebsten die Zunge abgebissen. Aber er hatte Glück. Dr. Jolley grunzte nur, ließ das Thema fallen und schaute hinaus in die Außenbezirke von Washington. Die beiden Köpfe vor der Scheibe hatten sich nicht bewegt. Martin atmete erleichtert auf. Falls es ein Mikro im Wagen gab, war es offenbar abgeschaltet.

Er irrte sich.

DREI

Der Fort-Meade-Report zu den Erwägungen der Korankommission war fertig, als an diesem Samstag die Sonne aufging, und durchkreuzte etliche Pläne für das Wochenende. Unter anderem die von Marek Gumienny, Deputy Director (Operations) der CIA, der am frühen Samstagmorgen in seinem Haus in Old Alexandria angerufen wurde. Man ersuchte ihn, unverzüglich in sein Büro zu kommen, sagte ihm jedoch nicht, warum.

Das »Warum« lag auf seinem Schreibtisch, als er ankam. In Washington dämmerte noch nicht einmal der Morgen, aber über den fernen Bergen von Prince George's Country, wo der Patuxent River zum Chesapeake fließt, schimmerten die ersten rosigen Strahlen der Sonne herauf.

Marek Gumiennys Büro war eines der wenigen im sechsten, obersten Stockwerk eines großen, lang gestreckten Gebäudes inmitten des Zentralkomplexes der CIA, der schlicht als Langley bekannt ist. Es war kürzlich umgetauft worden und hieß jetzt Old Building – im Unterschied zu dem spiegelbildlichen New Building, in dem der anwachsende Dienst seit 9/11 untergebracht war.

In der Hierarchie der CIA ist der Director of Central Intelligence traditionell ein politischer Beamter, während die tatsächliche Muskelkraft bei den beiden Deputy Directors liegt. Die Abteilung Operations ist für das eigentliche Sammeln nachrichtendienstlicher Erkenntnisse zuständig, während der Deputy Director (Intelligence) das Abgleichen und die Analyse des eingehenden Materials übernimmt und die Rohinformationen zu einem sinnvollen Bild zusammenfügt.

Diesen beiden unmittelbar unterstellt sind der Director of Counter-Intelligence, der den Geheimdienst vor Infiltration und internen Verrätern zu schützen hat, und der Director of Counter-Terrorism, dessen Abteilung sich immer mehr zum Kesselraum des Dienstes entwickelt, seit die Aktivitäten der CIA sich von der alten UdSSR ab- und den neuen Bedrohungen aus dem Nahen und Mittleren Osten zugewandt haben.

Der Deputy Director (Operations), kurz DDO genannt, war seit Beginn des Kalten Krieges nach 1945 immer ein Sowjet-Experte, und die für die UdSSR, ihre Satellitenstaaten und Osteuropa zuständige Abteilung war der richtige Ort für einen ehrgeizigen Berufsoffizier. Marek Gumienny war der erste Arabist im Amt des DDO. Als junger Agent hatte er mehrere Jahre im Nahen und Mittleren Osten verbracht und zwei der dortigen Sprachen erlernt – Arabisch und Farsi, die Sprache des Iran –, und er kannte die Kultur.

Selbst im 24-Stunden-Betrieb dieses Gebäudes ist die sonntägliche Morgendämmerung kein günstiger Zeitpunkt, um einen heißen, starken Kaffee aufzutreiben, wie er ihn gern trank. Also machte er ihn selbst. Während die Kaffeemaschine gluckerte, öffnete Gumienny das Paket auf seinem Schreibtisch und nahm die dünne, versiegelte Akte heraus.

Er wusste, was ihn erwartete. Fort Meade hatte die Daten vom Laptop des Ägypters geborgen, übersetzt und analysiert, aber die CIA in Zusammenarbeit mit den Briten und dem pakistanischen CTC hatte den Laptop sichergestellt, und die CIA-Niederlassungen in Peschawar und Islamabad hatten ihren Chef mit umfangreichen Berichten auf dem Laufenden gehalten.

Die Akte enthielt sämtliche Dateien, die sich auf dem Laptop des al-Qaida-Bankers befunden hatten, doch die beiden Briefe, insgesamt drei Seiten lang, waren das Wichtigste. Der DDO sprach ein schnelles, flüssiges Umgangsarabisch. Schriftliche Texte zu lesen ist schwieriger, und so musste er immer wieder auf die Übersetzungen zurückgreifen.

Er las den Report der Korankommission, den die beiden Nachrichtendienstoffiziere nach dem Meeting verfasst hatten, aber darin fand sich nichts Überraschendes. Ihm war schon klar, dass der Verweis auf al-Isra, die magische Reise des Propheten durch die Nacht, nur das Codewort für ein wichtiges Projekt sein konnte.

Dieses Projekt musste jetzt einen internen Namen für die amerikanischen Nachrichtendienste bekommen. Al-Isra durfte es nicht heißen, denn sonst würden andere gleich wissen, was sie herausgefunden hatten. Er öffnete die Kryptografiedatei, um einen Namen zu finden, mit dem er und seine Kollegen das al-Qaida-Projekt von jetzt an bezeichnen würden.

Codenamen kommen aus dem Computer und werden per Zufallsgenerator entwickelt, damit sie nichts verraten. In diesem Monat benutzte die CIA Fischnamen; der Computer entschied sich für den Stachelrochen, und das Codewort lautete »Projekt Stingray«.

Das letzte Blatt in der Akte war Samstagnacht hinzugefügt worden. Sein Inhalt war kurz und knapp. Es stammte von der Hand eines Mannes, der nicht gern viele Worte machte, einem der sechs Geheimdienstoberen, dem US-Geheimdienstkoordinator. Offensichtlich war die Akte von Fort Meade geradewegs zum Nationalen Sicherheitsrat, zum Geheimdienstkoordinator und ins Weiße Haus gegangen. Marek Gumienny konnte sich vorstellen, dass das Licht im Oval Office bis tief in die Nacht hinein gebrannt hatte.

Das letzte Blatt trug den Briefkopf des Director of National Intelligence. Darunter stand in Großbuchstaben:

WAS IST AL-ISRA?
NUKLEAR, BIOLOGISCH, CHEMISCH,
KONVENTIONELL?
FESTSTELLEN, WAS, WANN UND WO.
EINSCHRÄNKUNGEN: KEINE
VOLLMACHTEN: ALLE
JOHN NEGROPONTE

Unterschrift unleserlich. Es gibt neunzehn wichtige Geheimdienst- und Datenarchivierungsdienste in den USA. Der Brief, den Marek

Gumienny in der Hand hielt, machte ihn zum Vorgesetzten für sie alle. Sein Blick wanderte zum oberen Teil des Schreibens. Es war an ihn persönlich adressiert.

Es klopfte.

Ein junger GS15 stand draußen und hatte wieder etwas abzuliefern. General Service, kurz »GS«, ist nichts weiter als eine Gehaltsskala, und die 15 bedeutet, dass es sich um einen Mitarbeiter der unteren Gruppen handelt. Gumienny schenkte dem jungen Mann ein aufmunterndes Lächeln. Es war klar, dass er noch nie so hoch oben im Gebäude gewesen war. Gumienny streckte die Hand aus, quittierte die Zustellung auf dem Klemmbrett und wartete, bis er wieder allein war.

Die neue Akte kam von seinen Kollegen in Fort Meade. Sie enthielt das Transkript der Unterhaltung der beiden Koran-Eierköpfe auf der Rückfahrt nach Washington. Einer der beiden war Brite. Seine letzte Äußerung hatte jemand in Fort Meade mit Rotstift unterstrichen und mit mehreren Fragezeichen versehen.

In seiner Zeit im Nahen und Mittleren Osten hatte Marek Gumienny viel mit den Briten zu tun gehabt, und im Gegensatz zu vielen seiner Landsleute, die sich drei Jahre lang bemüht hatten, in dem Höllenloch Irak zurechtzukommen, war er nicht zu stolz, um zuzugeben, dass die engsten Verbündeten der CIA in dem, was Kipling »das große Spiel« genannt hatte, ein umfangreiches Geheimwissen über das Wüstenland zwischen Jordan und Hindukusch besaßen.

Anderthalb Jahrhunderte lang waren Briten entweder als Soldaten oder als Administratoren des alten Empires oder auch als exzentrische Abenteurer durch die Wüsten, Gebirge und Ziegenweiden dieser Gegend gezogen, die jetzt zu einer Zeitbombe für die Geheimdienste der Welt geworden war. Die Briten nannten die CIA »die Cousins« oder »die Company«, und bei den Amerikanern hieß der Londoner Dienst »die Freunde« oder »die Firma«. Für Marek Gumienny war einer dieser Freunde ein Mann, mit dem er gute Zeiten, nicht so gute Zeiten und regelrecht gefährliche Zeiten durchlebt hatte, als sie beide noch

Agenten im Außendienst waren. Jetzt hockte er an einem Schreibtisch in Langley, und Steve Hill war vom Außendienstagenten zum Führungsoffizier Nahost in der Zentrale der Firma in Vauxhall Cross befördert worden.

Gumienny entschied, dass eine Konferenz nichts schaden und vielleicht etwas nützen würde. Ein Sicherheitsproblem gab es nicht. Er wusste, dass die Briten ungefähr das gleiche Material haben würden wie er. Auch sie hatten die Eingeweide des Toshiba an ihre Lausch- und Kryptografieabteilung in Cheltenham übermittelt. Auch sie würden den Inhalt ausgedruckt haben. Auch sie würden die merkwürdigen Koranverweise in den verschlüsselten Briefen analysiert haben.

Was Marek Gumienny kannte, die Londoner aber wahrscheinlich nicht, war die bizarre Bemerkung des britischen Wissenschaftlers auf dem Rücksitz eines Regierungsfahrzeugs mitten in Maryland. Auf der Konsole auf seinem Schreibtisch wählte er eine Nummer. Zentrale Vermittlungsstellen sind bis zu einem gewissen Punkt ganz brauchbar, aber durch moderne Technologien kann auch eine Führungskraft ihre Verbindungen viel schneller über die Kurzwahltasten am persönlichen Satellitentelefon herstellen.

Ein Telefon klingelte in einem bescheidenen Einfamilienhaus in Surrey, gleich außerhalb von London. Acht Uhr morgens in Langley, ein Uhr mittags in London – die Familie wollte gerade den Sonntagsbraten verzehren. Beim dritten Klingeln meldete sich jemand. Steve Hill hatte seine Golfpartie genossen, und jetzt wollte er sein Roastbeef genießen.

»Hallo?«

»Steve? Marek.«

»Alter Junge, wo sind Sie? Etwa hier drüben?«

»Nein, ich sitze an meinem Schreibtisch. Können wir auf die sichere Leitung wechseln?«

»Na klar. Geben Sie mir zwei Minuten …« Die Stimme wurde leiser. »Darling, warte noch mit dem Braten.« Dann war die Leitung tot.

Beim zweiten Anruf klang die Stimme aus England ein bisschen blechern, aber das Gespräch war abhörsicher.

»Verstehe ich recht, dass ganz in Ihrer Nähe eine gewisse Substanz angefangen hat zu dampfen?«, fragte Hill.

»Man sieht kaum noch die Hand vor Augen«, stimmte Gumienny zu. »Ich nehme an, Sie haben ungefähr das Gleiche wie ich aus Peschawar bekommen?«

»Vermutlich. Ich hab's gestern gelesen. Hab mich schon gefragt, wann Sie anrufen.«

»Ich habe etwas, das Sie vielleicht nicht haben, Steve. Wir haben hier einen Gastprofessor aus London. Er hat am Freitagabend eine beiläufige Bemerkung gemacht. Ich will gleich zur Sache kommen. Kennen Sie einen Mann namens Martin?«

»Martin wer?«

»Martin ist sein Nachname. Sein Bruder hier drüben ist Dr. Terry Martin. Klingelt's?«

Steve Hill wurde ernst. Er hielt den Telefonhörer ans Ohr und starrte ins Leere. O ja, er kannte Martins Bruder. Damals, im ersten Golfkrieg 1990/91 hatte Hill zum Führungsteam in Saudi-Arabien gehört, als der Bruder des Professors sich nach Bagdad hineingeschlichen und dort vor der Nase von Saddams Geheimpolizei als bescheidener Gärtner gelebt hatte, während er unbezahlbare Informationen von einer Quelle im Kabinett des Diktators nach draußen lieferte.

»Könnte sein«, räumte er ein. »Warum?«

»Ich glaube, wir sollten uns unterhalten«, sagte der Amerikaner. »Von Angesicht zu Angesicht. Ich könnte zu Ihnen kommen. Ich habe den Grumman.«

»Wann wollen Sie fliegen?«

»Heute Abend. Ich kann im Flugzeug schlafen. Dann bin ich zum Frühstück in London.«

»Okay. Ich arrangiere das mit Northolt.«

»Ach, und – Steve? Können Sie die Akte über diesen Martin beschaffen, während ich fliege? Ich erkläre Ihnen alles, wenn wir uns sehen.«

Westlich von London, an der Straße nach Oxford, liegt der Luftwaffenstützpunkt Northolt. Nach dem Zweiten Weltkrieg war hier zwei Jahre lang der Londoner Zivilflughafen, während Heathrow hastig hochgezogen wurde. Danach fiel Northolt wieder in seine Rolle als zweitrangiger Flughafen zurück, und schließlich wurde er zu einem Flugplatz für Privat- und Firmenjets. Aber weil er immer noch der Royal Air Force gehört, lassen sich hier geheime Starts und Landungen ohne die üblichen Formalitäten durchführen.

Die CIA hat einen eigenen Flugplatz in der Nähe von Langley und eine kleine Flotte von Executive-Jets. Marek Gumiennys umfassende Vollmacht gab ihm Zugriff auf einen Grumman V. Auf dem Transatlantikflug konnte er bequem an Bord der Maschine schlafen. Steve Hill erwartete ihn in Northolt.

Hill brachte seinen Gast nicht in die grün- und sandsteinfarbene Zikkurath in Vauxhall Cross am Südufer der Themse, wo der SIS seinen Sitz hat, sondern in das sehr viel ruhigere Cliveden Hotel, eine ehemalige Privatvilla auf einem eigenen Grundstück, keine dreißig Meilen vom Flugplatz entfernt. Er hatte eine kleine Konferenzsuite mit Zimmerservice reserviert, in der sie ungestört sein würden.

Dort las er die Analyse der amerikanischen Korankommission, die der aus Cheltenham bemerkenswert ähnlich war, und das Transkript der Unterhaltung auf dem Rücksitz der Limousine.

»Idiot«, brummte er, als er fertig war. »Der andere Arabist hat Recht. Das geht nicht. Nicht nur wegen der Sprache, sondern wegen der vielen anderen Tests, die kein Fremder, kein Ausländer je bestehen könnte.«

»Und angesichts meiner Befehle von allerhöchster Stelle – was würden Sie vorschlagen?«

»Schnappen Sie sich einen al-Qaida-Insider und quetschen Sie ihn aus«, sagte Hill.

»Steve, wenn wir auch nur die leiseste Ahnung hätten, wo wir einen so hochrangigen al-Qaida-Mann finden, dann würden wir ihn natürlich greifen. Aber wir haben keine solche Zielperson im Visier.«

»Abwarten und Tee trinken. Irgendjemand wird das Codewort wieder benutzen.«

»Meine Leute müssen davon ausgehen, dass die USA das Ziel sein werden, wenn al-Isra die nächste spektakuläre Operation sein sollte. Wenn wir da auf ein Wunder warten, das vielleicht nicht geschieht, wird Washington nicht zufrieden sein. Außerdem dürfte al-Qaida inzwischen wissen, dass wir den Laptop haben. Ist also gut möglich, dass sie das Codewort nie wieder verwenden, außer vielleicht in Vieraugengesprächen.«

»Tja«, meinte Hill, »wir könnten überall da, wo sie es hören müssen, verbreiten, dass wir den Plan kennen und kurz vor dem Zugriff stehen. Dann werden sie die Operation abbrechen und sich verdrücken.«

»Vielleicht, vielleicht auch nicht. Aber das werden wir nie erfahren. Wir wären weiter im Ungewissen und würden nie erfahren, ob Projekt Stingray abgeblasen wurde oder nicht. Und wenn nicht? Wenn sie es durchführen? Wie mein Boss fragt: Ist es ein nuklearer, ein chemischer, ein konventioneller Angriff? Wo und wann? Kann denn Ihr Martin wirklich als Araber unter Arabern durchgehen? Ist er wirklich so gut?«

»Er war es immer«, grunzte Hill und schob eine Akte über den Tisch. »Sehen Sie selbst.«

Die Akte mit den üblichen braunen Deckeln war mehrere Zentimeter dick, und auf dem Etikett stand schlicht: »COLONEL MIKE MARTIN«.

Der Großvater mütterlicherseits der beiden Martin-Brüder war zwischen den Weltkriegen Teepflanzer in Darjeeling in Indien gewesen. Dort hatte er etwas Unerhörtes getan: Er hatte ein indisches Mädchen geheiratet.

Die britischen Teepflanzer lebten in einer kleinen, entlegenen Welt voller Snobismus. Ihre Bräute kamen aus England, oder sie fanden sie unter den Töchtern der Offiziersklasse des Raj. Die Jungen hatten Fotos ihres Großvaters gesehen: Terence Granger, wie er groß, rotgesichtig, mit blondem Schnurrbart, eine Pfeife im Mund und ein Gewehr in der Hand, neben einem erlegten Tiger stand.

Und es gab Bilder von Miss Indira Bohse: sanft, liebevoll und sehr schön. Als Terence Granger sich von dieser Verbindung nicht abbringen ließ, fand die Tea Company, statt einen zweiten Skandal auszulösen, indem sie ihn feuerte, eine bessere Lösung. Sie versetzte das junge Paar in die Wildnis von Assam an der burmesischen Grenze.

Wenn das als Strafe gedacht war, so funktionierte es nicht. Granger und seine junge Frau liebten das Leben dort oben in dieser wilden, zerklüfteten Landschaft, in der es von Großwild und Tigern wimmelte. Susan kam 1930 dort zur Welt. 1943 war der Krieg bis nach Assam vorgedrungen, und die Japaner rückten durch Burma bis an die Grenze vor. Terence Granger war zwar alt genug, um dem Militärdienst zu entgehen, aber er meldete sich freiwillig und fiel 1945 bei der Überschreitung des Irrawaddyflusses.

Mit ihrer kleinen Witwenrente von der Tea Company blieb Indira Granger nichts anderes übrig, als in ihre eigene Kultur zurückzukehren. Zwei Jahre später gab es neue Probleme: Indien wurde aufgeteilt und in die Unabhängigkeit entlassen. Ali Jinnah beharrte auf einem muslimischen Pakistan im Norden, Nehru gab sich mit einem überwiegend hinduistischen Indien im Süden zufrieden. Wellen von Flüchtlingen fluteten nach Norden und nach Süden, und es kam zu wütenden Kämpfen.

Aus Angst um die Sicherheit ihrer Tochter schickte Mrs. Granger Susan nach England zum jüngeren Bruder ihres gefallenen Ehemanns, einem gut situierten Architekten in Haslemere, Surrey. Sechs Monate später verlor die Mutter bei den Unruhen ihr Leben.

Susan Granger kam mit siebzehn in das Land ihrer Väter, das sie nie gesehen hatte. Sie verbrachte ein Jahr auf einer Mädchenschule und dann drei als Krankenschwester im Farnham General Hospital. Als sie mit einundzwanzig das zulässige Eintrittsalter erreicht hatte, bewarb sie sich als Stewardess bei der British Overseas Airways Corporation. Sie war umwerfend schön mit ihren kastanienbraunen Locken, den blauen Augen ihres Vaters und der Haut eines englischen Mädchens mit einer honiggoldenen Sonnenbräune.

Weil sie fließend Hindi sprach, setzte die BOAC sie auf der Strecke London–Bombay ein. Damals war dieser Flug lang und umständlich: von London über Rom nach Kairo und weiter über Basra, Bahrain und Karachi nach Bombay. Keine Crew flog die ganze Strecke; die erste Auswechselung geschah bei der Zwischenlandung in Basra im Südirak. Dort lernte Susan 1951 im Country Club Nigel Martin kennen, der als Buchhalter bei einer Ölfirma arbeitete, und sie heirateten 1952.

Sie mussten zehn Jahre auf die Geburt ihres ersten Sohnes Michael warten, und noch einmal drei Jahre später kam der zweite, Terry, zur Welt. Die beiden Jungen unterschieden sich wie Tag und Nacht.

Marek Gumienny betrachtete das Foto in der Akte. Das war keine Sonnenbräune, sondern ein von Natur aus dunkler Teint. Schwarzes Haar, dunkle Augen. Er sah, dass die Gene der Großmutter eine Generation übersprungen hatten und beim Enkel wieder zutage getreten waren. Mike hatte nicht die geringste Ähnlichkeit mit seinem Bruder, dem Professor in Georgetown, der mit seinem rosigen Gesicht und den rötlich-blonden Haaren seinem Vater glich.

Er dachte an Dr. Ben Jolley und seine Einwände. Wenn ein Infiltrator bei al-Qaida eine Chance haben sollte, musste er seiner Rolle entsprechend aussehen und sprechen können. Gumienny überflog den Rest der Kindheit.

Sie waren beide nacheinander zur angloirakischen Schule gegangen und hatten auch bei ihrer *dada* gelernt, ihrem Kindermädchen, der sanften, rundlichen Fatima, die vom Land kam und zu ihrem Stamm zurückkehren würde, wenn sie genug Geld gespart hatte, um einen anständigen jungen Ehemann zu finden.

Gumienny stieß auf eine Bemerkung, die nur aus einem Interview mit Terry Martin stammen konnte: wie der ältere Junge in seinem weißen irakischen Gewand auf dem Rasen vor dem Haus im Vorort Saadun herumtobte und die entzückten irakischen Gäste seines Vaters lachten und riefen: »Aber Nigel, er ist ja eher einer von uns!«

Eher einer von uns, dachte Marek Gumienny. Eher einer von ihnen. Zwei der vier Punkte, die Ben Jolley aufgezählt hatte: Er sah aus wie ein Araber, und er sprach Arabisch wie ein Araber. Mit einer intensiven Ausbildung würde er doch sicher auch die Gebetsrituale meistern.

Der CIA-Mann las weiter. Als Vizepräsident Saddam Hussein anfing, die ausländischen Ölfirmen zu verstaatlichen und dies 1972 auch mit Anglo-Iraq Petroleum tat, hielt Martin noch drei Jahre durch, und 1975 brachte er seine Familie nach Hause. Da war Mike dreizehn und alt genug für die Senior School in Haileybury.

Marek Gumienny brauchte eine Pause und einen Kaffee.

»Er könnte es, wissen Sie«, sagte er, als er von der Toilette zurückkam. »Mit genügend Training und Unterstützung könnte er es tatsächlich. Wo ist er jetzt?«

»Abgesehen von zwei Einsätzen bei uns, zu denen wir ihn ausgeborgt haben, hat er seine militärische Laufbahn abwechselnd bei den Fallschirmjägern und den Special Forces absolviert. Hat sich letztes Jahr zur Ruhe gesetzt, nachdem er seine fünfundzwanzig Jahre abgedient hatte. Und nein, es würde nicht funktionieren.«

»Warum nicht, Steve? Er hat alles, was so einer braucht.«

»Nur nicht den Hintergrund. Die Eltern, die weit verzweigte Familie, den Geburtsort. Man spaziert nicht einfach bei al-Qaida hinein – höchstens als jugendlicher Freiwilliger für eine Selbstmordmission, als Subalterner, als Laufbursche. Jemand, der so viel Vertrauen genießt, dass er in die Nähe dieses hochkarätigen Projekts kommen könnte, müsste zehn Jahre bei denen hinter sich haben. Das ist der entscheidende Haken, Marek, und es bleibt der entscheidende Haken. Es sei denn …«

Er versank in Gedanken. Schließlich schüttelte er den Kopf.

»Es sei denn?«, fragte der Amerikaner.

»Nein, es ist keine Option«, wehrte Hill ab.

»Sagen Sie's trotzdem.«

»Ich dachte an einen Doppelgänger. Einen Mann, dessen Platz er einnehmen könnte. Aber auch das hat einen Haken. Wenn der echte Mann noch lebte, hätte al-Qaida ihn in ihren Reihen. Wenn er tot wäre, wüssten sie es. Das läuft also nicht.«

»Die Akte ist dick«, sagte Marek Gumienny. »Kann ich sie mitnehmen?«

»Das ist selbstverständlich eine Kopie. Nur für Sie?«

»Sie haben mein Wort, alter Junge. Nur für mich. Und für meinen Privatsafe. Oder den Verbrennungsofen.«

Der DDO flog zurück nach Langley, aber ein paar Tage später rief er wieder an. Steve Hill nahm den Anruf an seinem Schreibtisch in Vauxhall Cross entgegen.

»Ich glaube, ich setze mich noch einmal ins Flugzeug«, sagte der DDO ohne Einleitung. Beide Männer wussten, dass der britische Premierminister seinem Freund im Weißen Haus inzwischen die totale Kooperation der britischen Seite bei der Aufspürung des Projekts Stingray zugesichert hatte.

»Kein Problem, Marek. Haben Sie einen Durchbruch erzielt?« Insgeheim war Steve Hill neugierig. Angesichts moderner Technologie gibt es nichts, was nicht absolut geheim und innerhalb von Sekunden zwischen CIA und SIS hin- und hergeleitet werden könnte. Warum also fliegen?

»Der Doppelgänger«, sagte Gumienny. »Ich glaube, ich habe ihn. Zehn Jahre jünger, sieht aber älter aus. Größe und Figur stimmen. Das gleiche dunkle Gesicht. Ein al-Qaida-Veteran.«

»Klingt gut. Aber wieso ist er nicht bei den Bösen?«

»Weil er bei uns ist. Er sitzt in Guantanamo. Seit fünf Jahren.«

»Ein Araber?« Hill war überrascht. Wenn ein hochrangiger Araber von al-Qaida seit fünf Jahren in Gitmo säße, müsste er es eigentlich wissen.

»Nein, ein Afghane. Er heißt Izmat Khan. Ich bin schon unterwegs.«

Eine Woche nach dem Meeting in Fort Meade konnte Terry Martin immer noch nicht schlafen. Was für eine törichte Bemerkung. Warum konnte er nicht den Mund halten? Warum musste er mit seinem Bruder angeben? Wenn Ben Jolley nun etwas ausgeplaudert hatte? Was Klatsch und Tratsch anging, war Washington ein riesiges Dorf. Schließlich rief er seinen Bruder an.

Mike Martin war dabei, die letzte Reihe unbeschädigter Pfannen von seinem kostbaren Dach abzulösen. Endlich konnte er anfangen, die Isolierschicht zu verlegen und die Quersparren darüberzunageln. Innerhalb einer Woche konnte das Dach wasserdicht sein. Er hörte die Melodie seines Handys. Es steckte in der Tasche seiner Jacke, die in der Nähe an einem Nagel hing. Vorsichtig schob er sich über die jetzt gefährlich zerbrechlich aussehenden Dachbalken, um es herauszuholen. Auf dem Display sah er, dass sein Bruder aus Washington anrief.

»Hi, Terry.«

»Mike, ich bin's.« Er begriff immer noch nicht, warum die Leute, die er anrief, jedes Mal wussten, wer er war. »Ich habe etwas Dummes getan, und ich möchte mich bei dir entschuldigen. Vor einer Woche habe ich mich verplappert.«

»Na großartig. Was hast du gesagt?«

»Nicht so wichtig. Aber hör zu. Wenn du jemals Besuch von Männern in Anzügen bekommen solltest – du weißt schon, wen ich meine –, dann sag ihnen, sie sollen sich verpissen. Was ich gesagt habe, war dumm. Falls dich jemand besucht …«

Aus der Höhe seines Adlernestes sah Mike Martin den anthrazitgrauen Jaguar, der langsam den Feldweg von der Straße zur Scheune heraufkam.

»Ist okay, Brüderchen«, sagte er sanft. »Ich glaube, sie sind schon da.«

Die beiden Geheimagenten saßen auf Campingstühlen, und Mike Martin hockte auf einem Baumstamm, den er demnächst mit der Motorsäge zu Feuerholz zerkleinern wollte. Er hörte dem Vortrag des Amerikaners zu und sah Steve Hill mit hochgezogenen Brauen an.

»Liegt bei Ihnen, Mike«, sagte Hill. »Unsere Regierung hat dem Weißen Haus volle Kooperation zugesagt – in allem, was sie wollen oder brauchen. Aber das bedeutet nicht, dass wir irgendjemanden zwingen, ein Himmelfahrtskommando zu übernehmen.«

»Und in diese Kategorie würde die Sache gehören?«

»Das glauben wir nicht«, warf Marek Gumienny ein. »Wenn wir auch nur den Namen und den Aufenthaltsort eines einzigen al-Qaida-Aktivisten erfahren, der wissen dürfte, was da unten vorgeht, würden wir Sie rausholen und den Rest selbst erledigen. Es müsste genügen, wenn Sie zuhören, was da so geredet wird.«

»Aber mich als ... Ich glaube nicht, dass ich mich noch als Araber ausgeben könnte. Vor fünfzehn Jahren in Bagdad konnte ich mich unsichtbar machen und als einfacher Gärtner in einer Hütte leben. Da ging es nicht darum, ein Verhör durch die Mukhabarat zu überleben. Doch in diesem Fall gäbe es intensive Vernehmungen. Warum sollte jemand, der fünf Jahre in den Händen der Amerikaner gewesen ist, nicht umgedreht worden sein?«

»Natürlich nehmen wir an, dass man Sie vernehmen wird. Aber mit einigem Glück dürfte derjenige, der Sie befragt, eine hochrangige Persönlichkeit sein, die eigens zu dieser Aufgabe herangezogen wird. Und genau an diesem Punkt steigen Sie aus und nennen uns den Mann. Wir werden nur ein paar Schritte hinter Ihnen stehen.«

»Das hier« – Martin klopfte mit dem Finger auf die Akte des Mannes in der Zelle in Guantanamo – »ist ein Afghane. Ein Talib. Das bedeutet, ein Paschtune. Ich habe nie fließend Paschto gesprochen. Der erste Afghane, der mich auch nur von weitem hört, würde mich entlarven.«

»Sie würden monatelang trainiert werden, Mike«, sagte Steve

Hill. »Sie brauchen unter keinen Umständen zu gehen, bevor Sie sich bereit dazu fühlen. Nicht mal dann, wenn Sie nicht glauben, dass es klappt. Und Sie würden weit weg von Afghanistan sein. Das Gute an den afghanischen Fundamentalisten ist ja, dass sie kaum jemals außerhalb ihres eigenen Gartens auftauchen. Glauben Sie, Sie könnten schlechtes Arabisch mit dem Akzent eines Paschtunen von geringer Schulbildung sprechen?«

Mike Martin nickte. »Möglicherweise. Aber wenn die Turbanköpfe einen Afghanen heranschaffen, der diesen Kerl leibhaftig kannte?«

Die beiden anderen schwiegen. Wenn das passierte, wäre es das Ende, das wussten alle hier am Feuer.

Als die Geheimdienstleute lieber auf ihre Schuhspitzen schauten, als zu beschreiben, was mit einem Agenten passieren würde, der im Herzen von al-Qaida enttarnt wurde, schlug Martin die Akte auf seinem Schoß auf. Was er sah, ließ ihn erstarren.

Das Gesicht war um fünf Jahre gealtert und von Leidensfalten durchzogen, und der Mann sah zehn Jahre älter aus, als er tatsächlich war. Aber es war trotzdem der Junge aus den Bergen, die Beinahe-Leiche von Qala-i-Jangi.

»Ich kenne diesen Mann«, sagte er leise. »Er heißt Izmat Khan.«

Der Amerikaner starrte ihn mit offenem Mund an.

»Wie zum Teufel können Sie ihn kennen? Er sitzt seit seiner Gefangennahme vor fünf Jahren in Gitmo.«

»Ich weiß, aber viele Jahre davor haben wir in Tora Bora gegen die Russen gekämpft.«

Die beiden Männer aus London und Washington erinnerten sich an Martins Akte. Natürlich – das Jahr in Afghanistan, als er den Mudschaheddin in ihrem Kampf gegen die sowjetische Besatzung geholfen hatte. Es war unwahrscheinlich, aber nicht unvorstellbar, dass die beiden Männer einander begegnet waren. Zehn Minuten lang befragten sie ihn über Izmat Khan, um zu sehen, was er sonst noch hinzufügen könnte. Dann reichte Martin die Akte zurück.

»Wie ist er heute – Izmat Khan? Wie hat er sich verändert in fünf Jahren bei Ihren Leuten in Camp Delta?«

Der Amerikaner aus Langley zuckte die Achseln.

»Er ist tough, Mike. Sehr, sehr hart. Er kam mit einer schweren Kopfverletzung und doppelter Gehirnerschütterung, die er sich bei der Gefangennahme zugezogen hatte. Anfangs dachten unsere Ärzte, er sei vielleicht … na ja … ein bisschen einfältig. Zurückgeblieben. War aber nur total desorientiert. Die Gehirnerschütterung, die weite Reise. Das war Anfang Dezember 2001, kurz nach 9/11. Man hatte ihn … wie soll ich sagen … unsanft behandelt. Dann nahm die Natur ihren Lauf, und er erholte sich so weit, dass man ihn verhören konnte.«

»Und was hat er gesagt?«

»Nicht sehr viel. Nur seinen Namen und woher er kommt. Hat allem widerstanden, dem Dritten Grad und allen Angeboten, die man ihm machte. Starrt uns nur an, und was die Soldaten in diesen schwarzen Augen sehen, ist keine Bruderliebe. Darum sitzt er im Hochsicherheitstrakt. Aber von anderen wissen wir, dass er ein ganz passables Arabisch spricht, das er in Afghanistan gelernt hat, und davor war er ein paar Jahre auf einer *madrasa*, wo er den Koran auswendig gelernt hat. Und zwei in Großbritannien geborene al-Qaida-Freiwillige, die mit ihm zusammen inhaftiert waren und inzwischen entlassen wurden, berichten, dass er ein gebrochenes Englisch spricht, das sie ihm beigebracht haben.«

Martin sah Steve Hill scharf an.

»Die beiden müssten festgenommen und in Quarantäne gesteckt werden«, sagte er. Hill nickte.

»Natürlich. Das lässt sich machen.«

Marek Gumienny stand auf und schlenderte um die Scheune herum, während Martin die Akte studierte. Danach starrte Martin ins Feuer, und in der Tiefe der Glut sah er einen trostlosen, kahlen Berghang in einem fernen Land. Zwei Männer, ein paar Felsen, ein sowjetischer Kampfhubschrauber, der zum Angriff einschwenkte. Ein Wispern von dem Jungen mit dem Turban:

»Werden wir sterben, Anglies?« Gumienny kam zurück, hockte sich auf den Boden und stocherte im Feuer. Das Bild verschwand in einem Funkenregen.

»Ein beachtliches Projekt, das Sie sich da vorgenommen haben, Mike. Ich habe den Eindruck, hier gibt's Arbeit für eine ganze Handwerkerkolonne. Sie machen das alles selbst?«

»So viel, wie ich kann. Zum ersten Mal seit fünfundzwanzig Jahren habe ich die Zeit dazu.«

»Aber nicht das Geld, was?«

Martin zuckte die Achseln. »Es gibt dutzendweise Sicherheitsfirmen, wenn ich einen Job haben wollte. Allein der Irak hat mehr professionelle Bodyguards hervorgebracht, als man zählen kann, und immer noch werden welche gesucht. Sie arbeiten für Ihre Jungs im Sunni-Dreieck und verdienen da in einer Woche mehr als in einem halben Jahr als Soldaten.«

»Aber das hieße: zurück zum Staub, zum Sand, zur Gefahr, zu einem frühen Tod. Haben Sie sich nicht gerade davon zurückgezogen?«

»Und was haben Sie mir zu bieten? Einen Urlaub mit al-Qaida auf den Florida Keys?«

Marek Gumienny hatte den Anstand zu lachen.

»Den Amerikanern wird manches vorgeworfen, Mike, aber dass sie gegenüber denen, die ihnen helfen, nicht großzügig wären, hört man selten. Ich denke an einen Beratervertrag von, sagen wir, zweihunderttausend Dollar pro Jahr über fünf Jahre. Zahlbar auf ein Auslandskonto – wir wollen das Finanzamt nicht beunruhigen. Und Sie brauchen nicht ins Büro zu kommen. Müssen nie wieder irgendwohin, wo es gefährlich ist.«

Mike Martins Gedanken wanderten zu einer Szene in seinem Lieblingsfilm. T.E. Lawrence hat Auda Abu Tayi Geld geboten, damit er sich seinem Angriff auf Akaba anschließt. Und Mike dachte an die großartige Antwort: Auda wird nicht für britisches Gold nach Akaba reiten. Er wird nach Akaba reiten, weil es ihm gefällt.

Er stand auf.

»Steve, ich möchte, dass mein Haus von oben bis unten in Planen gehüllt wird. Wenn ich zurückkomme, möchte ich es genau so vorfinden, wie ich es hinterlassen habe.«

Der Führungsoffizier Nahost nickte. »Abgemacht«, sagte er.

»Ich hole meine Sachen. Viel ist es nicht. Passt in einen Stiefel.«

Und so wurde der Gegenschlag des Westens gegen Projekt Stingray unter den Apfelbäumen eines Obstgartens in Hampshire vereinbart. Zwei Tage später fand der Zufallsgenerator eines Computers dafür den Codenamen »Operation Crowbar«.

Zur Rede gestellt, hätte Mike Martin nichts zu seiner Verteidigung vorbringen können. Aber unter all den Informationen, die er ihnen später über den Afghanen gab, der einmal sein Freund gewesen war, war ein Detail, das er stets für sich behielt.

Vielleicht fand er, die Regel, dass jeder nur so viel wissen müsse, wie nötig war, damit er seine Aufgabe erfüllen konnte, gelte für beide Seiten. Vielleicht hielt er dieses Detail auch nur für unwichtig. Es stammte aus einer geflüsterten Unterhaltung in den Schatten eines Höhlenlazaretts, geleitet von Arabern an einem Ort namens Jaji.

ZWEITER TEIL

KRIEGER

VIER

Die Entscheidung, die in dem Obstgarten in Hampshire fiel, führte zu einem Wirbelsturm weiterer Entscheidungen der beiden Geheimdienstmänner. Zunächst benötigten beide das Einverständnis ihrer politischen Herren.

Das war leichter gesagt als getan, denn Mike Martin hatte zur obersten Bedingung gemacht, dass nicht mehr als ein Dutzend Leute wissen dürfe, worum es bei der Operation Crowbar gehe. Seine Sorge stieß auf volles Verständnis.

Wenn fünfzig Leute Kenntnis von einer so interessanten Sache haben, wird irgendwann irgendeiner von ihnen plaudern. Nicht absichtlich, nicht böswillig, nicht einmal aus Übermut – aber geschehen wird es unweigerlich.

Wer jemals in verdeckter Mission in einer lebensgefährlichen Situation gewesen ist, der weiß, dass es schon nervenzermürbend genug ist, darauf zu vertrauen, dass man sein Handwerk gut genug versteht, um keinen Fehler zu machen und nicht entdeckt zu werden. Auch noch hoffen zu müssen, dass man nicht durch irgendeinen unvorhersehbaren Zufall verraten wird, ist eine unaufhörliche Belastung. Aber der größte Albtraum ist es, die Gefangennahme und den langen, qualvollen Tod einem Idioten zu verdanken, der sich in einer Bar vor seiner Freundin gebrüstet hat und dabei belauscht wurde. Das ist die schlimmste Befürchtung von allen. Und deshalb wurde Martins Bedingung sofort akzeptiert.

In Washington kam John Negroponte mit Marek Gumienny überein, dass Gumienny der alleinige Vertrauensmann sein sollte, und gab ihm grünes Licht. Steve Hill aß mit jemandem von der britischen Regierung in seinem Club zu Abend und traf die gleiche Vereinbarung. Damit waren es vier.

Aber Gumienny und Hill wussten, dass sie nicht vierundzwanzig Stunden täglich am Ball bleiben konnten. Jeder von ihnen brauchte einen leitenden Mitarbeiter für das Tagesgeschäft. Marek Gumienny bestellte einen aufsteigenden Arabisten aus der Anti-Terror-Abteilung der CIA: Michael McDonald ließ alles stehen und liegen, erklärte seiner Familie, er müsse für eine Weile in Großbritannien arbeiten, und flog ostwärts, als Marek Gumienny auf dem Heimweg war.

Steve Hill holte seinen Vertreter, Gordon Phillips, aus der Nahostabteilung. Bevor die beiden Geheimdienstler sich trennten, vereinbarten sie noch, jeder Aspekt von Crowbar müsse mit einer glaubhaften Legende versehen werden, damit niemand unterhalb der Top Ten erfuhr, dass ein westlicher Agent bei al-Qaida eingeschleust wurde.

In Langley und Vauxhall Cross wurde verbreitet, die beiden Männer, die auf diese Weise verschwanden, legten eine weiterbildende Studienperiode ein und würden in den nächsten sechs Monaten nicht an ihrem Schreibtisch sitzen.

Steve Hill machte die beiden, die von jetzt an zusammenarbeiten würden, miteinander bekannt und weihte sie in die Ziele der Operation Crowbar ein. McDonald und Phillips wurden sehr still. Hill hatte die beiden nicht in einem Büro in der Zentrale am Themse-Ufer untergebracht, sondern in einem »sicheren Haus« – einem von mehreren, die die Firma auf dem Land unterhielt.

Als sie ausgepackt hatten und ins Wohnzimmer kamen, warf Hill jedem von ihnen eine dicke Akte zu.

»Die Suche nach einer Operationsleitstelle beginnt morgen«, sagte er. »Sie haben vierundzwanzig Stunden Zeit, sich das alles einzuprägen. Das ist der Mann, der für uns hineingehen wird. Bis zu dem Tag werden Sie mit ihm arbeiten, und danach arbeiten Sie für ihn. Und das hier« – er warf eine dünnere Akte auf den Couchtisch – »ist der Mann, für den er sich ausgeben wird. Natürlich wissen wir über ihn viel weniger. Aber das ist alles, was die amerikanischen Verhörspezialisten in Gitmo in mehreren hundert Stunden aus ihm herausholen konnten. Lernen Sie auch das auswendig.«

Als er gegangen war, baten die beiden jüngeren Männer die Haushälterin um eine große Kanne Kaffee, und dann fingen sie an zu lesen.

Bei einem Besuch der Farnborough Air Show im Sommer 1977, als er fünfzehn war, verliebte sich der Schüler Mike Martin. Sein Vater und sein kleiner Bruder waren mit ihm dort, fasziniert von den Kampffliegern und Bombern, den Kunstflügen und Prototypen, die hier zum ersten Mal zu sehen waren. Der Höhepunkt für Mike war der Besuch der Red Devils, der Stuntspringer vom Fallschirmjägerregiment, die im freien Fall als kleine Punkte am Himmel erschienen und dann mitten im Herzen einer winzigen Landezone zur Erde herabschwebten. In diesem Augenblick wusste er, was er werden wollte.

1980, in seinem letzten Sommertrimester in Haileybury, schrieb er einen Brief an die Fallschirmjäger und wurde noch im gleichen September zu einem Bewerbungsgespräch ins Regimentsdepot in Aldershot eingeladen. Bei seiner Ankunft stand er staunend vor der alten Dakota, aus der seine Vorgänger einst gesprungen waren, um die Brücke von Arnheim zu erobern, bis der Sergeant die Gruppe der fünf Schulabgänger in das Besprechungszimmer führte.

Mikes Schule (die Fallschirmjäger überprüften so etwas immer) betrachtete ihn als mittelmäßigen Schüler, aber als vorzüglichen Sportler. Den Fallschirmjägern war das recht. Mike wurde angenommen und begann Ende Oktober mit seiner Ausbildung: zermürbende zweiundzwanzig Wochen, die für alle, die durchgehalten hatten, im April 1981 zu Ende waren.

Vier Wochen lang gab es nur Kasernenhofdrill, Grundausbildung an der Waffe und im Gelände und Fitnesstraining. Auch in den nächsten zwei Wochen ging es damit weiter, und dazu kamen Erste Hilfe, Fernmeldetechnik und Unterricht in den Vorsichtsmaßnahmen gegen ABC-Angriffe.

In der siebten Woche wurde das Training härter, aber es war noch nicht so schlimm wie in der achten und neunten Woche: Gewaltmärsche durch die Brecon-Berge in Wales mitten im kältesten Winter, wo schon kräftige Männer an Unterkühlung und Erschöpfung gestorben waren. Die Zahl der Rekruten wurde kleiner.

In der zehnten Woche folgte die Ausbildung auf dem Schießstand in Hythe, Kent. Martin, gerade neunzehn geworden, erwies sich als vorzüglicher Scharfschütze. Die elfte und zwölfte Woche waren die »Testwochen«: Im Dauerlauf schleppten sie Baumstämme die sandigen Hügel hinauf und hinunter, durch Schlamm, Regen und eiskalten Hagel.

»Testwochen?«, brummte Phillips. »Was zum Teufel war denn das davor?«

Die jungen Männer, die nach den Testwochen noch übrig waren, erhielten das begehrte rote Barett, bevor es noch einmal für drei Wochen in die Brecons ging – zu Abwehrübungen, Patrouillentraining und zum Schießen mit scharfer Munition. Um diese Zeit, gegen Ende Januar, waren die Brecons ein trostloses Terrain, und es war eiskalt. Die Männer campierten auf dem harten, nassen Boden, und es gab kein Feuer.

In Woche sechzehn bis neunzehn kam schließlich das, was Mike Martin verlockt hatte: die Fallschirmspringerausbildung im RAF-Stützpunkt Abingdon. Auch hier stiegen ein paar Rekruten aus, und zwar nicht nur aus dem Flugzeug. Am Schluss kam die »Flügelparade«, bei der sie endlich das Flügelabzeichen der Fallschirmjäger verliehen bekamen. Der alte »101 Club« in Aldershot erlebte an diesem Abend wieder einmal eine wilde Party.

In den nächsten zwei Wochen kamen noch einmal eine Geländeübung namens »Die letzte Hürde« sowie weiteres Exerziertraining, und Woche zweiundzwanzig endete mit der Abschlussparade, bei der die stolzen Eltern sehen konnten, wie ihre pickligen Jungen sich auf erstaunliche Weise in Soldaten verwandelt hatten.

Private Mike Martin war schon vor geraumer Zeit als POM

registriert worden – als »potenzielles Offiziersmaterial« –, und im April 1981 trat er den neuen Kurzlehrgang in der Royal Military Academy in Sandhurst an. Im Dezember war er Second Lieutenant. Wenn er jetzt dachte, dass Glanz und Glorie auf ihn warteten, so irrte er sich.

Es gibt drei Bataillone im Fallschirmjägerregiment. Martin kam zum Dritten, das zufällig in Aldershot im Pinguin-Modus stationiert war.

Drei Jahre von jeweils neun wird jedes dieser Bataillone vom Fallschirmspringen ausgeschlossen und als gewöhnliches, auf Lastwagen transportiertes Infanterie-Bataillon eingesetzt. Fallschirmjäger hassen den »Pinguin-Modus«.

Martin wurde als Zugführer den Rekruten zugewiesen und musste Neulinge durch das gleiche Elend bugsieren, das auch er ertragen hatte. Das wäre vielleicht über die gesamte Pinguin-Etappe des Dritten Fallschirmjägerbataillons so geblieben, hätte es nicht in einem fernen Land einen Gentleman namens Leopoldo Galtieri gegeben. Am 2. April 1982 marschierte der argentinische Diktator auf den Falkland-Inseln ein. Das Dritte Fallschirmjägerbataillon bekam den Befehl, sich marschbereit zu machen.

Innerhalb einer Woche, angetrieben von der unversöhnlichen Margaret Thatcher, war eine britische Taskforce aus einer Flotte von Schiffen auf dem Weg nach Süden und nahm Kurs auf das andere Ende des Atlantiks, wo der südliche Winter mit tosender See und stürmischem Regen auf sie wartete.

Die Reise zur Südhalbkugel machten sie auf dem Liner *Canberra*. Bei Ascension Island, einem trostlosen, sturmgepeitschten Felsen im Ozean, unterbrachen sie die Fahrt und warteten ab, während in weiter Ferne die letzten diplomatischen Versuche unternommen wurden, Galtieri zum Abzug oder Thatcher zum Nachgeben zu bewegen. Aber keiner der beiden konnte darauf hoffen, im Amt zu überleben, ohne hart zu bleiben. Die *Canberra* fuhr weiter im Kielwasser der beiden Flugzeugträger der Expedition, *Hermes* und *Invincible*.

Als klar war, dass die Invasion der Falklands unvermeidlich war, wurde Martin mit seinen Leuten per Hubschrauber von der *Canberra* auf ein Landungsboot gebracht. Jetzt war es vorbei mit den zivilisierten Verhältnissen auf dem Liner. In derselben stürmischen Nacht, in der Martin und seine Männer in »Sea King«-Hubschraubern auf die Boote gebracht wurden, stürzte ein anderer Sea King ab und versank, und mit ihm neunzehn Mann vom Special Air Service Regiment – der größte Verlust, den der SAS in einer Nacht jemals hinnehmen musste.

Martin brachte seine dreißig Mann mit dem Rest des Dritten Fallschirmjägerbataillons bei San Carlos Water an Land. Der Landeplatz lag meilenweit von der Hauptstadt Port Stanley auf der Hauptinsel entfernt, aber aus diesem Grund gab es hier keinen Widerstand. Ohne eine Pause einzulegen, begannen die Fallschirmjäger und Marineinfanteristen in Schlamm und Regen einen zermürbenden Gewaltmarsch in Richtung Osten, auf die Hauptstadt zu.

Ihre Rucksäcke waren so schwer wie ein zweiter Mann auf ihrem Rücken. Immer wenn ein argentinischer Skyhawk auftauchte, mussten sie sich bäuchlings in den Schlamm werfen, aber die »Argies« hatten es vor allem auf die Schiffe vor der Küste abgesehen, nicht auf die Männer am Boden unter ihnen. Wenn sie die Schiffe versenkten, wären auch die gelandeten Truppen erledigt.

Der eigentliche Feind war die Kälte, der unablässige eisige Regen, der erschöpfende Marsch durch eine Landschaft, in der nicht ein einziger Baum wuchs. Bis zum Mount Longdon.

Am Fuße der Berge bezogen die Fallschirmjäger ihre Position in einer einsamen Farm namens Estancia House und machten sich bereit, das zu tun, wozu ihr Land sie die Reise von siebentausend Meilen hatte machen lassen. Es war die Nacht vom 11. auf den 12. Juni.

Es sollte ein lautloser Nachtangriff werden, und das blieb es auch, bis Corporal Milne auf eine Mine trat. Danach wurde es laut. Die argentinischen Maschinengewehre eröffneten das

Feuer, und Leuchtkugeln strahlten taghell über den Bergen und dem Tal. Das Fallschirmjägerbataillon konnte sich entweder zurück in die Deckung flüchten oder vorwärts ins Feuer stürmen und Longdon erobern. Sie eroberten Longdon – zum Preis von dreiundzwanzig Gefallenen und über vierzig Verwundeten.

Als die Kugeln um seinen Kopf herum pfiffen und die Männer neben ihm fielen, spürte Mike Martin zum ersten Mal jenen seltsamen Kupfergeschmack auf der Zunge: den Geschmack der Angst.

Aber er blieb unversehrt. Von den dreißig Mann seines Zuges, darunter ein Sergeant und drei Corporals, waren sechs gefallen und neun verwundet.

Die argentinischen Soldaten, die den Höhenzug hielten, waren dienstpflichtige Rekruten, junge Männer aus der sonnigen Pampa – die Söhne der wohlhabenden Familien konnten sich vor dem Militärdienst drücken –, und sie wollten nach Hause, hinaus aus der Kälte, dem Regen und dem Schlamm. Sie hatten ihre Bunker und Unterstände verlassen und flüchteten zurück ins sichere Port Stanley.

Im Morgengrauen stand Mike oben auf dem Kamm von Wireless Ridge und schaute nach Osten, zur Stadt und in die aufgehende Sonne, und er entdeckte den Gott seiner Väter wieder, den er so viele Jahre hindurch vernachlässigt hatte. Er sprach ein Dankgebet und schwor sich, es nie wieder zu vergessen.

Um die Zeit, als der zehnjährige Mike Martin zur Freude der irakischen Gäste in Saadun, Bagdad, im Garten seines Vaters herumtollte, wurde tausend Meilen weit entfernt ein Junge geboren.

Westlich der Straße vom pakistanischen Peschawar nach Jalalabad in Afghanistan liegt die Bergkette der Spin Ghar, der Weißen Berge, beherrscht von dem fast viertausend Meter hohen Tora Bora.

Aus der Ferne sehen diese Berge aus wie eine mächtige Barriere zwischen den beiden Ländern, karg und kalt. Auf ihren Gipfeln liegt immer Schnee, und im Winter bedeckt er sie ganz.

Die Spin Ghar liegen in Afghanistan, das Gebirge namens Safed Koh erstreckt sich auf der pakistanischen Seite. Myriaden von Bächen führen das Wasser der Schneeschmelze und des Regens von den Spin Ghar in die fruchtbare Ebene von Jalalabad hinunter; sie bilden zahlreiche Hochlandtäler, in denen sich kleine Felder und Obstgärten anlegen lassen und Schaf- und Ziegenherden weiden können.

Das Leben hier ist hart, und weil alles Lebensnotwendige so spärlich vorhanden ist, sind die Siedlungen in diesen Tälern klein und weit verstreut. Die Menschen, die hier aufwachsen, kannte und fürchtete das alte britische Empire. Es nannte sie Pathanen, und heute heißen sie Paschtunen. Damals verteidigten sie ihre Felsenburgen mit der langen, messingbeschlagenen Muskete, dem Jezail, mit dem die Männer so zielgenau schießen konnten wie heutige Scharfschützen.

Rudyard Kipling, der Dichter des alten Empires, hat die tödliche Treffsicherheit der Bergbewohner im Kampf gegen die kostspielig in England ausgebildeten jungen Offiziere in nur vier Zeilen heraufbeschworen:

> Ein Grenzgefecht nur, wie es schien,
> Ein Ritt durch eine dunkle Schlucht,
> Zeitausend Pfund Sterling Soldatenzucht:
> Dahin vor'm Gewehr für zehn Rupien.

1972 gab es in einem dieser Hochlandtäler ein Dorf namens Maloko-zai. Wie alle diese Dörfer war es nach einem längst gestorbenen Krieger benannt, der es gegründet hatte. Es bestand aus fünf ummauerten Anwesen, in denen jeweils eine Großfamilie von etwa zwanzig Personen wohnte. Das Dorfoberhaupt hieß Nuri Khan, und in seinem Anwesen, an seinem Feuer, versammelten sich eines Abends im Sommer die Männer, um heißen Tee ohne Milch und Zucker zu trinken.

Wie bei allen diesen Anwesen waren Wohnräume und Ställe nach innen gerichtet an die äußere Mauer gebaut. Das Feuer aus Maulbeerholzscheiten loderte, während weit im Westen die Sonne unterging und die Berge sich in Dunkelheit hüllten. Selbst im Hochsommer wurde es jetzt kühl.

Die Schreie aus den Räumen der Frauen klangen gedämpft herüber, aber wenn sie doch einmal lauter wurden, unterbrachen die Männer ihr Geplauder und warteten ab, ob es etwas Neues gab. Nuri Khans Frau brachte ihr viertes Kind zur Welt, und ihr Mann betete zu Allah um einen zweiten Sohn. Es war nur recht und billig, dass ein Mann Söhne hatte, die seine Herden hüteten, wenn sie jung waren, und das Dorf verteidigten, wenn sie Männer geworden waren. Nuri Khan hatte einen achtjährigen Sohn und zwei Töchter.

Es wurde dunkel, und nur die Flammen beleuchteten die Gesichter mit den Adlernasen und den schwarzen Bärten, als eine Hebamme aus den Schatten gelaufen kam. Sie flüsterte dem Vater etwas ins Ohr, und auf seinem mahagonifarbenen Gesicht erstrahlte ein Lächeln.

»*Allahu akhbar!* Ich habe einen Sohn!«, rief er. Seine männlichen Verwandten und Nachbarn sprangen auf, und es krachte und knatterte, als sie mit ihren Gewehren in den Nachthimmel schossen. Es gab endlose Umarmungen und Gratulationen und Danksagungen an den barmherzigen Allah, der seinem Diener einen Sohn geschenkt hatte.

»Wie wirst du ihn nennen?«, fragte ein Hirte aus der Nachbarschaft.

»Ich nenne ihn Izmat, nach meinem eigenen Großvater, möge seine Seele in Frieden ruhen in Ewigkeit«, sagte Nuri Khan. Und so geschah es, als ein paar Tage später ein Imam ins Dorf kam, um den Jungen zu taufen und zu beschneiden.

Das Kind wuchs auf wie alle anderen. Als es krabbeln konnte, krabbelte es, und als es laufen konnte, lief es wie der Blitz. Wie die meisten Jungen auf dem Land wollte er tun, was die größeren Jungen taten, und als er fünf war, ließ man ihn mithelfen, die

Herden auf die hoch gelegenen Weiden zu treiben und zu hüten, während die Frauen Futter für den Winter schnitten.

Er sehnte sich danach, aus dem Frauenhaus hinauszukommen, und es war der stolzeste Tag seines bisherigen Lebens, als er sich endlich zu den Männern ans Feuer setzen und ihnen zuhören durfte, wenn sie erzählten, wie die Paschtunen vor hundertfünfzig Jahren die rotberockten Anglies aus diesen Bergen vertrieben hatten, und sie erzählten es, als sei es erst gestern gewesen.

Sein Vater war der reichste Mann im Dorf – so, wie ein Mann reich sein konnte: reich an Rindern, Ziegen und Schafen. Von ihnen, und durch unermüdliche Pflege und harte Arbeit, bekam man Fleisch, Milch und Felle. Getreidefelder sorgten für Grütze und Brot, und aus den fruchtbaren Maulbeer- und Walnussgärten kamen Obst und Nussöl.

Es gab keinen Grund, das Dorf zu verlassen, und in den ersten acht Jahren seines Lebens tat Izmat Khan es auch nicht. Die fünf Familien hatten eine kleine Moschee, in der sie freitags zum gemeinschaftlichen Gebet zusammenkamen. Izmats Vater war fromm, aber er war keineswegs ein Fundamentalist oder Fanatiker.

Jenseits dieses dörflichen Daseins in den Bergen nannte Afghanistan sich Demokratische Republik, doch wie so oft war diese Bezeichnung auch hier irreführend. Die Regierung war kommunistisch und genoss die massive Unterstützung der UdSSR. In religiöser Hinsicht war das sonderbar, denn die Bewohner des wilden Landesinneren waren traditionell fromme Muslime, für die Atheismus undenkbar war.

Aber die Afghanen in den Städten waren ebenso traditionell gemäßigt und tolerant, und ihren Fanatismus sollte man ihnen erst später überstülpen. Die Frauen waren gebildet, nur wenige verschleierten ihr Gesicht, und Singen und Tanzen waren nicht nur erlaubt, sondern allgemein üblich. Die gefürchtete Geheimpolizei verfolgte diejenigen, die man als politische Oppositionelle verdächtigte, doch Laxheit in religiösen Dingen interessierte sie nicht.

Das Dorf Maloko-zai war auf zweifache Weise mit der Außenwelt verbunden. Zum einen zogen hin und wieder Gruppen von Kuchi-Nomaden mit ihren Maultierkarawanen durch, die die große Landstraße über den Khyberpass mit ihren Polizeistreifen und Grenzposten mieden, wenn sie ihre Schmuggelware nach Parachinar drüben in Pakistan transportierten. Sie brachten Nachrichten aus der Ebene und aus den Städten, von der Regierung im fernen Kabul und aus der Welt jenseits der Hochtäler.

Und dann war da noch das Radio, dieser alte und sorgsam gehütete Schatz. Es krächzte und rauschte, aber dann kamen Worte heraus, die sie verstanden. Was sie hörten, war das Paschto-Programm der BBC, das den Paschtunen eine nichtkommunistische Version der Welt lieferte.

Es war eine friedliche Kindheit. Dann kamen die Russen.

Für die Leute in Maloko-zai war es kaum von Bedeutung, wer Recht und wer Unrecht hatte. Sie wussten nicht – und es kümmerte sie auch nicht –, dass ihr kommunistischer Präsident den Unwillen seiner Mentoren in Moskau erregt hatte, weil er sein Land nicht unter Kontrolle bringen konnte. Wichtig war nur, dass eine ganze sowjetische Armee aus Usbekistan über den Fluss Amu Darya gerollt und donnernd über den Salangpass gekommen war, um Kabul zu besetzen. Es ging (noch) nicht um den Kampf zwischen Islam und Atheismus. Es war eine Beleidigung.

Izmat Khans Schulbildung war sehr schlicht gewesen. Er hatte die Koran-Verse gelernt, die man zum Gebet brauchte, obwohl sie in einer Sprache namens Arabisch verfasst waren und er sie nicht verstand. Der Imam wohnte nicht im Dorf; es war Nuri Khan, der die Gebete leitete, und er hatte die Jungen des Dorfes in den Grundlagen des Lesens und des Schreibens unterrichtet, aber nur auf Paschto. Und Izmats Vater hatte ihm die Regeln des Pukhtunwali beigebracht, des Gesetzes, nach dem ein Paschtune zu leben hatte. Ehre, Gastfreundschaft, die Notwendigkeit, erlittene Beleidigungen zu rächen – das waren die Paragrafen dieses Gesetzes. Und Moskau hatte sie beleidigt.

Der Widerstand begann in den Bergen, und die Widerstandskämpfer nannten sich »Gotteskrieger«, Mudschaheddin. Aber zuerst mussten die Männer aus den Bergen zu einem Rat zusammentreten, zu einer *shura*, um zu entscheiden, was sie tun würden und wer sie führen sollte.

Sie wussten nichts vom Kalten Krieg, doch man sagte ihnen, sie hätten jetzt mächtige Freunde: die Feinde der UdSSR. Das leuchtete ein: Der Feind meines Feindes... An erster Stelle unter ihnen stand das benachbarte Pakistan, regiert von dem fundamentalistischen Diktator Zia-ul-Haq. Trotz aller religiösen Differenzen hatte er sich mit der christlichen Macht Amerika und mit dessen Freunden, den Anglies, verbündet, ihren ehemaligen Feinden.

Mike Martin hatte Pulverdampf gerochen, und es hatte ihm gefallen. Er wurde in Nordirland gegen die IRA eingesetzt, aber die Bedingungen waren jämmerlich, und trotz der beständigen Gefahr, eine Scharfschützenkugel in den Rücken zu bekommen, waren die Patrouillen langweilig. Er sah sich um und bewarb sich im Frühjahr 1986 um die Aufnahme beim SAS.

Ein großer Teil der Männer des Special Air Service kommt von den Fallschirmjägern, weil die Ausbildung und das Einsatzprofil dort ähnlich sind, doch der SAS behauptet, seine Aufnahmeprüfungen seien härter. Martins Papiere wurden vom Regimentsbüro in Hereford begutachtet. Seine fließende Beherrschung des Arabischen wurde mit Interesse zur Kenntnis genommen, und er wurde zu einem Auswahlkurs eingeladen.

Der SAS sagt von sich, er nehme bestens trainierte Männer und fange dann an, mit ihnen zu arbeiten. Martin absolvierte den üblichen sechswöchigen Auswahlkurs zusammen mit anderen Soldaten von der Fallschirmjägertruppe, aber auch von der Infanterie, der Kavallerie, der Panzertruppe, der Artillerie und sogar von den Pionieren. Der Special Boat Service, eine andere Eliteeinheit, bezog ihre Rekruten überwiegend von der Marineinfanterie.

Es ist ein einfacher Kurs, der auf einer einzigen Leitlinie basiert. Am ersten Tag erklärte ihnen ein lächelnder Ausbilder: »In diesem Kurs versuchen wir nicht, euch auszubilden. Wir versuchen, euch umzubringen.«

Und das taten sie. Nur zehn Prozent der Bewerber bestehen diesen Auswahlkurs. Das erspart nachher eine Menge Zeit. Martin bestand. Dann wurde die Ausbildung fortgesetzt: Dschungeltraining in Belize, und ein zusätzlicher Monat in England wurde auf das Überstehen von Verhören verwandt. »Überstehen« bedeutet hier, zu schweigen, während man einigen höchst unangenehmen Praktiken ausgesetzt ist. Das Gute dabei ist, dass sowohl das Regiment als auch der Bewerber in jedem Augenblick das Recht auf »Rückkehr zur Einheit« haben.

Im Spätsommer 1986 begann Martin seinen Dienst beim 22 SAS als Troop Commander im Rang eines Captains und entschied sich für die Luftlandeeinheit, die A Squadron – für einen Fallschirmjäger eine naheliegende Auswahl.

Die Fallschirmjäger hatten für seine Arabischkenntnisse keine Verwendung gehabt, aber der SAS interessierte sich sehr wohl dafür, denn er unterhält eine lange und vertraute Beziehung zur arabischen Welt. Sie entstand 1941 in der westlichen Wüste Ägyptens, und die Verbundenheit mit dem Sand Arabiens hat sich erhalten.

Scherzhaft sagt man dem SAS nach, er sei die einzige Truppe, die tatsächlich Gewinne erzielt. Das stimmt nicht ganz, aber es kommt der Wahrheit doch ziemlich nah. SAS-Soldaten sind die meistgesuchten Bodygards und Ausbilder von Bodyguards auf der ganzen Welt. Überall in Arabien haben Sultane und Emire SAS-Teams für die Ausbildung ihrer Leibwachen angeworben und sie fürstlich bezahlt. Martins erster Auftrag führte ihn zur saudischen Nationalgarde nach Riad, und dort war er, als er im Sommer 1987 nach Hause gerufen wurde.

»Mir gefällt das nicht«, sagte sein Kommandeur. »Nein, es gefällt mir ganz und gar nicht. Aber Vauxhall will Sie ausborgen. Ist wegen des Arabischen.«

Er bezog sich auf ein grünliches Sandsteingebäude am Südufer der Themse in London, genannt Vauxhall Cross. Er meinte den SIS – die Firma.

»Haben die nicht selbst Leute, die Arabisch sprechen?«, fragte Martin.

»O doch. Ganze Schreibtische voll. Aber es geht nicht nur darum, die Sprache zu sprechen. Und es geht eigentlich auch nicht um Arabien. Sie wollen, dass jemand hinter die sowjetischen Linien in Afghanistan geht und mit dem Widerstand zusammenarbeitet, mit den Mudschaheddin.«

Die pakistanische Militärdiktatur hatte bestimmt, dass kein Soldat einer westlichen Macht über Pakistan nach Afghanistan eindringen dürfe. Der Diktator sagte es nicht laut, aber sein eigener militärischer Nachrichtendienst ISI verwaltete die amerikanischen Hilfsgüter, die in großen Mengen an die »Muj« geliefert wurden, gern selbst. Außerdem hatte er kein Interesse daran, zu sehen, wie ein amerikanischer oder britischer Soldat, der über Pakistan nach Afghanistan eingeschleust worden war, von den Russen gefangen genommen und zur Schau gestellt wurde.

Aber einige Zeit nach dem sowjetischen Einmarsch waren die Briten zu dem Schluss gekommen, dass der Mann, der ihre Unterstützung verdiente, nicht der von Pakistan bevorzugte Gulbadin Hekmatjar war, sondern der Tadschike Schah Massud, der sich nicht in Europa oder Pakistan herumdrückte, sondern den Besatzern ernsthafte Schwierigkeiten bereitete. Das Problem bestand darin, ihm diese Unterstützung zukommen zu lassen. Sein Territorium lag oben im Norden.

Gute Führer konnte man leicht von den Mudschaheddin am Khyberpass bekommen. Wie in den Zeiten des britischen Empires kam man mit ein paar Goldstücken ziemlich weit. Ein Aphorismus besagt: Die Loyalität eines Afghanen kann man nicht kaufen. Aber man kann sie jederzeit mieten.

»Entscheidend in jeder Phase dieses Einsatzes, Captain«, sagte man ihm im SIS-Hauptquartier, das sich damals im Century House in der Nähe von Elephant and Castle befand, »ist, dass wir ihn dementieren können. Deshalb müssen Sie – reine Formsache – aus der Army ausscheiden. Sobald Sie zurückkommen« – sie waren so freundlich, nicht »falls« zu sagen – »werden Sie selbstverständlich in vollem Umfang wieder eingesetzt.«

Martin wusste sehr wohl, dass es innerhalb des SAS bereits eine ultrageheime antirevolutionäre Staffel gab, deren Aufgabe darin bestand, den kommunistischen Regimen auf der ganzen Welt möglichst große Unannehmlichkeiten zu bereiten. Er fragte danach.

»Das hier ist noch geheimer«, sagte der Geheimdienstmann. »Wir nennen diese Einheit ›Einhorn‹, weil es sie nicht gibt. Sie hat nie mehr als zwölf Mann, und im Augenblick sind es nur vier. Wir brauchen jemanden, der sich über den Khyberpass nach Afghanistan einschleicht, sich dort einen Führer sucht und nach Norden ins Pandschirtal bringen lässt, wo Schah Massud operiert.«

»Und ihm Geschenke überbringt?«, fragte Martin. Sein glattgesichtiges Gegenüber machte eine hilflose Geste.

»Nur symbolische, fürchte ich. Was ein einzelner Mann so tragen kann. Aber später könnten wir vielleicht Maultierkarawanen einsetzen und sehr viel mehr liefern, wenn Massud seine eigenen Führer nach Süden an die Grenze schickt. Jetzt geht es um einen ersten Kontakt, verstehen Sie?«

»Und was für ein Geschenk soll es sein?«

»Schnupftabak. Er mag unseren Schnupftabak. Ach ja – und zwei Blowpipe-Boden-Luft-Raketen mit Startzylindern. Die Luftangriffe machen ihm eine Menge Probleme. Sie müssten seinen Leuten beibringen, wie man sie benutzt. Ich schätze, Sie dürften von diesem Herbst an sechs Monate weg sein. Was halten Sie davon?«

Die sowjetische Invasion war noch kein halbes Jahr alt, als schon klar war, dass die Afghanen eines nicht tun würden, weil sie es noch nie getan hatten: Sie würden sich nicht vereinen. Nach wochenlangen Diskussionen in Peschawar und Islamabad, bei denen das pakistanische Militär darauf bestand, die amerikanischen Hilfsgüter und Waffen ausschließlich an die in Pakistan akkreditierten Widerstandsgruppen zu verteilen, reduzierte sich die Zahl der rivalisierenden Gruppen auf sieben. Jede hatte einen politischen und einen militärischen Führer. Man nannte sie die »Peschawar Seven«.

Nur eine dieser Widerstandsgruppen bestand nicht aus Paschtunen: Professor Rabbani und sein charismatischer Warlord, Ahmed Schah Massud. Beide waren Tadschiken aus dem hohen Norden. Drei der anderen sechs hatten bald den Spitznamen »Gucci-Kommandanten«, denn sie betraten so gut wie nie das besetzte Afghanistan, sondern hielten sich lieber in westlicher Kleidung im sicheren Ausland auf.

Zwei der übrigen drei, Sayyaf und Hekmatjar, waren fanatische Anhänger der ultraislamischen Muslimbruderschaft. Hekmatjar war so grausam und rachsüchtig, dass er am Ende der sowjetischen Besatzungszeit mehr Afghanen hatte hinrichten lassen, als er Russen getötet hatte.

Die Kontrolle über die Stämme in der Provinz Nangarhar, wo Izmat Khan geboren war, hatte der Mullah Maulvi Yunis Khalis. Er war Islamgelehrter und Prediger, aber ein Funkeln in seinem Blick verriet eine Güte, die im Gegensatz zu Hekmatjars Grausamkeit stand. Hekmatjar hasste ihn.

Obwohl er mit über sechzig Jahren der älteste der sieben Führer war, unternahm Yunis Khalis im Laufe der nächsten zehn Jahre immer wieder Vorstöße ins besetzte Afghanistan, um seine Leute persönlich zu führen. Wenn er nicht dort war, fungierte Abdul Haq als sein General.

1980 war der Krieg auch in die Hochtäler der Spin Ghar vorgedrungen. Die Sowjets marschierten durch Jalalabad am Fuße der Berge, und ihre Luftwaffe flog Strafexpeditionen gegen die Bergdörfer. Nuri Khan hatte Yunis Khalis Treue geschworen und dafür das Recht erhalten, seine eigene *lashkar*, seine Miliz, zu gründen.

Einen großen Teil seines Herdenbesitzes konnte er in den

Höhlensystemen in Sicherheit bringen, das die Weißen Berge durchzog, und bei Luftangriffen konnten auch seine Leute dort Schutz suchen. Aber schließlich entschied er, es sei Zeit, dass die Frauen und Kinder sich über die Grenze nach Pakistan retteten.

Natürlich benötigte der kleine Konvoi einen männlichen Beschützer für den Marsch und den Aufenthalt in Peschawar, so lange der auch dauern mochte. Als *mahram* bestimmte er seinen eigenen Vater, der über sechzig und steifgliedrig war. Esel und Maultiere wurden für die Reise bereitgestellt.

Der achtjährige Izmat Khan kämpfte mit den Tränen der Beschämung, als er wie ein Kind fortgeschickt wurde. Er ließ sich von Vater und Bruder umarmen, nahm den Zügel des Maultiers, auf dem seine Mutter saß, und wandte sich den hohen Gipfeln und der pakistanischen Grenze zu. Sieben Jahre sollten vergehen, bis er aus dem Exil zurückkehrte, und wenn er schließlich käme, würde er mit kalter Wut gegen die Russen kämpfen.

Um sich vor den Augen der Welt zu legitimieren, waren die Warlords übereingekommen, dass jeder von ihnen eine politische Partei gründete. Yunis Khalis nannte die seine Hizb-i-Islami, und jeder, der in seinem Herrschaftsbereich lebte, musste Mitglied werden. Außerhalb von Peschawar war eine Vielzahl von Zeltstädten aus dem Boden geschossen; sie standen unter der Schirmherrschaft einer Einrichtung, die sich Vereinte Nationen nannte, aber davon hatte Izmat Khan noch nie gehört. Die UN hatten zugestimmt, dass jeder der Warlords, die sich jetzt als Führer politischer Parteien maskiert hatten, ein eigenes Flüchtlingscamp bekommen sollte und dass dort niemand Zugang fand, der nicht der entsprechenden Partei angehörte.

Eine andere Organisation verteilte Lebensmittel und Decken. Ihr Zeichen war ein gedrungenes rotes Kreuz. Auch das hatte Izmat Khan noch nie gesehen, aber heiße Suppe kannte er, und nach dem mühseligen Marsch über die Berge war er froh, dass er reichlich davon bekam.

Und eine weitere Bedingung mussten die Bewohner der Camps und die Nutznießer der westlichen Großzügigkeit, die über die

Vereinten Nationen und General Zia-ul-Haq zu ihnen gelangte, auch noch erfüllen: Die Jungen mussten die Koranschule, die *madrasa*, besuchen, die es in jedem Flüchtlingslager gab. Eine andere Schulbildung würden sie nicht erhalten, keinen Mathematik- und keinen Physikunterricht, weder Geschichte noch Erdkunde. Sie würden nur die Verse des Korans auswendig lernen – und sie würden lernen, was Krieg war.

Die Imame in diesen *madrasas* wurden zum größten Teil von Saudi-Arabien gestellt, bezahlt und unterstützt, und viele von ihnen waren Saudis. Sie brachten den Islam in der einzigen Version, die in Saudi-Arabien erlaubt ist, nämlich den Wahhabismus, die strengste und intoleranteste Glaubensrichtung dieser Religion. So kam es, dass in Sichtweite des Kreuzes, das Lebensmittel und Medikamente brachte, eine ganze Generation von jungen Afghanen zu Fanatikern abgerichtet wurde.

Nuri Khan besuchte seine Familie, so oft er konnte, zwei- oder dreimal im Jahr, wobei er seine *lashkar* unter dem Kommando seines ältesten Sohnes zurückließ. Aber es war eine beschwerliche Reise, und Nuri Khan sah jedes Mal älter aus. Bei seiner Ankunft 1987 war sein Gesicht faltig vor Kummer. Izmats älterer Bruder war gefallen, als er bei einem Bombenangriff die anderen in die sicheren Höhlen geführt hatte. Izmat war fünfzehn, und bei dem Befehl seines Vaters, zurückzukommen, sich dem Widerstand anzuschließen und Mudschahid zu werden, platzte er fast vor Stolz.

Natürlich gab es Tränen bei den Frauen und Murren des Großvaters, der den nächsten Winter in der Ebene von Peschawar nicht überleben würde. Nuri Khan, sein letzter Sohn und die acht Mann, die er mitgebracht hatte, damit sie ihre Familien besuchten, wandten sich westwärts und kehrten über die Berge zurück in die Provinz Nangarhar und in den Krieg.

Der Junge, der da zurückkam, war verändert, und das Land, das er vorfand, war zertrümmert. In all den Hochtälern stand kaum noch eine Steinhütte. Die Sukhoi-Kampfbomber und die Hind-Hubschrauber hatten die Hochlandtäler verwüstet, vom

Pandschir im Norden, wo Schah Massud kämpfte, bis hinunter nach Paktia und den Shinkay-Bergen. Die Menschen in den Ebenen ließen sich durch das afghanische Militär unter Kontrolle halten, aber vor allem von der Khad, der Geheimpolizei, die der sowjetische KGB ausgebildet und hart gemacht hatte.

Aber die Bergbewohner und diejenigen aus den Ebenen und Großstädten, die sich ihnen angeschlossen hatten, waren widerspenstig und, wie sich am Ende zeigte, unbesiegbar. Trotz aller Deckung aus der Luft, wie die Briten sie nie gehabt hatten, erlebten die Sowjets etwas Ähnliches wie die britische Kolonne, die auf dem selbstmörderischen Marsch von Kabul nach Jalalabad in Stücke gehauen worden war.

Auf den Straßen waren die sowjetischen Soldaten nie vor einem Hinterhalt sicher, und die Berge waren nur auf dem Luftweg zu erreichen. Seit September 1986 verfügten die Mudschaheddin über amerikanische Stinger-Raketen, wodurch sich die Sowjets gezwungen sahen, höher zu fliegen – zu hoch, um ihre Feuerkraft noch treffsicher einzusetzen –, wenn sie nicht getroffen werden wollten. Dennoch nahmen die sowjetischen Verluste immer weiter zu, und Verwundungen und Erkrankungen reduzierten ihre Zahlen weiter. Selbst in einer totalitär regierten Gesellschaft wie der UdSSR musste es mit der Moral steil bergab gehen.

Es war ein wilder, grausamer Krieg. Kaum jemals wurden Gefangene gemacht; wer schnell starb, gehörte zu den Glücklichen. Die Bergstämme hassten vor allem die russischen Piloten. Wenn einer ihnen lebend in die Hände fiel, hängten sie ihn in die Sonne und schnitten ihm vorsichtig den Bauch auf, sodass die Gedärme heraushingen und in der Sonnenhitze langsam brieten, bis der Tod Erlösung brachte. Oder sie übergaben ihn den Frauen und ihren Häutemessern.

Die Sowjets reagierten darauf, indem sie Bomben, Raketen und Maschinengewehrfeuer auf alles richteten, was sich bewegte – auf Männer, Frauen, Kinder und Tiere. Aus der Luft warfen sie ungezählte Millionen von Landminen über den Bergen ab; der Erfolg ist eine Nation auf Krücken und Beinprothesen. Bevor der Krieg zu Ende ging, war eine Million Afghanen tot und eine weitere Million verkrüppelt, und es gab fünf Millionen Flüchtlinge.

Izmat Khan hatte im Flüchtlingscamp alles über Waffen gelernt, wobei ihm am besten natürlich die Kalaschnikow gefiel – das berüchtigte AK-47. Es war der Höhepunkt der Ironie, dass diese sowjetische Waffe, das Lieblingssturmgewehr aller Widerstands- und Terrorgruppen der Welt, jetzt auf die Russen selbst gerichtet wurde. Aber die Amerikaner lieferten diese Waffe aus einem bestimmten Grund: Jeder Afghane konnte seinen Munitionsvorrat aus dem Gepäck eines gefallenen Russen auffüllen, deshalb brauchte man keine passende Munition über die Berge zu transportieren.

Die Waffe der Wahl neben dem Sturmgewehr war die raketengetriebene Granate, die RPG – eine Art Panzerfaust, leicht zu bedienen, leicht zu laden und auf kurze bis mittlere Reichweite absolut tödlich. Auch sie wurde vom Westen geliefert.

Izmat Khan war groß für einen Fünfzehnjährigen. Er bemühte sich sehr, den Flaum an seinem Kinn sprießen zu lassen, und die Berge machten ihn härter, als er es je gewesen war. Man hat gesehen, wie die Paschtunen aus dem Gebirge sich wie wilde Ziegen in ihrem Gelände bewegten, scheinbar immun gegen Erschöpfung und mühelos atmend, wo andere nach Luft rangen.

Er war seit einem Jahr wieder zu Hause, als sein Vater ihn zu sich rief. Ein Fremder war bei ihm, mit sonnenverbranntem Gesicht und schwarzem Bart. Er trug ein grauwollenes *shalwar kameez*, robuste Wanderstiefel und eine ärmellose Jacke. Auf dem Boden hinter ihm stand der größte Rucksack, den der Junge je gesehen hatte, daneben zwei in Schaffelle gewickelte Rohre. Auf dem Kopf trug er einen paschtunischen Turban.

»Dieser Mann ist unser Gast und unser Freund«, sagte Nuri Khan. »Er ist gekommen, um uns zu helfen und mit uns zu kämpfen. Er muss seine Rohre zu Schah Massud in den Pandschir bringen, und du wirst ihn hinführen.«

FÜNF

Der junge Paschtune starrte den Fremden an. Anscheinend hatte der nicht verstanden, was Nuri Khan gesagt hatte.

»Ist er Afghane?«, fragte Izmat.

»Nein, Anglies.«

Izmat Khan war sprachlos. Das war der alte Feind. Und mehr noch, er war das, was der Imam in der *madrasa* mit unnachgiebiger Gehässigkeit verflucht hatte. Er musste ein *kafir* sein, ein Ungläubiger, ein Nasrani, ein Christ, dem es bestimmt war, in Ewigkeit in der Hölle zu brennen. Und diesen Mann sollte er über hundert Meilen durch die Berge in ein großes Tal im Norden begleiten? Tage und Nächte in seiner Gesellschaft verbringen? Aber sein Vater war ein guter Mann, ein guter Muslim, und er nannte ihn seinen Freund. Wie konnte das sein?

Der Engländer klopfte mit den Zeigefingern leicht an seine Brust über dem Herzen.

»*Salaam aleikhem*, Izmat Khan«, sagte er. Der Vater sprach kein Arabisch, obwohl weiter unten in den Bergen inzwischen viele arabische Freiwillige waren. Die Araber blieben unter sich, waren dauernd mit Graben beschäftigt. Es gab also keinen Grund, sich unter sie zu mischen und ihre Sprache zu lernen. Aber Izmat hatte den Koran unzählige Male gelesen; er war in Arabisch geschrieben, und sein Imam hatte nur sein heimisches Saudi-Arabisch gesprochen. Deshalb sprach auch Izmat ein passables Arabisch.

»*Aleikhem as-salaam*«, antwortete er. »Wie heißt du?«

»Mike«, sagte der Mann.

»Ma-ick«, versuchte Izmat. Ein merkwürdiger Name.

»Gut. Dann lasst uns Tee trinken«, sagte sein Vater. Sie saßen im Schutz eines Höhleneingangs, ungefähr zehn Meilen weit von den Ruinen ihres Dorfes entfernt. Weiter hinten in der Höhle glühte ein kleines Feuer – so tief im Innern, dass keine sichtbare Rauchfahne die Aufmerksamkeit russischer Flieger erregen konnte.

»Heute werden wir hier schlafen. Morgen früh geht ihr nach Norden. Ich gehe nach Süden zu Abdul Haq. Es wird eine neue Operation an der Straße von Jalalabad nach Kandahar geben.«

Sie aßen Ziegenfleisch und knabberten Reiskuchen dazu. Dann schliefen sie. Vor dem Morgengrauen wurden die beiden, die nach Norden wandern sollten, geweckt und machten sich auf den Weg. Izmat Khan führte sie durch ein Labyrinth von miteinander verbundenen Tälern, in denen sie einigermaßen geschützt sein würden. Aber zwischen den Tälern gab es immer wieder Kammhöhen, und die Bergflanken waren steile Fels- oder Schieferhänge, an denen es wenig oder gar keine Deckung gab. Da wäre es klug, sie im Mondschein zu überwinden und tagsüber in den Tälern zu bleiben.

Am zweiten Tag hatten sie Pech. Um schneller voranzukommen, hatten sie ihr Nachtlager vor dem Morgengrauen verlassen; es wurde eben hell, als sie sich gezwungen sahen, eine weite Fels- und Schieferfläche zu überqueren, um die Deckung des nächsten Höhenzugs zu erreichen. Hier abzuwarten würde bedeuten, dass sie einen ganzen Tag verloren. Izmat Khan drängte weiter. Sie hatten die Bergflanke halb überquert, als sie das Dröhnen des Kampfhubschraubers hörten.

Der Mann und der Junge warfen sich zu Boden und blieben bewegungslos liegen – aber nicht mehr rechtzeitig. Vor ihnen über dem Höhenkamm erschien, bedrohlich wie eine tödliche Libelle, der sowjetische Mil Mi-24D, bekannt unter dem schlichten Namen »Hind«. Einer der Piloten musste eine rasche Bewegung oder das Blinken von Metall auf der Felsenflanke unter sich gesehen haben, denn der Hind änderte seinen Kurs und kam auf sie zu. Das Dröhnen der beiden Isotow-Motoren erfüllte ihre Ohren zusammen mit dem unverwechselbaren *tacka-tacka-tacka* der Hauptrotorblätter.

Mike Martin hob den Kopf von den Unterarmen, um einen kurzen Blick zu riskieren. Kein Zweifel, sie waren entdeckt worden. Die beiden sowjetischen Piloten auf ihren Tandemsitzen, der eine erhöht hinter dem andern, starrten ihn an, als der Hind zum Angriff überging. Auf freier Fläche ohne Deckung von einem Kampfhubschrauber attackiert zu werden ist der Albtraum jedes Fußsoldaten. Mike sah sich um. Hundert Meter weiter war eine kleine Ansammlung von Felsen, nicht einmal mannshoch, jedoch groß genug, um dahinter in Deckung zu gehen. Er schrie dem afghanischen Jungen etwas zu, sprang auf und rannte los. Den fast fünfzig Kilo schweren Rucksack ließ er liegen, aber eines der beiden Rohre, die sein junger Führer mit solcher Faszination betrachtet hatte, nahm er mit.

Er hörte die Schritte des Jungen hinter sich, das Rauschen des Blutes in den Ohren und das Dröhnen des herabstoßenden Hind. Er hätte diesen Versuch nie unternommen, hätte er an dem Hubschrauber nicht etwas bemerkt, das ihm einen Funken Hoffnung ließ: Die Raketenschächte waren leer, und unter dem Rumpf hingen keine Bomben. Er sog die dünne Luft in die Lunge und hoffte, dass er richtig gesehen hatte.

Er hatte.

Pilot Simonow und sein Kopilot Grigoriew hatten einen frühmorgendlichen Einsatz gegen ein schmales Tal geflogen. Agenten hatten gemeldet, dass sich dort Mudschaheddin verbargen. Sie hatten ihre Bomben aus der Höhe abgeworfen und waren dann tiefer hineingegangen, um ihre Raketen in die schmale Felsenschlucht zu feuern. Ein paar Ziegen waren aus dem Spalt in den Bergen geflüchtet – ein Hinweis darauf, dass sich tatsächlich menschliches Leben dort versteckt hatte. Simonow hatte die Tiere mit seinem 30-mm-Geschütz zerfetzt und fast seine ganze Munition verschossen.

Er war wieder auf eine sichere Höhe gestiegen und hatte Kurs auf die sowjetische Basis bei Jalalabad genommen, als Grigoriew auf dem Hang links unter ihnen eine Bewegung gesehen hatte. Als er die beiden Gestalten rennen sah, brachte er sein Geschütz in Feuerstellung und stieß hinunter. Die zwei tief unter ihm liefen auf ein paar Felsen zu. Simonow fing den Hind bei zweitausend Fuß ab, sah, wie die beiden zwischen die Felsen hechteten, und feuerte. Der Doppellauf der GSH-Kanone bebte, als er die Geschosse hinausspie – und dann brach das Feuer ab. Simonow fluchte. Seine Munition war zu Ende. Er hatte alles auf ein paar Ziegen verfeuert, und jetzt gab es hier Mudschaheddin zu killen, und er hatte nichts mehr. Er drückte die Nase der Maschine hoch, flog einen weiten Bogen um den Berg, und der Hind knatterte über das Tal hinaus.

Martin und Izmat Khan duckten sich hinter ihre klägliche Felsendeckung. Der Junge sah zu, wie der Anglies mit schnellen Bewegungen das Schaffell auseinanderschlug und das kurze Rohr herausnahm. Beiläufig hatte er gespürt, dass er einen Schlag gegen den rechten Schenkel bekommen hatte, aber er fühlte keinen Schmerz, sondern nur Taubheit.

Was der SAS-Mann da zusammenbaute, so schnell seine Finger es erlaubten, war die eine der beiden Blowpipe-Raketen, die er zu Schah Massud in den Pandschir bringen wollte. Sie war nicht so gut wie die amerikanische Stinger, sondern primitiver, leichter und einfacher zu bedienen.

Manche Boden-Luft-Raketen werden durch bodenbasiertes Radar zum Ziel geführt. Andere haben ein eigenes kleines Radargerät in der Nase, oder sie senden einen Infrarotstrahl aus, auf dem sie zu ihrem Ziel »reiten«. Wieder andere sind Wärmesucher: Ihre Nasen »riechen« die Hitzeausstrahlung der Flugzeugmotoren und steuern darauf zu. Die Blowpipe funktionierte sehr viel simpler: Der Schütze musste dastehen und die Rakete mit einem kleinen Steuergerät lenken, das Funksignale an die beweglichen Flossen am Kopf der Rakete sandte.

Der Nachteil der Blowpipe war immer der, dass es oftmals den Tod des Schützen bedeutete, wenn er angesichts eines angreifenden Kampfhubschraubers still stehen bleiben musste. Martin schob die Zweistufenrakete in den Startzylinder, aktivierte Batterie und Gyro, spähte durch das Visier und sah den Hind geradewegs auf sich zukommen. Er visierte sein Ziel fest an und feuerte. Im Tosen lodernder Gase verließ die Rakete den Zylinder auf seiner Schulter und flog blindlings in den Himmel hinauf. Da sie ihr Ziel nicht automatisch ansteuerte, brauchte sie jetzt seine Anweisungen zum Aufsteigen und Sinken, und um Kurs nach rechts oder nach links zu nehmen. Er schätzte die Distanz auf 1400 Meter, und sie verringerte sich schnell. Simonow eröffnete das Feuer mit dem Maschinengewehr.

Die vier Läufe in der Nase des Hind begannen sich zu drehen und versprühten einen Vorhang aus fingergroßen Maschinengewehrkugeln. Dann entdeckte der sowjetische Pilot die kleine flackernde Flamme der Blowpipe, die auf ihn zukam. Jetzt war alles eine Frage der Nerven.

Die Kugeln prasselten auf die Felsen und verspritzten Steinsplitter in alle Richtungen. Der Feuerstoß dauerte zwei Sekunden, aber bei zweitausend Schuss pro Minute trafen ungefähr siebzig Kugeln auf die Bergflanke, bevor Simonow auszuweichen versuchte und der Strom der Projektile zur Seite schwenkte.

Man hat festgestellt, dass ein Mensch in einer Notsituation instinktiv und ohne nachzudenken nach links ausweicht. Darum ist das Fahren auf der linken Straßenseite, auch wenn es nur in wenigen Ländern auf der Welt praktiziert wird, tatsächlich sicherer. In einer Paniksituation wird ein Autofahrer von der Straße weg in die Wiese lenken, statt auf frontalen Kollisionskurs zu gehen. Simonow geriet in Panik und zog den Hubschrauber nach links.

Die Blowpipe hatte die erste Stufe abgeworfen und flog jetzt mit Überschallgeschwindigkeit. Martin steuerte ein kleines Stück nach rechts, kurz bevor Simonow abschwenkte. Sein Instinkt war richtig gewesen. Der Hind wandte den Bauch zur Seite, und der Sprengkopf raste hinein. Er wog keine fünf Pfund, und der Hind ist schwer gepanzert. Aber selbst ein Sprengkopf von dieser Größe hat bei tausend Meilen pro Stunde eine immense Durchschlagskraft. Er durchdrang die Panzerung und explodierte im Hubschrauber.

Martin stand nass geschwitzt auf der kalten Bergflanke und sah, wie das Ungetüm ins Trudeln geriet, Rauch herausquoll und der Hubschrauber in das Tal tief unter ihnen stürzte.

Nachdem er im Flussbett aufgeschlagen war, verstummte der Lärm. Ein Feuerball wie eine Pfingstrose stieg lautlos herauf, als die beiden Russen starben, dann quoll eine schwarze Rauchwolke in den Himmel. Schon diese würde die Aufmerksamkeit der Russen in Jalalabad erregen. So beschwerlich und langwierig die Reise über Land auch sein mochte – für einen Tiefflieger vom Typ Sukhoi wären es nur ein paar Minuten.

»Los«, sagte er auf Arabisch zu seinem Führer. Der Junge wollte aufstehen, aber er konnte es nicht. Jetzt sah Martin den Blutfleck an der Seite des Oberschenkels. Wortlos legte er den wiederverwendbaren Startzylinder auf den Boden und ging seinen Rucksack holen.

Mit seinem Kampfmesser schlitzte er das Hosenbein des *shalwar kameez* auf. Das Loch im Bein war sauber und klein, doch es sah tief aus. Wenn das Bordgeschütz die Wunde verursacht hatte, dann konnte es nur ein Hülsenfragment oder ein Steinsplitter sein, aber Martin wusste nicht, wie weit dieser Splitter von der Oberschenkelarterie entfernt war. Seine Erste-Hilfe-Ausbildung in Hereford war gut gewesen, doch eine afghanische Bergflanke kurz vor einem sowjetischen Angriff war nicht der Ort für einen komplexen chirurgischen Eingriff.

»Werden wir sterben, Anglies?«, fragte der Junge.

»*Inshallah*, nicht heute, Izmat Khan. Nicht heute«, antwortete Martin, der sich in einem üblen Dilemma sah. Er brauchte den Rucksack und alles, was darin war. Und er konnte entweder den Rucksack oder den Jungen tragen – aber nicht beides.

»Kennst du diesen Berg?«, fragte er, während er nach Verbandsmaterial wühlte.

»Natürlich«, sagte der Junge.

»Dann muss ich mit einem anderen Führer zurückkommen. Du musst ihm sagen, wohin er mich bringen soll. Den Rucksack und die Raketen werde ich vergraben.«

Er öffnete eine flache Stahlschachtel und nahm eine Spritze heraus. Der Junge beobachtete ihn mit bleichem Gesicht.

So soll es sein, dachte Izmat Khan. Wenn der Ungläubige mich foltern will, soll er es tun. Ich werde keinen Laut von mir geben.

Der Anglies stieß ihm die Nadel in den Schenkel. Izmat Khan gab keinen Laut von sich. Sekunden später tat das Morphium seine Wirkung, und die quälenden Schmerzen in seinem Schenkel ließen nach. Mit neuem Mut versuchte er sich aufzurichten. Der Engländer hatte einen kleinen Klappspaten hervorgeholt und grub damit eine Furche in den Schiefer zwischen den Felsen. Als er fertig war, legte er seinen Rucksack und die beiden Abschusszylinder hinein und bedeckte alles mit Steinen, bis es nicht mehr zu sehen war. Aber er hatte sich die Form des Steinhaufens eingeprägt. Wenn jemand ihn an diesen Berghang zurückführte, würde er seine Sachen wiederfinden.

Der Junge protestierte und beteuerte, er könne gehen, aber Martin warf ihn einfach über die Schulter und marschierte los. Der Afghane bestand nur aus Haut und Knochen, Muskeln und Sehnen und wog nicht mehr als der Rucksack mit seinen ungefähr fünfzig Kilo. Trotzdem kam es nicht in Frage, gegen die Schwerkraft bergauf in dünnere Luft zu steigen. Martin stapfte seitlich an einem Geröllhang vorbei und langsam abwärts ins Tal. Wie sich herausstellte, war das eine kluge Entscheidung.

Abgeschossene sowjetische Flugzeuge lockten immer wieder Paschtunen an, die darauf brannten, das Wrack zu plündern und mitzunehmen, was brauchbar oder wertvoll sein konnte. Die Sowjets hatten die Rauchwolke noch nicht entdeckt, und Simonows letzter Funkspruch war ein Schrei gewesen, den sie nicht hatten orten können. Aber der Rauch hatte einen kleinen Trupp Mudschaheddin aus einem anderen Tal herbeigelockt. Sie trafen einander dreihundert Meter hoch über dem Talboden.

Izmat Khan berichtete ihnen, was passiert war. Die Männer aus den Bergen grinsten entzückt und klopften dem SAS-Mann auf die Schulter. Er erklärte nachdrücklich, sein Führer brauche Hilfe und nicht nur ein Glas Tee in einem *chaikhanna* in den

Bergen. Er brauche ein Transportmittel und ein Hospital, in dem man ihn operieren könne. Einer der Muj kannte einen Mann mit einem Maultier, nur zwei Täler weiter, und er ging ihn holen. Es dauerte bis zum Abend. Martin gab dem Jungen eine zweite Morphiumspritze.

Mit einem neuen Führer und einem Maultier für Izmat Khan ging es dann endlich weiter. Zu dritt wanderten sie durch die Nacht, bis sie in der Morgendämmerung an der Südseite der Spin Ghar ankamen und der Führer stehen blieb. Er deutete nach vorn.

»Jaji«, sagte er. »Araber.«

Dann wollte er sein Maultier wiederhaben. Martin trug den Jungen die letzten beiden Meilen auf den Schultern. Jaji war ein Komplex von fünfhundert Höhlen, und die so genannten Afghan-Araber arbeiteten seit drei Jahren hier. Sie erweiterten, vertieften und vergrößerten sie und bauten sie zu einem großen Guerilla-Stützpunkt aus. Martin wusste es nicht, aber im Innern dieses Komplexes gab es Kasernen, eine Moschee, eine Bibliothek mit religiösen Texten, Küchen, Vorratslager und ein gut ausgerüstetes chirurgisches Lazarett.

An der ersten Postenkette wurde Martin aufgehalten. Es war klar, was er tat: Er trug einen Verwundeten auf den Schultern. Die Posten berieten, was sie mit den beiden anfangen sollten, und Martin erkannte das nordafrikanische Arabisch. Sie wurden unterbrochen, als ein Vorgesetzter erschien, der wie ein Saudi sprach. Martin verstand alles, aber er hielt es für klüger, kein Wort zu sagen. Mit Gebärden gab er zu verstehen, dass sein Freund dringend behandelt werden müsse. Der Saudi nickte und winkte ihm, ihm zu folgen.

Binnen einer Stunde wurde Izmat Khan operiert. Der tückische Splitter einer Granathülse wurde aus seinem Bein entfernt.

Martin wartete bei dem Jungen, bis er aufwachte. Er hockte wie ein Einheimischer im Schatten in einer Ecke der Station, und niemand kam auf den Gedanken, er könnte etwas anderes sein als ein Paschtune aus den Bergen, der seinen Freund hergebracht hatte.

Eine Stunde später betraten zwei Männer die Station. Der eine war sehr groß, jung, bärtig. Er trug eine Tarnjacke über arabischen Gewändern und eine weiße Kopfbedeckung. Der andere war klein, rundlich und auch nicht älter als Mitte dreißig. Auf seiner stumpfen Nase saß eine runde Brille. Er trug einen Arztkittel. Nachdem die beiden zwei andere Patienten untersucht hatten, kamen sie zu dem Afghanen. Der Große sprach saudisches Arabisch.

»Und wie geht es unserem jungen afghanischen Kämpfer?«

»*Inshallah*, aber es geht mir viel besser, Scheich«, antwortete Izmat Khan und redete den Älteren mit einem Ehrentitel an. Der große Mann war erfreut. Er lächelte.

»Ah, du sprichst Arabisch – und noch so jung.«

»Ich war sieben Jahre in der *madrasa* in Peschawar. Ich bin letztes Jahr zurückgekommen, um zu kämpfen.«

»Und für wen kämpfst du, mein Sohn?«

»Ich kämpfe für Afghanistan«, sagte der Junge. Eine Wolke zog über die Züge des Saudi. Der Afghane begriff, dass er vielleicht nicht gesagt hatte, was erwartet wurde.

»Und ich kämpfe für Allah, Scheich«, fügte er hinzu.

Die Wolke verzog sich, das sanfte Lächeln war wieder da. Der Saudi beugte sich vor und klopfte dem Jungen auf die Schulter.

»Der Tag wird kommen, da Afghanistan dich nicht mehr brauchen wird. Aber der allbarmherzige Allah wird einen Kämpfer wie dich immer brauchen. Und wie verheilt die Wunde unseres jungen Freundes?« Diese Frage war an den rundlichen Arzt gerichtet.

»Mal sehen«, sagte der Arzt und löste den Verband. Die Wunde war sauber, an den Rändern blutunterlaufen, aber mit sechs Nähten versorgt und nicht infiziert. Schnalzend äußerte er seine Befriedigung und legte den Verband wieder an.

»In einer Woche wirst du wieder laufen können«, sagte Dr. Aiman al-Sawahiri. Dann verließen er und Osama bin Laden die Station. Niemand nahm Notiz von dem verschwitzten

Muj, der in der Ecke hockte, den Kopf auf die Knie gelegt, als ob er schliefe.

Martin stand auf und ging zum Bett des Jungen.

»Ich muss gehen«, sagte er. »Die Araber werden für dich sorgen. Ich werde deinen Vater suchen und ihn um einen neuen Führer bitten. Geh mit Allah, mein Freund.«

»Sieh dich vor, Ma-ick«, sagte der Junge. »Diese Araber sind nicht wie wir. Du bist ein Kafir, ein Ungläubiger, und sie sind wie die Imame in meiner *madrasa*. Sie hassen alle Ungläubigen.«

»Dann wäre ich dir dankbar, wenn du ihnen nicht verraten würdest, wer ich bin«, sagte der Engländer.

Izmat Khan schloss die Augen. Er würde unter der Folter sterben, ehe er seinen neuen Freund verriete. Das war das Gesetz. Als er die Augen wieder öffnete, war der Anglies weg. Später erfuhr er, dass der Mann Schah Massud im Pandschir erreicht hatte. Aber er sah ihn nicht wieder.

Nach den sechs Monaten hinter den sowjetischen Linien in Afghanistan gelangte Mike Martin unentdeckt, und mit fließendem Paschto in seinem Arsenal, über Pakistan nach Hause. Er wurde in Urlaub geschickt, wieder in den regulären Militärdienst aufgenommen und im Herbst 1988, immer noch als Offizier des SAS, noch einmal in Nordirland eingesetzt. Aber diesmal war es anders.

Die Männer vom SAS waren es, die die IRA wirklich in Angst und Schrecken versetzten, und einen Sassman, wie sie dort hießen, zu töten – oder besser noch lebend zu fangen, zu foltern und dann zu töten – war der Traum eines jeden IRA-Mannes. Mike Martin kam zur 14th Intelligence Company, einer Aufklärungseinheit, auch bekannt als »Detachment« oder kurz »The Det«.

Sie waren Beobachter, Verfolger, Lauscher, und ihre Aufgabe war geheim: Sie durften nicht gesehen werden und mussten herausfinden, wo die IRA-Killer als Nächstes zuschlagen würden. Zu diesem Zweck leisteten sie Bemerkenswertes.

Sie drangen durch das Dach in die Häuser von IRA-Führern ein und verwanzten sie vom Dachboden abwärts. Wanzen wurden auch in den Särgen toter IRA-Leute versteckt, weil die Paten die Gewohnheit hatten, Konferenzen abzuhalten, während sie so taten, als erwiesen sie dem Toten die letzte Ehre. Kameras mit starken Teleobjektiven zeichneten Mundbewegungen auf, nach denen Lippenleser entzifferten, was gesprochen wurde. Richtmikrofone verfolgten Gespräche hinter geschlossenen Fenstern. Und wenn das Det ein echtes Juwel gefunden hatte, informierte es die harte Truppe.

Die Regeln für bewaffnete Auseinandersetzungen waren streng. Die IRA-Leute mussten zuerst schießen, und sie mussten auf den SAS schießen. Wenn sie auf Zuruf ihre Waffen fallen ließen, mussten sie gefangen genommen werden. Bevor sie einen einzigen Schuss abgaben, mussten SAS und Fallschirmjäger immens vorsichtig sein. Es ist eine neue Tradition bei britischen Politikern und Juristen, dass Großbritanniens Feinde Bürgerrechte haben, seine Soldaten aber nicht.

Dessen ungeachtet war Martin in den achtzehn Monaten, die er als SAS-Captain in Ulster verbrachte, an mehreren nächtlichen Kommandounternehmen beteiligt. Bei jedem wurde ein Trupp bewaffneter IRA-Kämpfer überrascht und angerufen. Jedes Mal waren sie dumm genug, ihre Waffen zu ziehen und auf die SAS-Soldaten zu richten. Jedes Mal fand das Royal Ulster Constabulary ihre Leichen am nächsten Morgen.

Aber bei der zweiten Schießerei bekam Martin eine Kugel ab. Er hatte Glück. Es war eine Fleischwunde im rechten Bizeps, doch es genügte, um ihn nach Hause zu schicken und zur Genesung nach Headley Court, Leatherhead. Dort lernte er die Krankenschwester Lucinda kennen, die wenig später seine Frau wurde.

Bei seiner Rückkehr zu den Fallschirmjägern im Frühjahr 1990 wurde Mike Martin dem Verteidigungsministerium in Whitehall zugewiesen. Er mietete ein Cottage in der Nähe von Chobham, sodass Lucinda weiter in ihrem Beruf arbeiten konnte, und plötzlich sah Martin sich zum ersten Mal in seinem Leben als Pendler, der im dunklen Anzug mit dem Frühzug nach London hineinfuhr. Im Rang eines Staff Officer Three arbeitete er im Büro der Military Operations Special Projects Unit, einer ministeriellen Abteilung, die für besondere militärische Projekte zuständig war. Und auch diesmal war es ein ausländischer Aggressor, der ihn dort herausholen sollte.

Am 2. August jenes Jahres fiel Saddam Hussein ins benachbarte Kuwait ein. Wieder war Margaret Thatcher nicht bereit, das hinzunehmen, und der amerikanische Präsident Bush senior war ihrer Meinung. Innerhalb einer Woche arbeitete man auf Hochtouren an Plänen für eine multinationale Koalition, die eine Gegeninvasion starten und den ölreichen Kleinstaat befreien sollte.

Obwohl das Büro der MOSP alle Hände voll zu tun hatte, war der Einfluss des Secret Intelligence Service groß genug, um Martin dort aufzustöbern und ihm »vorzuschlagen«, sich mit ein paar »Freunden« zum Lunch zu treffen.

Der Lunch fand in einem diskreten Club in St. James's statt, und Martins Gastgeber waren zwei leitende Gentlemen von der Firma. Mit am Tisch saß ein in Jordanien geborener Kommunikationsanalytiker mit britischem Pass vom Communications Headquarter in Cheltenham. Seine Aufgabe dort bestand darin, mitgehörte Funkplaudereien aus der arabischen Welt zu analysieren. Aber seine Rolle an diesem Tisch war eine andere.

Er unterhielt sich mit Mike Martin in schnellem Arabisch; Martin antwortete genauso. Schließlich nickte der Analytiker den beiden Schlapphüten aus Century House zu.

»Ich habe so etwas noch nie gehört«, bemerkte er. »Mit dem Gesicht und mit dieser Stimme geht er durch.«

Damit stand er auf und ging. Seine Aufgabe war erledigt.

»Wir wären Ihnen verflucht dankbar«, sagte der eine der beiden Gentlemen, »wenn Sie nach Kuwait gehen und sich ein bisschen umsehen könnten.«

»Was sagt die Army dazu?«, fragte Martin.

»Ich glaube, die werden unseren Standpunkt verstehen«, erwiderte der andere.

Die Army maulte wieder, aber sie ließ ihn gehen. Ein paar Wochen später überquerte Martin, als beduinischer Kameltreiber verkleidet, die saudische Grenze in das vom Irak besetzte Kuwait. Auf dem Weg nach Norden, nach Kuwait City, begegnete er mehreren irakischen Patrouillen, aber sie nahmen keine Notiz von dem bärtigen Nomaden, der zwei Kamele zum Markt führte. Die Beduinen sind so entschlossen unpolitisch, dass sie jahrtausendelang zugesehen haben, wie Invasoren durch ganz Arabien hin und her marschierten, ohne sich jemals einzumischen. Deshalb haben die Invasoren sie meist auch in Ruhe gelassen.

Martin verbrachte mehrere Wochen in Kuwait. Er setzte sich mit dem aufkeimenden kuwaitischen Widerstand in Verbindung und zeigte den Leuten ein paar Kniffe seines Handwerks. Er registrierte die irakischen Positionen, ihre Stärken und Schwächen, und dann kam er zurück.

Sein zweiter Ausflug im Golfkrieg führte ihn in den Irak. Er überquerte die saudische Grenze im Westen und nahm einfach den nächsten Bus nach Bagdad, getarnt als einfacher Bauer, der einen Korb mit Hühnern bei sich trug.

In der Stadt, die er gut kannte, fand er Arbeit als Gärtner in einer reichen Villa. Er wohnte in einer Hütte am Ende des Gartens. Sein Auftrag bestand darin, Nachrichten zu sammeln und weiterzuleiten. Zu diesem Zweck hatte er eine kleine, faltbare Parabolantenne, deren Blitzsendungen von der irakischen Geheimpolizei nicht abgefangen werden konnten, die aber bis nach Riad reichte.

Es war eines der bestgehüteten Geheimnisse dieses Krieges, dass die Firma über eine hochrangige Quelle in Saddams Regierung verfügte. Martin lernte den Mann nie kennen. Er erhielt seine Informationen über »tote Briefkästen« und übermittelte sie nach Saudi-Arabien. Im Hauptquartier der amerikanisch geführten Koalition empfing man sie ebenso perplex wie dankbar.

Saddam kapitulierte am 26. Februar 1991, und Mike Martin verließ das Land. Beim Überschreiten der Grenze im Dunkel der Nacht wäre er beinahe von der französischen Fremdenlegion erschossen worden.

Am Morgen des 15. Februar 1989 überquerte General Boris Gromow, Befehlshaber der 40. Sowjetarmee, die Afghanistan besetzt hatte, allein die Freundschaftsbrücke über den Fluss Amu Darya nach Usbekistan. Seine Armee war ihm vorausgegangen. Der Krieg war beendet.

Die Euphorie dauerte nicht lange. Das Vietnam der UdSSR hatte in einer Katastrophe geendet. Ihre unruhigen europäischen Satellitenstaaten meuterten jetzt offen, und ihre Wirtschaft stand vor dem Zusammenbruch. Im November rissen die Berliner die Mauer ein, und das sowjetische Weltreich fiel einfach auseinander.

In Afghanistan hatten die Sowjets eine Regierung hinterlassen, die nach Ansicht der meisten Analytiker schnell verschwinden würde, sobald die siegreichen Warlords eine stabile Absprache getroffen hätten und die Macht übernähmen. Aber die Experten irrten sich. Die Regierung Präsident Nadschibullahs, des whiskyliebenden Afghanen, den die Sowjets in Kabul im Stich gelassen hatten, hielt aus zwei Gründen durch. Zum einen war die afghanische Armee einfach stärker als jede andere Streitmacht im Lande. Sie besaß die Unterstützung der Geheimpolizei, und sie beherrschte die Städte und damit den Großteil der Bevölkerung.

Entscheidender aber war, dass die Koalition der Warlords einfach zerfiel. Was daraus wurde, war ein Gemenge von fauchenden, habgierigen, einander befehdenden, selbstsüchtigen Opportunisten, die keine stabile Regierung zustande brachten, sondern das genaue Gegenteil: Sie begannen einen Bürgerkrieg.

Izmat Khan berührte das alles nicht. Sein Vater, obgleich steif und vorzeitig gealtert, war immer noch das Oberhaupt der Familie. Mit Hilfe der Nachbarn bauten sie das Dorf Maloko-zai wieder auf. Stein für Stein, Felsbrocken für Felsbrocken räumten sie den Schutt beiseite, den Bomben und Raketen hinterlassen hatten, und errichteten das Anwesen der Familie zwischen Maulbeer- und Granatapfelbäumen erneut.

Nachdem Izmats Bein ausgeheilt war, kehrte er in den Krieg zurück und hatte in jeder praktischen Hinsicht den Befehl über die *lashkar* seines Vaters übernommen. Die Männer waren ihm gefolgt, denn er hatte seine Feuertaufe bestanden. Als der Frieden kam, hatte seine Guerillatruppe ein großes Waffenlager ausgehoben, das die Sowjets achtlos zurückgelassen hatten.

Sie transportierten das ganze Arsenal über die Spin Ghar nach Pakistan und in die Stadt Parachinar, die buchstäblich nichts weiter als ein großer Waffenbasar war. Dort tauschten sie die sowjetische Hinterlassenschaft gegen Rinder, Ziegen und Schafe ein und erneuerten damit ihre Herden.

War das Leben zuvor schon hart gewesen, so war dieser Neuanfang noch härter, aber die Arbeit machte ihnen Freude, und sie sahen triumphierend, dass Maloko-zai wieder leben würde. Ein Mann brauchte Wurzeln, und Izmats Wurzeln waren hier. Mit zwanzig war er es, der die Dorfbewohner freitags als Vorbeter zum Gebet in die kleine Moschee rief.

Wenn die Kuchi-Nomaden durchzogen, brachten sie düstere Geschichten aus den Ebenen mit. Die Armee der Demokratischen Republik Afghanistan, loyal gegen Nadschibullah, kontrollierte immer noch die Städte, aber auf dem Land regierten die Warlords, die sich wie Banditen benahmen. Willkürlich wurden auf den Landstraßen Zollstationen errichtet, an denen Reisende Geld und Waren abliefern mussten, wenn sie nicht verprügelt werden wollten.

Pakistan, genauer gesagt sein Nachrichtendienst ISI, unterstützte Hekmatjar in seinem Streben nach der Herrschaft über ganz Afghanistan, und in den Gegenden, die er kontrollierte, regierte absoluter Terror. Die »Peschawar Seven«, die zusammen gegen die Sowjets gekämpft hatten, hingen sich nun gegenseitig an der Gurgel, und das Volk stöhnte. Die Mudschaheddin, ehemals Helden, galten jetzt als Tyrannen. Izmat Khan dankte dem barmherzigen Allah dafür, dass ihm das Elend der Ebenen erspart blieb.

Nach dem Ende des Krieges hatten fast alle Araber die Berge und ihr geliebtes Höhlensystem verlassen. Auch derjenige, der schließlich ihr ungekrönter Anführer geworden war, der hochgewachsene Saudi aus dem Höhlenlazarett, war fort. Ungefähr fünfhundert Araber waren noch da, aber sie waren nicht beliebt. Sie lebten weit verstreut und wie Bettler.

Mit zwanzig, bei einem Besuch in einem Nachbartal, sah Izmat Khan ein Mädchen, das die Wäsche der Familie in einem Bach wusch. Wegen des rauschenden Wassers hörte sie sein Pferd nicht; bevor sie den Zipfel ihres *hijab* vor das Gesicht ziehen konnte, hatten sie einander in die Augen geschaut. Erschrocken und verlegen ergriff sie die Flucht. Aber er hatte gesehen, dass sie schön war.

Izmat tat, was jeder junge Mann tun würde. Er beriet sich mit seiner Mutter. Sie war entzückt, und wenig später waren zwei Tanten eine fröhliche Verschwörung mit ihr eingegangen, um das Mädchen zu finden und Nuri Khan zu überreden, mit ihrem Vater zu sprechen und eine Heirat zu vereinbaren. Izmats Hochzeit mit Maryam fand gegen Ende des Frühlings 1993 statt.

Natürlich wurde unter freiem Himmel gefeiert, und die Luft war voller Blütenblätter, die der Wind von den Walnussbäumen wehte. Es gab ein Festessen, die Braut kam auf einem geschmückten Pferd aus ihrem Dorf, Flöten wurden gespielt, und man tanzte unter Bäumen – aber das galt natürlich nur für die Männer. Die Lehren seiner *madrasa* veranlassten Izmat Khan, gegen Musik und Tanz zu protestieren. Aber sein Vater war wie verjüngt und ließ Izmats Einwände nicht gelten. Also vergaß Izmat für einen Tag seine strenge wahhabitische Ausbildung und tanzte auch auf der Wiese. Die Augen seiner jungen Braut folgten ihm auf Schritt und Tritt.

Die Zeit zwischen der ersten Begegnung am Bach und der Hochzeit war notwendig, um die Einzelheiten der Mitgift zu vereinbaren und um dem jungen Paar ein neues Haus auf dem Anwesen der Familie Khan zu bauen. Dorthin führte er seine Braut, als es Nacht geworden war und die erschöpften Dörfler nach Hause gegangen waren. Vierzig Meter weit von ihnen entfernt, nickte seine Mutter zufrieden, als ein Aufschrei in der Nacht ihr verriet, dass ihre Schwiegertochter zur Frau geworden war. Drei Monate später war klar, dass sie im Schnee des Februar ein Kind zur Welt bringen würde.

Während Maryam mit Izmats Kind schwanger war, kehrten die Araber zurück. Der hochgewachsene Saudi, der sie angeführt hatte, war nicht dabei; er war in einem fernen Land namens Sudan. Aber er schickte eine Menge Geld, und dieser Tribut an die Warlords ermöglichte ihm, Ausbildungslager einzurichten. Hierher, nach Khalid bin Waleed, al-Farooq, Sadeek, Khladan, Dschihad Wal und Darunta, kamen Tausende neuer Freiwilliger aus allen arabischen Ländern, um sich für den Krieg ausbilden zu lassen.

Aber für welchen Krieg? Soweit Izmat Khan sehen konnte, nahmen sie im Bürgerkrieg zwischen den Stammessatrapen für niemanden Partei. Gegen wen wollten sie also kämpfen? Dann erfuhr er, dass das alles geschah, weil der große Araber, den seine Anhänger Scheich nannten, den Dschihad gegen seine eigene Regierung in Saudi-Arabien und gegen den Westen ausgerufen hatte.

Doch Izmat Khan hatte keinen Streit mit dem Westen. Der Westen hatte ihnen mit Waffen und Geld geholfen, die Sowjets zu besiegen, und der einzige *kafir*, dem er je begegnet war, hatte ihm das Leben gerettet. Dies war nicht sein heiliger Krieg, nicht sein Dschihad, entschied er. Seine Sorge galt seinem Land, das allmählich im Wahnsinn versank.

SECHS

Das Fallschirmjägerregiment nahm Mike Martin wieder auf und stellte keine Fragen, denn so lautete die Anweisung, aber allmählich umgab ihn der Ruf des Absonderlichen. Zweimal war er innerhalb von vier Jahren ohne Erklärung dienstabwesend gewesen und jedes Mal sechs Monate weggeblieben; so etwas führte bei jeder militärischen Einheit zu hochgezogenen Augenbrauen am Frühstückstisch. 1992 schickte man ihn auf das Staff College nach Camberley und von dort zurück ins Ministerium, nun als Major.

Er arbeitete wieder im Büro der Military Operations Unit, aber jetzt als Staff Officer Two in der Abteilung drei, die für den Balkan zuständig war. Dort tobte immer noch der Krieg. Die Serben unter Milosevič waren die herrschende Kraft, und die als »ethnische Säuberungen« bekannten Massaker wurden von der Welt mit Abscheu verfolgt. Zwei Jahre lang fuhr Martin im dunklen Anzug aus dem Vorort nach London, gequält von Tatendurst.

Offiziere, die im SAS gedient haben, können zu einem zweiten Turnus zurückkehren, jedoch nur auf Einladung. Der Ruf aus Hereford kam Ende 1994. Es war das Weihnachtsgeschenk, auf das er gehofft hatte. Aber Lucinda war nicht erfreut.

Sie hatten kein Kind, und ihre beiden beruflichen Laufbahnen strebten auseinander. Lucinda hatte ein großartiges Angebot; sie nannte es die Chance ihres Lebens, doch es würde bedeuten, dass sie in den Midlands arbeiten musste. Die Ehe stand unter Druck. Mike Martin bekam den Befehl, das Kommando über die B Squadron, 22 SAS, zu übernehmen und sie verdeckt nach Bosnien zu führen. Nach außen hin wären sie Teil der UN-Friedensmission UNPROFOR. Tatsächlich sollten sie Kriegsverbrecher jagen und fangen. Details durfte er Lucinda nicht anvertrauen – nur, dass er wieder fortgehen würde.

Es war der Tropfen, der das Fass zum Überlaufen brachte. Sie vermutete, er gehe wieder nach Arabien, und stellte ihm ein regelrechtes Ultimatum: Du kannst deine Fallschirmjäger, den SAS und deine verdammte Wüste haben, oder du kannst mit mir nach Birmingham kommen und eine Ehe führen. Er dachte darüber nach und entschied sich für die Wüste.

Fern von der Abgeschiedenheit der Hochlandtäler in den Weißen Bergen starb Izmat Khans alter Parteiführer Yunis Khalis, und die Hizb-i-Islami-Partei geriet vollends unter die Kontrolle Hekmatjars, den Izmat Khan wegen seines grausamen Rufes verabscheute.

Als sein Kind im Februar 1994 zur Welt kam, war Präsident Nadschibullah gestürzt, aber er lebte noch, untergebracht in einem Gästehaus der UN in Kabul. Als sein Nachfolger galt Professor Rabbani, doch Rabbani war Tadschike und deshalb für die Paschtunen inakzeptabel. Außerhalb von Kabul regierten nur die Warlords in ihren Territorien, die eigentlichen Herrscher hießen jedoch Chaos und Anarchie.

Aber noch etwas anderes war im Gange. Nach dem Krieg gegen die Sowjets waren Tausende junger Afghanen in die pakistanischen *madrasas* zurückgekehrt, um ihre Ausbildung zu beenden. Andere, die zu jung zum Kämpfen gewesen waren, gingen über die Grenze, um eine Ausbildung zu erhalten – irgendeine Ausbildung. Was sie bekamen, war eine jahrelange wahhabitische Gehirnwäsche. Jetzt kehrten sie zurück, doch sie waren anders als Izmat Khan.

Weil der alte Yunis Khalis, so ultrafromm er gewesen war, noch einen Rest von Mäßigung in sich gehabt hatte, war in seinen *madrasas* in den Flüchtlingslagern ein leicht gemäßigter Islam gelehrt worden. Andere konzentrierten sich auf die ultraaggressiven Passagen aus den Versen des Schwerts im Heiligen Koran. Und der alte Nuri Khan, obgleich ebenfalls fromm, war menschlich und sah nichts Schlimmes in Gesang, Tanz, Sport und Toleranz gegenüber anderen.

Die jetzt Heimkehrenden waren schlecht ausgebildet. Imame, die selbst kaum lesen und schreiben konnten, waren ihre Lehrer gewesen. Sie wussten nichts über das Leben, die Frauen (viele dieser Heimkehrer lebten und starben im Zustand der Jungfräulichkeit) oder wenigstens ihre eigene Stammeskultur, die Izmat durch seinen Vater kennen gelernt hatte. Abgesehen vom Koran kannten sie nur eins: den Krieg. Die meisten stammten aus dem tiefen Süden Afghanistans, wo schon immer die strengste Variante des Islam praktiziert worden war.

Im Sommer 1994 verließ Izmat Khan zusammen mit einem Cousin das Hochlandtal und reiste nach Jalalabad. Es war ein kurzer Besuch, aber doch lang genug, um das von Hekmatjars Anhängern angerichtete grauenhafte Massaker in einem Dorf zu sehen, das sich schließlich geweigert hatte, ihm weiter Tribut zu zahlen. Die Männer, die die beiden Reisenden vorfanden, waren gefoltert und getötet worden, die Frauen verprügelt, das Dorf in Brand gesetzt. Izmat Khan sah es mit Abscheu. In Jalalabad erfuhr er, dass das, was er gesehen hatte, nichts Ungewöhnliches war.

Dann geschah etwas tief im Süden. Nach dem Verschwinden jeder Art von Zentralregierung hatte sich die staatliche Armee einfach demjenigen örtlichen Warlord unterstellt, der sie am besten bezahlte. Außerhalb von Kandahar schleppten ein paar Soldaten zwei halbwüchsige Mädchen in ihr Camp und vergewaltigten sie.

Der Prediger des Dorfes, das sie überfallen hatten, führte ebenfalls eine religiöse Schule und zog mit dreißig seiner Schüler und sechzehn Gewehren in das Armeecamp. Wider alles Erwarten besiegten sie die Soldaten und hängten den Kommandanten am Geschützrohr eines Panzers auf. Der Name des Predigers war Mohammed Omar oder Mullah Omar. Er hatte in diesem Kampf sein rechtes Auge verloren.

Die Geschichte sprach sich herum. Andere wandten sich Hilfe suchend an ihn. Seine Anhängerschaft wuchs, und er folgte den Hilferufen. Sie nahmen kein Geld, sie vergewaltigten keine Frauen, sie stahlen keine Ernte, sie forderten keine Belohnung. Bald galten sie in der ganzen Gegend als Helden. Im Dezember 1994 war ihre Zahl auf zwölftausend gewachsen, und sie alle trugen den schwarzen Turban dieses Mullahs. Sie nannten sich »Schüler«. Das Paschto-Wort für Schüler ist *talib*, der Plural ist »Taliban«. Aus einer dörflichen Vigilantentruppe war eine Bewegung geworden, und als sie die Stadt Kandahar eroberten, bildeten sie eine Alternativregierung.

Pakistan hatte mit Hilfe der Ränke seines ISI versucht, den Tadschiken Rabbani in Kabul zu stürzen, indem es Hekmatjar unterstützte, aber dieser scheiterte immer wieder. Ultraorthodoxe Muslime unterwanderten den ISI, und bald schwenkte Pakistan um und unterstützte fortan die Taliban. In Kandahar hatte die neue Bewegung ein riesiges Waffenlager an sich gebracht, außerdem Panzer, Panzerwagen, Lastwagen, Kanonen, sechs von den Sowjets zurückgelassene MiG21-Kampfflugzeuge und sechs schwere Hubschrauber. Sie begannen sich nach Norden auszubreiten. 1995 umarmte Izmat Khan seine Frau, küsste sein Kind und stieg von den Bergen hinab, um sich ihnen anzuschließen.

Später, auf dem Boden einer Zelle in Kuba, sollte er sich daran erinnern, dass die Tage mit Frau und Kind in dem Hochlanddorf die glücklichste Zeit seines Lebens gewesen war. Er war dreiundzwanzig.

Zu spät erfuhr er, dass die Taliban eine dunkle Seite hatten. Die Paschtunen in Kandahar waren schon immer fromm gewesen, aber jetzt herrschte hier das härteste Regiment, das die Welt des Islam je gesehen hatte.

Alle Mädchenschulen wurden unverzüglich geschlossen. Frauen durften das Haus nur noch in Begleitung eines männlichen Verwandten verlassen. Die Burka, das alles verhüllende Gewand, war das einzige erlaubte Kleidungsstück, und das Klappern weiblicher Sandalen auf den Fliesen wurde verboten, weil es zu aufreizend klang.

Gesang, Tanz, Musik, Sport und das Drachenfliegen, ein nationaler Zeitvertreib, wurden verboten. Fünfmal am Tag musste gebetet werden. Für Männer herrschte Bartpflicht. Die Vollstrecker mit ihren schwarzen Turbanen waren oft halbwüchsige Fanatiker, die nichts anderes kannten als die Verse des Schwertes, Grausamkeit und Krieg. Aus Befreiern wurden neue Tyrannen, aber ihr Vormarsch war unaufhaltsam. Ihre Mission war es, die Herrschaft der Warlords zu brechen, und da diese bei der Bevölkerung verhasst waren, fügte man sich der neuen Strenge. Zumindest herrschten jetzt Recht und Ordnung, es gab keine Korruption, keine Vergewaltigungen, keine Kriminalität mehr. Es gab nur noch fanatische Rechtgläubigkeit.

Mullah Omar war Kämpfer und Prediger und sonst nichts. Nachdem er seine Revolution begonnen hatte, indem er einen Vergewaltiger an einem Geschützrohr erhängte, zog er sich in die Abgeschiedenheit seiner südlichen Festung Kandahar zurück. Seine Anhänger waren Erscheinungen aus dem Mittelalter, und zu den vielen Dingen, die sie nicht kannten, gehörte die Angst. Sie verehrten den einäugigen Mullah hinter seinen Mauern; bevor die Taliban schließlich fielen, sollten achtzigtausend für ihn sterben. Und der hochgewachsene Saudi im fernen Sudan, der die zwanzigtausend jetzt in Afghanistan stationierten Araber befehligte, beobachtete das alles und wartete ab.

Izmat Khan schloss sich einer *lashkar* von Männern aus seiner Heimatprovinz Nangarhar an. Rasch fand er Respekt bei ihnen, denn er war reif, er hatte gegen die Russen gekämpft und war verwundet worden.

Die Taliban-Armee war keine richtige Armee: Sie hatte keinen kommandierenden General, keinen Generalstab, kein Offizierskorps, keine Dienstgrade und keine Infrastruktur. Jede *lashkar* war eine halb unabhängige Einheit unter dem Befehl ihres Stammesführers, der oft nur aufgrund seiner Persönlichkeit und seines Mutes im Kampf als Führer anerkannt wurde – und natürlich wegen seiner Frömmigkeit. Wie die ursprünglichen Muslimkrieger der ersten Kalifate fegten sie ihre Gegner mit fanatischem Mut beiseite, was ihnen den Ruf der Unbesiegbarkeit verlieh, sodass ihre Gegner oft kapitulierten, ohne dass ein Schuss gefallen war. Als sie schließlich auf echte Soldaten trafen, auf die Streitmacht des charismatischen Tadschiken Schah Massud, erlitten sie ungeheure Verluste. Ein Sanitätskorps hatten sie nicht, deshalb verreckten ihre Verwundeten am Straßenrand. Aber sie drängten weiter.

Vor den Toren Kabuls verhandelten sie mit Massud, der ihre Bedingungen jedoch nicht akzeptierte, sondern sich in seine Berge im Norden zurückzog, wo er siegreich gegen die Russen gekämpft hatte. So begann der nächste Bürgerkrieg, der zwischen den Taliban und der Nordallianz des Tadschiken Massud und des Usbeken Dostum. Es war das Jahr 1996. Nur Pakistan (das ihr auf die Beine geholfen hatte) und Saudi-Arabien (das sie finanzierte) hatten die verrückte neue Regierung Afghanistans anerkannt.

Für Izmat Khan waren die Würfel gefallen. Sein alter Verbündeter Schah Massud war jetzt sein Feind.

Und weit im Süden landete ein Flugzeug. Es brachte den hochgewachsenen Saudi ins Land, der acht Jahre zuvor in einer Höhle in Jaji mit ihm gesprochen hatte, und den rundlichen Arzt, der ein Stück sowjetischen Stahl aus Izmats Bein geschnitten hatte. Sofort erwiesen beide Mullah Omar ihre Reverenz; sie zahlten ihm einen hohen Tribut an Geld und Ausrüstung und sicherten sich damit seine lebenslange Loyalität.

Nach Kabul trat eine Pause im Bürgerkrieg ein. Nahezu die erste Tat der Taliban in Kabul war es, den gestürzten Expräsidenten Nadschibullah aus seinem Hausarrest zu zerren, zu foltern, zu verstümmeln und hinzurichten, bevor sie den Leichnam an einem Laternenmast aufhängten. Damit stand die Tonart der nun einsetzenden Herrschaft fest. Izmat Khan hatte nichts übrig für Grausamkeit um ihrer selbst willen. Er hatte hart genug für sein Land gekämpft, um vom Freiwilligen zum Befehlshaber seiner eigenen *lashkar* aufzusteigen, und diese wiederum wurde immer größer, je weiter seine Führungsqualitäten sich herumsprachen, bis sie eine der vier Divisionen der Taliban-Armee geworden war. Schließlich bat er um die Erlaubnis, in seine Heimatprovinz Nangarhar zurückzukehren, und man ernannte ihn zum Provinzgouverneur. Von Jalalabad aus konnte er seine Familie besuchen, seine Frau und sein Kind.

Von Nairobi oder Dar es Salaam hatte er noch nie gehört, auch nicht von einem Mann namens William Jefferson Clinton. Viel dagegen hatte er von einer Gruppe gehört, die jetzt in seinem Land beheimatet war und sich al-Qaida nannte. Er wusste, dass ihre Anhänger den globalen Dschihad gegen alle Ungläubigen ausgerufen hatten, vor allem gegen den Westen und ganz besonders gegen ein Land namens Amerika. Aber das war nicht sein Dschihad.

Er führte seinen Kampf gegen die Nordallianz, um sein Vaterland ein für alle Mal zu einigen, und die Allianz war in zwei kleine, obskure Enklaven zurückgedrängt worden. Die eine war eine Gruppe von Widerstandskämpfern des Hazara-Stammes, eingeschlossen in den Bergen von Dara-i-Suf. Massud selbst saß im unzugänglichen Tal des Pandschir, in der nordöstlichen Ecke namens Badakshan.

Am 7. August 1998 explodierten Bomben vor den amerikanischen Botschaften in zwei afrikanischen Hauptstädten. Izmat wusste davon nichts. Ausländische Rundfunksender zu hören war verboten, und er gehorchte. Am 20. August schoss Amerika siebzig Tomahawk-Cruise-Missiles auf Afghanistan ab. Sie kamen von den beiden Raketenkreuzern *Cowpen* und *Shiloh* im Roten Meer und von den Zerstörern *Briscoe*, *Elliot*, *Hayler* und *Milius* sowie von dem U-Boot *Columbia*, die allesamt südlich von Pakistan im Arabischen Golf lagen.

Sie waren auf die al-Qaida-Ausbildungslager und auf die Höhlen von Tora Bora gerichtet. Eine von denen, die ihr Ziel verfehlten, fuhr in eine natürliche, leere Höhle hoch oben im Berg über Maloko-zai. Die Detonation tief in der Höhle spaltete den Berg und sprengte eine ganze Flanke ab. Zehn Millionen Tonnen Fels gingen krachend zu Tal.

Als Izmat Khan den Berg erreichte, erkannte er nichts wieder. Das gesamte Tal war unter Felstrümmern begraben. Es gab keinen Bach mehr, kein Dorf, keine Obstgärten, keine Pferche, keine Moschee, keine Stallungen, keine Häuser. Seine Familie und alle seine Nachbarn waren ausgelöscht. Seine Eltern, Onkel, Tanten, Schwestern, seine Frau und sein Kind lagen tot unter Millionen Tonnen von Granit. Graben konnte er nirgends, und es gab auch nichts auszugraben. Er war jetzt ein Mann ohne Wurzeln, ohne Familie, ohne Sippe.

In der ersterbenden Augustsonne kniete er hoch oben über seiner toten Familie auf dem Schiefer, wandte sich westwärts nach Mekka, senkte die Stirn auf den Boden und betete. Aber diesmal sprach er ein anderes Gebet: Es war ein machtvoller Eid, ein Racheschwur, ein persönlicher Dschihad bis zum Tod, und er richtete sich gegen das Volk, das ihm dies angetan hatte. Er erklärte Amerika den Krieg.

Eine Woche später hatte er sein Gouverneursamt niedergelegt und ging wieder an die Front. Drei Jahre lang kämpfte er gegen die Nordallianz. In seiner Abwesenheit hatte der taktisch brillante Massud einen Gegenangriff gestartet und den weniger kompetenten Taliban wiederum gewaltige Verluste zugefügt. In Mazar-i-Sharif war es zu Massakern gekommen; nachdem die einheimischen Hazara sich erhoben und sechshundert Taliban getötet hatten, waren die rachsüchtigen Taliban zurückgekehrt und hatten über zweitausend Zivilisten ermordet.

Das Dayton-Abkommen war unterschrieben. Formal gesehen war der Bosnienkrieg zu Ende. Aber seine Hinterlassenschaft war ein Albtraum. Das muslimische Bosnien war der Hauptkriegsschauplatz gewesen, auch wenn Bosnier, Serben und Kroaten gleichermaßen beteiligt gewesen waren. Es war der blutigste Konflikt in Europa seit dem Zweiten Weltkrieg.

Kroaten und Serben, mit Abstand am besten bewaffnet, hatten die schlimmsten Brutalitäten begangen. Ein zutiefst und zu Recht beschämtes Europa rief in Den Haag ein Kriegsverbrechertribunal ins Leben und wartete auf die ersten Anklagen. Das Problem war, dass die Schuldigen nicht mit erhobenen Händen vortreten wollten. Milosevič leistete keinerlei Hilfe – im Gegenteil, er plante neues Elend für eine weitere muslimische Provinz, den Kosovo.

Ein Teil Bosniens, das ausschließlich von Serben bewohnte Drittel, erklärte sich zur Serbischen Republik, in der die meisten Kriegsverbrecher Unterschlupf fanden. Und das war die Aufgabe: sie finden, sie identifizieren, sie ergreifen, sie vor das Tribunal bringen. Damit verbrachte der SAS das Jahr 1997; die Männer lebten hauptsächlich in Feldern und Wäldern und jagten mutmaßliche Kriegsverbrecher.

1998 war Mike Martin wieder in Großbritannien und bei den Fallschirmjägern, als Lieutenant Colonel und Ausbilder am Staff College in Camberley. Ein Jahr später wurde er Chef des Ersten Fallschirmjägerbataillons. Die NATO-Alliierten hatten erneut auf dem Balkan eingegriffen, ein wenig schneller jetzt als zuvor und wiederum zur Verhinderung eines Gemetzels, das groß genug wäre, um die Medien zu der überstrapazierten Formel vom »Völkermord« zu verleiten.

Die Nachrichtendienste hatten die britische und die amerikanische Regierung davon überzeugt, dass Milosevič die Absicht habe, die rebellische Provinz Kosovo zu »säubern«, und zwar gründlich. Zu diesem Zweck würde er den größten Teil der 1,8 Millionen Einwohner nach Westen ins benachbarte Albanien vertreiben. Unter dem Banner der NATO stellten die Alliierten Milosevič ein Ultimatum. Er ignorierte es, und endlose Kolonnen von weinenden und mittellosen Kosovaren wurden über die Gebirgspässe nach Albanien getrieben.

Die NATO reagierte nicht mit einer Bodeninvasion, sondern mit Bombenangriffen, die achtundsiebzig Tage dauerten und sowohl den Kosovo als auch das serbische Jugoslawien selbst verwüsteten. Als sein Land in Schutt und Asche lag, gab Milosevič schließlich nach, worauf die NATO im Kosovo einrückte, um die Folgen der Katastrophe zu begrenzen. Der verantwortliche Offizier war ein lebenslanger Fallschirmjäger, General Mike Jackson, und das Erste Bataillon ging mit ihm.

Das wäre wahrscheinlich Mike Martins letzter Einsatz »im Feld« gewesen, aber dann kamen die West Side Boys.

Am 9. September 2001 verbreitete sich in Windeseile eine Nachricht durch die Taliban-Armee, die die Soldaten in begeisterte *Allahu-akhbar*-Rufe ausbrechen ließ: Gott ist groß. Über Izmat Khans Lager außerhalb von Bamian knatterten die im Freudentaumel abgefeuerten Schüsse. Jemand hatte Ahmed Schah Massud ermordet. Ihr Feind war tot. Der Mann, dessen Charisma das Lager des nutzlosen Rabbani zusammengehalten hatte, dessen Geschick als Guerilla-Führer die Sowjets wider Willen ehrfürchtig bewundert hatten, und dessen Generalstalente die Taliban-Truppen dezimiert hatten – dieser Mann existierte nicht mehr.

Zwei Selbstmordattentäter hatten die Tat vollbracht, ultrafanatische Marokkaner mit gestohlenen belgischen Pässen, die sich als Journalisten ausgegeben hatten und von Osama bin Laden geschickt worden waren, um seinem Freund Mullah Omar eine Gefälligkeit zu erweisen. Aber nicht der Saudi steckte hinter dem Komplott, sondern der viel gerissenere Ägypter Aiman al-Sawahiri, der erkannt hatte: Wenn al-Qaida dem einäugigen Mullah eine solche Gefälligkeit erwiese, würde Omar sie niemals aus seiner Obhut vertreiben können, nachdem geschehen wäre, was als Nächstes geschehen sollte.

Am 11. September wurden vier Passagierflugzeuge über der amerikanischen Ostküste entführt. Neunzig Minuten später hatten zwei das World Trade Center in Manhattan zerstört, eines hatte das Pentagon verwüstet, und das vierte war, nachdem rebellische Passagiere ins Cockpit eingedrungen waren und die Hijacker überwältigt hatten, auf freiem Feld abgestürzt.

Innerhalb weniger Tage war klar, wer die neunzehn Hijacker gewesen waren und was sie zu ihrer Tat inspiriert hatte, und wiederum nur wenige Tage später hatte der neue amerikanische

Präsident ein klares Ultimatum an Mullah Omar gerichtet: Liefert die Rädelsführer aus, oder tragt die Konsequenzen. Wegen Massud konnte Omar nicht kapitulieren. Das war das Gesetz.

In dem westafrikanischen Höllenloch Sierra Leone hatten Jahre des Bürgerkriegs und der Barbarei die einstmals reiche ehemalige britische Kolonie in ein Chaos von Banditentum, Schmutz, Krankheiten, Armut und abgehackten Gliedmaßen gestürzt. Jahre zuvor hatten die Briten beschlossen einzuschreiten, und die Vereinten Nationen hatten sich bewegen lassen, eine Truppe von fünfzehntausend Mann ins Land zu bringen, die aber im Wesentlichen in ihren Kasernen in der Hauptstadt Freetown herumsaßen. Der Dschungel außerhalb der Stadt galt einfach als zu gefährlich für die UN-Streitkräfte. Nur eine im Land stationierte britische Einheit stand unter nationalem Kommando und war bereit einzuschreiten, daher blieb es ihr allein überlassen, Patrouillen im Hinterland durchzuführen.

Gegen Ende August wurde eine elf Mann starke Patrouille der Royal Irish Rangers von der Hauptstraße herunter und in ein Dorf gelockt, das als Hauptquartier einer Rebellenbande diente, die sich als West Side Boys bezeichnete – im Grunde nichts weiter als ein Haufen außer Kontrolle geratener Psychopathen. Sie waren ständig betrunken vom einheimischen, hochprozentigen Schnaps, sie massierten sich Kokain ins Zahnfleisch oder ritzten sich die Arme auf, um das Rauschgift in die Schnitte zu reiben und so einen schnelleren »Hit« zu erzielen. Das Grauen, das sie weit und breit unter den Bauern anrichteten, war unbeschreiblich. Sie waren vierhundert Mann stark und bis an die Zähne bewaffnet. Die Rangers wurden rasch überwältigt und als Geiseln genommen.

Nach dem Kosovo-Einsatz war Mike Martin mit dem Ersten Fallschirmjägerbataillon nach Freetown gegangen. Sie waren im Waterloo Camp stationiert. Nach komplizierten Verhandlungen wurden fünf der Ranger gegen ein Lösegeld freigelassen, aber die übrigen sechs waren anscheinend dazu verdammt, in Stücke gehackt zu werden. Aus London erging der Befehl des Generalstabschefs Sir Charles Guthrie: Greift gewaltsam ein, und holt sie heraus.

Die Taskforce bestand aus achtundvierzig SAS-Männern, vierundzwanzig Kampfschwimmern vom Special Boat Service und neunzig Fallschirmjägern vom Ersten Bataillon. Eine Woche vor dem Angriff wurden zehn SAS-Männer in Dschungeltarnkleidung in der Umgebung des Banditendorfs abgesetzt; sie campierten unsichtbar im Busch und beobachteten und belauschten aus wenigen Metern Entfernung alles, was die West Side Boys sagten und taten, um es auf der Stelle zurückzumelden. Bald war den Briten klar, dass es keine Hoffnung auf eine friedliche Befreiung geben konnte.

Mike Martin griff mit der zweiten Welle an, nachdem ein unglücklicher Granatentreffer der Rebellen sechs Mann einschließlich des Truppführers der ersten Welle verwundet hatte, sodass sie auf der Stelle evakuiert werden mussten.

Das Dorf – genau gesagt zwei Dörfer namens Gberi Bana und Magbeni – lag an den Ufern eines schleimigen, stinkenden Flusses namens Rokel Creek. Die zweiundsiebzig Spezialisten von SAS und SBS eroberten Gberi Bana, wo die Geiseln untergebracht waren, retteten sie alle und schlugen eine Serie von manischen Gegenangriffen zurück. Die neunzig Fallschirmjäger nahmen Magbeni ein. Als der Morgen graute, befanden sich in jedem der beiden Dörfer rund zweihundert West Side Boys.

Sechs Gefangene wurden gefesselt auf den Weg nach Freetown gebracht. Ein paar von ihnen konnten in den Urwald entkommen. Niemand versuchte, die Leichen in den Ruinen der beiden Dörfer oder im Busch ringsum zu zählen, aber es wurde niemals bestritten, dass es über dreihundert Tote gegeben hatte.

SAS und Fallschirmjäger hatten zwölf Verwundete, und ein SAS-Mann, Brad Tinnion, starb an seinen Verletzungen. Mike Martin, der den Truppführer seiner ersten Welle verloren hatte, kam im zweiten Chinook-Hubschrauber und führte den endgültigen Vernichtungsangriff gegen Magbeni. Es war ein altmodischer Kampf, auf kürzeste Entfernung, Mann gegen Mann. Am Südufer des Rokel Creek hatten die Fallschirmjäger durch dieselbe Granate, die auch den Truppführer verwundet hatte, ihr Funkgerät verloren, sodass die über dem Schauplatz kreisenden Hubschrauber nicht von dem Erfolg ihres eigenen Granatfeuers berichten konnten, und der Dschungel war zu dicht, als dass man die Einschläge hätte sehen können.

Schließlich gingen die Fallschirmjäger einfach adrenalinberauscht, schreiend und fluchend zum Sturmangriff über, und die West Side Boys, die so gern Bauern und Gefangene gefoltert hatten, flohen und starben, flohen und starben, bis keiner mehr übrig war.

Fast auf den Tag genau zwölf Monate später war Martin in London, als die unglaublichen Fernsehbilder der voll besetzten und vollgetankten Maschinen, die geradewegs in die Twin Towers flogen, die Welt entsetzten. Eine Woche später war klar, dass die USA in Afghanistan einmarschieren mussten, um die Verantwortlichen dingfest zu machen, mit oder ohne Zustimmung der Regierung in Kabul.

London erklärte sich sofort bereit, aus eigenen Mitteln zu liefern, was unmittelbar gebraucht wurde: Luftbetankungsflugzeuge und Spezialeinsatzkräfte. Der SIS-Chef in Islamabad erklärte, auch er brauche alle Hilfe, die er bekommen könne.

Dies war Sache von Vauxhall Cross, aber auch der Verteidigungsattaché in Islamabad bat um Hilfe. Mike Martin wurde von seinem Schreibtisch im Fallschirmjäger-Hauptquartier in Aldershot geholt und mit der nächsten Maschine als Verbindungsoffizier der Special Forces nach Islamabad entsandt.

Vier Wochen nach der Zerstörung des World Trade Centers kam er dort an, am ersten Tag des alliierten Angriffs.

SIEBEN

Izmat Khan war noch als Kommandant im Norden an der Front von Badaghshan, als die Bomben auf Kabul regneten. Während die Welt die Vorgänge in Kabul und die Ablenkungstaktik im Süden verfolgte, rückten die US Special Forces unbemerkt in Badaghshan ein, um General Fahim zu helfen, der Massuds Armee übernommen hatte. Dort würden die eigentlichen Kämpfe stattfinden; alles andere war Staffage für die Medien. Die Bodenstreitkräfte der Nordallianz und die amerikanische Luftwaffe würden dabei eine entscheidende Rolle spielen.

Afghanistans winzige Luftwaffe wurde am Boden zerstört, ohne dass eine Maschine aufgestiegen war. Panzer und Artillerie wurden ausgeschaltet, wo man sie fand. Der Usbeke Rashid Dostum, der die letzten Jahre im sicheren Exil jenseits der Grenze verbracht hatte, ließ sich zur Rückkehr überreden und eröffnete eine zweite Front im Nordwesten als Ergänzung zu Fahids Front im Nordosten. Und im November begann der Großangriff. Entscheidendes Instrument dabei war die Zielmarkierung, eine Technologie, die die Kriegführung seit dem ersten Golfkrieg 1991 im Stillen revolutioniert hatte.

Unsichtbar und versteckt unter den alliierten Streitkräften spähen Spezialisten der Special Forces durch starke Ferngläser, um die feindlichen Stellungen, Geschütze, Panzer, Munitionslager, Reserven, Nachschubwege und Kommandobunker zu identifizieren. Jedes dieser Ziele wird mittels eines auf der Schulter getragenen Projektors durch einen Infrarot-Punkt markiert, und über Funk wird dann ein Luftangriff veranlasst.

Bei der Vernichtung der Taliban-Armee, die der Nordallianz gegenüberstand, kamen diese Luftangriffe entweder aus dem tiefen Süden, wo die Flugzeugträger der amerikanischen Marine vor der Küste lagen, oder sie erfolgten durch die panzerknackenden A-10-Jagdbomber, die gegen ein stattliches Entgelt in Usbekistan starten durften. Einheit für Einheit wurde die Taliban-Armee weggefegt mit Bomben und Raketen, die durch den Infrarotstrahl unfehlbar ins Ziel gesteuert wurden, und die Tadschiken gingen triumphierend zum Angriff über.

Izmat Khan zog sich immer weiter zurück. Stellung um Stellung wurde zerstört und ging verloren. Zu Anfang war die Taliban-Armee im Norden über dreißigtausend Mann stark, aber sie verlor täglich tausend davon. Es gab keine Medikamente, keine Evakuierungsmöglichkeiten, keine Ärzte. Die Verwundeten sprachen ihre Gebete und starben wie die Fliegen. Die andern schrien *Allahu akhbar* und rannten in den Kugelhagel.

Die ursprünglichen Freiwilligen der Taliban-Armee waren längst verbraucht. Von ihnen waren nur noch wenige übrig. Rekrutierungseinheiten hatten Zehntausende zum Militärdienst gepresst, aber viele von denen wollten nicht kämpfen. Die echten Fanatiker wurden immer weniger. Und immer noch musste Izmat Khan weiter zurückweichen. In jedem Gefecht sah er sich wieder an vorderster Front, und jedes Mal war er überzeugt, dass er nicht einen Tag länger würde durchhalten können. Am 18. November hatten sie die Stadt Kundus erreicht.

Durch eine Laune der Geschichte ist Kundus eine kleine Enklave von Angehörigen des Gilzai-Stammes aus dem Süden, lauter Paschtunen in einem Meer von Tadschiken und Hazara. Deshalb fand die Taliban-Armee dort Zuflucht. Und dort kapitulierte sie.

Für Afghanen ist nichts Unehrenhaftes an einer ausgehandelten Kapitulation, und wenn man sich über die Bedingungen einig ist, werden sie auch eingehalten. Die gesamte Taliban-Armee ergab sich General Fahim, und zum Ärger seiner amerikanischen Berater nahm Fahim die Kapitulation an.

Innerhalb der Taliban gab es zwei nichtafghanische Gruppen. Die eine bestand aus sechshundert Arabern, lauter treuen Anhängern Osama bin Ladens, der sie hergeschickt hatte. Weit über dreitausend Araber waren bereits gefallen, und die Amerikaner würden keine bitteren Tränen vergießen, wenn auch der Rest noch zu Allah heimkehrte.

Die zweite Gruppe umfasste ungefähr zweitausend Pakistani, und sollten sie entdeckt werden, würde Islamabad in entsetzliche Verlegenheit geraten. Der pakistanische Regierungschef General Musharraf war nach 9/11 vor eine klare Entscheidung gestellt worden: Er konnte ein treuer Verbündeter der USA werden und dafür Milliarden Dollar Finanzhilfe kassieren, oder er konnte (über seinen Geheimdienst ISI) weiterhin die Taliban und somit Bin Laden unterstützen und die unmittelbaren Folgen tragen. Er entschied sich für die USA.

Aber der ISI unterhielt immer noch ein kleines Heer von Agenten in Afghanistan, und die pakistanischen Freiwilligen, die bei den Taliban kämpften, würden ohne Zögern zugeben, dass man sie einst ermutigt hatte, in den Norden zu gehen. Innerhalb von drei Nächten wurden die meisten von ihnen über eine geheime Luftbrücke nach Pakistan zurückbefördert.

In einem anderen verdeckten Handel wurden rund viertausend Gefangene – zu unterschiedlichen Preisen, je nach Begehrtheit – an die USA und an Russland verkauft. Die Russen nahmen jeden Tschetschenen und (um Taschkent gefällig zu sein) jeden Usbeken, der gegen Taschkent operierte.

Die Armee, die kapituliert hatte, war über vierzehntausend Mann stark gewesen, aber ihre Zahl schrumpfte zusehends. Am Ende verkündete die Nordallianz vor der Weltpresse, die in den Norden strömte, um über den eigentlichen Krieg zu berichten, sie habe nur achttausend Mann gefangen genommen.

Danach entschied man, weitere fünftausend an den usbekischen General Dostum zu überstellen. Er hatte die Absicht, sie weit in den Westen zu bringen, nach Shiberghan in seinem eigenen Territorium. Sie wurden ohne Lebensmittel und Wasser in stählerne Frachtcontainer gepackt, so eng, dass sie nur stehen konnten, und dort reckten sie sich nach dem bisschen Luft über ihren Köpfen. Irgendwo auf der Straße nach Westen beschloss man, ihnen Luftlöcher zu schenken. Das geschah mit schweren Maschinenpistolen, die auf die Container feuerten, bis die Schreie verstummt waren.

Unter den verbliebenen 3015 wurden die Araber herausgesucht. Sie kamen aus allen Teilen der muslimischen Welt: Saudis, Jemeniten, Marokkaner, Algerier, Ägypter, Jordanier und Syrer. Die ultraradikalen Usbeken waren bereits an Taschkent ausgeliefert worden, die meisten der Tschetschenen ebenfalls, aber ein paar hatten diesem Schicksal entgehen können. Während des gesamten Feldzugs hatten die Tschetschenen sich den Ruf erworben, die wildesten, grausamsten und selbstmörderischsten Kämpfer von allen zu sein.

Die restlichen zweitausendvierhundert Mann blieben in den Händen des Tadschiken, und man hat nie wieder etwas von ihnen gehört. Einer der Selektoren sprach Izmat Khan auf Arabisch an. Izmat antwortete auf Arabisch und wurde deshalb für einen Araber gehalten. Er trug kein Rangabzeichen, und er war schmutzig, verfilzt, hungrig und erschöpft. Als man ihn in eine bestimmte Richtung schob, war er zu müde, um zu widersprechen. So geriet er unter die sechs Afghanen, die nach Westen und nach Mazar-i-Sharif in den Gewahrsam Dostums und seiner Usbeken überstellt wurden. Inzwischen beobachteten die westlichen Medien diese Vorgänge, und die kürzlich eingetroffenen Vereinten Nationen garantierten den Gefangenen sicheres Geleit.

Irgendwo wurden Lastwagen aufgetrieben, und die sechshundert Gefangenen wurden aufgeladen und über die holprige Piste westwärts nach Mazar gebracht. Der endgültige Bestimmungsort jedoch war nicht die Stadt selbst, sondern eine riesige Gefängnisfestung zehn Meilen weiter westlich.

So gelangten sie zu den Pforten der Hölle, die da hieß Qala-i-Jangi.

Die Eroberung Afghanistans, von der ersten Bombe bis zur Einnahme Kabuls durch die Nordallianz, dauerte fünfzig Tage. Aber

Spezialkommandos beider alliierten Länder operierten schon lange vorher in Afghanistan. Mike Martin wäre gern dabei gewesen, doch die britische High Commission in Islamabad beharrte eisern darauf, dass er als Verbindungsoffizier zur pakistanischen Armeeführung gebraucht werde.

Bis Bagram. Diese große, ehemals sowjetische Luftwaffenbasis nördlich von Kabul sollte den Alliierten in der nachfolgenden Besatzungszeit selbstverständlich als Hauptstützpunkt dienen. Die hier stationierten Flugzeuge der Taliban waren ausgebrannte Wracks, und der Tower war eine Ruine. Aber die lange Startbahn, die zahlreichen riesigen Hangars und die Quartiere, in denen die sowjetische Garnison gewohnt hatte, würden sich mit genügend Zeit und Geld instand setzen lassen.

Die Basis wurde in der dritten Novemberwoche eingenommen, und ein Team der Special Boat Squadron rückte dort ein, um den britischen Claim abzustecken. Für Mike Martin war diese Nachricht ein erstklassiger Vorwand, um sich von den auf dem Flughafen Rawalpindi stationierten Amerikanern hinüberfliegen zu lassen und sich, wie er sagte, »den Laden anzusehen«.

Es war eine trostlose Anlage ohne jeden Komfort, aber die SBS hatte einen ganzen Hangar »befreit«, bevor die Amerikaner alles übernehmen konnten. Jetzt kauerten die Männer ganz hinten in der Halle, möglichst weit weg vom eisigen Wind.

Soldaten haben ein bemerkenswertes Talent dazu, sich an den absonderlichsten Orten wohnlich einzurichten, und die Special Forces verstehen es am besten, denn sie geraten immer wieder an Orte, die absonderlicher sind als die meisten. Die zwanzig Mann der SBS-Einheit waren mit ihren Landrovern auf dem Gelände herumgefahren und hatten eine Anzahl stählerner Frachtcontainer organisiert und in den Hangar geschleppt.

Mit Fässern, Brettern und einigem Erfindungsreichtum hatten sie daraus Quartiere mit Betten, Sofas, Tischen, elektrischem Licht und dem Allerwichtigsten gemacht: mit Steckdosen für den Wasserkocher, sodass sie Tee kochen konnten.

Am Morgen des 26. November eröffnete der kommandierende Offizier der Einheit seinen Männern: »Da gibt es einen Ort namens Qala-i-Jangi, östlich von Mazar, und irgendetwas scheint da im Gange zu sein. Anscheinend haben Gefangene revoltiert, ihren Wachen die Waffen abgenommen und einen Kampf vom Zaun gebrochen. Ich glaube, wir sollten uns das mal ansehen.«

Sechs Marines wurden für den Einsatz ausgewählt und bekamen zwei vollgetankte Landrover. Als sie losfahren wollten, fragte Martin: »Was dagegen, wenn ich mitfahre? Vielleicht brauchen Sie einen Dolmetscher.«

Der Offizier der kleinen SBS-Einheit war Captain der Marineinfanterie. Martin war Colonel der Fallschirmjäger. Es gab keine Einwände. Martin nahm im zweiten Fahrzeug neben dem Fahrer Platz. Hinter ihm hockten zwei Marines an einem M2 Maschinengewehr, Kaliber .50. Die sechsstündige Fahrt führte über den Salangpass in die Ebenen des Nordens, nach Mazar und weiter zur Festung Qala-i-Jangi.

Welches Ereignis das Massaker an den Gefangenen von Qala-i-Jangi ausgelöst hat, war schon damals umstritten und ist es bis heute. Aber es gibt ein paar überzeugende Hinweise.

Die westlichen Medien, denen es niemals schwerfällt, einen Sachverhalt komplett misszuverstehen, bezeichneten die Gefangenen hartnäckig als Taliban. Tatsächlich handelte es sich – mit Ausnahme der sechs zufällig daruntergeratenen Afghanen – um besiegte al-Qaida-Kämpfer. Als solche waren sie eigens nach Afghanistan gekommen, um ihren Dschihad zu führen, zu kämpfen und zu sterben. Was da von Kundus nach Westen transportiert worden war, waren sechshundert der gefährlichsten Männer im Mittleren Osten.

Was sie in Qala erwartete, waren hundert halb ausgebildete Usbeken unter einem völlig inkompetenten Offizier. Rashid Dostum selbst war nicht da; statt seiner führte sein Stellvertreter Sayid Kamel das Kommando.

Unter den sechshundert Mann waren ungefähr sechzig, die zu drei nichtarabischen Kategorien gehörten. Die einen waren

Tschetschenen, die in Kundus geahnt hatten, dass die Auslieferung an die Russen für sie das Todesurteil bedeutete, und sich der Auswahl hatten entziehen können. Die anderen waren usbekische Widerständler gegen Taschkent, denen ebenfalls klar war, dass ihnen in Usbekistan nichts als ein elender Tod bevorstand, und die sich deshalb versteckt hatten. Und die dritte Gruppe waren Pakistani, die sich dummerweise vor der Rückführung nach Pakistan gedrückt hatten, wo man sie freigelassen hätte.

Die Übrigen waren Araber. Anders als viele der Taliban, die in Kundus zurückgeblieben waren, hatten sie freiwillig und nicht gezwungenermaßen an den Kämpfen teilgenommen. Alle waren ultrafanatisch. Alle hatten die Ausbildungslager der al-Qaida durchlaufen, und sie waren wilde, gewandte Kämpfer. Allen lag wenig am Leben. Von Allah erbaten sie nur die Chance, ein paar Westler oder Freunde von Westlern mit in den Tod zu nehmen und so als *schahid*, als Märtyrer, zu sterben.

Die Festung Qala ist nicht wie eine abendländische Burg gebaut. Auf ihrem vier Hektar großen Gelände gibt es offene Flächen, Bäume und eingeschossige Gebäude. Das Ganze ist von einer fünfzehn Meter hohen Mauer umgeben, die aber zu allen Seiten schräg abfällt, sodass ein geschickter Kletterer hinaufsteigen und oben über die Brüstung spähen kann.

Im Innern dieser dicken Mauern verbirgt sich ein Labyrinth von Unterkünften, Lagerräumen und Gängen, und darunter liegt ein weiteres Gewirr von Tunneln und Kellerräumen. Die Usbeken hatten diese Festung erst zehn Tage zuvor eingenommen und schienen nicht zu wissen, dass sich am südlichen Ende ein Waffenlager der Taliban befand. Genau dorthin trieben sie ihre Gefangenen.

In Kundus hatte man den Gefangenen ihre Gewehre und Granatwerfer abgenommen, aber Leibesvisitationen hatten nicht stattgefunden, denn sonst hätte man bemerkt, dass fast jeder Mann eine oder zwei Handgranaten unter seinen Gewändern bei sich trug. Und so waren sie mit dem Konvoi nach Qala gekommen.

Der erste Hinweis darauf kam am Abend ihrer Ankunft, einem Samstag. Izmat Khan war im fünften Lastwagen und hörte den Knall aus hundert Metern Entfernung. Ein Araber hatte mehrere Usbeken um sich versammelt, seine Granate gezündet und sich selbst und fünf Usbeken zerfetzt. Die Nacht kam. Es gab kein Licht. Dostums Männer nahmen sich vor, die Gefangenen am nächsten Morgen zu durchsuchen. Sie führten sie ohne Nahrung und Wasser in die Festung und ließen sie dort auf dem Boden hocken, umringt von bewaffneten, aber bereits ziemlich nervösen Wachen.

Im Morgengrauen begannen die Durchsuchungen. Die Gefangenen waren immer noch erschöpft vom Kampf und ließen daher friedlich zu, dass man ihnen die Hände auf den Rücken fesselte. Da es keine Stricke gab, benutzten die Usbeken dazu die Turbane der Gefangenen. Aber Turbane sind keine Stricke.

Einer nach dem andern wurden die Gefangenen auf die Beine gezogen und durchsucht. Man fand Faustfeuerwaffen, Handgranaten – und Geld. Der wachsende Geldhaufen wurde von Sayid Kamel und seinem Stellvertreter in einen Nebenraum geschafft. Ein usbekischer Soldat, der wenig später durch das Fenster hineinschaute, sah, wie die beiden Männer das Geld in ihre Taschen steckten. Als er protestierte, befahlen sie ihm unmissverständlich, zu verschwinden. Aber er kam mit einem Gewehr zurück.

Zwei Gefangene sahen das und befreiten ihre Hände von den Fesseln. Sie folgten dem Soldaten in den Nebenraum, nahmen ihm das Gewehr ab und schlugen alle drei Usbeken mit dem Kolben tot. Da kein Schuss gefallen war, bemerkte niemand etwas davon, aber jetzt war die Festung zu einem Pulverfass geworden.

Inzwischen waren die amerikanischen CIA-Agenten Johnny »Mike« Spann und Dave Tyson eingetroffen, und Mike Spann begann unter freiem Himmel mit einer Serie von Verhören. Dabei war er umgeben von sechshundert Fanatikern, deren einziger Ehrgeiz darin bestand, einen Amerikaner zu töten, ehe sie vor Allah traten. Dann sah ein usbekischer Posten den bewaffneten Araber und stieß einen Warnruf aus. Der Araber erschoss ihn. Das Pulverfass explodierte.

Izmat Khan hockte auf dem Lehmboden und wartete, dass er an die Reihe kam. Wie andere hatte er seine Hände inzwischen befreit. Als der erschossene Usbeke fiel, eröffneten dessen Kameraden auf den Mauern das Feuer mit Maschinengewehren. Das Gemetzel hatte begonnen.

Über hundert Gefangene starben mit gefesselten Händen im Staub und wurden so gefunden, als die ersten UN-Beobachter endlich ungefährdet hereinkommen konnten. Andere banden ihren Nachbarn die Hände los, damit sie kämpfen konnten. Izmat Khan führte eine Gruppe von Leuten, darunter die anderen Afghanen, geduckt und im Zickzacklauf zwischen den Bäumen hindurch zur Südmauer. Er wusste von dem Waffenlager, weil er schon einmal in der Festung gewesen war, als sie sich noch in der Hand der Taliban befand.

Zwanzig Araber fielen über Mike Spann her und töteten ihn mit Faustschlägen und Fußtritten. Dave Tyson feuerte mit seiner Pistole in die Meute und erschoss drei, bevor der Schlagbolzen auf einer leeren Kammer klickte. Mit großem Glück konnte er durch das Haupttor entkommen.

Nach zehn Minuten gab es im offenen Gelände innerhalb der Festung nur noch Tote und Verwundete, die schrien, bis auch sie tot waren. Die Usbeken waren vor die Mauern geflohen und hatten das Haupttor verrammelt, und die Gefangenen saßen in der Festung. Die Belagerung hatte begonnen; sie sollte sieben Tage dauern, und niemand war daran interessiert, Gefangene zu machen. Jede Seite war davon überzeugt, dass die andere die Kapitulationsvereinbarungen gebrochen hatte, aber inzwischen kam es darauf nicht mehr an.

Die Tür zur Waffenkammer war rasch eingeschlagen, ihre Schätze wurden verteilt. Es gab genug für eine kleine Armee, und für nur fünfhundert Mann war überreichlich Nachschub vorhanden. Sie hatten Gewehre, Handgranaten, Granat-und Raketenwerfer und Mörser. Sie nahmen, was sie tragen konnten, und schwärmten durch Tunnel und Gänge aus, bis sie die ganze Festung in Besitz genommen hatten. Wenn ein Usbeke den Kopf über die Mauerbrüstung schob, schoss ein Araber durch eine Schießscharte quer durch die Festung auf ihn.

Dostums Leuten blieb nichts anderes übrig, als nachdrücklich um Hilfe zu rufen. General Dostum entsandte ein paar hundert Usbeken, die in aller Eile nach Qala-i-Jangi zogen. Amerikaner waren ebenfalls unterwegs: vier Ledernacken aus Fort Campbell, Kentucky, ein Mann von der U.S. Air Force, der die Luftkoordination übernehmen sollte, und sechs Gebirgsjäger von der 10th Mountain Division. Sie sollten beobachten, berichten und dann Luftunterstützung anfordern, um den Widerstand zu brechen.

Am Vormittag erschienen zwei Landrover aus dem Stützpunkt Bagram im Norden der kürzlich eroberten Hauptstadt Kabul. Darin saßen sechs britische Kommandosoldaten von der Special Boat Squadron und ein Dolmetscher, Lieutenant Colonel Mike Martin vom SAS.

Am Dienstag nahm der usbekische Gegenangriff Gestalt an. In der Deckung eines einzelnen Panzers drangen sie in die Festung ein und nahmen die Stellungen der Aufständischen unter Beschuss. Izmat Khan, inzwischen als leitender Kommandant anerkannt, hatte die Verteidigung eines Flügels an der Südfassade übernommen. Als der Panzer das Feuer eröffnete, schickte er seine Leute in die Keller. Als der Beschuss aufhörte, kamen sie wieder herauf.

Er wusste, es war nur eine Frage der Zeit. Einen Weg hinaus gab es nicht, Gnade konnten sie nicht erwarten. Mit neunundzwanzig Jahren hatte er den Ort gefunden, an dem er sterben würde, und dieser Ort war so gut wie jeder andere.

Am Dienstag kam auch die amerikanische Luftunterstützung. Die vier Ledernacken und der Air-Force-Mann lagen an der Außenmauer vor der Brüstung und wählten die Ziele für die Kampfbomber aus. An diesem Tag fanden dreißig Luftschläge statt. Achtundzwanzig davon trafen das Mauerwerk, in dem die

Rebellen sich versteckt hielten, und ungefähr hundert von ihnen kamen zu Tode, die meisten durch einstürzendes Gestein. Nur zwei Bomben gingen daneben.

Mike Martin befand sich an der Mauer unterhalb der Ledernacken, ungefähr hundert Meter weit von ihnen entfernt, als die erste Bombe fehlging. Sie schlug mitten in dem Kreis ein, den die fünf Amerikaner bildeten. Wäre es eine Antipersonen-Bombe mit Aufschlagzünder gewesen, wären sie zerfetzt worden. Dass sie alle überlebten, wenn auch mit geplatzten Trommelfellen und ein paar Knochenbrüchen, war an sich schon ein Wunder.

Die Bombe war eine Lenkbombe, ein Bunkerknacker, der tief ins Mauerwerk eindringen konnte, bevor er explodierte. Sie landete mit der Nase voran im Kies und fuhr zwölf Meter tief in die Erde, bevor sie explodierte. Die Amerikaner saßen daher auf einem Erdbeben und wurden wild umhergeschleudert, aber sie überlebten.

Der zweite Fehltreffer war schlimmer. Er zerstörte den Panzer der Usbeken und ihren Kommandoposten dahinter.

Am Mittwoch waren die westlichen Medien am Schauplatz des Geschehens eingetroffen und wimmelten überall um die Festung herum. Ihnen war es vielleicht nicht bewusst, aber ihre Anwesenheit war der einzige Faktor, der die Usbeken daran hinderte, die Rebellen bis auf den letzten Mann auszuschalten.

Im Laufe der nächsten sechs Tage versuchten zwanzig Aufständische ihr Glück: Sie entkamen im Schutz der Nacht und flüchteten zu Fuß über Land. Jeder Einzelne wurde von Bauern aufgegriffen – es waren Hazara, die sich an das Blutbad erinnerten, das die Taliban drei Jahre zuvor unter ihrem Stamm angerichtet hatten – und gelyncht.

Mike Martin lag oben auf der Mauer und spähte über die Brüstung in das Festungsgelände. Die Toten der ersten Tage lagen immer noch da, und der Gestank war abscheulich. Die Amerikaner mit ihren schwarzen Wollmützen hatten ihre Gesichter inzwischen entblößt und sich großzügig von Fotografen und TV-Kameras ablichten lassen. Die sieben Briten zogen es vor, ihre Anonymität zu wahren. Alle trugen sie den *shemagh*, den um den Kopf gewickelten Baumwollstreifen, der vor Fliegen, Sand, Staub und neugierigen Blicken schützt. Als der Mittwoch kam, erfüllte er noch einen weiteren Zweck: Er diente als Filter gegen den Gestank.

Kurz vor Sonnenuntergang schlich sich der überlebende CIA-Mann, Dave Tyson, der nach einem Tag in Mazar-i-Sharif zurückgekehrt war, mit einem Fernsehteam, das unbedingt einen preisverdächtigen Film drehen wollte, in die Festung. Martin beobachtete, wie sie an der gegenüberliegenden Mauer entlangkrochen. Der Marineinfanterist J lag neben ihm. Plötzlich stürmte ein Greiftrupp der Rebellen aus einer unsichtbaren Tür in der Mauer und schleifte die vier Westler hinein.

»Da sollte sie jemand rausholen«, bemerkte Marine J im Plauderton. Er sah sich um. Sechs Augenpaare starrten ihn wortlos an.

Er sagte nur zwei zutiefst aufrichtige Worte: »O Scheiße!« Dann flankte er über die Mauerbrüstung, lief die Rampe an der Innenseite hinunter und stürmte quer über die freie Fläche. Drei SBS-Männer liefen ihm nach, die beiden anderen und Martin gaben ihnen Scharfschützendeckung. Die Rebellen waren jetzt nur noch in der Südmauer. Die blanke Wahnsinnstat der vier Marines hatte sie völlig überrascht. Kein Schuss fiel, bis die Männer die Tür in der gegenüberliegenden Mauer erreicht hatten.

Marine J stürmte als Erster hinein. Geiselrettungen werden beim SAS und bei der SBS geübt und geübt, bis sie den Männern zur zweiten Natur geworden sind. Das »Todeshaus« des SAS in Hereford dient kaum einem anderen Zweck, und die SBS hat in ihrem Hauptquartier in Poole ein ganz ähnliches Haus.

Die vier Mann stürmten ohne Umstände durch die Tür, identifizierten die Aufständischen an der Kleidung und ihren Bärten und eröffneten das Feuer. Das Standardverfahren bedeutet: zwei Kugeln ins Gesicht. Die drei Araber kamen nicht dazu, das Feuer zu erwidern, und schauten ohnehin in die falsche Richtung. Dave Tyson und die britische TV-Crew versprachen auf der Stelle, diesen Zwischenfall niemals zu erwähnen, und sie haben es auch nicht getan.

Am Mittwochabend war für Izmat Khan klar, dass er und seine Männer nicht länger über der Erde bleiben konnten. Inzwischen war Artillerie eingetroffen und verwandelte die gesamte Südflanke der Festung nach und nach in Schutt. Die Keller waren ihre letzte Zuflucht. Die Zahl der überlebenden Aufständischen war auf unter dreihundert gesunken.

Einige von ihnen wollten sich nicht unter die Erde flüchten, sondern lieber unter freiem Himmel sterben. Sie starteten einen selbstmörderischen Ausfall, kamen ungefähr hundert Meter weit und töteten eine Handvoll unvorbereiteter Usbeken, deren Reaktionszeit zu lang war. Aber dann feuerte das Maschinengewehr auf dem Ersatzpanzer der Usbeken und mähte die Araber nieder. Die meisten von ihnen waren Jemeniten, und ein paar Tschetschenen waren auch dabei.

Am Donnerstag rollten die Usbeken auf amerikanischen Rat Tonnen mit Dieselöl, das als Treibstoff für ihren Panzer dienen sollte, durch die Festung und gossen das Öl durch Luftschächte in die Kellerräume. Dann zündeten sie es an.

Izmat Khan war in einem anderen Teil der Gewölbe; der Leichengestank überlagerte den Dieselgeruch, aber Izmat hörte das Tosen der Explosion und spürte die Hitze. Wieder starben viele, und die Überlebenden kamen ihm durch den Rauch entgegengetaumelt, hustend und würgend. Izmat Khan zog sich mit hundertfünfzig Mann in das letzte Kellergewölbe zurück, schlug die Tür zu und verriegelte sie, um den Rauch abzuhalten. Draußen hämmerten Sterbende an die Tür, aber das Poltern wurde schwächer und verstummte dann ganz. Über ihnen schlugen Granaten in leere Räume.

Aus dem letzten Keller führte ein Gang hinaus, an dessen Ende die Männer frische Luft rochen. Sie vermuteten einen Ausgang, doch dann stellten sie fest, dass die Luft durch einen Gully über ihnen hereinkam. An diesem Abend hatte der neue Usbeken-Kommandant Din Mohammed die Idee, einen Wassergraben in diesen Gully umzuleiten. Nach dem Novemberregen war der Graben voll mit eiskaltem Wasser.

Um Mitternacht standen die verbliebenen Rebellen bis an die Hüften im Wasser. Von Hunger und Erschöpfung geschwächt, sanken sie nach und nach unter die Oberfläche und ertranken.

Oben über der Erde hatten die Vereinten Nationen, umringt von Medien, das Kommando übernommen, mit dem Auftrag, die Rebellen gefangen zu nehmen. Durch den Schutt der eingestürzten Gebäude über ihnen hörten die letzten Überlebenden das Megafon, das ihnen befahl, unbewaffnet und mit erhobenen Händen herauszukommen. Nach zwanzig Stunden wankte der erste auf die Treppe zu. Andere folgten ihm. Endlich gab sich auch Izmat Khan geschlagen und verließ, zusammen mit den anderen sechs noch lebenden Afghanen, den überfluteten Gang.

Oben angekommen, stolperten die letzten sechsundachtzig Rebellen über die Trümmer der Südfassade und standen dann vor einem Wald aus Gewehren und Raketen. Im samstäglichen Frühlicht sahen sie aus wie Vogelscheuchen aus einem Horrorfilm. Schmutzig, stinkend, schwarz vom Kordit, zerlumpt, verfilzt, bärtig und unterkühlt – sie schwankten, und einige brachen zusammen. Auch Izmat Khan stürzte.

Als er einen Schutthaufen hinunterkletterte, rutschte er ab, streckte Halt suchend die Hand aus und packte einen Stein. Ein Stück davon brach in seiner Hand ab. Ein nervöser junger Usbeke fühlte sich angegriffen und feuerte seinen Granatwerfer ab.

Die feurige Granate pfiff am Ohr des Afghanen vorbei und fuhr in einen Felsblock hinter ihm. Der Fels zersplitterte, und ein Brocken von der Größe eines Baseballs traf Izmat mit verheerender Wucht am Hinterkopf.

Izmat trug keinen Turban; der war ja vor sechs Tagen dazu benutzt worden, ihm die Hände zu fesseln, und er hatte ihn nicht wiedergefunden. Der Steinsplitter hätte seinen Schädel zu Brei zerschmettert, wenn er senkrecht aufgetroffen wäre. Aber er streifte ihn nur, riss die Kopfhaut auf und stürzte Izmat fast ins Koma. Er fiel in den Schutt, Blut strömte aus der Wunde. Die anderen wurden zu den draußen wartenden Lastwagen geführt.

Eine Stunde später wanderten die sieben britischen Soldaten durch das Festungsgelände und machten sich Notizen. Mike Martin als leitender Offizier, auch wenn er formal nur der Dolmetscher der Einheit war, würde einen umfangreichen Bericht schreiben müssen. Er zählte die Toten, aber er wusste, dass Dutzende, vielleicht an die zweihundert, unter der Erde liegen mussten. Eine Gestalt, die da am Boden lag, interessierte ihn. Sie blutete. Leichen bluten nicht.

Er drehte die Vogelscheuche auf den Rücken. Die Kleidung stimmte nicht, war eine paschtunische Tracht. Hier sollten keine Paschtunen sein. Martin wickelte seinen *shemagh* ab und wischte damit über das dreckverschmierte Gesicht. Irgendwie kam ihm der Mann bekannt vor.

Als er sein Kampfmesser aus dem Gürtel zog, grinste ein Usbeke, der ihn beobachtete. Wenn der Ausländer ein bisschen Spaß haben wollte – warum nicht? Martin schnitt das rechte Hosenbein bis zum Oberschenkel auf.

Sie war noch da, wulstig von sechs Nähten: die Narbe, die ein sowjetischer Granatsplitter dreizehn Jahre zuvor hinterlassen hatte. Zum zweiten Mal im Leben warf er Izmat Khan über die Schulter und trug ihn wie ein Feuerwehrmann zum Haupttor, wo ein weißer Landrover mit dem Zeichen der Vereinten Nationen stand.

»Dieser Mann lebt, aber er ist verwundet«, sagte er. »Er hat eine schwere Kopfverletzung.«

Seine Pflicht war getan. Er stieg in den Landrover der SBS und fuhr zurück nach Bagram.

Ein amerikanisches Aufräumkommando fand den Afghanen drei Tage später im Lazarett in Mazar und nahm ihn in Gewahrsam, um ihn zu verhören. Die Amerikaner brachten ihn nach Bagram, jedoch auf ihre Seite der riesigen Luftwaffenbasis, und dort auf dem Boden einer behelfsmäßigen Zelle kam Izmat zwei Tage später langsam und benommen wieder zu sich, frierend und gefesselt, aber noch am Leben.

Am 14. Januar 2002 trafen die ersten Häftlinge aus Kandahar in Guantanamo Bay auf Kuba ein, mit verbundenen Augen, gefesselt, hungrig, durstig und schmutzig. Izmat Khan war einer von ihnen.

Colonel Mike Martin kehrte im Frühjahr 2002 nach London zurück und arbeitete drei Jahre als Stellvertretender Stabschef im Hauptquartier der Special Forces in den Duke of York Barracks in Chelsea. Im Dezember 2005 schied er aus dem Militärdienst aus. Bei der Abschiedsparty versuchte eine Gruppe von Freunden, darunter Jonathan Shaw, Mark Carleton-Smith, Jim Davidson und Mike Jackson, erfolglos, ihn unter den Tisch zu trinken. Im Januar 2006 kaufte Martin eine denkmalgeschützte Scheune im Meontal in Hampshire, und im Spätsommer fing er an, sie zu einem Wohnhaus umzubauen.

Aus UN-Unterlagen ging später hervor, dass in Qala-i-Jangi 514 al-Qaida-Fanatiker starben und 86 überlebten, ausnahmslos verwundet. Alle 86 kamen nach Guantanamo Bay. Sechzig usbekische Gefängniswachen fielen ebenfalls. General Rashid Dostum wurde Verteidigungsminister der neuen afghanischen Regierung.

DRITTER TEIL

CROWBAR

ACHT

Operation Crowbar benötigte als Erstes eine Tarngeschichte, damit selbst diejenigen, die daran mitarbeiteten, nichts über Mike Martin und den Plan, al-Qaida mit einem Doppelgänger zu infiltrieren, erfuhren.

Man entschied sich für die »Legende«, dass es sich um ein angloamerikanisches Joint Venture handelte. Sein Zweck sei der Kampf gegen die wachsende Bedrohung durch das Opium, das aus den afghanischen Mohnfeldern in die Rauschgiftlabors des Nahen Ostens strömte. Das dort raffinierte Heroin gelangte in den Westen, wo es Menschenleben zerstörte und das Kapital für weitere Terrorakte beschaffte.

Die westlichen Bemühungen, hieß es in dem »Skript« weiter, den Terroristen auf der Ebene der internationalen Banken den Geldhahn zuzudrehen, hätten die Fanatiker veranlasst, sich dem Rauschgifthandel zuzuwenden, in dem alle Geschäfte in bar abgewickelt würden.

Obgleich der Westen bereits über mächtige Drogenbekämpfungsbehörden wie die amerikanische DEA und den britischen Zoll verfüge, seien die beiden Regierungen übereingekommen, Operation Crowbar als spezifisches, zielgerichtetes Unternehmen einzusetzen, das mit verdeckten Kräften außerhalb diplomatischer Formalitäten gegen Drogenfabriken in all denjenigen Ländern vorgehen würde, die vor diesen Geschäften ein Auge zudrückten.

Zu diesem Zweck, so die Version für die Crowbar-Mitarbeiter, würde man mit allen verfügbaren Mitteln der Hochtechnologie lauschen und spähen, um hochrangige Kriminelle, Transportrouten, Lager, Labors, Schiffe und Flugzeuge zu identifizieren, die an diesem Geschäft beteiligt sein könnten.

Keiner der neuen Mitarbeiter bezweifelte auch nur ein einziges Wort.

Das war die Legende, die man aufrechterhalten würde, bis man sie nicht mehr brauchte – wann immer das sein mochte. Aber nach der Konferenz in Fort Meade kam es nicht in Frage, dass die westlichen Geheimdienste sämtliche Eier in den Korb von Crowbar legten. Auch anderswo würde man hastige, jedoch ultrageheime Anstrengungen unternehmen, um herauszufinden, worum es sich bei dem Projekt al-Isra handelte.

Die Nachrichtendienste standen jedoch vor einem Dilemma. Gemeinsam verfügten sie über Dutzende von Informanten in der Welt des islamischen Fundamentalismus, freiwillige wie gezwungene.

Die Frage war: Wie weit können wir gehen, bevor die eigentlichen Führer erkennen, dass wir von al-Isra wissen? Es war eindeutig von Vorteil, al-Qaida in dem Glauben zu wiegen, man habe dem Laptop des toten Bankers in Peschawar keine brauchbaren Informationen entnehmen können.

Diese Auffassung bestätigte sich, als die ersten Erwähnungen dieses Wortes in allgemeinen Gesprächen mit Korangelehrten, deren Sympathie für den Extremismus bekannt war, nichts als höfliche, aber verständnislose Reaktionen hervorriefen.

Wer immer die wahre Bedeutung dieses Wortes kennen mochte, al-Qaida hatte den Kreis der Eingeweihten sehr klein gehalten, und bald war klar, dass die Informanten des Westens nicht dazugehörten. Also beschloss man, Geheimhaltung mit Geheimhaltung zu begegnen. Die Gegenmaßnahme des Westens würde Crowbar sein – und nichts als Crowbar.

Die zweite Aufgabe in dem Projekt bestand darin, ein neues und abgelegenes Hauptquartier zu finden. Marek Gumienny und Steve Hill waren sich einig, dass es weit weg von London und Washington liegen müsste. Auch in einem zweiten Punkt bestand Einigkeit: Crowbar sollte irgendwo auf den Britischen Inseln angesiedelt werden.

Nach der Analyse der Erfordernisse im Hinblick auf Größe,

Unterkünfte, Räumlichkeiten und Zugangswege entschied man sich sehr bald für einen stillgelegten Luftwaffenstützpunkt. Solche Anlagen liegen meist ein gutes Stück weit abseits von großen Städten, und es gibt reichlich Kantinen- und Aufenthaltsräume, Küchen und Wohnquartiere. Dazu kommen Hangars als Lagerhallen und eine Start-und Landebahn für verdeckte An- und Abflüge. Wenn die Außerdienststellung nicht schon vor langer Zeit stattgefunden hatte, ließe sich die Anlage durch die Wartungsdivision einer der Waffengattungen, in diesem Fall der Royal Air Force, schnell wieder in einen Stand setzen, der den operativen Bedürfnissen entsprach.

Die Wahl fiel auf einen ehemaligen US-Stützpunkt. Der Kalte Krieg hatte ein paar Dutzend davon auf britischem Boden entstehen lassen. Fünfzehn kamen auf die Auswahlliste und wurden begutachtet, darunter Chicksands, Alconbury, Lakenheath, Fairford, Molesworth, Bentwaters, Upper Heyford und Greenham Common. Alle wurden verworfen.

Einige davon waren noch in Betrieb, und Mannschaften neigen zum Schwatzen. Andere waren im Besitz von Immobilienfirmen, bei wieder anderen waren die Start- und Landebahnen umgepflügt worden und wurden wieder landwirtschaftlich genutzt. Zwei dienten als Ausbildungsplätze für die Geheimdienste. Operation Crowbar brauchte eine Anlage ganz für sich allein. Phillips und McDonald einigten sich auf RAF Edzell und sicherten sich die Zustimmung ihrer jeweiligen Vorgesetzten.

Souveräner Betreiber des Stützpunkts Edzell war zwar immer die RAF gewesen, aber jahrelang hatte die U.S. Navy ihn gepachtet, obwohl er sich meilenweit vom Meer entfernt befindet, im schottischen County Angus, nördlich von Brechin und nordwestlich von Montrose, am Südrand der Highlands.

Er liegt ein gutes Stück abseits der Hauptstraße A 90, die von Forfar nach Stonehaven führt. Das Dorf selbst ist eine von mehreren weit verstreuten Ortschaften inmitten eines großen Wald- und Heidegebiets, durch das der North Esk fließt.

Als die beiden Chefs die Basis besichtigten, erkannten sie

gleich, dass sie ihren Anforderungen in jeder Hinsicht entsprach. Von neugierigen Augen war sie so weit entfernt, wie man es sich nur wünschen konnte. Sie hatte zwei gute Startbahnen und einen Tower sowie die Gebäude, die sie für die Unterbringung des Personals brauchten. Es fehlten nur noch die golfballförmigen weißen Kugeln für die verborgenen Lauschantennen, die das Klicken eines Käfers über die halbe Welt hinweg hören konnten, und der ehemalige Stützpunkt der U.S. Navy wäre ein neues nachrichtendienstliches Zentrum.

Der Komplex würde mit dem Government Communications Headquarter in Cheltenham und mit der NSA in Maryland verbunden werden. Über direkte, abhörsichere Telefonleitungen nach Vauxhall Cross und Langley würden Marek Gumienny und Steve Hill jederzeit erreichbar sein, und acht weitere Nachrichtendienste beider Staaten würden für einen unaufhörlichen Zustrom von Informationen sorgen, unter anderem gesammelt von den Weltraumsatelliten der USA.

Als grünes Licht gegeben wurde, begann sogleich ein Blitzeinsatz der Royal-Air-Force-Pioniere, die Edzell wieder instand setzten. Die braven Leute im Dorf Edzell merkten natürlich, dass da etwas im Gange war, aber sie akzeptierten augenzwinkernd und mit viel sagend hochgezogenen Brauen, dass es wieder eine streng geheime Sache war, ganz wie in alten Zeiten. Der Wirt des Pubs legte ein paar zusätzliche Vorräte an Ale und Whisky an und hoffte, dass seine Geschäfte wieder so gut gehen würden wie vor der Stilllegung. Ansonsten sagte niemand ein Wort.

Während die Maler mit ihren Farbbürsten über die Wände der Offiziersquartiere einer schottischen Luftwaffenbasis strichen, erschien im Büro von Siebart & Abercrombie in einer bescheidenen Londoner Straße namens Crutched Friars ein Besucher.

Mr. Ahmed Lampongs Besuch war nach einem E-Mail-Wechsel zwischen London und Jakarta vereinbart worden, und jetzt führte man ihn in das Büro Mr. Siebarts, dessen Vater die Firma gegründet hatte. Der Londoner Frachtmakler wusste es nicht, aber Lampong ist nichts weiter als eine der kleineren Sprachen auf der Insel Sumatra, von der sein indonesischer Besucher stammte. Und es war ein falscher Name, obwohl der Pass, der makellos war, ihn bestätigte.

So makellos wie sein Englisch, und auf Alex Siebarts entsprechendes Kompliment antwortete er, er habe es bei seinem Magisterstudium an der London School of Economics vervollkommnen können. Er war eloquent, weltgewandt und charmant, doch was noch wichtiger war: Er eröffnete die Aussicht auf ein Geschäft. Nichts deutete darauf hin, dass er ein fanatisches Mitglied der islamistischen Terrororganisation Jemaat Islamija war, die eine Serie von Bombenanschlägen auf Bali zu verantworten hatte.

Sein Beglaubigungsschreiben als Seniorpartner der Firma Sumatra Trading International ließ nichts zu wünschen übrig, genauso wenig die Referenzen seiner Bank. Als er darum bat, sein Problem umreißen zu dürfen, war Mr. Siebart ganz Ohr. Zur Einleitung legte Mr. Lampong feierlich ein Blatt Papier auf den Schreibtisch des britischen Frachtmaklers.

Auf dem Blatt stand eine lange Liste. Sie begann mit Alderney, einer der britischen Kanalinseln, und ging weiter mit Anguilla, Antigua und Aruba. Das waren die As. Insgesamt enthielt die Liste zweiundvierzig Namen und endete mit Uruguay, Vanuatu und West Samoa.

»Alle diese Länder sind Steueroasen, Mr. Siebart«, sagte der Indonesier, »und sie alle respektieren das Bankgeheimnis. Ob es einem gefällt oder nicht, etliche äußerst zweifelhafte, zum Teil sogar kriminelle Unternehmen bringen an solchen Orten ihre Finanzgeheimnisse unter. Und diese hier« – er holte ein zweites Blatt hervor – »sind auf ihre Art genauso zweifelhaft. Es sind Billigflaggenländer für die Handelsschifffahrt.«

Wieder begann die Liste mit Antigua, dann folgten Barbuda, Bahamas, Barbados, Belize, Bolivien und Burma. Die Liste enthielt siebenundzwanzig Länder und endete mit St. Vincent, Sri Lanka, Tonga und Vanuatu.

Dazwischen befanden sich afrikanische Höllenlöcher wie Äquatorialguinea und bloße Fliegenschisse auf der Weltkarte wie São Tomé und Príncipe, die Komoren und die Korallenatolle von Vanuatu. Faszinierender waren Luxemburg, die Mongolei und Laos – Länder, die überhaupt keine Meeresküste hatten. Mr. Siebart war verblüfft, obgleich das alles nicht neu für ihn war.

»Wenn Sie beides zusammenfügen, was haben Sie dann?«, fragte Mr. Lampong triumphierend. »Betrug, mein Herr, Betrug in einem massiven und zunehmenden Ausmaß. Und das leider vor allem in dem Teil der Welt, in dem meine Partner und ich Handel treiben. Deshalb haben wir beschlossen, unsere Geschäfte in Zukunft nur noch über eine Institution abzuwickeln, die für ihre Integrität berühmt ist. Über die City of London.«

»Sehr nett von Ihnen«, murmelte Mr. Siebart. »Kaffee?«

»Frachtdiebstahl, Mr. Siebart. Immer wieder und immer mehr. Vielen Dank, nein, ich habe eben gefrühstückt. Eine Ladung wird zugewiesen, eine wertvolle Ladung, und dann verschwindet sie. Keine Spur von dem Schiff, den Charterern, den Maklern, der Mannschaft, der Ladung – und erst recht keine von den Eignern. Alles verschwindet in diesem Wald von verschiedenen Flaggen und Banken. Und viel zu viele sind über die Maßen korrupt.«

»Furchtbar.« Mr. Siebart nickte. »Und wie kann ich Ihnen helfen?«

»Meine Partner und ich sind uns einig: Wir haben genug davon. Gut, alles wird ein bisschen mehr kosten. Aber in Zukunft wollen wir nur noch mit Schiffen der britischen Handelsmarine arbeiten, die unter britischer Flagge fahren, in britischen Seehäfen beheimatet sind und einen britischen Skipper haben, und ein Londoner Makler soll uns für sie garantieren.«

»Ausgezeichnet.« Siebart strahlte. »Eine kluge Entscheidung. Natürlich dürfen wir die Versicherung für Cargo und Schiff bei Lloyd's of London nicht vergessen. Was haben Sie denn zu verschiffen?«

Frachter für bestimmte Ladungen und Ladungen für bestimmte Frachter zu finden ist genau das, womit ein Frachtmakler sein Geld verdient. Die Firma Siebart & Abercrombie war seit vielen Jahren eine Säule der altehrwürdigen Londoner Fracht- und Schifffahrtsbörse, der Baltic Exchange.

»Ich habe meine Hausaufgaben gemacht.« Mr. Lampong holte weitere Empfehlungsschreiben hervor. »Wir haben Gespräche mit dieser Firma geführt: Sie importiert hochwertige britische Limousinen und Sportwagen nach Singapur. Wir für unseren Teil, wir liefern wertvolle Möbelhölzer wie Rosenholz, Tulpenbaumholz und Padauk aus Indonesien in die USA. Das Holz kommt von Nordborneo, aber es wäre nur eine Teilfracht; der Rest wären Deckcontainer mit bestickter Seide aus Surabaya auf Java, die ebenfalls in die USA gehen. Hier« – er legte einen letzten Brief auf den Tisch – »finden Sie die Details über unsere Freunde in Surabaya. Wir sind uns alle einig, dass wir unter britischer Flagge verschiffen wollen. Natürlich wäre das für einen britischen Frachter eine Dreiecksreise. Können Sie ein geeignetes Schiff dafür finden? Ich denke übrigens an eine regelmäßige und fortgesetzte Partnerschaft.«

Alex Siebart war sicher, dass er ein Dutzend geeigneter Schiffe unter britischer Flagge für diesen Charter finden würde. Er musste nur noch wissen, wie groß und wie teuer das Schiff sein sollte und welche Daten gewünscht waren.

Sie kamen schließlich überein, dass er Mr. Lampong ein »Menü« von Frachtern der für die Doppelfracht erforderlichen Tonnage und die jeweiligen Chartergebühren zukommen lassen würde. Mr. Lampong würde sich mit seinen Partnern besprechen und die geplanten Abfahrts- und Ankunftsdaten für die beiden fernöstlichen und den amerikanischen Hafen liefern. Zum Abschied versicherten sie einander ihres Vertrauens.

»Wie schön«, seufzte Alex Siebarts Vater, als der ihm beim Lunch im Rules davon erzählte, »wenn man es mit zivilisierten Gentlemen vom alten Schlag zu tun hat.«

Wenn es einen Ort gab, wo Mike Martin sein Gesicht nicht sehen lassen durfte, dann war es Edzell Air Base. Steve Hill nutzte Kontakte, wie sie in jeder Branche als »Old Boys' Network« bekannt sind.

»Werde diesen Winter kaum zu Hause sein«, sagte sein Lunchgast im Special Forces Club. »Will noch ein bisschen von der karibischen Sonne mitbekommen. Schätze, ich könnte euch das Haus leihen.«

»Wir werden natürlich Miete zahlen«, versicherte ihm Hill, »so viel, wie mein bescheidener Etat gestattet.«

»Und ihr macht nichts kaputt?«, fragte sein Gast. »Also gut. Wann kriege ich es zurück?«

»Wir hoffen, dass wir bis Mitte Februar wieder weg sind. Es geht nur um ein paar Fortbildungsseminare. Ein paar Dozenten, die kommen und gehen, und dergleichen. Nichts … Handgreifliches.«

Martin flog von London nach Aberdeen und wurde am Flughafen von einem ehemaligen SAS-Sergeant abgeholt, den er gut kannte, einem harten Schotten, der nach der Pensionierung selbstverständlich in die heimische Heide zurückgekehrt war.

»Wie geht's Ihnen, Boss?« Der Mann benutzte die gebräuchliche Anrede der SAS-Männer für ihre Offiziere. Er wuchtete Martins Tasche hinten in den Wagen und fuhr vom Flughafenparkplatz. In den Außenbezirken von Aberdeen fuhr er nach Norden und nahm die A 96 in Richtung Inverness. Wenig später umgaben sie die Berge der schottischen Highlands. Nach sieben Meilen bog er von der Hauptstraße ab.

Auf dem Wegweiser stand schlicht »Kemnay«. Sie durchquerten das Dorf Monymusk und kamen zu der Straße, die von Aberdeen nach Alford führt. Nach drei Meilen bog der Landrover rechts ab und fuhr weiter durch Whitehouse in Richtung Keig. Die Straße führte an einem Fluss entlang. Martin fragte sich, ob es dort Lachse oder Forellen gab.

Kurz vor Keig überquerte die Landstraße den Fluss, und danach ging es auf einer langen, gewundenen Privatstraße bergauf.

Zwei Kurven, dann erschienen vor ihnen die Steinmassen einer alten Burg auf einer Anhöhe mit einem atemberaubenden Panorama von wilden Bergen und Glens.

Zwei Männer kamen ihnen aus der Einfahrt entgegen und stellten sich vor.

»Gordon Phillips. Michael McDonald. Willkommen auf Castle Forbes, dem Familiensitz von Lord Forbes. Gute Reise gehabt, Colonel?«

»Mike – und Sie haben mich erwartet. Wieso? Angus hat niemanden angerufen.«

»Na ja, tatsächlich hatten wir einen Mann im Flugzeug. Nur zur Sicherheit«, gestand Phillips.

Mike Martin grunzte. Er hatte niemanden bemerkt. Offensichtlich war er aus der Übung.

»Kein Problem, Mike«, sagte CIA-Agent McDonald. »Sie sind hier. In den nächsten achtzehn Wochen werden Sie einer Reihe von Tutoren Ihre ungeteilte Aufmerksamkeit widmen können. Machen Sie sich ein bisschen frisch, und nach dem Lunch fangen wir mit dem ersten Briefing an.«

Während des Kalten Krieges unterhielt die CIA eine Kette von »sicheren Häusern« quer durch die USA. Einige davon waren Großstadtapartments für diskrete Konferenzen, deren Teilnehmer besser nicht in der Zentrale gesehen wurden. Andere standen in ländlicher Abgeschiedenheit, renovierte Farmhäuser, in denen Agenten nach einer stressreichen Mission einen entspannten Urlaub verbringen und zugleich einen detaillierten Bericht über ihren Einsatz im Ausland abliefern konnten.

Und ein paar hatte man wegen ihrer versteckten Lage ausgewählt: Hier konnte ein sowjetischer Überläufer in gastfreundlicher Inhaftierung gehalten werden, während man seine Authentizität überprüfte und ihn der rachsüchtige KGB, der aus der sowjetischen Botschaft oder einem Konsulat heraus operierte, nicht finden konnte.

CIA-Veteranen verziehen immer noch schmerzlich das Gesicht bei der Erinnerung an Oberst Jurtschenko, der in Rom überlief und erstaunlicherweise mit dem Debriefing-Agenten in einem Restaurant in Georgetown essen gehen durfte. Er ging zur Toilette und kam nie zurück. Der KGB hatte ihn kontaktiert und ihn an seine Familie in Moskau erinnert. Von Reue erfasst, war er dumm genug, den Amnestieversprechen zu glauben; er kehrte zurück, und man hat nie wieder von ihm gehört.

Marek Gumienny hatte nur eine einfache Frage an das kleine Büro in Langley, das für die sicheren Häuser und ihre Wartung zuständig ist: »Welches unserer Häuser ist am abgelegensten, verstecktesten und am schwersten zu betreten und zu verlassen?«

Sein Immobilienkollege brauchte nicht nachzudenken. »Wir nennen es ›die Hütte‹. Verloren für die menschliche Rasse. Steht irgendwo oben in der Pasayten Wilderness in den Cascades.«

Gumienny ließ sich alle verfügbaren Details und Bilder schicken. Dreißig Minuten nach Eintreffen der Akte hatte er seine Entscheidung getroffen und die entsprechenden Befehle gegeben.

Östlich von Seattle, in der Wildnis des Staates Washington, erhebt sich eine Kette steiler, bewaldeter und im Winter verschneiter Berge, die Cascade Range. Innerhalb der Cascades gibt es drei Zonen: den Nationalpark, den Nutzwald und die Pasayten Wilderness. Die beiden ersten sind durch Zufahrtsstraßen erschlossen und nicht ganz unbewohnt.

Hunderttausende Besucher kommen jedes Jahr in den Park, solange er geöffnet ist, und er ist durchzogen von Pisten und Pfaden, Erstere für Geländewagen befahrbar, Letztere gangbar für Wanderer und Reiter. Und die Parkranger kennen jeden Zoll davon.

Der Nutzwald ist aus Sicherheitsgründen für die Öffentlichkeit gesperrt, aber auch hier gibt es ein Netz von Pisten, auf denen grollende Lastwagen die gefällten Stämme zu den Sammelplätzen befördern, damit sie von dort zu den Sägewerken weitertransportiert werden können. Im Winter werden beide

Bereiche geschlossen, denn der Schnee macht sie nahezu unpassierbar.

Östlich dieser beiden Zonen beginnt die Wilderness, und sie reicht bis zur kanadischen Grenze hinauf. Hier gibt es keine Straßen, sondern nur einen oder zwei Pfade, und nur im äußersten Süden, in der Nähe des Hart's Pass, stehen ein paar Blockhütten.

Im Winter wie im Sommer wimmelt es hier von Groß- und Kleinwild. Die wenigen Hüttenbesitzer verbringen den Sommer in der Wilderness, aber dann drehen sie sämtliche Hähne zu, schließen ab und ziehen sich in ihre Stadthäuser zurück. Wahrscheinlich gibt es im Winter in den ganzen USA keine trostlosere, einsamere Gegend, vielleicht mit Ausnahme einer Landschaft im nördlichen Vermont, die unter dem Namen »the Kingdom« bekannt ist und wo ein Mann einfach verschwinden kann und im Tauwetter des Frühlings steinhart gefroren wieder gefunden wird.

Vor etlichen Jahren war eine abgelegene Blockhütte auf den Markt gekommen, und die CIA hatte sie gekauft. Es war ein spontaner Kauf, den man nachher bereute, und gelegentlich nutzten leitende Agenten die Hütte für einen Sommerurlaub. Im Oktober, als Marek Gumienny sich nach geeigneten Häusern erkundigte, war sie verschlossen und verriegelt. Trotz des nahenden Winters und der damit verbundenen Kosten verlangte er, dass sie wieder geöffnet und umgebaut wurde.

»Wenn Sie so was wollen«, wandte der Leiter der Immobilienverwaltung ein, »warum nehmen Sie dann nicht das Northwest Detention Center in Seattle?«

Das Northwest Detention Center war eine Abschiebehaftanstalt für illegale Einwanderer. Obwohl er mit einem Kollegen sprach, blieb Gumienny nichts anderes übrig, als zu lügen.

»Es geht nicht darum, eine hochkarätige Person vor neugierigen Augen zu schützen oder an der Flucht zu hindern«, sagte er. »Ich muss ihre persönliche Sicherheit garantieren. Auch in Hochsicherheitsgefängnissen hat es schon Todesfälle gegeben.«

Der Verwalter der sicheren Häuser verstand. Zumindest glaubte er es. Absolut und ganz und gar unsichtbar, absolut und ganz und gar ausbruchsicher. Total abgeschieden und eigenständig für einen Zeitraum von mindestens sechs Monaten. So etwas war eigentlich nicht seine Spezialität. Er zog das Team heran, das die Sicherheitsmaßnahmen für das furchterregende Hochsicherheitsgefängnis in Pelican Bay in Kalifornien entwickelt hatte.

Die Hütte war schon jetzt praktisch unerreichbar. Eine primitive Straße führte von dem Städtchen Mazama ein paar Meilen weit nach Norden und endete dann, immer noch zehn Meilen weit von der Hütte entfernt. Die einzige Möglichkeit waren umfangreiche Hubschraubertransporte. Marek Gumienny requirierte einen Chinook-Schwerlast-Helikopter von der McChord Air Force Base südlich von Seattle, der als Lastgaul dienen sollte.

Der Bautrupp kam von den Pionieren, das Material wurde nach vorheriger Beratung durch die State Police am Ort gekauft. Jeder wusste nur so viel, wie für seine Arbeit nötig war, und der Legende zufolge wurde die Hütte zu einem Ultrahochsicherheits-Forschungszentrum umgebaut. In Wahrheit baute man hier ein Gefängnis für einen einzelnen Mann.

In Castle Forbes lief das Trainingsprogramm auf Hochtouren und wurde von Tag zu Tag intensiver. Mike Martin musste seine westliche Kleidung gegen Gewand und Turban eines paschtunischen Stammesangehörigen tauschen. Sein Bart und seine Haare mussten so lang wachsen, wie die Zeit es zuließ.

Die Haushälterin durfte bleiben. Sie war nicht im Geringsten daran interessiert, wer die Gäste des Lords waren, ebenso wenig wie Hector, der Gärtner. Der Dritte, der blieb, war Angus, der ehemalige SAS-Sergeant, der jetzt als Lord Forbes' Grundstücksverwalter fungierte. Sollte irgendein Unbefugter das Gelände betreten wollen, wäre er schlecht beraten, solange Angus hier unterwegs war.

Zahlreiche »Gäste« kamen und gingen, und nur zwei von

ihnen mussten dauerhaft anwesend sein. Der eine war Najib Qureshi, ein geborener Afghane, der als Lehrer in Kandahar gearbeitet hatte. Er hatte in Großbritannien Asyl gesucht und war inzwischen eingebürgert, und er arbeitete als Übersetzer im Regierungsdienst in Cheltenham. Man hatte ihn von seinen Dienstpflichten beurlaubt und nach Castle Forbes versetzt. Jetzt arbeitete er als Sprachlehrer und Coach in allen Verhaltensformen, die man von einem Paschtunen erwarten würde. Von ihm lernte Mike Martin die Körpersprache und Gestik, wie man auf den Fersen hockte, wie man aß, wie man ging, und welche Haltungen man beim Gebet einnahm.

Die andere war Dr. Tamian Godfrey. Sie war Mitte sechzig, trug ihr eisengraues Haar in einem Knoten im Nacken und war jahrelang mit einem leitenden Offizier des MI5 verheiratet gewesen, bis dieser zwei Jahre zuvor gestorben war. Sie war »eine von uns«, wie Steve Hill es formulierte: Sie kannte sich aus mit den Sicherheitsprozeduren und dem Kult der verteilten Informationen, und sie hatte nicht die leiseste Absicht, jemals irgendjemandem etwas von ihrer Anwesenheit in Schottland zu erzählen.

Außerdem brauchte man ihr nicht zu sagen, dass der Mann, den sie unterrichten sollte, sich in eine gefährliche Lage begeben würde, denn sie würde auch ohne diese Vorkenntnis entschlossen dafür sorgen, dass er keinen Fehler beging, nur weil sie etwas vergessen hatte. Ihr Fachgebiet war der Koran, ihre Kenntnisse darüber waren enzyklopädisch und ihr Arabisch makellos.

»Haben Sie schon einmal von Muhammad Asad gehört?«, fragte sie Martin. Er schüttelte den Kopf.

»Dann fangen wir mit ihm an. Geboren als deutscher Jude namens Leopold Weiß, konvertierte er zum Islam und wurde einer seiner größten Gelehrten. Er schrieb den wahrscheinlich besten Kommentar zu al-Isra, der Reise von Arabien nach Jerusalem und weiter in den Himmel. Dieses Ereignis war die Grundlage der fünf täglichen Gebete, der Eckpfeiler des Glaubens. Als Junge hätten Sie das in Ihrer *madrasa* gelernt, und Ihr Imam, ein Wahhabit, hätte fest daran geglaubt, dass es eine reale, physische Reise war und keine Traumvision. Also glauben Sie das auch. Und jetzt die täglichen Gebete. Sprechen Sie mir nach …«

Najib Qureshi war beeindruckt. Sie weiß mehr über den Koran als ich, dachte er.

Um sich Bewegung zu machen, zogen sie sich warm an und wanderten durch die Berge, immer begleitet von Angus mit seinem ganz legalen Jagdgewehr.

Obwohl Martin Arabisch sprach, hatte er noch atemberaubend viel zu lernen, begriff er. Najib Qureshi brachte ihm bei, Arabisch mit paschtunischem Akzent zu sprechen. Heimlich hatte man Izmat Khans Stimme aufgezeichnet, wenn er mit seinen Mitgefangenen in Camp Delta Arabisch sprach; immerhin war es möglich, dass er dabei Geheiminformationen offenbarte. Das hatte er nicht getan, aber für Mr. Qureshi waren diese Aufzeichnungen von unschätzbarem Wert, weil er seinem Schüler damit beibringen konnte, Izmat Khan zu imitieren.

Mike Martin hatte zwar während der sowjetischen Besatzungszeit sechs Monate bei den Mudschaheddin in den Bergen verbracht, doch das war jetzt achtzehn Jahre her, und er hatte vieles vergessen. Qureshi coachte ihn in Paschto, aber man war sich von Anfang an darin einig, dass Martin unter Paschtunen niemals als Paschtune durchgehen würde.

Vor allem ging es jedoch um zwei Dinge: um die Gebete und um das, was Izmat Khan in Guantanamo Bay passiert war. Die CIA stellte den größten Teil der Verhörspezialisten in Camp Delta, und Marek Gumienny hatte drei oder vier davon ausfindig gemacht, die von Izmats Ankunft an mit ihm zu tun gehabt hatten.

Michael McDonald flog zurück nach Langley, verbrachte ein paar Tage mit diesen Männern, holte jede Einzelheit, an die sie sich erinnern konnte, aus ihnen heraus und studierte auch die Notizen und Tonbandaufzeichnungen, die sie hatten. Er begründete sein Interesse damit, dass Izmat Khan zur Entlassung vorgesehen sei, weil mutmaßlich keine weitere Gefahr bestehe, und dass Langley einfach sichergehen wolle.

Alle Verhörspezialisten waren sich darin einig, dass der paschtunische Gebirgskämpfer und Taliban-Kommandant der härteste Mann im Lager sei. Er hatte sehr wenig preisgegeben, sich niemals beschwert, seine Kooperation auf ein Mindestmaß beschränkt und sämtliche Bestrafungen und Entbehrungen stoisch über sich ergehen lassen. Aber auch darin waren sie sich einig: Wenn man in diese schwarzen Augen schaute, wusste man, dass er einem mit Vergnügen den Kopf abreißen würde.

Als McDonald alles beisammen hatte, flog er mit dem Grumman der CIA zurück und landete auf dem Stützpunkt Edzell. Von dort brachte ihn ein Wagen nach Forbes Castle, wo er Martin briefte.

Tamian Godfrey und Najib Qureshi konzentrierten sich auf die täglichen Gebete. Martin würde sie in Gegenwart anderer sprechen müssen, wobei er keinen Fehler machen durfte. Eines stimmte jedoch zuversichtlich, meinte Najib: Martin war kein geborener Araber, und der Koran war in klassischem Arabisch und keiner anderen Sprache geschrieben. Ein einzelner Versprecher konnte als Aussprachefehler durchgehen. Aber ein ganzer falscher Satz wäre zu viel für einen Jungen, der sieben Jahre in einer *madrasa* verbracht hatte. Und so erhob und verneigte sich Najib neben ihm auf dem Gebetsteppich, Tamian Godfrey saß (wegen ihrer steifen Knie) auf einem Stuhl, und sie beteten und beteten.

Auch auf Edzell Air Base gab es Fortschritte. Ein angloamerikanisches Technikerteam installierte und verlinkte die britischen und amerikanischen Nachrichtendienste zu einem einzigen Nexus. Quartiere und technische Einrichtungen waren betriebsbereit. Als die US Navy hier stationiert gewesen war, hatte es neben Unterkünften und Arbeitsräumen auch eine Bowlingbahn gegeben, einen Friseur, einen Deli, eine Post, einen Basketballplatz, eine Sporthalle und ein Theater. Eingedenk seines Etats und mit Steve Hill im Genick ließ Gordon Phillips all diesen Firlefanz weitgehend so, wie er jetzt war: stillgelegt.

Die Royal Air Force stellte Kantinenpersonal und übernahm die Außensicherung. Niemand zweifelte daran, dass der Stützpunkt zu einem Lauschposten zur Überwachung des Opiumhandels umgebaut wurde.

Riesige Transportmaschinen, Galaxys und Starlifter, flogen Abhöranlagen ein, die die ganze Welt belauschen konnten und würden. Arabisch-Übersetzer wurden nicht importiert; Übersetzungen konnten in Cheltenham und Fort Meade angefertigt werden, die beide in ständigem, abhörsicherem Kontakt mit Crowbar stehen würden.

Vor Weihnachten wurden zwölf Computer-Workstations aufgestellt und vernetzt. Sie würden das Nervenzentrum bilden, und sechs Agenten würden sie Tag und Nacht nicht aus den Augen lassen.

Crowbar Centre war nicht als eigenständiger neuer Nachrichtendienst gedacht, sondern als befristete »dedizierte« – das heißt, einem einzelnen Zweck dienende – Operation, bei der die britischen und amerikanischen Dienste dank John Negropontes Blankovollmacht uneingeschränkt und ohne Verzögerungen zusammenarbeiten würden.

Zu diesem Zweck wurden die Computer von Crowbar mit ultrasicheren, BRENT-verschlüsselten ISDN-Leitungen und zwei BRENT-Schlüsseln für jede Workstation versehen; die Festplatten waren herausnehmbar und würden sicher verwahrt werden, wenn sie nicht benutzt wurden.

Sodann wurden die Computer von Crowbar über Direktleitungen mit den Kommunikationssystemen der beiden Geheimdienste verbunden: mit dem Head Office, kurz HO, wie die SIS-Zentrale in Vauxhall Cross genannt wurde, und mit Grosvenor, wie die CIA ihre Niederlassung in der US-Botschaft am Grosvenor Square in London nannte.

Um Crowbar vor unerwünschten Einmischungen abzuschirmen, verbarg sich die Kommunikationsadresse hinter einem STRAP3-Zugangscode, der nur wenigen Eingeweihten bekannt war – eine Handvoll hochrangiger Geheimdienstoffiziere.

Und dann fing Crowbar an, jedes Wort zu belauschen, das im Nahen und Mittleren Osten gesprochen wurde, in arabischer Sprache und in der Welt des Islam. Das war nur das, was andere auch taten, aber der Schein musste gewahrt bleiben.

Als Crowbar in Betrieb ging, arbeitete es noch auf einer zweiten Schiene: Es interessierte sich neben akustischem auch für visuelles Material. So landeten in dem obskuren schottischen Luftwaffenstützpunkt nicht nur die Bilder, die das amerikanische National Reconnaissance Office, der Dienst, der für die Satellitenaufklärung zuständig war, von seinen KH-11-Satelliten über der arabischen Welt bezog, sondern ebenfalls die Bildausbeute der zunehmend beliebten Predator-Drohnen, die aus zwanzigtausend Fuß Höhe ihre hochauflösenden Fotos schossen und an das American Army Central Command, kurz CENTCOM, nach Tampa in Florida sendeten.

Ein paar scharfsinnige Köpfe in Edzell merkten bald, dass Crowbar bereit war und auf irgendetwas wartete, aber sie wussten nicht, worauf.

Kurz vor Weihnachten 2006 nahm Mr. Alex Siebart Kontakt zu Mr. Lampong in dessen Büro in Indonesien auf, um ihm einen der beiden in Liverpool registrierten Mehrzweckfrachter vorzuschlagen, der für Lampongs Zwecke geeignet war. Zufällig gehörten beide derselben kleinen Reederei, und die Firma Siebart & Abercrombie hatte sie schon öfter für zufriedene Kunden gechartert. McKendrick Shipping war ein Familienunternehmen, das seit einem Jahrhundert zur Handelsmarine gehörte. Firmenchef war der Patriarch Liam McKendrick; er war Kapitän der *Countess of Richmond*, sein Sohn Sean führte das andere Schiff.

Die *Countess of Richmond* hatte achttausend Tonnen, fuhr unter britischer Flagge, war mäßig teuer und würde am 1. März mit neuer Ladung einen britischen Hafen verlassen können.

Was Alex Siebart nicht hinzufügte, war die Tatsache, dass er Liam McKendrick den Kontrakt wärmstens ans Herz gelegt hatte, sollte er zustande kommen, und der alte Skipper hatte ihm zugestimmt. Wenn Siebart & Abercrombie ihm eine Fracht für den Rückweg aus den USA nach Großbritannien vermitteln konnte, wäre das eine hübsch profitable Dreiecksreise für den Frühling.

Ohne Wissen der beiden kontaktierte Mr. Lampong einen Mann in Birmingham, einen Akademiker an der Aston University, der daraufhin mit dem Wagen nach Liverpool fuhr. Mit einem starken Fernglas wurde die *Countess of Richmond* detailliert in Augenschein genommen, und eine Teleobjektiv-Kamera fotografierte sie wohl hundertmal aus verschiedenen Blickwinkeln. Eine Woche später kam eine Antwort-E-Mail von Mr. Lampong. Er entschuldigte sich für die Verzögerung: Er sei auf dem Land gewesen, um seine Sägewerke zu inspizieren, aber die *Countess of Richmond* scheine genau das richtige Schiff zu sein. Seine Freunde in Singapur würden demnächst detaillierte Angaben über die Personenwagen machen, die aus Großbritannien nach Fernost gebracht werden sollten.

In Wahrheit waren diese Freunde in Singapur keine Chinesen, sondern Malaysier, und sie waren nicht einfach Muslime, sondern ultrafanatische Islamisten. Ihre Geldmittel stammten von einem neuen Konto auf Bermuda, eingerichtet von dem verstorbenen Mr. Tewfik al-Qur, der die ursprünglichen Gelder vor dem Transfer bei einer kleinen, nichts ahnenden Privatbank in Wien deponiert hatte. Sie hatten nicht einmal vor, mit den Limousinen einen Verlust zu machen, sondern gedachten ihre Investition wieder hereinzuholen, indem sie die Fahrzeuge verkauften, sobald sie ihren Zweck erfüllt hätten.

Als Marek Gumienny den Verhörspezialisten der CIA erzählt hatte, dass Izmat Khan für ein Entlassungsverfahren vorgesehen sei, hatte er nicht die Unwahrheit gesagt. Er beabsichtigte, ein solches Verfahren zu arrangieren und dafür zu sorgen, dass der Afghane freigelassen wurde.

2005 hatte ein amerikanisches Appellationsgericht entschieden, dass das Kriegsgefangenenrecht für al-Qaida-Mitglieder nicht gelte. Das Bundesgericht hatte Präsident Bush in seiner Absicht bestätigt, die Terror-Verdächtigen vor spezielle Militärtribunale zu stellen. Zum ersten Mal seit vier Jahren hatten die Häftlinge jetzt die Chance, sich durch einen Rechtsanwalt vertreten zu lassen. Nach Gumiennys Plan würde Izmat Khans Verteidigung darauf beruhen, dass er niemals Mitglied von al-Qaida, sondern stets Offizier der afghanischen Armee gewesen sei – wenn auch unter den Taliban –, und dass er weder mit 9/11 noch mit dem islamistischen Terror etwas zu tun habe. Und das, so entschied er, würde das Gericht akzeptieren.

Allerdings wäre dazu unerlässlich, dass der nationale Geheimdienstkoordinator seinen Kollegen, den Verteidigungsminister ersuchte, mit den Militärrichtern, die den Fall verhandelten, »ein Wörtchen zu reden«.

Mike Martins Bein verheilte gut. Als er nach dem Zusammentreffen in seinem Obstgarten Izmat Khans schmale Akte gelesen hatte, war ihm aufgefallen, dass der Mann nie erklärt hatte, wie er an die Narbe an seinem rechten Oberschenkel gekommen war. Martin hatte ebenfalls keinen Grund gesehen, die Narbe zu erwähnen. Aber als Michael McDonald mit den umfangreichen Aufzeichnungen der zahlreichen Verhöre aus Langley zurückgekommen war, hatte er mit Besorgnis bemerkt, dass die Verhörer den Afghanen nachdrücklich nach einer Erklärung für die Narbe gefragt und nie eine bekommen hatten. Wenn die Existenz dieser Narbe zufällig jemandem bei al-Qaida bekannt war und Mike Martin sie nicht vorweisen konnte, würde er auffliegen.

Martin hatte keine Einwände, denn er hatte etwas im Sinn. Ein Chirurg wurde von London nach Edzell geflogen und dann von einem neu angeschafften »Bell Jetranger«-Hubschrauber auf dem Rasen von Forbes Castle abgesetzt. Er war ein für sicherheitsunbedenklich befundener Arzt aus der Harley Street, der zuverlässig die eine oder andere Kugel entfernte, ohne ein Wort darüber zu verlieren.

Der Eingriff wurde mit örtlicher Betäubung vorgenommen. Es war ein einfacher Schnitt, denn es gab ja keine Kugel und keinen Splitter zu entfernen. Das Problem war, dass er innerhalb weniger Wochen abheilen, aber sehr viel älter aussehen musste.

Der Chirurg, James Newton, entfernte einen kleinen Teil des Muskelgewebes unter dem Einschnitt und um ihn herum, damit er tiefer wurde, als sei da etwas herausoperiert worden, das eine Vertiefung im Fleisch hinterlassen hatte. Die Nähte waren groß, unsauber und schief, und er zog die Wundränder so zusammen, dass sie wulstig verheilen würden. Es sollte aussehen wie eine Arbeit, die in einem Höhlenlazarett im Feld gemacht worden war, und es waren sechs Nähte.

»Sie müssen verstehen«, sagte er, bevor er ging, »diese Narbe soll über fünfzehn Jahre alt sein. Ein Chirurg würde wahrscheinlich auf den ersten Blick erkennen, dass das nicht möglich ist, aber ein medizinischer Laie dürfte sich nichts weiter dabei denken. Zumal wenn sie noch zwölf Wochen Zeit hat, sich zu beruhigen.«

Das war Anfang November. Bis Weihnachten hatten die Natur und der Körper eines durchtrainierten Vierundvierzigjährigen gute Arbeit geleistet. Alle Schwellungen und Rötungen waren verschwunden.

NEUN

»Wenn Sie dahin gehen, wohin ich glaube, dass Sie gehen, junger Mann«, sagte Tamian Godfrey auf einer ihrer täglichen Wanderungen, »dann werden Sie wahrscheinlich unterschiedlichen Ebenen von Aggressivität und Fanatismus begegnen, die Sie bewältigen müssen. Im Kern liegt ein selbst erklärter Dschihad oder heiliger Krieg, aber die verschiedenen Gruppen gelangen auf verschiedenen Wegen dorthin, und sie verhalten sich auf verschiedene Weise. Sie sind bei weitem nicht alle gleich.«

»Mit dem Wahhabismus fängt es anscheinend an«, sagte Martin.

»In gewisser Weise ja, doch wir dürfen nicht vergessen, dass der Wahhabismus die Staatsreligion Saudi-Arabiens ist und dass Osama bin Laden dem saudischen Establishment den Krieg erklärt hat, weil sie Ketzer sind. Viele Gruppen des extremistischen Flügels haben die Lehren Muhammad al-Wahhabs weit hinter sich gelassen. Er war ein Prediger im achtzehnten Jahrhundert, der aus dem Nadschd kam, dem ödesten, härtesten Teil des Landesinneren auf der saudischen Halbinsel. Er hinterließ die strengsten und intolerantesten unter den vielen, vielen Koraninterpretationen. Das war damals, aber das hier ist heute. Er hat Nachfolger. Der saudische Wahhabismus hat dem Westen oder dem Christentum nicht den Krieg erklärt, und er tritt auch nicht für wahllosen Massenmord ein, schon gar nicht an Frauen und Kindern. Was Wahhab hinterlassen hat, ist das Saatbeet einer totalen Intoleranz, in dem die Terror-Chefs von heute ihre jungen Setzlinge heranziehen konnten, um sie schließlich zu Killern zu machen.«

»Warum sind sie dann nicht immer noch auf die arabische Halbinsel beschränkt?«, fragte Martin.

Najib Qureshi schaltete sich ein. »Weil Saudi-Arabien dreißig Jahre lang seine Petrodollars dazu benutzt hat, seine Staatsreligion zu internationalisieren und auf jedes islamische Land der Welt zu übertragen. Dazu gehört auch mein Heimatland. Es gibt keinen Grund zu der Annahme, dass irgendeiner von ihnen wusste, was für ein Monstrum sie da freisetzten, oder dass es sich zum Massenmord würde dirigieren lassen. Tatsächlich muss man vermuten, dass Saudi-Arabien, wenn auch ein wenig spät, inzwischen selbst Angst vor dem Ungeheuer hat, das es drei Jahrzehnte lang finanziert hat.«

»Und warum hat al-Qaida dem Ursprungsland ihres Glaubens und ihrer finanziellen Mittel den Krieg erklärt?«

»Weil andere Propheten gekommen sind, noch intolerantere, noch extremere. Sie predigen nicht nur Intoleranz gegen alles Nichtislamische, sondern auch Angriff und Vernichtung. Die saudische Regierung wird geschmäht, weil sie mit dem Westen Geschäfte macht und zulässt, dass US-Truppen ihren heiligen Boden betreten. Und es trifft auch jede säkulare Muslimregierung. In den Augen der Fanatiker sind die genauso schuldig wie Christen und Juden.«

»Und wem, glauben Sie, werde ich auf meinen Reisen begegnen, Tamian?« Die alte Dame fand einen Felsen, so groß wie ein Stuhl, und setzte sich darauf, um ihre Beine auszuruhen.

»Es gibt zahlreiche Gruppen, aber im Kern sind es zwei. Kennen Sie das Wort ›Salafi‹?«

»Ich habe es schon gehört«, sagte Martin.

»Das Motto dieser Brigade lautet ›zurück zu den Anfängen‹. Im Grunde geht es ihnen darum, das große goldene Zeitalter des Islam wiederherzustellen. Zurück zu den ersten vier Kalifaten, die mehr als tausend Jahre in der Vergangenheit liegen. Wilde Bärte, Sandalen, wehende Gewänder. Die Scharia – das strenge islamische Recht. Die Absage an alles Moderne und an den Westen, der es gebracht hat. Ein solches Paradies auf Erden kann es natürlich nicht geben, aber von der Realität haben Fanatiker sich noch nie schrecken lassen. In der Verfolgung ihrer irrsinnigen Träume haben Nazis, Kommunisten, Maoisten und die Anhänger Pol Pots hunderte Millionen Menschen niedergemetzelt, die Hälfte davon ihre eigenen Freunde und Verwandten, weil sie nicht extrem genug waren. Denken Sie an Stalins und Maos Säuberungen – lauter Mitkommunisten, abgeschlachtet, weil sie rückschrittlich waren.«

»Mit dem, was Sie über die Salafisten sagen, beschreiben Sie die Taliban«, stellte Martin fest.

»Unter anderem, ja. Sie sind die Selbstmordattentäter, die einfältigen Gläubigen. Sie vertrauen ihren Herren und folgen ihren geistlichen Führern, sie sind nicht besonders gescheit, aber absolut gehorsam, und sie glauben, dass ihr geisteskranker Hass dem allmächtigen Allah gefallen wird.«

»Gibt es noch Schlimmere?«, fragte Martin.

»O ja.« Tamian Godfrey stand auf und setzte den Spaziergang fort, aber sie steuerte die Gruppe entschlossen zurück zum Castle, dessen Turm hinter zwei kleinen Tälern zu sehen war.

»Die Ultras, die eigentlichen Ultras, würde ich mit einem einzigen Wort beschreiben: *Takfir*. Was immer das zu Wahhabs Zeiten bedeutet haben mag, es hat sich geändert. Ein echter Salafi raucht, spielt und tanzt nicht, er akzeptiert keine Musik in seiner Gegenwart, trinkt keinen Alkohol und hat keinen Umgang mit westlichen Frauen. Durch Kleidung, Auftreten und religiöse Frömmigkeit ist er auf den ersten Blick als das erkennbar, was er ist. Unter dem Blickwinkel der inneren Sicherheit ist Identifizierbarkeit die halbe Miete.

Aber einige von ihnen übernehmen sämtliche Gebräuche des Westens, so groß ihr Abscheu dagegen auch sein mag, um verwestlicht und daher harmlos zu erscheinen. Alle neunzehn 9/11-Attentäter haben die Kontrollen passieren können, weil sie entsprechend aussahen und sich benahmen. Das Gleiche gilt für die vier Londoner Attentäter: Scheinbar normale junge Männer, die ins Fitness-Studio gingen und Cricket spielten, die höflich und hilfsbereit waren – einer war Sonderschullehrer. Sie lächelten immer und planten dabei einen Massenmord. Die sind es, die man im Auge behalten muss.

Viele sind gebildet, gut frisiert, glatt rasiert und gepflegt, sie tragen Anzüge und haben studiert. Das sind die Gefährlichsten. Sie sind bereit, gegen ihren Glauben zum Chamäleon zu werden, um für ihren Glauben Massenmorde zu begehen. Dem Himmel sei Dank, wir sind da. Meine alten Beine können nicht mehr. Zeit für das Mittagsgebet. Mike, Sie werden zum Gebet rufen und dann vorbeten. Vielleicht wird man Sie einmal dazu auffordern. Das ist eine große Ehre.«

Kurz nach dem Neujahrstag ging eine E-Mail von Siebart & Abercrombie nach Jakarta. Am 1. März würde die *Countess of Richmond* mit einer Ladung Jaguar-Limousinen, in Containern verstaut, von Liverpool nach Singapur fahren. Nach dem Löschen in Singapur ginge die Reise mit Ballast weiter nach Nordborneo, wo sie Holz im Stückgutladeraum aufnehmen würde. Dann ginge es weiter nach Surabaya, wo als Deckladung die Container mit Seide dazukämen.

Die Baukolonne in der Pasayten Wilderness war zutiefst dankbar, als ihre Arbeit Ende Januar endlich getan war. Um das Tempo zu beschleunigen, hatten die Männer beschlossen, an Ort und Stelle zu übernachten, und bis die Zentralheizung in Gang gesetzt wurde, war es extrem kalt gewesen. Doch der zugesagte Bonus war groß und verlockend. Sie nahmen die Strapazen in Kauf und wurden planmäßig fertig.

Auf den ersten Blick sah die Hütte kaum verändert, aber größer aus. Tatsächlich war sie völlig verwandelt. Die Schlafzimmer genügten für zwei Offiziere. Für die acht Wachen, die für einen 24-Stunden-Dienst nötig waren, hatte man eine Schlafbaracke und eine Kantine angebaut.

Das geräumige Wohnzimmer war als solches erhalten geblieben, für einen Aufenthaltsraum mit Billard, Bibliothek, Plasmafernseher und einer umfangreichen DVD-Kollektion war jedoch ein weiterer Anbau erforderlich gewesen. Alle diese Räume waren aus Kiefernholzbohlen mit Innenisolierung errichtet worden.

Der dritte Anbau schien ebenfalls aus rustikalen Holzbalken zu bestehen, aber tatsächlich waren nur die Außenwände mit Balken verkleidet und bestanden innen aus armiertem Beton. Der gesamte Zellenflügel war von außen undurchdringlich und von innen ausbruchsicher.

Vom Quartier der Wachen aus war er durch eine einzelne Stahltür mit Speisenluke und Guckloch zu betreten. Hinter dieser Stahltür lag ein einzelner, aber großer Raum. Ein stählernes Bettgestell war fest im Betonboden verankert. Mit bloßen Händen war es nicht zu bewegen, ebenso wenig wie die Regale an der Wand, die in den Beton eingelassen waren.

Aber es gab einen Teppichboden, und in Höhe der Fußleisten waren Heizungsgitter, die sich nicht öffnen ließen. Dem Guckloch gegenüber befand sich eine weitere Tür, die der Gefangene nach Belieben öffnen und schließen konnte. Sie führte in einen kleinen Hof.

Der Hof war leer bis auf eine Betonbank, die in der Mitte stand. Die Mauern waren von dort aus nicht zu erreichen. Sie waren drei Meter hoch und glatt wie ein Billardtisch, und ihre Oberkante war unerreichbar. Es gab nichts, was man hätte heranschieben, anlehnen und besteigen können.

Die sanitären Anlagen bestanden aus einer Nische abseits des großen Vorderraums: ein Loch im Boden, das als Toilette diente, und eine Dusche, die nur von außen durch die Wachen bedient werden konnte.

Weil das neue Baumaterial mit dem Hubschrauber hergebracht worden war, hatte man als einzige äußerlich sichtbare Neuerung einen Landeplatz anlegen müssen. So stand die einsame Hütte auf einem 200-Hektar-Grundstück, zu allen Seiten von Kiefern, Lärchen und Fichten umgeben, die allerdings im Umkreis von hundert Metern zurückgeschnitten worden waren.

Die zehn Bewacher des wahrscheinlich teuersten und exklusivsten Gefängnisses im ganzen Land, die schließlich kamen, waren zwei CIA-Männer der mittleren Ebene aus Langley und acht Subalterne, die alle mentalen und physischen Tests ihrer Ausbildung bestanden hatten und jetzt auf einen aufregenden ersten Einsatz hofften. Stattdessen bekamen sie einen Wald im Schnee. Aber sie waren fit und brannten darauf, Eindruck zu machen.

Das Militärgerichtsverfahren in Guantanamo Bay begann kurz vor Ende Januar und fand in einem der größeren Räume des Vernehmungsblocks statt, den man für diese Zwecke eingerichtet hatte. Wer auf einen halb wahnsinnigen Colonel Jessup und auf die theatralische Extravaganz hoffte, wie sie in *Eine Frage der Ehre* zu sehen waren, wäre bitter enttäuscht worden. Das Verfahren wurde geordnet und in gedämpftem Ton geführt.

Es waren acht Häftlinge, die für die Entlassung in Frage kamen, da sie als »nicht weiter gefährlich« eingestuft worden waren, und sieben von ihnen beteuerten vehement ihre Harmlosigkeit. Nur einer wahrte ein verachtungsvolles Schweigen.

»Gefangener Khan, in welche Sprache möchten Sie dieses Verfahren übersetzt bekommen?«, fragte der Colonel, der den Vorsitz führte. Er saß, flankiert von einem Major und einem weiblichen Captain, auf dem Podest am Ende des Raums unter dem Wappen der Vereinigten Staaten von Amerika. Alle drei gehörten zur juristischen Abteilung der US-Marines.

Der Gefangene saß vor ihnen. Zwei Marinesoldaten zogen ihn auf die Beine. An Schreibtischen einander gegenüber saßen der Anklagevertreter und der Verteidiger, Ersterer ein Soldat, Letzterer ein Zivilist. Der Gefangene zuckte kurz die Achseln und starrte ein paar Sekunden lang den weiblichen Captain an. Dann wanderte sein Blick zu der Wand über den Richtern.

»Diesem Gericht ist bekannt, dass der Gefangene Arabisch versteht. Also entscheidet das Gericht, dass in diese Sprache übersetzt werden wird. Haben Sie Einwände dagegen, Herr Anwalt?«

Die Frage war an den Verteidiger gerichtet. Auch er zuckte die Achseln. Man hatte ihn vor seinem Mandanten gewarnt, als er den Fall übernommen hatte. Nach allem, was ihm bekannt war, hatte er keine Chance. Er kam von einer Bürgerrechtsbewegung, und er wusste, was die Marines, die ihn hier umgaben, von Bürgerrechtlern hielten. Ein hilfsbereiter Mandant wäre nett gewesen. Andererseits, dachte er sich, brachte die Haltung des Afghanen zumindest seinen Anwalt aus dem Schneider. Er schüttelte den Kopf. Keine Einwände, Arabisch war in Ordnung.

Der Arabisch-Dolmetscher trat vor und setzte sich dicht neben die Marinesoldaten. Es war eine kluge Entscheidung; der einzige Paschto-Dolmetscher, den es gab, hatte einige Schwierigkeiten mit den Amerikanern bekommen, weil er seinem afghanischen Landsmann nichts hatte entlocken können. Jetzt hatte er nichts mehr zu tun und sah das Ende eines ziemlich komfortablen Lebens auf sich zukommen.

In Gitmo waren nie mehr als sieben Paschtunen gewesen: die sieben, die fünf Jahre zuvor in Kundus irrtümlich der Gruppe der ausländischen Kämpfer zugerechnet worden waren. Vier waren schon zurückgekehrt, einfache Bauernjungen, die mit beträchtlicher Begeisterung jedem islamischen Extremismus abgeschworen hatten. Die beiden andern hatten so komplette Nervenzusammenbrüche erlitten, dass sie immer noch in psychiatrischer Behandlung waren. Der Taliban-Kommandant war der letzte.

Der Anklagevertreter machte den Anfang, und der Dolmetscher wiederholte seine Worte in einem Schwall von gutturalem Arabisch. Kern der Übersetzung war: Die Yankees sperren dich wieder in den Knast und schmeißen den Schlüssel weg, du arrogantes Stück Taliban-Scheiße. Langsam senkte Izmat Khan den Blick und fixierte den Dolmetscher. Seine Augen sagten alles. Von jetzt an beließ es der im Libanon geborene Amerikaner bei einer wörtlichen Übersetzung. Der Mann mochte einen lächerlichen orangegelben Overall tragen und an Händen und Füßen gefesselt sein, aber bei diesem Scheißkerl konnte man nie wissen.

Der Vertreter der Anklage brauchte nicht lange. Mit Nachdruck führte er an, dass der Mann fünf Jahre lang buchstäblich geschwiegen und sich geweigert habe, seine Mitstreiter im Terrorkrieg gegen die USA zu benennen; außerdem sei er an einem Gefangenenaufstand beteiligt gewesen, bei dem ein Amerikaner auf brutale Weise zu Tode getreten worden war. Dann setzte er sich. Er zweifelte nicht am Ergebnis. Der Mann würde noch jahrelang in Haft bleiben.

Der Bürgerrechtsanwalt brauchte ein bisschen länger. Er zeigte sich erfreut darüber, dass der Gefangene als afghanischer Staatsbürger absolut nichts mit der Barbarei des 11. September zu tun habe. Er habe zu jener Zeit in einem innerafghanischen Bürgerkrieg gekämpft und habe keinerlei Verbindung zu den Arabern hinter al-Qaida. Was Mullah Omar und die afghanische Regierung angehe, die Bin Laden und seinen Komplizen Unterschlupf gewährt habe, so sei dies eine Diktatur, der Mr. Khan als Offizier diente, ohne ihr jedoch anzugehören.

»Ich muss dieses Gericht eindringlich bitten, der Realität ins Auge zu sehen«, schloss er. »Wenn dieser Mann ein Problem ist, dann ist er ein afghanisches Problem. Dort gibt es jetzt eine neue, demokratisch gewählte Regierung. Wir sollten ihn zurückschicken, damit man sich dort mit ihm befasst.«

Die drei Richter zogen sich zur Beratung zurück. Sie blieben dreißig Minuten draußen. Als sie zurückkamen, war die Offizierin rot vor Zorn. Sie konnte immer noch nicht fassen, was sie gehört hatte. Nur der Colonel und der Major hatten eine Unterredung mit höchster Stelle gehabt, und sie kannten die Anweisungen.

»Gefangener Khan, erheben Sie sich. Dieses Gericht wurde darauf aufmerksam gemacht, dass die Regierung Präsident Karsais zugesagt hat, Sie zu lebenslanger Haft zu verurteilen, wenn

Sie in Ihr Heimatland zurückgebracht werden. In Anbetracht dessen wird das Gericht den amerikanischen Steuerzahler nicht länger mit Ihnen belasten. Man wird Ihre Rückführung nach Kabul veranlassen. Sie werden dorthin zurückkehren, wie Sie hergekommen sind – in Fesseln. Das ist alles. Die Verhandlung ist geschlossen.«

Die Offizierin war nicht die Einzige, die schockiert war. Der Anklagevertreter fragte sich, wie das in seinem Lebenslauf aussehen würde. Dem Verteidiger wurde ein wenig schwindlig. Und der Dolmetscher hatte einen panischen Augenblick lang befürchtet, der wahnsinnige Colonel werde dem Gefangenen die Handschellen abnehmen lassen – dann wäre er, der brave Sohn Beiruts, geradewegs aus dem Fenster geflogen.

Das britische Foreign & Commonwealth Office liegt in der King Charles Street, in unmittelbarer Nähe von Whitehall und in Sichtweite des Fensters, vor dem König Karl I. enthauptet wurde. Das Neujahrsfest war vorüber, und das kleine Protokollteam, das im Sommer zuvor aufgestellt worden war, nahm seine Arbeit wieder auf.

Seine Aufgabe war es, die immer komplexer werdenden Details der bevorstehenden G8-Konferenz 2007 mit den Amerikanern zu koordinieren. 2005 hatte das Gipfeltreffen der acht reichsten Länder der Welt im Gleneagles Hotel in Schottland stattgefunden, und es war bis zu einem gewissen Punkt erfolgreich gewesen. Dieser Punkt jedoch waren wie immer die lautstarken Massen von Protestierenden. Sie bildeten ein Problem, das mit jedem Jahr schlimmer wurde. In Gleneagles musste die Landschaft von Perthshire im meilenweiten Umkreis durch Maschendrahtzäune entstellt werden, damit das gesamte Anwesen von einem Sicherheitskordon umgeben war. Auch die Zufahrtsstraße hatte man einzäunen und bewachen müssen.

Angeführt von zwei alternden Popstars, war der Ruf an eine Million Protestierer gegen die Armut der Welt zu einem Marsch durch das nahe gelegene Edinburgh ergangen. Und das war nur die Anti-Armut-Brigade. Danach hatten die Kohorten der Globalisierungsgegner ihre Mehlbomben geworfen und ihre Transparente geschwenkt.

»Wissen diese Schwachköpfe nicht, dass der globale Handel den Reichtum hervorbringt, mit dem man die Armut bekämpfen kann?«, hatte ein wütender Diplomat gefragt. Die Antwort war: anscheinend nicht.

An Genua erinnerte man sich mit Schaudern. Darum wurde die Idee aus dem Weißen Haus, das der Gastgeber für 2007 sein würde, als genial einfach, elegant und brillant gerühmt. Es würde eine luxuriöser, aber völlig isolierter Ort sein, unangreifbar, unerreichbar, absolut sicher. Es waren die Unmengen von Details, die das Protokollteam beschäftigten. Dazu kam die Vorverlegung des Termins auf Mitte April, die etwas mit dem beginnenden Vorwahlkampf in den USA zu tun hatte. Das britische Team akzeptierte, was beschlossen und verkündet worden war, und machte sich an seine administrative Arbeit.

Weit weg im Südosten begannen zwei riesige C-5 Galaxies der U.S. Air Force mit dem Anflug auf das Sultanat Oman. Sie waren an der Ostküste der USA gestartet und unterwegs über den Azoren von einem Tankflugzeug in der Luft aufgetankt worden. Die beiden fliegenden Giganten kamen aus der untergehenden Sonne über den Bergen von Dhofari auf Ostkurs herein und baten die angloamerikanische Luftwaffenbasis in der Wüste von Thumrait um Landeanweisungen.

In ihren gewaltigen Bäuchen verbarg sich eine komplette Militäreinheit. Die eine Maschine enthielt die Quartiere: flach gepackte, schnell errichtbare Baracken, Generatoren, Klima- und Kühlanlagen, Fernsehantennen und sogar die Korkenzieher für das fünfzehnköpfige technische Team. Die andere trug das, was man als »das scharfe Ende« bezeichnet: zwei unbemannte Aufklärungsdrohnen vom Typ Predator, ihre Lenk- und Bildgebungssysteme und die Männer und Frauen, die sie bedienen würden.

Eine Woche später war alles eingerichtet. Am hinteren Ende der Luftwaffenbasis, für alle nicht zur Einheit gehörenden Personen gesperrt, standen die Bungalows, die Klimaanlagen summten, die Latrinen waren gegraben, und die Küche war in Betrieb genommen. Unter ihren gewölbten Unterständen warteten die beiden Predators auf ihren Einsatz. Diese Luftaufklärungseinheit hatte eine direkte Verbindung nach Tampa, Florida, und nach Edzell in Schottland. Irgendwann würde sie erfahren, was sie – bei Tag und Nacht, bei Regen und Sturm – beobachten, fotografieren und zurücksenden sollte. Bis dahin warteten Menschen und Maschinen in der Hitze.

Mike Martins Abschlussbriefing dauerte volle drei Tage und war so wichtig, dass Marek Gumienny mit dem Grumman der CIA herübergeflogen kam. Steve Hill kam aus London herauf, und die beiden Chefs trafen sich mit ihren Einsatzleitern McDonald und Phillips.

Sie waren nur zu fünft im Raum; Gordon Phillips übernahm das, was er die »Diavorführung« nannte, selbst. Die Technik war allerdings sehr viel höher entwickelt als ein altmodischer Diaprojektor: Perfekt in Farbe und Detail erschien Bild um Bild auf einem HD-Plasmabildschirm, wobei eine Berührung der Fernbedienung genügte, um jedes Detail so weit zu vergrößern, dass es den Bildschirm ausfüllte.

Sinn des Briefings war es, Mike Martin jede einzelne Information im Besitz des westlichen Nachrichtendienstverbundes zu präsentieren, was die Gesichter betraf, denen er womöglich begegnen würde.

Diese Informationen stammten nicht nur von den angloamerikanischen Diensten. Über vierzig Staaten lieferten ihre Entdeckungen an zentrale Datenbanken. Mit Ausnahme von »Schurkenstaaten« wie Iran und Syrien und gescheiterten Ländern wie Somalia machten Regierungen rund um den Globus ihre Erkenntnisse über Terroristen ultraaggressiver islamistischer Ausrichtung einander zugänglich.

Rabat war von unschätzbarem Wert, was die eigenen Marokkaner anging. Aden lieferte Namen und Gesichter aus Süd-Jemen. Riad hatte seine Verlegenheit überwunden und sandte ganze Kolonnen von Konterfeis aus den saudischen Listen.

Martin studierte sie alle, als sie vor ihm aufstrahlten. Manche waren frontale Polizeiporträts, andere Aufnahmen, die heimlich mit starken Teleobjektiven auf Straßen und in Hotels gemacht worden waren. Die Gesichter wurden in allen möglichen Variationen gezeigt: mit und ohne Bart, arabisch und westlich gekleidet, mit langem Haar, mit kurzem Haar, kahl geschoren.

Er sah Mullahs und Imame aus verschiedenen extremistischen Moscheen, Jugendliche, die man für einfache Boten hielt, Gesichter von Leuten, von denen bekannt war, dass sie Unterstützung in Form von Geld- und Transportmitteln und sicheren Häusern lieferten.

Und da waren die großen Player, die Männer, die internationale Gruppierungen führten und Zugang zur obersten Spitze hatten.

Einige von ihnen waren tot, wie Mohammed Atif, der operative Chef, der durch eine amerikanische Bombe in Afghanistan zu Tode gekommen war. Sein Nachfolger, der eine lebenslange Haftstrafe verbüßte. Dessen Nachfolger, der ebenfalls tot war, und dessen Nachfolger, der mutmaßlich noch lebte.

Irgendwo dazwischen war das rundliche Gesicht Tewfik al-Qurs, der fünf Monate zuvor in Peschawar von einem Balkon in den Tod gesprungen war. Eines der nächsten Gesichter gehörte Saud Hamud al-Utaibi, dem neuen al-Qaida-Chef in Saudi-Arabien, der vermutlich noch sehr lebendig war.

Dann kamen die Unbekannten: die Silhouette eines Kopfes, schwarz auf weiß. Dazu gehörte der al-Qaida-Chef für Südostasien, der Nachfolger Hanbalis und wahrscheinlich der Verantwortliche für die jüngsten Bombenanschläge in den Touristenorten des Fernen Ostens. Und überraschenderweise auch der al-Qaida-Chef in Großbritannien.

»Bis vor ungefähr sechs Monaten wussten wir, wer er war«,

sagte Gordon Phillips. »Dann hat er sich gerade noch rechtzeitig abgesetzt. Er ist wieder in Pakistan und wird Tag und Nacht gejagt. Der ISI wird ihn irgendwann schnappen ...«

»Und uns nach Bagram überstellen«, grunzte Marek Gumienny. Sie alle wussten, dass es in der US-Basis nördlich von Kabul eine ganz besondere Einrichtung gab, in der früher oder später jeder zum »Singen« gebracht wurde.

»Dem hier werden Sie sicherlich begegnen«, sagte Steve Hill, als ein Imam mit grimmigem Gesicht auf dem Bildschirm erschien. Es war ein heimlich gemachtes Foto, das aus Pakistan stammte. »Und dem hier.«

Ein älterer Mann war zu sehen, der mild und vornehm aussah. Auch dieses Foto war heimlich aufgenommen, irgendwo an einem Hafen mit leuchtend blauem Wasser im Hintergrund. Es stammte von den Special Forces der Vereinigten Emirate in Dubai.

Sie machten eine Pause, aßen, arbeiteten, schliefen und arbeiteten weiter. Nur wenn die Haushälterin mit ihren Essenstabletts ins Zimmer kam, schaltete Phillips den Bildschirm aus. Tamian Godfrey und Najib Qureshi blieben in ihren Zimmern oder machten einen Spaziergang zusammen. Schließlich war es vorbei.

»Morgen fliegen wir«, sagte Marek Gumienny.

Mrs. Godfrey und der afghanische Analytiker kamen zum Hubschrauberlandeplatz, um sich von Martin zu verabschieden. Er war jung genug, der Sohn der Koranwissenschaftlerin zu sein.

»Passen Sie auf sich auf, Mike«, sagte sie und fluchte dann: »Verdammt, ich dumme Tante, mir schnürt's die Kehle zu. Gott sei mit Ihnen, mein Junge.«

»Und wenn alle Stricke reißen, soll Allah Sie beschützen«, fügte Qureshi hinzu.

Der Jetranger hatte nur Platz für die beiden Chefs und Martin. Die beiden anderen Agenten würden mit dem Auto nach Edzell fahren und ihre Mission weiterführen.

Der Hubschrauber landete in weitem Abstand von neugierigen Augen, und die drei liefen hinüber zum Grumman-Jet der CIA. Wegen eines schottischen Schneegestöbers hatten sie Regencapes übergeworfen, daher konnte niemand sehen, dass einer der drei Männer keine westliche Kleidung trug.

Die Besatzung des Grumman hatte schon öfter merkwürdig aussehende Passagiere befördert, weshalb niemand auch nur eine Augenbraue hochzog, nur weil der Deputy Director (Operations) zusammen mit einem britischen Gast einen bärtigen Afghanen über den Atlantik eskortierte.

Sie flogen nicht nach Washington, sondern auf eine abgelegene Halbinsel an der kubanischen Südostküste. Im Morgengrauen des 14. Februar landeten sie in Guantanamo und rollten geradewegs in einen Hangar, dessen Tor sich sofort schloss.

»Sie müssen leider in der Maschine bleiben, Mike«, sagte Marek Gumienny. »Wir werden Sie im Schutz der Dunkelheit herausholen.«

Die Nacht in den Tropen kommt schnell, und um sieben Uhr abends war es stockdunkel. Um diese Zeit betraten vier Spezialagenten der CIA die Zelle Izmat Khans. Er stand auf, spürte sofort, dass etwas nicht stimmte. Die regulären Wachen hatten den Korridor vor seiner Zelle eine halbe Stunde zuvor verlassen. Das war noch nie vorgekommen.

Die vier Männer waren nicht brutal, aber ein Nein akzeptierten sie auch nicht. Zwei packten den Afghanen; der eine umschlang seinen Oberkörper und presste die Arme an seine Seiten, der andere nahm ihn bei den Oberschenkeln. Das Chloroform wirkte innerhalb von zwanzig Sekunden. Der Gefangene hörte auf zu zappeln und erschlaffte.

Er wurde auf eine Trage gelegt, die auf ein Rädergestell kam. Der Gefangene wurde mit einem Laken bedeckt und hinausgefahren. Eine Frachtkiste wartete draußen. Der gesamte Zellenblock war frei von Wachpersonal. Niemand sah etwas. Wenige Sekunden nach der Entführung lag der Afghane in der Kiste.

Für eine Frachtkiste war die Einrichtung nicht übel. Von außen sah sie wie eine gewöhnliche Holzkiste aus, wie man sie für

Frachtzwecke benutzte. Sogar die Markierungen an der Außenseite waren völlig authentisch.

Innen war sie schallisoliert. In der Decke war ein Luftloch unter einer abnehmbaren Klappe, aber die würde erst entfernt werden, wenn die Kiste wohlbehalten in der Luft wäre. Am Boden befestigt waren zwei bequeme Sessel, der Innenraum war von mattem, bernsteingelbem Licht erfüllt.

Der bewusstlose Izmat Khan wurde in einen der Sessel gesetzt, der mit Gurten ausgestattet war. Damit wurde der Gefangene festgeschnallt, ohne dass die Blutzirkulation abgeschnitten wurde; so konnte er sich entspannen, aber nicht aufstehen.

Der fünfte CIA-Mann – derjenige, der in der Kiste mitfliegen würde – vergewisserte sich, dass alles in Ordnung war. Dann nickte er seinen Kollegen zu, worauf die Seitenklappe der Kiste geschlossen wurde. Ein Gabelstapler hob sie hoch und fuhr sie hinaus auf den Flugplatz, wo die Hercules wartete, eine mit Langstreckentanks ausgerüstete AC-130 Talon der Special Forces, die ihr Ziel mühelos erreichen würde.

Unerklärte Starts und Landungen kommen in Gitmo mit der Regelmäßigkeit eines Uhrwerks vor. Auf eine knappe Anfrage kam ein rasches »Clear for take-off« vom Tower, dann war die Transportmaschine in der Luft und nahm Kurs auf die McChord Base im Staat Washington.

Eine Stunde später hielt vor dem Zellenblock in Camp Echo ein abgedunkelter Wagen, aus dem eine kleine Gruppe von Männern stieg. In der leeren Zelle wurde einer von ihnen mit einem orangegelben Overall und weichen Pantoffeln bekleidet. Der bewusstlose Afghane war fotografiert worden, bevor man ihn zugedeckt und weggebracht hatte, und anhand des Polaroidfotos wurden mit der Schere ein paar Korrekturen an Haar und Bart des Ersatzmannes vorgenommen. Jede herabfallende Strähne wurde aufgelesen und entfernt.

Am Ende gab es ein paar knappe Abschiedsworte, dann gingen die Agenten und verschlossen die Zellentür hinter sich. Zwanzig Minuten später waren die regulären Wachen wieder da – verwundert, aber ohne Neugier. Das alles ging sie nichts an.

Sie warfen einen Blick auf die vertraute Gestalt des kostbaren Gefangenen und warteten auf die Morgendämmerung.

Die Morgensonne ließ die Gipfel der Cascades aufleuchten, als die AC-130 sich auf ihren Heimatflughafen McChord herabsenkte. Dem Stützpunktkommandanten hatte man gesagt, es handele sich um einen CIA-Transport, eine letzte Lieferung für die neue Forschungseinrichtung oben in den Wäldern der Wilderness. Mehr brauchte er trotz seines Rangs nicht zu wissen, daher fragte er auch nicht weiter. Die Papiere waren in Ordnung, und der Chinook-Hubschrauber stand startbereit.

Auf dem Flug war der Afghane wieder zu sich gekommen. Das Luftloch im Dach der Frachtkiste war offen, die Luft in der Hercules war gut und frisch. Sein Begleiter lächelte aufmunternd und bot ihm etwas zu essen und zu trinken an. Der Gefangene begnügte sich mit einem Soda, das er durch einen Strohhalm trank.

Zur Überraschung des Begleiters sprach der Gefangene ein paar Worte Englisch. Offenbar hatte er sie in den fünf Jahren in Guantanamo aufgeschnappt. Nur zweimal während des Fluges fragte er nach der Zeit, einmal senkte er den Kopf, so weit es ging, und sprach murmelnd seine Gebete. Ansonsten schwieg er.

Kurz vor der Landung wurde die Lüftungsklappe wieder eingesetzt; der wartende Gabelstaplerfahrer ahnte nicht, dass es keine gewöhnliche Ladung war, die er da vom Heck der Hercules zu dem Chinook hinüberfuhr.

Wieder schloss sich die Tür der Ladeluke. Das matte, batteriegespeiste Licht in der Kiste brannte weiter, war aber von außen nicht zu sehen, und auch kein Laut drang hinaus. Doch der Gefangene war, wie sein Begleiter später Marek Gumienny berichtete, friedlich wie ein Miezekätzchen. Überhaupt keine Probleme, Sir.

Angesichts dessen, dass es Mitte Februar war, hatten sie Glück mit dem Wetter. Es war eiskalt, und der Himmel war klar. Der große Chinook mit den zwei Rotoren landete auf dem Helipad vor der Hütte und öffnete seine Heckluke. Aber die Frachtkiste blieb drinnen. Es war einfacher, die beiden Passagiere direkt aus der Kiste in den Schnee steigen zu lassen.

Die beiden Männer fröstelte, als die Rückwand der Kiste herunterklappte. Das Greifteam aus Guantanamo war mit der Hercules geflogen und hatte vorn im Chinook gesessen. Jetzt wartete es auf die letzte Formalität.

Der Gefangene wurde an Händen und Füßen gefesselt, bevor die Gurte gelöst wurden. Dann ließ man ihn aufstehen und die Rampe hinunter in den Schnee schlurfen. Die zehnköpfige Besatzung der Hütte stand mit gezogener Waffe im Halbkreis um den Hubschrauber herum.

Mit einer Eskorte, die so massiv war, dass sie kaum durch die Tür passte, wurde der Taliban-Kommandant über den Landeplatz und durch die Hütte in seine Unterkunft geführt. Die Tür schloss sich vor der bitterkalten Luft, und er hörte auf zu zittern.

Sechs Wachen umstanden ihn in seiner geräumigen Zelle, als ihm endlich die Fesseln abgenommen wurden. Rückwärts verließen sie die Zelle, ließen die Stahltür ins Schloss fallen. Er sah sich um. Es war eine bessere Zelle, aber immer noch eine Zelle. Er dachte an den Gerichtssaal. Der Colonel hatte von einer Rückkehr nach Afghanistan gesprochen. Sie hatten wieder gelogen.

Die Vormittagssonne brannte über der kubanischen Landschaft, als eine zweite Hercules zur Landung ansetzte. Auch sie war für Langstreckenflüge ausgerüstet, aber anders als die Talon war sie nicht bis an die Zähne bewaffnet und gehörte auch nicht zu den Special Forces, sondern zur Transportdivision der U.S. Air Force. Sie sollte einen einzelnen Passagier um die halbe Welt befördern.

Die Zellentür öffnete sich.

»Gefangener Khan, aufstehen. Gesicht zur Wand. Haltung annehmen.«

Der Gürtel wurde um den Leib geschlungen, Ketten führten von ihm hinunter zu den Fußknöcheln und zu den Handschellen vor dem Bauch. Diese Haltung ermöglichte einen schlurfenden Gang, nichts weiter.

Es war ein kurzer Weg bis zum Ende des Zellenblocks, auf dem sechs bewaffnete Wachen mitgingen. Der Hochsicherheits-Transportwagen hatte eine Treppe am Heck, ein Gitter zwischen der Fahrerkabine und dem Gefangenenabteil und schwarz getönte Scheiben.

Als der Gefangene auf das Flugfeld hinausbefohlen wurde, blinzelte er im grellen Sonnenlicht. Verwirrt schüttelte er den zottigen Kopf. Nachdem sich seine Augen an das grelle Licht gewöhnt hatten, sah er sich um und entdeckte die wartende Hercules sowie eine Gruppe von amerikanischen Offizieren, die ihn anstarrten. Einer von ihnen trat vor und winkte ihn heran.

Gehorsam folgte er ihm über den glühenden Asphalt. Trotz seiner schweren Fesseln war er umringt von sechs bewaffneten Soldaten. Er drehte sich um und warf einen letzten Blick auf den Ort, an dem er die letzten fünf elenden Jahre verbracht hatte. Dann schlurfte er die Rampe hinauf in das Flugzeug.

In einem Raum im Stockwerk unter der Kontrollebene des Towers standen zwei Männer und sahen ihm zu.

»Da geht Ihr Mann«, sagte Marek Gumienny.

»Wenn sie je herausfinden, wer er wirklich ist«, sagte Steve Hill, »dann möge Allah ihm gnädig sein.«

VIERTER TEIL

REISE

ZEHN

Es war ein langer, anstrengender Flug. Die Hercules besaß keine kostspielige Vorrichtung zur Luftbetankung, da sie nur ein Gefangenentransporter war, der der afghanischen Regierung einen Gefallen erwies, denn eigentlich hätte diese ihren Staatsbürger in Kuba abholen müssen, besaß aber kein Flugzeug für eine solche Aufgabe.

Nach Zwischenstopps auf den amerikanischen Stützpunkten auf den Azoren und in Ramstein begann die C-130 am Spätnachmittag des nächsten Tages ihren Landeanflug auf den großen Luftwaffenstützpunkt Bagram am Südrand der öden Shomali-Ebene.

Die Flugbesatzung hatte zweimal gewechselt, doch die Eskorte war an Bord geblieben; die Männer lasen, spielten Karten und schliefen, während die vier großen Propeller draußen vor den Fensterluken sie immer weiter nach Osten trieben. Der Gefangene blieb gefesselt. Auch er schlief, so gut es ging.

Die Hercules hielt auf dem Rollfeld vor den riesigen Hangars, die die amerikanische Zone des Stützpunkts Bagram dominieren, und das Empfangskomitee wartete schon. Der U.S. Provost Major, der die Eskorte anführte, sah befriedigt, dass die Afghanen kein Risiko eingegangen waren. Neben dem Gefangenentransporter standen zwanzig Soldaten der afghanischen Special Forces unter Führung von Brigadier Yusuf.

Der Major trabte die Rampe hinunter, um den Papierkram zu erledigen, bevor er den Gefangenen übergab. Das dauerte nicht lange. Dann nickte er seinen Kollegen zu. Sie schlossen die Kette auf, mit der der Afghane an der Innenwand befestigt war, und führten ihn mit schlurfenden Schritten hinaus in den eisigen afghanischen Winter.

Die Soldaten nahmen ihn in die Mitte, zerrten ihn zu dem Gefangenentransporter und stießen ihn hinein. Die Tür schlug zu. Der amerikanische Major entschied, dass er mit dem Mann nicht würde tauschen wollen. Er salutierte vor dem Brigadier, und der erwiderte den Gruß.

»Passen Sie gut auf ihn auf«, sagte der Amerikaner. »Das ist ein ziemlich harter Mann.«

»Keine Sorge, Major«, antwortete der afghanische Offizier. »Er wird den Rest seines Lebens im Gefängnis Pul-i-Charki verbringen.«

Kurz darauf fuhr der Gefängnisbus davon, und die afghanischen Soldaten folgten ihm mit ihrem Laster. Sie nahmen die Straße nach Kabul. Erst als es völlig dunkel war, wurden Bus und Lastwagen durch einen, wie es später heißen würde, unglückseligen Zufall getrennt. Der Bus fuhr allein weiter.

Pul-i-Charki ist ein furchterregender, düsterer Klotz im Osten von Kabul, kurz vor der Felsschlucht am Ostrand der Ebene von Kabul. In der sowjetischen Besatzungszeit regierte hier die Geheimpolizei Khad, und die Schreie der Gefolterten gellten unablässig durch das Gebäude.

Während des Bürgerkriegs gab es Zehntausende von Häftlingen, die das Gefängnis nicht lebend verließen. Seit Gründung der neuen Republik Afghanistan mit ihrer demokratisch gewählten Regierung haben sich die Zustände gebessert, aber es ist, als hallten die steinernen Bastionen, Korridore und Gewölbe immer noch von den Schreien der Geister wider. Zum Glück kam der Gefängnisbus niemals dort an.

Zehn Meilen hinter der Stelle, wo die Militäreskorte abgehängt worden war, bog ein Pick-up aus einer Nebenstraße und folgte dem Bus. Als er seine Scheinwerfer aufblitzen ließ, hielt der Busfahrer an einem vorher erkundeten flachen Gelände am Straßenrand, hinter einigen verkümmerten Bäumen. Dort gelang dem Gefangenen die »Flucht«.

Man hatte ihm die Handschellen abgenommen, sowie der Bus die letzte Sicherheitskontrolle auf dem Gelände von Bagram hinter sich gelassen hatte. Dann hatte er das warme, grauwollene *shalwar kameez* und die Stiefel angezogen, die man ihm gab, und schließlich hatte er sich den gefürchteten schwarzen Turban der Taliban um den Kopf gewunden.

Brigadier Yusuf hatte die Fahrerkabine des Busses verlassen und den Pick-up bestiegen. Jetzt übernahm er das Kommando. Vier Leichen lagen auf der Ladefläche des Kleinlasters.

Alle kamen frisch aus dem städtischen Leichenschauhaus. Zwei waren bärtig, und man hatte ihnen Talibankleidung angezogen. In Wahrheit handelte es sich um Bauarbeiter, die auf einem sehr wackligen Gerüst gestanden hatten, als es zusammenbrach.

Die beiden anderen waren bei Autounfällen ums Leben gekommen. Afghanische Straßen sind dermaßen von Schlaglöchern übersät, dass man nur auf dem Mittelstreifen einigermaßen undurchgerüttelt fahren kann. Da es als ziemlich weibisch gilt, auszuweichen, nur weil jemand entgegenkommt, ist die Todesrate bei Unfällen beeindruckend. Die beiden glatt rasierten Toten trugen Gefängniswärter-Uniformen.

Die toten Gefängniswärter würden Pistolen in den Händen halten. Man feuerte ein paar Kugeln in die Leichen. Die Taliban, die im Hinterhalt gelegen hatten, wurden am Straßenrand abgelegt, und die Wachen schossen auch auf sie. Die Tür des Busses wurde mit einer Axt zertrümmert, sodass sie offen an den Angeln hing. So würde der Bus irgendwann am nächsten Tag gefunden werden.

Als die Kulisse fertig gestellt war, setzte Brigadier Yusuf sich neben den Fahrer in den Pick-up. Der ehemalige Gefangene kletterte mit den beiden Special-Forces-Männern, die im Bus gewesen waren, hinten auf die Ladefläche. Alle drei schlangen sich das lose Ende ihres Turbans vor das Gesicht, um sich vor der Kälte zu schützen.

Der Pick-up fuhr an Kabul vorbei und über Land bis zu der Landstraße, die südwärts nach Ghazni und Kandahar führt. Dort wartete wie in jeder Nacht eine lange Kolonne von Fahrzeugen, die in ganz Asien als »Jingly Trucks« bekannt sind.

Sie alle sehen aus, als wären sie vor hundert Jahren gebaut worden. Fauchend und grollend schleichen sie über jede Straße im Mittleren und Fernen Osten und stoßen dicke schwarze Rauchwolken aus. Oft stehen sie mit einer Panne am Straßenrand, und der Fahrer muss meilenweit laufen, um das benötigte Ersatzteil zu finden und zu kaufen.

Anscheinend überwinden sie dennoch die steilsten Gebirgspässe und rollen auf holprigen Pisten an kahlen Berghängen entlang. Manchmal sieht man das ausgebrannte Skelett eines solchen Trucks auf dem Grund einer Schlucht neben der Straße liegen. Aber sie sind das Blut in den Adern des Handels eines ganzen Kontinents, und sie bringen eine unglaubliche Vielfalt von Waren in die winzigsten und entlegensten Siedlungen und zu den Menschen, die dort leben.

Wegen ihrer Verzierungen haben die Briten sie schon vor vielen Jahren »Jingly Trucks« getauft. Jede freie Fläche ist mit religiösen und historischen Szenen sorgsam bemalt. Man sieht Bilder aus dem Christentum, Islam, Hinduismus, Sikhismus und Buddhismus, oft prachtvoll zusammengemixt. Außerdem sind sie behängt mit Girlanden, Flitter und kleinen Glöckchen. Sie klingeln – daher »Jingly Trucks«.

In der Schlange auf der Landstraße südlich von Kabul standen ein paar hundert davon. Die Fahrer schliefen in ihren Kabinen und warteten auf den Morgen. Rutschend kam der Pick-up neben der Schlange zum Stehen. Mike Martin sprang hinunter und ging nach vorn. Das Gesicht des Mannes am Steuer war mit einem karierten Tuch verhüllt.

Brigadier Yusuf auf dem Beifahrersitz nickte nur stumm. Das Ende der Straße. Der Anfang der Reise. Als Martin sich abwandte, hörte er die Stimme des Fahrers.

»Viel Glück, Boss.«

Wieder diese Anrede. Nur SAS-Männer nannten ihre Offiziere »Boss«. Der amerikanische Provost Major in Bagram hatte nicht nur nicht gewusst, wer sein Gefangener war, er ahnte auch nichts davon, dass die afghanischen Special Forces nach dem

Amtsantritt von Präsident Hamid Karsai auf dessen Bitte hin vom britischen SAS ins Leben gerufen und ausgebildet worden waren.

Martin ging an der Reihe der Lastwagen entlang. Hinter ihm verschwanden die Heckleuchten des Pick-ups, der jetzt nach Kabul zurückfuhr. Der SAS-Sergeant am Steuer rief über sein Handy eine Nummer in Kabul an. Sein Vorgesetzter nahm den Anruf entgegen. Der Sergeant sagte zwei Worte und trennte die Verbindung.

Auch der Afghanistan-Chef des SIS telefonierte auf einer abhörsicheren Leitung. In Kabul war es halb vier Uhr morgens, in Schottland elf Uhr abends. Auf einem der Monitore erschien eine einzeilige Meldung. Phillips und McDonald waren bereits im Raum und hofften zu sehen, was sie jetzt sahen: »Crowbar läuft.«

Auf der eisigen, von Schlaglöchern übersäten Landstraße warf Mike Martin einen letzten Blick zurück. Die roten Schlusslichter des Pick-ups waren verschwunden. Er ging weiter. Nach hundert Schritten war er der Afghane.

Er wusste, was er suchte, aber er fand es erst, als er viele Lastwagen passiert hatte. Ein Nummernschild aus Karachi, Pakistan. Der Fahrer so eines Lasters würde kaum Paschtune sein und deshalb nicht merken, dass Martins Paschto nicht perfekt war. Wahrscheinlich war es ein Belutschi auf dem Heimweg in die pakistanische Provinz Belutschistan.

Für die Lastwagenfahrer war es noch zu früh zum Aufstehen, und es wäre unklug, einen von ihnen zu wecken: Müde Männer, die plötzlich geweckt wurden, waren nicht in bester Laune, und für Martin war es wichtig, dass der Fahrer großzügig gestimmt war. Also rollte er sich frierend für zwei Stunden unter dem Laster zusammen.

Gegen sechs regte sich erstes Leben, und der Himmel im Osten färbte sich rosig. Am Straßenrand zündete jemand ein Feuer an und hängte einen Wasserkessel darüber. In Zentralasien dreht sich ein großer Teil des Lebens um das Teehaus, das *chaikhanna*, das manchmal nur aus einem Feuer, einer Kanne Tee und ein paar Männern besteht. Martin stand auf, ging zu dem Feuer und wärmte sich die Hände.

Der Teekocher war ein Paschtune von der wortkargen Sorte, was Martin nur recht sein konnte. Martin hatte den Turban abgenommen und in seiner Schultertasche verstaut. Es wäre unklug, sich als Talib zu erkennen zu geben, solange er nicht wusste, dass er damit auf Sympathie stieß. Mit einer Hand voll Afghanis bezahlte er für einen Becher Tee und trank dankbar. Ein paar Minuten später kletterte der Belutschi schlaftrunken aus seinem Führerhaus und kam herüber, um sich einen Tee zu holen.

Es wurde heller. Einige Lastwagen erwachten mit dicken schwarzen Rauchwolken zum Leben. Der Belutschi ging zu seinem Wagen zurück. Martin folgte ihm.

»Ich grüße dich, mein Bruder.«

Der Belutschi erwiderte den Gruß, aber nicht ohne Misstrauen.

»Fährst du zufällig nach Süden, zur Grenze nach Spin Boldak?«

Wenn der Mann nach Pakistan zurückwollte, würde er die Grenze in dieser kleinen Grenzstadt südlich von Kandahar überschreiten. Bis dahin würde auf Martins Kopf ein Preis ausgesetzt sein. Die Grenzkontrollen würde er zu Fuß umgehen müssen.

»Wenn es Allah gefällt«, antwortete der Belutschi.

»Würdest du im Namen des Allbarmherzigen einen armen Mann, der zu seiner Familie will, mitfahren lassen?«

Der Belutschi überlegte. Normalerweise begleitete ihn sein Vetter auf diesen langen Fahrten nach Kabul, aber jetzt lag er krank in Karachi. Er hatte die Fahrt allein gemacht, und das war anstrengend.

»Kannst du so einen fahren?«, fragte er.

»Ich bin viele Jahre lang Lastwagenfahrer gewesen.«

So fuhren sie in geselligem Schweigen nach Süden und hörten die orientalische Popmusik aus dem alten Plastikradio, das auf dem Armaturenbrett klemmte. Es kreischte und pfiff aus dem Lautsprecher, und Martin war nicht sicher, ob es Störungen waren oder ob es zur Musik gehörte.

Der Tag nahm seinen Lauf. Dröhnend fuhren sie durch Ghazni und weiter nach Kandahar. Unterwegs machten sie Halt, um Tee zu trinken und zu essen – das übliche Ziegenfleisch mit Reis – und um zu tanken. Martin steuerte von seinem Bündel Afghanis etwas zu den Kosten bei, worauf der Belutschi noch freundlicher wurde.

Martin sprach weder Urdu noch den Belutschidialekt, und der Mann aus Karachi konnte nur ein paar Worte Paschto, aber mit Hilfe von Gesten und ein wenig Koran-Arabisch verständigten sie sich gut.

Nördlich von Kandahar hielten sie wieder an, um zu übernachten, denn der Belutschi wollte im Dunkeln nicht fahren. Sie waren jetzt in der Provinz Zabol, einem wilden Land, bevölkert von wilden Menschen. Es war sicherer, bei Tageslicht inmitten von Hunderten anderer Lastwagen zu fahren. Nachts würden Banditen unterwegs sein.

Als sie die Ortschaften am Nordrand von Kandahar erreichten, behauptete Martin, er sei müde, und rollte sich auf der Bank hinter den Vordersitzen zusammen, die dem Belutschi als Koje diente. Kandahar war Hauptquartier und Festung der Taliban gewesen, und Martin wollte nicht, dass irgendein geläuterter Talib in einem vorbeifahrenden Lastwagen einen alten Freund zu erkennen glaubte.

Südlich von Kandahar löste er den Belutschi am Steuer ab. Es war noch Nachmittag, als sie in Spin Boldak ankamen. Martin behauptete, er lebe am Nordrand der Stadt, verabschiedete sich dankbar von seinem Gastgeber und stieg ein paar Meilen vor der Grenzkontrolle aus.

Weil der Belutschi kein Paschto verstand, hatte er die ganze Zeit einen Popsender laufen lassen und keine Nachrichten gehört. An der Grenze war die Warteschlange noch länger als sonst, und als er schließlich an die Schranke herangerollt war, zeigte man ihm ein Foto. Ein schwarzbärtiger Talib schaute ihn an.

Er war ein ehrlicher, hart arbeitender Mann. Er wollte nach Hause zu seiner Frau und seinen vier Kindern. Das Leben war schon schwer genug. Warum sollte er Tage, vielleicht Wochen, in einem afghanischen Gefängnis verbringen und immer wieder beteuern, er habe keine Ahnung gehabt?

»Beim Propheten, den habe ich noch nie gesehen«, schwor er, und sie ließen ihn durchfahren.

Nie wieder, dachte er, als er auf der Straße nach Quetta südwärts weiterrumpelte. Vielleicht stammte er aus der korruptesten Stadt in ganz Asien, aber zumindest wusste man in seiner eigenen Heimatstadt, woran man war. Die Afghanen waren nicht sein Volk. Warum sollte man sich von ihnen in irgendetwas hineinziehen lassen? Er fragte sich, was der Talib verbrochen haben mochte.

Martin war gewarnt worden: Die Entführung des Gefängnisbusses, die Ermordung zweier Gefängniswärter und die Flucht eines Rückkehrers aus Guantanamo Bay würden sich nicht vertuschen lassen. Als Erstes würde die amerikanische Botschaft Alarm schlagen.

Der Schauplatz des »Mordes« war von einer Patrouille entdeckt worden, die man von Bagram heraufgeschickt hatte, als der Bus nicht im Gefängnis angekommen war. Dass er seine militärische Eskorte verloren hatte, war mit Inkompetenz erklärt worden. Aber die Befreiung des Gefangenen war eindeutig das Werk einer kriminellen Bande übrig gebliebener Taliban. Auf sie machte man jetzt Jagd.

Leider ließ sich nicht verhindern, dass die US-Botschaft der Karsai-Regierung ein Foto anbot. Die CIA und der Chef der SIS-Niederlassung bemühten sich, den Vorgang zu bremsen, aber viel konnten sie nicht tun. Martin war immer noch nördlich von Spin Boldak, als alle Grenzposten ein Fax dieses Fotos erhalten hatten.

Obwohl er davon nichts wusste, war er entschlossen, bei

Grenzüberschreitungen kein Risiko einzugehen. Er versteckte sich in den Bergen oberhalb von Spin Boldak und wartete auf die Nacht. Von seiner hohen Warte aus konnte er das Land übersehen und sich überlegen, welchen Weg er bei dem bevorstehenden Nachtmarsch nehmen würde.

Die Kleinstadt lag fünf Meilen vor und eine halbe Meile unter ihm. Er sah die Straße, die sich hinschlängelte, und die Lastwagen, die sie befuhren. Er sah auch die massige alte Burg, die einst eine Festung der britischen Armee gewesen war.

Er wusste, dass die britische Armee bei der Eroberung dieser Festung zum letzten Mal mittelalterliche Sturmleitern eingesetzt hatte. Im Schutz der Nacht hatten sie sich herangeschlichen, und abgesehen vom Geschrei der Maultiere, dem Klappern der Kellen an den Kesseln und dem Fluchen der Soldaten, die sich im Dunkeln die Zehen anstießen, waren sie mucksmäuschenstill gewesen, um die Besatzung nicht zu wecken.

Die Leitern waren drei Meter zu kurz, daher stürzten sie mit hundert Soldaten krachend in den Graben. Zum Glück vermuteten die paschtunischen Verteidiger, die sich hinter die Mauern duckten, die angreifende Streitmacht müsse gewaltig sein, und so flüchteten sie durch die Hintertür in die Berge. Die Festung fiel, ohne dass ein Schuss abgefeuert wurde.

Vor Mitternacht stahl sich Martin an ihren Mauern vorbei, durch die Stadt und über die Grenze nach Pakistan. Bei Sonnenaufgang hatte er zehn Meilen auf der Straße nach Quetta zurückgelegt. In einem *chaikhanna* wartete er, bis ein Lastwagen vorbeikam, der zahlende Passagiere mitnahm, und fuhr mit ihm nach Quetta. Endlich war der schwarze Taliban-Turban, der in dieser Gegend sofort erkannt wurde, ein Vorteil und keine Belastung. Und so ging es weiter.

Wenn Peschawar eine ziemlich extreme Islamistenstadt ist, so ist Quetta es noch mehr; nur Miram Schahr übertrifft es noch in seiner glühenden Sympathie für al-Qaida. Beide liegen in den nordwestlichen Grenzprovinzen, in denen regionales Stammesrecht regiert. Formal gesehen gehört dieses Land nicht mehr zu

Afghanistan, aber die Paschtunen sind die beherrschende Volksgruppe, und beherrschend sind auch die paschtunische Sprache und die extreme Hingabe an einen ultratraditionellen Islam. Der Taliban-Turban ist das Kennzeichen eines Mannes, mit dem man rechnen muss.

Die Hauptstraße, die von Quetta weiter nach Süden führt, ist die Straße nach Karachi, aber Martin hatte den Rat bekommen, eine kleinere Landstraße zu nehmen, die nach Südwesten ging und in der unangenehmen Hafenstadt Gwador endete.

Diese Stadt liegt kurz vor der iranischen Grenze am extremen westlichen Rand von Belutschistan. Früher ein verschlafenes und übel riechendes Fischerdorf, hat sie sich zu einem bedeutenden Umschlaghafen entwickelt, der hauptsächlich dem Schmuggel dient, vor allem dem Opiumschmuggel. Der Islam verurteilt den Genuss von Rauschgift, aber das gilt nur für Muslime. Wenn die Ungläubigen im Westen sich vergiften und für dieses Privileg auch noch gut bezahlen wollen, berührt das die wahren Diener Allahs und Anhänger des Propheten nicht.

Und so wird der Mohn im Iran, in Pakistan und vor allem in Afghanistan angebaut, an Ort und Stelle zu Morphinbase raffiniert und dann in den Westen geschmuggelt, wo er zu tödlichem Heroin wird. In diesem heiligen Handel spielt Gwador seine Rolle.

In Quetta hatte Martin, der jedes Gespräch mit Paschtunen mied, die ihn demaskieren könnten, wieder einen Belutschi gefunden, der mit seinem Lastwagen nach Gwador unterwegs war. Erst in Quetta erfuhr Martin, dass man ein Kopfgeld von fünf Millionen Afghani auf ihn ausgesetzt hatte – aber nur in Afghanistan.

Drei Tage nachdem er die Worte »Viel Glück, Boss« gehört hatte, stieg er aus dem Lastwagen und ließ sich dankbar auf ein Glas grünen Tee in einem Straßencafé nieder. Er wurde erwartet, aber nicht von Einheimischen.

Der erste der beiden Predators hatte Thumrai vierundzwanzig Stunden zuvor verlassen. Im Rotationsflug würden die Drohnen

Tag und Nacht über dem ihnen zugewiesenen Überwachungsbereich patrouillieren.

Der UAV-RQ 1 L Predator, gebaut bei General Atomics, macht äußerlich nicht viel her. Er sieht aus, als komme er geradewegs aus dem Skizzenblock eines Luftfahrtingenieurs.

Er ist acht Meter lang und dünn wie ein Bleistift. Seine schrägen Möwenflügel haben eine Spannweite von vierzehn Metern. Im Heck sitzt ein 113-PS-Rotax-Propellertriebwerk, das sich sehr sparsam aus einem 400-Liter-Tank speist.

Mit diesem kümmerlichen Antrieb kann der Predator eine Geschwindigkeit von bis zu 117 Knoten erreichen oder mit gemächlichen 73 Knoten dahersegeln. Die maximale Flugzeit beträgt vierzig Stunden, aber bei einem normalen Einsatz würde er sich in einem Radius von vierhundert nautischen Meilen von seiner Heimatbasis entfernen, vierundzwanzig Stunden über seinem Zielgebiet verbringen und dann wieder nach Hause fliegen.

Da es sich um einen heckgetriebenen Schubflugkörper handelt, befinden sich die Steuerelemente vorn. Sie lassen sich manuell bedienen oder durch ein Computerprogramm veranlassen, das Erforderliche so lange zu tun, bis neue Anweisungen kommen.

Das eigentlich Geniale am Predator verbirgt sich in seiner Knollennase: die abnehmbare Skyball-Bordelektronik.

Die gesamte Kommunikation ist aufwärts gewandt und kommuniziert mit Satelliten im Weltraum: Diese empfangen das gesamte Fotomaterial und die abgehörten Gespräche und senden sie weiter an die Basis.

Nach unten gerichtet sind das Synthetic Aperture Radar vom Typ Lynx und die L-3-Wescam-Fotografieeinheit. Modernere Versionen der Drohne, wie die beiden über Oman eingesetzten, können mit ihrem multispektralen Zielerfassungssystem Dunkelheit, Wolken, Regen, Hagel und Schnee durchdringen.

Nach dem Einmarsch in Afghanistan, als die schönsten Ziele ausgemacht, aber nicht rechtzeitig angegriffen werden konnten, wanderte der Predator zurück zum Hersteller, der eine neue

Version entwickelte. Sie war mit der Hellfire-Rakete ausgerüstet, und das »Auge im Himmel« war nun bewaffnet.

Zwei Jahre später verließ der jemenitische al-Qaida-Chef zusammen mit vier seiner Komplizen sein unsichtbar im Landesinneren verborgenes Camp in einem Toyota Land Cruiser. Er wusste es nicht, aber auf einem Monitor in Tampa, Florida, beobachteten ihn dabei mehrere amerikanische Augenpaare.

Auf Kommando verließ die Hellfire den Bauch des Predators, und Sekunden später war der Land Cruiser mitsamt seinen Insassen einfach verdampft. Und auf einem Plasmabildschirm in Florida war das alles in Farbe mit anzusehen.

Die beiden Predators, die in Thumrait stationiert waren, hatten keine Waffen an Bord. Ihre einzige Aufgabe bestand darin, in zwanzigtausend Fuß Höhe zu kreisen, unsichtbar, unhörbar, immun gegen Radar, und das Land und das Meer unter ihnen zu beobachten.

In Gwador gab es vier Moscheen, aber diskrete britische Anfragen beim pakistanischen ISI ergaben, dass die vierte und kleinste als Treibhaus fundamentalistischer Agitation galt. Wie die meisten kleineren Moscheen hatte sie nur einen Imam und lebte von den Spenden der Gläubigen. Hier war es Imam Abdullah Halabi, der sie gegründet hatte und immer noch leitete.

Er kannte seine Gemeinde gut, und wenn er von seinem erhöhten Stuhl den Vorsitz beim Gebet führte, konnte er einen Gast auf den ersten Blick erkennen. Der schwarze Taliban-Turban fiel ihm sofort ins Auge, obwohl er ganz hinten geblieben war.

Noch bevor der schwarzbärtige Fremde am Ende seine Sandalen wieder anziehen und im Gedränge der Straße verschwinden konnte, zog der Imam ihn am Ärmel.

»Der Gruß des allbarmherzigen Herrn sei mit dir«, sagte er leise. Er sprach Arabisch, nicht Urdu.

»Und mit dir, Imam«, erwiderte der Fremde. Auch er sprach Arabisch, doch der Imam bemerkte den paschtunischen Akzent.

Sein Verdacht war bestätigt: Der Mann kam aus den Stammesterritorien.

»Meine Freunde und ich gehen jetzt in die *mafada*«, sagte er. »Möchtest du mit uns kommen und Tee trinken?«

Der Paschtune überlegte einen Moment lang und neigte dann würdevoll den Kopf. Zu den meisten Moscheen gehört eine *mafada*, eine Art Club für entspannte gesellige Zusammenkünfte, Plaudereien und religiöse Unterweisung. Im Westen geschieht die extremistische Indoktrination von Teenagern oft dort.

»Ich bin Imam Halabi. Hat unser neuer Freund auch einen Namen?«

Ohne zu zögern, nannte Martin den Vornamen des afghanischen Präsidenten und den Namen des Brigadiers der Special Forces.

»Ich bin Hamid Yusuf.«

»Sei willkommen, Hamid Yusuf«, sagte der Imam. »Ich sehe, du wagst es, den Turban der Taliban zu tragen. Warst du einer von ihnen?«

»Seit ich 1995 in Kandahar zu Mullah Omar kam.«

Ein Dutzend Männer saßen in der *mafada*, einem schäbigen Schuppen hinter der Moschee. Tee wurde serviert. Martin bemerkte, dass einer der Männer ihn anstarrte. Dann zog der Mann den Imam aufgeregt beiseite und fing hastig an zu tuscheln. Niemals, erklärte er, werde er auch nur im Traum daran denken, sich das Fernsehen mit seinen schmutzigen Bildern anzusehen, aber er sei an einem Geschäft vorbeigekommen, und da habe ein Gerät im Fenster gestanden.

»Ich bin sicher, das ist der Mann«, zischelte er. »Er ist vor nur drei Tagen aus Kabul entkommen.«

Martin verstand kein Urdu, aber er wusste, dass die Rede von ihm war. Der Imam mochte alles Westliche und Moderne verabscheuen, doch wie die meisten fand er die verdammenswerten Handys sehr praktisch, auch wenn sie von Nokia im christlichen Finnland hergestellt wurden. Er befahl drei Freunden, den Fremden in ein Gespräch zu verwickeln und ihn nicht gehen zu lassen. Dann zog er sich in sein bescheidenes Quartier zurück und tätigte mehrere Anrufe. Sehr beeindruckt kehrte er zurück.

Ein Talib der ersten Stunde, durch die Amerikaner seiner Familie und seiner ganzen Sippe beraubt, Befehlshaber der halben Nordfront bei der Yankee-Invasion, Anführer beim Aufbrechen der Waffenkammer in Qala-i-Jangi, fünf Jahre in der amerikanischen Hölle überlebt, den Klauen des Marionettenregimes in Kabul entronnen – dieser Mann war kein Flüchtling, er war ein Held.

Imam Halabi mochte Pakistani sein, aber die Regierung in Islamabad verabscheute er leidenschaftlich wegen ihrer Zusammenarbeit mit den Amerikanern. Seine ganze Sympathie gehörte al-Qaida. Und gerechtigkeitshalber muss man sagen, dass die fünf Millionen Afghanis, die ihn für den Rest seines Lebens zu einem reichen Mann machen würden, ihn nicht einen Augenblick lang in Versuchung führten.

Er kehrte in die *mafada* zurück und winkte den Fremden zu sich.

»Ich weiß, wer du bist«, flüsterte er. »Du bist derjenige, den sie ›den Afghanen‹ nennen. Bei mir bist du sicher, aber in Gwador nicht. Agenten des ISI sind überall, und auf deinen Kopf ist eine Belohnung ausgesetzt. Wo wohnst du jetzt?«

»Nirgends. Ich komme gerade aus dem Norden«, sagte Martin.

»Ich weiß, woher du kommst; man hört es in allen Nachrichten. Du musst hierbleiben, aber nicht lange. Irgendwie musst du Gwador verlassen. Du brauchst Papiere, eine neue Identität, eine sichere Reisemöglichkeit. Vielleicht kenne ich jemanden.«

Er schickte einen kleinen Jungen aus seiner *madrasa* zum Hafen. Das Boot, das er suchte, war nicht da. Es kam vierundzwanzig Stunden später. Aber der Junge wartete geduldig am Kai, wo es immer anlegte.

Faisal bin Selim war in Qatar geboren, Sohn eines armen Fischers in einer Hütte am Ufer eines schlammigen Flüsschens in der Nähe eines Dorfes, aus dem später die betriebsame Hauptstadt Doha werden sollte. Aber das geschah nach der Entdeckung des Öls, dem Zusammenschluss der arabischen Vertragsstaaten zu den Vereinigten Emiraten, dem Abzug der Briten, dem Eintreffen der Amerikaner, und lange bevor das Geld hereinströmte wie eine tosende Flut.

In seiner Kindheit hatte er nur die Armut gekannt, die automatische Verneigung vor den hochherrschaftlichen weißhäutigen Fremden. Doch von frühester Jugend an war Bin Selim entschlossen gewesen, es in der Welt zu etwas zu bringen. Den Weg dazu suchte er da, wo er sich auskannte: auf dem Meer. Er wurde Deckmatrose auf einem Küstenfrachter, und während sein Schiff von der Insel Masirah und von Salalah in der omanischen Provinz Dhofari zu den Häfen von Kuwait und Bahrain am Ende des Persischen Golfs hinauffuhr, lernte er mit seinem wachen Verstand eine ganze Menge.

Er lernte, dass es immer jemanden gab, der etwas zu verkaufen hatte und bereit war, es billig zu verkaufen. Und irgendwo gab es auch immer jemanden, der es kaufen und gut dafür bezahlen wollte. Zwischen diesen beiden stand eine Einrichtung namens Zoll. Faisal bin Selim gelangte durch Schmuggel zu Wohlstand.

Auf seinen Reisen sah er vieles, das er zu bewundern lernte: schöne Kleider und Teppiche, islamische Kunst, wahre Kultur, alte Koranschriften, kostbare Manuskripte und die Schönheit großer Moscheen. Und andere Dinge, die er sah, lernte er zu verachten: reiche Westler, hummerrote Schweinsgesichter in der Sonne, abstoßende Weiber in winzigen Bikinis, betrunkene Kerle, all das unverdiente Geld.

Die Tatsache, dass die Herrscher der Golfstaaten ebenfalls von dem Geld profitierten, das da in schwarzen Strömen aus dem Wüstensand floss, entging ihm nicht. Und als auch sie westliche Gewohnheiten zur Schau trugen, importierten Alkohol tranken und mit den goldenen Huren schliefen, begann er sie genauso zu verachten.

Als er Mitte vierzig war, zwanzig Jahre bevor ein kleiner Belutschi im Hafen von Gwador auf ihn wartete, waren mit Faisal bin Selim zwei Dinge geschehen.

Er hatte genug Geld verdient und gespart, um ein Frachtschiff in Auftrag zu geben, zu bezahlen und zu besitzen, eine prachtvolle hölzerne Dhau, die von den besten Handwerkern in Sur, Oman, gebaut wurde und *Rasha* hieß: die Perle. Und er war ein fanatischer Wahhabit geworden.

Als die neuen Propheten aufstanden, die den Lehren des Maududi und Sayyid Qutb folgten, riefen sie den Dschihad gegen die Mächte der Ketzerei und der Verlotterung aus, und er war dabei. Als junge Männer nach Afghanistan gingen, um gegen die gottlosen Sowjets zu kämpfen, begleiteten sie seine Gebete; als andere mit Passagierflugzeugen in die Türme des westlichen Götzen namens Mammon flogen, kniete er nieder und betete, dass sie tatsächlich in die Gärten Allahs eingehen mögen.

In den Augen der Welt blieb er der höfliche, sparsam lebende, gewissenhafte und fromme Kapitän und Eigner der *Rasha*. Sein Gewerbe führte ihn an der ganzen Golfküste entlang und weiter in die Arabische See. Er suchte keine Schwierigkeiten, aber wenn ein wahrer Gläubiger seine Hilfe brauchte, sei es in Form einer Spende, sei es die Passage an einen sicheren Ort, dann tat er für ihn, was er konnte.

Westliche Sicherheitskräfte waren auf ihn aufmerksam geworden, weil ein saudischer al-Qaida-Aktivist – er war in Hadramaut gefasst worden und hatte in einer Zelle in Riad ein umfassendes Geständnis abgelegt – geäußert hatte, dass ultrageheime Botschaften, bestimmt für Bin Laden persönlich und so geheim, dass sie nur verbal einem Boten anvertraut werden konnten, der sie dann auswendig lernte, die saudische Halbinsel gelegentlich per Schiff verließen. Der Bote werde an der Küste Belutschistans abgesetzt und gehe von dort nach Norden, in die unbekannten Höhlengebiete von Wasiristan, wo der Scheich sich aufhalte. Das Schiff sei die *Rasha*.

Die *Rasha* wurde nicht aufgebracht, aber sie wurde mit dem Einverständnis und der Unterstützung des ISI beobachtet.

Faisal bin Selim kam mit einer Ladung Weißware aus dem Freihafen von Dubai in Gwador an. Dort waren Kühlschränke, Waschmaschinen, Mikrowellenherde und auch Fernsehapparate zu einem Bruchteil dessen zu haben, was sie außerhalb der Zolllager kosteten.

Er hatte den Auftrag, eine Ladung pakistanischer Teppiche mit zurück an den Golf zu nehmen, geknüpft von den flinken Fingern kleiner Sklavenjungen, bestimmt für die Füße reicher Westler in den Luxusvillen auf den Inseln vor der Küste von Dubai und Qatar.

Ernst hörte er sich die Nachricht des Jungen an und nickte dann. Zwei Stunden später, als er seine Ladung wohlbehalten, und ohne die pakistanischen Zöllner zu belästigen, auf den Weg ins Landesinnere gebracht hatte, ließ er die *Rasha* in der Obhut seines Deckmatrosen, eines Omani, und wanderte gelassen durch Gwador zur Moschee.

Nach langen Jahren des Handels mit Pakistan sprach der höfliche Araber ein gutes Urdu, und er und der Imam unterhielten sich in dieser Sprache. Er trank seinen Tee, knabberte süße Kuchen und wischte sich die Finger mit einem kleinen Baumwolltaschentuch ab. Zwischendurch betrachtete er den Afghanen und nickte. Als er von dem Ausbruch aus dem Gefängnisbus hörte, lächelte er beifällig und wechselte ins Arabische.

»Und du möchtest Pakistan verlassen, mein Bruder?«

»Für mich ist hier kein Platz«, sagte Martin. »Der Imam hat Recht. Die Geheimpolizei wird mich finden und zu den Hunden in Kabul zurückbringen. Eher beende ich mein Leben.«

»Das wäre schade«, murmelte der Quatari, »so weit... ein solches Leben. Und wenn ich dich in die Golfstaaten bringe, was wirst du dann tun?«

»Ich werde versuchen, andere Wahre Gläubige zu finden, und ihnen anbieten, zu tun, was ich kann.«

»Und was könnte das sein? Was kannst du tun?«

»Ich kann kämpfen. Und ich bin bereit, in Allahs heiligem Krieg zu sterben.«

Der höfliche Kapitän dachte eine Zeit lang nach.

»Die Verladung der Teppiche findet im Morgengrauen statt«, sagte er schließlich. »Sie wird ein paar Stunden dauern. Sie müssen gut unter Deck verstaut werden, damit die Gischt ihnen nichts anhaben kann. Dann werde ich mit herabgelassenen Segeln ablegen und dicht am Ende der Hafenmole vorbeifahren. Wenn ein Mann von dort auf das Deck springen wollte, würde es niemand bemerken.«

Nach einer rituellen Verabschiedung ging er. Der Junge führte Martin im Dunkeln zum Hafen. Dort sah er sich die *Rasha* genau an, damit er sie am nächsten Morgen erkennen würde. Kurz vor elf glitt sie an der Mole vorbei. Die Lücke war zweieinhalb Meter breit, und nach einem kurzen Anlauf übersprang Martin sie knapp.

Der Omani stand am Steuer. Faisal bin Selim begrüßte Martin mit sanftem Lächeln. Er bot seinem Gast frisches Wasser an, damit er sich die Hände waschen konnte, und gab ihm köstliche Datteln aus Muscat.

Am Mittag breitete der ältere Mann zwei Matten vor dem Süll des Laderaums aus. Seite an Seite knieten die beiden zum Gebet nieder. Für Martin war es das erste Mal, dass er nicht in einer Menge betete, in der eine einzelne Stimme von den anderen übertönt wurde. Sein Gebet war Wort für Wort perfekt.

Wenn ein Agent weit draußen in der Kälte ist, auf einer »schwarzen«, gefahrvollen Mission, sind seine Führungsoffiziere zu Hause erpicht auf jedes Zeichen dafür, dass er wohlauf ist, dass er noch lebt, noch frei ist, noch funktioniert. Dieses Zeichen kann von dem Agenten selbst kommen, durch einen Telefonanruf, eine kleine Anzeige in der Zeitung, ein Kreidezeichen an einer Wand, eine am vereinbarten Ort hinterlegte Mitteilung. Es kann von einem Beobachter kommen, der keinen Kontakt mit dem Agenten aufnimmt, ihn aber im Auge behält und meldet, was er sieht. Man nennt es »Lebenszeichen«. Nach tagelangem Schweigen werden die Führungsoffiziere sehr nervös.

Es war Mittag in Thumrait, Frühstückszeit in Schottland, Nacht in Tampa. Thumrait und Tampa konnten sehen, was der Predator sah, doch sie wussten nicht, was es bedeutete – sie brauchten es nicht zu wissen, und so hatte man es ihnen nicht gesagt. Aber Edzell Air Base wusste es.

Mit kristallklarer Deutlichkeit sah man, wie der Afghane die Stirn auf das Deck senkte und das Gesicht zum Himmel hob, auf und ab, und an Deck der *Rasha* sein Gebet sprach. Vor den Bildschirmen in der Operationszentrale brach lauter Jubel los. Wenige Sekunden danach nahm Steve Hill am Frühstückstisch einen Anruf entgegen, sprang dann auf und gab seiner Frau ganz unverhofft einen leidenschaftlichen Kuss.

Zwei Minuten später klingelte auch das Telefon neben Marek Gumiennys Bett in Old Alexandria. Er wachte auf, hörte zu, lächelte, murmelte »Bravo« und schlief wieder ein. Der Afghane war noch auf Kurs.

ELF

Unter einem guten Südwind setzte die *Rasha* die Segel, stellte die Maschine ab, und das Dröhnen unter Deck verstummte. Man hörte nur noch die ruhigen Geräusche der See: das Plätschern der Bugwelle, das Seufzen des Windes in den Segeln, das Knarren des Tauwerks.

Die Dhau, beschattet von dem Predator, der unsichtbar vier Meilen hoch über ihr dahinflog, glitt an der Südküste des Iran entlang und in den Golf von Oman. Hier ging sie auf Steuerbordkurs, drehte das Segel in den Wind, der jetzt von achtern kam, und näherte sich der schmalen Lücke zwischen Iran und Arabien, der Straße von Hormuz.

Durch diese Meerenge, wo die Spitze der omanischen Halbinsel Musandam nur acht Meilen weit von der persischen Küste entfernt ist, zog ein beständiger Strom von riesigen Tankern. Die einen lagen tief im Wasser, randvoll vom Rohöl für den energiehungrigen Westen, andere fuhren hoch aufragend den Golf hinauf, um mit saudischem oder kuwaitischem Öl beladen zu werden.

Kleinere Schiffe wie die Dhau hielten sich dichter an der Küste und überließen den Leviathanen die tiefe Fahrrinne: Ein Supertanker kann nicht einfach anhalten, wenn ihm etwas den Weg versperrt.

Die *Rasha* hatte es nicht eilig; sie drehte bei und verbrachte die Nacht zwischen den Inseln östlich der omanischen Luftwaffenbasis in Kumzar. Martin saß auf dem erhöhten Achterdeck in der milden Nacht, auf einem Plasmabildschirm in einem schottischen Luftwaffenstützpunkt immer noch deutlich zu erkennen, und sah zwei »Zigarettenboote« im Mondlicht. Er hörte das Dröhnen ihrer starken Außenbordmotoren, als sie in hohem

Tempo aus den omanischen Gewässern nach Südiran hinüberfuhren.

Das waren die Schmuggler, von denen er gehört hatte. Sie fühlten sich keinem Land verpflichtet, sie waren Geschäftsleute. An irgendeinem einsamen Strand im Iran oder in Belutschistan würden sie sich im Morgengrauen mit ihren Kunden treffen, ihre billigen Zigaretten abladen und – erstaunlicherweise – Angoraziegen an Bord nehmen, die in Oman so sehr begehrt waren.

Die Ladung war mittschiffs festgezurrt, und die Besatzung klammerte sich fest, als ginge es um ihr Leben, denn bei ruhiger See erreichten ihre bleistiftschlanken Boote mit den beiden riesigen 250-PS-Außenbordern eine Geschwindigkeit von mehr als fünfzig Knoten. Sie sind nicht zu fassen, sie kennen jeden kleinen Wasserlauf und jede Bucht, und sie sind es gewohnt, in völliger Dunkelheit ohne Licht quer vor den Tankern zur sicheren Küste gegenüber zu rasen.

Faisal bin Selim lächelte nachsichtig. Auch er war ein Schmuggler, aber er betrieb sein Geschäft mit größerer Würde als diese Vagabunden des Golfs, die er in der Ferne hörte.

»Und wenn ich dich nach Arabien gebracht habe, mein Freund, was wirst du dann tun?«, fragte er leise. Der omanische Matrose stand im Bug; er hatte eine Angelschnur über die Reling gehängt, um vielleicht einen Fisch zum Frühstück zu fangen. Das Abendgebet hatte er mit den beiden andern gesprochen. Jetzt war die Stunde der entspannten Unterhaltung.

»Ich weiß es nicht«, gestand der Afghane. »Ich weiß nur, dass ich in meinem eigenen Land ein toter Mann bin. Pakistan ist für mich versperrt, denn die Pakistani sind die Bluthunde der Amerikaner. Ich hoffe, dass ich andere Wahre Gläubige finden werde, und dann werde ich sie bitten, an ihrer Seite kämpfen zu dürfen.«

»Kämpfen? Aber in den Vereinigten Arabischen Emiraten wird nicht gekämpft. Sie sind treue Verbündete des Westens. Und in Saudi-Arabien wird man dich sofort finden und zurückschicken. Also …«

Der Afghane zuckte die Achseln.

»Ich will nur Allah dienen. Mein Leben habe ich gelebt. Ich lege mein Schicksal in seine Hände.«

»Und du sagst, du bist bereit, für ihn zu sterben«, sagte der höfliche Quatari.

Mike Martin dachte an seine Kindheit und die Vorschule in Bagdad. Die meisten Schüler dort waren Iraki gewesen, aber sie gehörten zur Creme der Gesellschaft, und ihre Väter waren darauf bedacht gewesen, dass sie perfekt Englisch sprechen lernten, damit sie aufsteigen und die großen Unternehmen führen könnten, die mit London und New York Geschäfte machten. Der Unterricht hatte in englischer Sprache stattgefunden, und dazu gehörte auch das Auswendiglernen traditioneller englischer Lyrik.

Martin hatte immer ein Lieblingsgedicht gehabt: die Geschichte von Horatius von Rom, der die letzte Brücke vor der anrückenden Armee des Hauses Tarquin verteidigte, während die Römer hinter ihm die Brücke zerschlugen. Es gab darin eine Strophe, die die Jungen immer zusammen aufgesagt hatten:

> Für jeden Mann auf dieser Erde
> kommt früher oder später der Tod,
> Und besser kann wohl keiner sterben
> als von Übermacht bedroht
> für die Asche seiner Väter
> und den Tempel seines Gotts.

»Wenn ich als *schahid* sterben kann, im Dienste seines Dschihad, natürlich«, antwortete er.

Der Dhau-Schiffer überlegte eine Weile und wechselte dann das Thema.

»Du trägst die Kleider eines Afghanen«, sagte er. »Man wird dich sofort bemerken. Warte.«

Er ging unter Deck und kam mit einer frisch gewaschenen

dishdasha zurück, dem weißen Baumwollgewand, das von den Schultern in gerader Linie bis zu den Knöcheln fällt.

»Umziehen«, befahl er. »Wirf *shalwar kameez* und Turban über Bord.«

Als Martin sich umgezogen hatte, reichte Bin Selim ihm ein neues Kopftuch, die rot gemusterte *keffiyeh* eines Golf-Arabers, und den schwarzen Kordelring, der sie festhielt.

»Besser«, sagte der ältere Mann, nachdem die Verwandlung seines Gastes vollendet war. »Man wird dich für einen Golf-Araber halten, solange du nicht sprichst. Aber in der Gegend von Jedda gibt es eine Kolonie von Afghanen. Sie leben seit Generationen in Saudi-Arabien, doch sie sprechen wie du. Wenn du sagst, dass du von dort kommst, wird jeder Fremde dir glauben. Jetzt wollen wir schlafen. Im Morgengrauen stehen wir auf, und dann beginnt der letzte Tag unserer Reise.«

Der Predator sah, wie sie den Anker lichteten und die Inseln hinter sich ließen. Sie segelten um die Felsenspitze von Al-Ghanam und dann nach Südwesten, an der Küste der Vereinigten Arabischen Emirate entlang.

Zu den VAE gehören sieben Staaten, aber nur die Namen der größten und reichsten – Dubai, Abu Dhabi und Sharjah – fallen jedem gleich ein. Die vier anderen sind viel kleiner, viel ärmer und praktisch anonym. Zwei von ihnen, Ajman und Umm-al-Quwain, liegen unmittelbar neben Dubai, dessen Ölreichtum es zu dem am höchsten entwickelten der sieben Länder gemacht hat. Fujairah liegt auf der anderen Seite der Halbinsel und blickt ostwärts auf den Golf von Oman, und der siebente Staat ist Ras al-Khaimah.

Ras al-Khaimah liegt an derselben Küste wie Dubai, aber hoch oben an der Straße von Hormuz. Es ist bettelarm und ultratraditionell. Die Geschenke Saudi-Arabiens hat es deshalb stets begierig entgegengenommen – unter anderem mit beträchtlichen Mitteln ausgestattete Moscheen und Schulen, die aber allesamt die Lehren des Wahhabismus predigten. Ras al-K, wie man es im Westen nennt, ist die Heimat des Fundamentalismus und der

Sympathie für al-Qaida und den Dschihad in dieser Region. Auf der Backbordseite der langsam kreuzenden Dhau würde es als Erstes auftauchen.

Als die Sonne unterging, war es so weit.

»Du hast keine Papiere«, sagte der Kapitän zu seinem Gast, »und ich kann dir auch keine beschaffen. Aber das macht nichts – Papiere waren ohnehin schon immer eine lästige Erfindung des Westens. Wichtiger ist Geld. Nimm das.«

Er drückte Martin ein Bündel Dirhams in die Hand. Im Dämmerlicht glitten sie an der Stadt vorbei, ungefähr eine Meile weit vom Ufer entfernt. Die ersten Lichter flackerten zwischen den Häusern auf.

»Weiter unten an der Küste setze ich dich ab«, sagte Bin Selim. »Du wirst die Küstenstraße suchen und zu Fuß zurückgehen. Ich kenne ein kleines Gasthaus in der Altstadt. Es ist billig, sauber und diskret. Steig dort ab. Und geh nicht aus. Du wirst dort sicher sein, und, *inshallah*, vielleicht habe ich Freunde, die dir helfen können.«

Es war dunkel, als Martin die Lichter eines großen Hotels vor sich sah und die *Rasha* auf das Ufer zusteuerte. Bin Selim kannte es gut: Es war die umgebaute Festung Hamra, es hatte einen Beach Club für seine ausländischen Gäste, und der Club hatte einen Bootsanleger. Nach Einbruch der Dunkelheit würde dort niemand mehr sein.

»Er verlässt die Dhau«, sagte eine Stimme in der Operationszentrale in Edzell. Trotz der Dunkelheit sah die Infrarotkamera des Predators aus zwanzigtausend Fuß Höhe, wie die Gestalt geschmeidig von der Dhau auf die Mole sprang. Das Handelsschiff ließ seine Maschine rückwärts laufen und zog sich auf das offene Meer zurück.

»Vergessen Sie das Boot, bleiben Sie bei dem Mann«, sagte Gordon Phillips, der dem Operator am Bildschirm über die Schulter schaute. Die Anweisung ging nach Thumrait, der Predator bekam den Befehl, dem thermischen Bild des Mannes zu folgen, der da auf der Küstenstraße zurück nach Ras al-K wanderte.

Es war ein Weg von fünf Meilen, und Martin erreichte die Altstadt gegen Mitternacht. Zweimal musste er sich erkundigen, dann hatte er das Gasthaus gefunden. Es lag fünfhundert Meter weit vom Heim der Familie al-Shehhi entfernt. Aus dieser Familie stammte Marwan al-Shehhi, der am 11. September das Flugzeug in den Südturm des World Trade Centers gesteuert hatte. Noch immer galt er hier als Volksheld.

Der Gastwirt zeigte sich mürrisch und misstrauisch, bis Martin den Namen Faisal bin Selims erwähnte. Dies und der Anblick eines Bündels Dirhams entspannten die Atmosphäre. Martin wurde hereingebeten und in ein schlichtes Zimmer geführt. Anscheinend waren nur zwei weitere Gäste im Haus, und sie hatten sich bereits zurückgezogen.

Freundlich geworden, lud der Wirt Martin zu einem Glas Tee ein, bevor er zu Bett ginge. Beim Tee erklärte Martin, er komme aus Jedda, sei aber paschtunischer Herkunft.

Mit seiner dunklen Erscheinung, dem dichten schwarzen Bart und den wiederholten Anrufungen Allahs, die den Wahren Gläubigen auszeichneten, überzeugte Martin seinen Gastgeber, dass auch er ein Rechtgläubiger sei. Sie wünschten einander eine gute Nacht und verabschiedeten sich.

Die Dhau segelte unterdessen weiter durch die Nacht. Ihr Ziel war der Hafen am Fluss al-Khor, auch bekannt als »The Creek«, der Bach, im Herzen von Dubai. Einst nicht mehr als das – ein schlammiger Bach, der nach toten Fischen roch und wo die Männer in der Hitze des Tages ihre Netze flickten, ist er heute der letzte »malerische« Bezirk der betriebsamen Hauptstadt. Er liegt dem Gold-Souk gegenüber vor den Fenstern der turmhohen westlichen Hotels. Die Handels-Dhaus sind hier Seite an Seite vertäut, und die Touristen kommen in Scharen her, um einen letzten Rest des »alten Arabiens« zu bestaunen.

Bin Selim rief sich ein Taxi und ließ sich drei Meilen weit die Küste hinauf zum Sultanat Ajman fahren, dem kleinsten und zweitärmsten der sieben Emirate. Dort schickte er das Taxi weg und schlüpfte in den überdachten Basar mit gewundenen Gässchen und lärmenden Händlern, um Beschatter abzuhängen, sollte es welche geben.

Aber es gab keinen. Der Predator konzentrierte sich auf ein Gasthaus im Herzen von Ras-al-Khaimah. Der Dhau-Kapitän verließ den Basar und betrat eine kleine Moschee, und dort trug er dem Imam sein Anliegen vor. Ein kleiner Junge wurde quer durch die Stadt geschickt und kam mit einem jungen Mann zurück, einem Studenten der örtlichen Technischen Hochschule. Er war außerdem Absolvent des Ausbildungslagers Darunta, das al-Qaida bis zum Jahr 2001 in der Gegend von Jalalabad unterhalten hatte.

Der alte Mann flüsterte dem jungen etwas ins Ohr, und der nickte und dankte ihm. Der Dhau-Kapitän wanderte wie zuvor durch den Souk, winkte am Rand ein Taxi heran und kehrte zu seinem Frachtschiff im Creek zurück. Er hatte getan, was er konnte. Jetzt lag die Sache in den Händen jüngerer Männer. *Inshallah.*

Am Morgen desselben Tages, aber wegen des Zeitunterschieds ein paar Stunden später, verließ die *Countess of Richmond* die Mündung des Mersey und fuhr hinaus in die Irische See. Kapitän McKendrick ging mit seinem Frachter auf Südkurs. Er würde Wales an Backbord liegen und die Irische See und Lizard Point hinter sich lassen und durch den Kanal in den Ostatlantik fahren. Weiter ginge es an Portugal vorbei, durch das Mittelmeer zum Suez-Kanal und dann in den Indischen Ozean.

Die kalte März-See gischte um den Bug der *Countess*, und unter Deck befand sich eine gut geschützte, in Holzfrachtkisten verpackte Ladung Jaguar-Limousinen, bestimmt für die Showrooms in Singapur.

Vier Tage vergingen, bevor der Afghane, der in Ras-al-Khaimah untergeschlüpft war, Besuch bekam. Er hatte sich an seine Anweisungen gehalten und das Haus nicht verlassen – zumindest hatte er die Straße nicht betreten. Er war zum Luftschnappen in dem geschlossenen Hof hinter dem Haus gewesen, der durch ein zweieinhalb Meter hohes Flügeltor von der Straße getrennt war. Diverse Lieferwagen luden hier ihre Ladungen ab und fuhren wieder davon.

In diesem Hof war er von dem Predator beobachtet worden, wobei sein Führungsteam in Schottland seine neue Kleidung gesehen hatte.

Seine Besucher kamen nicht, um Lebensmittel, Getränke oder Wäsche anzuliefern, sondern um ihn abzuholen. Sie fuhren mit dem Lieferwagen rückwärts bis an den Hintereingang des Hauses. Der Fahrer blieb am Steuer sitzen, und drei Männer betraten das Haus.

Die beiden anderen Hausgäste waren nicht da, und der Gastwirt war vereinbarungsgemäß einkaufen gegangen. Das Dreierteam hatte genaue Anweisungen. Schnell liefen sie zur richtigen Tür und kamen ins Zimmer, ohne anzuklopfen. Der Mann, der dort saß und in seinem Koran las, stand auf und blickte in die Mündung einer Pistole in der Hand eines in Afghanistan ausgebildeten Mannes. Die Gesichter der drei Eindringlinge waren mit Kapuzen verhüllt.

Sie arbeiteten lautlos und effizient. Martin kannte genügend kampferfahrene Männer, um zu wissen, dass seine Besucher ihr Geschäft verstanden. Auch ihm wurde eine Kapuze übergestülpt, die bis auf seine Schultern herabfiel. Seine Hände wurden auf dem Rücken mit Plastikhandschellen gefesselt. Dann wurde er zur Tür hinaus und den gefliesten Korridor hinuntergeschoben und in den wartenden Lieferwagen gestoßen. Er lag auf der Seite und hörte, wie die Tür zugeschlagen wurde, der Wagen vom Hof und auf die Straße hinausrumpelte.

Der Predator sah es, doch die Beobachter in Schottland nahmen an, es handele sich um einen Wäschelieferanten. Minuten später war der Lieferwagen verschwunden. Moderne Spionagetechnologie kann viele Wunder vollbringen, Menschen und Maschinen kann man allerdings immer noch täuschen. Die Greifer ahnten nichts von dem Predator über ihnen, aber indem sie raffiniert den Vormittag für ihren Zugriff gewählt hatten, statt mitten in der Nacht aufzutauchen, hatten sie die Beobachter in Edzell überlistet.

Erst nach drei Tagen war klar, dass ihr Mann nicht mehr im Hof erschien, um ihnen ein Lebenszeichen zu geben. Kurz: Er war verschwunden. Sie beobachteten ein leeres Haus. Und sie hatten keine Ahnung, welcher der vielen Lieferwagen ihn geholt hatte.

Tatsächlich war der Wagen gar nicht weit gefahren. Das Hinterland hinter dem Hafen und der Stadt Ras al-K ist eine wilde Felswüste, die bis zu den Bergen von Rus al-Jibal reicht. Dort lebt nichts außer Ziegen und Salamandern.

Möglicherweise wurde der Mann, den sie da entführt hatten, wissentlich oder unwissentlich überwacht, daher gingen die vier kein Risiko ein. Mehrere Pisten führten hinauf in die Berge, von denen sie eine nahmen. Hinten im Laderaum spürte Martin, dass der Wagen die Asphaltstraße verließ und über holpriges Gelände rollte.

Ein Fahrzeug, das sie verfolgt hätte, wäre hier nicht unentdeckt geblieben. Selbst wenn es sich außer Sichtweite gehalten hätte, wäre die Staubwolke über der Wüste weithin sichtbar gewesen. Und ein Hubschrauber wäre noch auffälliger gewesen.

Nach fünf Meilen hielt der Wagen in den Bergen an. Der Anführer, der Mann mit der Pistole, suchte mit einem starken Fernglas das Tal und die Küste ab, das ganze Terrain bis zur Altstadt, aus der sie gekommen waren. Niemand war ihnen gefolgt.

Als er zufrieden war, wendete der Lieferwagen und fuhr wieder bergab. Sein wahres Ziel war eine Villa auf einem ummauerten Grundstück in einem der äußeren Vororte. Nachdem sich das Tor hinter ihm geschlossen hatte, fuhr der Wagen rückwärts an eine offene Tür heran, durch die Martin ins Haus und in einen weiteren gefliesten Korridor geführt wurde.

Die Plastikfesseln wurden abgeschnitten, und eine kühle Stahlhandschelle schloss sich um das eine Handgelenk. Er wusste, was ihn erwartete: eine Kette an der Wand, die sich nicht abreißen ließ. Man zog ihm die Kapuze vom Kopf, aber seine Kidnapper behielten ihre Vermummung bei. Rückwärts verließen sie den Raum und ließen hinter sich die Tür ins Schloss fallen. Er hörte, wie Riegel vorgeschoben wurden.

Seine Zelle war keine Zelle im eigentlichen Sinn. Es war ein befestigter Raum im Erdgeschoss. Das Fenster war zugemauert; Martin konnte es nicht sehen, aber draußen zierte ein aufgemaltes Fenster die Wand, das jeden täuschen musste, der mit einem Fernglas über die Grundstücksmauer spähte.

Verglichen mit dem, was er Jahre zuvor beim SAS durchgemacht hatte, als dort Verhörresistenz gedrillt worden war, hatte er es hier beinahe behaglich. An der Decke hing eine Glühbirne, durch ein Drahtgestell vor geworfenen Gegenständen geschützt. Das Licht war gedämpft, aber ausreichend.

An der Wand stand ein Feldbett, und die Kette war so lang, dass er sich auf das Bett legen und schlafen konnte. Außerdem hatte er einen Stuhl und eine chemische Toilette – alles in bequemer Reichweite, aber in verschiedenen Richtungen.

Doch an seinem linken Handgelenk war eine Edelstahlhandschelle mit einer Kette, die an einem Ring in der Wand befestigt war. Die Tür, durch die seine Bewacher, falls sie es täten, hereinkommen würden, um ihm zu essen und zu trinken zu bringen, konnte er nicht erreichen, und durch ein Guckloch in der Tür konnten sie ihn jederzeit beobachten, ohne dass er es bemerkte.

Auf Castle Forbes hatte es ausführliche und leidenschaftliche Debatten über ein spezielles Problem gegeben: Sollte er ein Ortungsgerät bei sich tragen?

Es gibt heute Ortungssender, die so winzig sind, dass man sie unter die Haut injizieren kann, ohne die Epidermis zu verletzen. Sie sind stecknadelkopfgroß. Die Blutwärme ersetzt eine Stromquelle. Aber ihre Reichweite ist begrenzt. Und schlimmer noch: Es gibt ultrasensitive Detektoren, die sie aufspüren können.

»Diese Leute sind absolut nicht dumm«, hatte Phillips immer wieder betont, und sein Kollege von der CIA hatte ihm zugestimmt.

»Die wirklich gut ausgebildeten unter ihnen«, sagte McDonald, »verfügen auf dem Gebiet der Hochtechnologie und vor allem der Computerwissenschaften über unglaubliche Kenntnisse.«

Niemand in Forbes hatte bezweifelt, dass Martin, wenn man ihn mit Hypertech-Methoden durchsuchte und dabei etwas entdeckte, Minuten später tot sein würde.

Und schließlich war die Entscheidung gefallen: kein implantiertes Ortungsgerät. Kein Signalsender.

Nach einer Stunde kamen die Kidnapper zurück. Sie waren wieder vermummt.

Die Durchsuchung dauerte lange und war gründlich. Er musste sich nackt ausziehen, und seine Kleider wurden in ein anderes Zimmer gebracht.

Eine invasive Hals- und Analdurchsuchung war nicht notwendig. Ein Scanner erledigte das alles. Zoll für Zoll wanderte er über Martins Körper, wobei ein Piepton bedeutete, dass er eine gewebsfremde Substanz entdeckt hatte. In seinem Mund ertönte dieser Piepton. Sie drückten seinen Kiefer herunter und untersuchten jede Zahnfüllung. Aber sie fanden nichts.

Sie brachten ihm seine Kleider zurück und wollten gehen.

»Ich habe meinen Koran im Gasthaus zurückgelassen«, sagte der Gefangene. »Ich habe keine Uhr und keinen Gebetsteppich, aber es muss doch die Stunde des Gebets sein.«

Der Anführer starrte ihn durch die Augenschlitze seiner Kapuze an. Er sagte kein Wort, kam jedoch zwei Minuten später mit einem Teppich und einem Koran zurück. Martin dankte ihm würdevoll.

Regelmäßig brachten sie ihm Essen und Wasser. Jedes Mal winkten sie ihn mit der Pistole zurück und stellten das Tablett so ab, dass er es erreichen konnte. Auch die Chemietoilette wurde auf diese Weise ausgewechselt.

Nach drei Tagen begannen die Verhöre, wozu ihm die Augen verbunden wurden, bevor man ihn durch die Korridore führte, damit er nicht aus dem Fenster sehen konnte. Als ihm die Binde abgenommen wurde, war er erstaunt. Der Mann, der gelassen hinter einem geschnitzten Esstisch saß wie ein potenzieller Arbeitgeber bei einem Einstellungsgespräch, war jung, elegant, zivilisiert, urban und unvermummt. Er sprach perfektes Golf-Arabisch.

»Ich sehe nicht, was Masken für einen Sinn haben«, sagte er. »Oder alberne Namen. Meiner lautet übrigens Dr. al-Khattab. Hier gibt es keine Geheimnisse. Wenn ich davon überzeugt bin, dass Sie der sind, für den Sie sich ausgeben, werden Sie uns willkommen sein. Und in dem Fall werden Sie uns nicht verraten. Bin ich es nicht, werden Sie auf der Stelle sterben, fürchte ich. Wir wollen also keine Spiele spielen, Izmat Khan. Sind Sie wirklich der, den sie ›den Afghanen‹ nennen?«

»Zwei Dinge«, hatte Gordon Phillips ihn während eines ihrer endlosen Briefings auf Forbes Castle gewarnt. »Sind Sie wirklich Izmat Khan, und sind Sie noch derselbe Izmat Khan, der in Qala-i-Jangi gekämpft hat? Oder haben fünf Jahre in Guantanamo Sie zu etwas anderem gemacht?«

Martin schaute den lächelnden Araber an. Er dachte an Tamian Godfrey und ihre Warnungen: Vergessen Sie die zottelbärigen Schreihälse. Seien Sie auf der Hut vor dem Glattrasierten, der raucht, trinkt, mit Mädchen verkehrt und wie einer von uns aussieht. Verwestlicht. Ein menschliches Chamäleon, das seinen Hass verbirgt. Absolut tödlich. Es gab ein Wort dafür ... *takfir*.

»Es gibt viele Afghanen«, sagte er. »Wer nennt mich ›den Afghanen‹?«

»Ah, Sie waren fünf Jahre lang *incommunicado*. Nach Qala-i-Jangi hat sich Ihre Geschichte herumgesprochen. Sie wissen nichts über mich, aber ich weiß eine Menge über Sie. Ein paar Ihrer Leute sind aus Camp Delta entlassen worden. Sie haben mit Hochachtung von Ihnen gesprochen. Sie behaupten, Sie hätten sich niemals brechen lassen. Stimmt das?«

»Sie haben mich über mich selbst befragt. Ich habe ihnen geantwortet.«

»Aber Sie haben niemanden verraten? Sie haben keine Namen genannt? Das sagen andere jedenfalls über Sie.«

»Sie haben meine Familie ausgelöscht. Fast alles in mir ist dabei gestorben. Wie bestraft man einen Mann, der schon tot ist?«

»Eine gute Antwort, mein Freund. Sprechen wir über Guantanamo. Erzählen Sie mir von Gitmo.«

Martin war stundenlang eingetrichtert worden, was auf der kubanischen Halbinsel mit ihm geschehen war. Die Ankunft am 14. Januar 2002 – hungrig, durstig, urinbesudelt, mit verbundenen Augen, die Hände so straff gefesselt, dass sie wochenlang taub waren. Den Bart und den Kopf geschoren, mit einem orangegelben Overall bekleidet, blindlings unter einer Kapuze stolpernd und strauchelnd …

Dr. al-Khattab machte sich umfangreiche Notizen; er schrieb mit einem altmodischen Füller auf gelbem Papier. Wenn er einen Abschnitt erreichte, an dem er alle Antworten kannte, schwieg er und betrachtete seinen Gefangenen mit sanftem Lächeln.

Am Spätnachmittag holte er ein Foto hervor.

»Kennen Sie diesen Mann? Haben Sie ihn je gesehen?«

Martin schüttelte den Kopf. Das Gesicht auf dem Foto gehörte General Geoffrey D. Miller, der General Rick Backus als Lagerkommandant nachgefolgt war. Dieser hatte bei den Verhören dabeigesessen, aber General Miller hatte die CIA-Teams allein arbeiten lassen.

»Ganz recht«, sagte Al-Khattab. »Er hat Sie gesehen, sagt einer Ihrer freigelassenen Freunde, aber Sie hatten immer eine Kapuze über dem Kopf, als Strafe für Ihre mangelhafte Kooperation. Und wann haben die Zustände sich gebessert?«

Sie redeten miteinander, bis die Sonne unterging. Dann erhob sich der Araber.

»Ich habe einiges zu überprüfen«, sagte er. »Wenn Sie die Wahrheit gesagt haben, werden wir in ein paar Tagen weiterreden. Wenn nicht, werde ich Suleiman leider die entsprechenden Anweisungen geben müssen.«

Martin kehrte in seine Zelle zurück. Dr. al-Khattab erteilte der Wachmannschaft rasch ein paar Befehle und ging. Mit einem bescheidenen Mietwagen fuhr er ins Hilton Hotel in Ras-al-

Khaimah, ein elegantes Gebäude am Al-Saqr-Tiefwasserhafen. Dort übernachtete er, und am nächsten Tag reiste er ab. Jetzt trug er einen gut geschnittenen cremefarbenen Tropenanzug. Als er am Dubai International Airport bei British Airways eincheckte, tat er es in makellosem Englisch.

Ali Aziz al-Khattab war in Kuwait geboren, als Sohn eines leitenden Bankangestellten. Nach den Maßstäben des Golfs bedeutete das, dass er entbehrungsfrei und privilegiert aufgewachsen war. 1989 war sein Vater als stellvertretender Chef der Bank of Kuwait nach London versetzt worden. Die Familie hatte ihn begleitet und war so in Europa gewesen, als Saddam Hussein 1990 in ihr Heimatland einmarschiert war.

Ali Aziz, der damals bereits gut Englisch sprach, war mit fünfzehn auf eine britische Schule gekommen und verließ sie drei Jahre später mit akzentfreiem Englisch und guten Zeugnissen. Als seine Familie nach Hause zurückkehrte, blieb er allein in England und studierte am Loughborough Technical College. Vier Jahre später war er Diplom-Chemieingenieur und begann mit seiner Promotion.

Nicht am Arabischen Golf, sondern in London fing er an, die Moschee zu besuchen. Der Imam war ein Agitator, getrieben vom Hass gegen den Westen, und Ali Aziz wurde das, was die Medien gern »radikalisiert« nennen. In Wahrheit war er durch die Gehirnwäsche in seiner Moschee schon mit einundzwanzig Jahren ein fanatischer Anhänger von al-Qaida.

Ein »Talentsucher« schlug ihm vor, doch einmal nach Pakistan zu reisen. Er tat es und ging von dort über den Khyberpass nach Afghanistan, wo er sechs Monate in einem al-Qaida-Ausbildungslager für Terroristen verbrachte. Er war als »Schläfer« vorgesehen, der unauffällig in England leben sollte, ohne die Behörden auf sich aufmerksam zu machen.

Als er wieder in London war, tat er, was sie alle tun: Er meldete seiner Botschaft, er habe seinen Pass verloren, und bekam einen neuen – ohne den verräterischen Einreisestempel nach Pakistan. Wenn jemand fragte, hatte er seine Familie und seine

Freunde am Golf besucht und war nicht einmal in der Nähe Pakistans gewesen, von Afghanistan ganz zu schweigen. 1999 wurde er Dozent an der Aston University in Birmingham. Zwei Jahre später marschierten die angloamerikanischen Streitkräfte in Afghanistan ein.

Ein paar Wochen lang lebte er in Panik, weil er befürchtete, dass in den Terror-Camps Spuren von ihm zurückgeblieben waren, aber in seinem Fall hatte der al-Qaida-Personalchef seine Arbeit getan: Nichts deutete darauf hin, dass jemals ein al-Khattab dort gewesen war. So blieb er unentdeckt und war wenig später der führende al-Qaida-Agent in Großbritannien.

Während die Maschine mit Dr. al-Khattab nach London startete, legte die *Java Star* von ihrem Liegeplatz im Sultanat Brunei an der Küste von Nordborneo in Indonesien ab und nahm Kurs auf das offene Meer.

Ihr Ziel war wie immer der westaustralische Hafen Freemantle, und ihr norwegischer Kapitän Knut Herrmann ahnte nicht, dass die Reise diesmal nicht routinemäßig und ereignislos wie immer verlaufen würde.

Er wusste, dass das Meer in diesen Breiten zu den gefährlichsten Gewässern der Welt gehörte: nicht wegen Untiefen, Springfluten, Stürmen, Riffen oder Tsunamis, sondern wegen der Piraten.

Zwischen der Straße von Malakka im Westen und der Celebes-See im Osten gibt es jedes Jahr mehr als fünfhundert Piratenüberfälle auf Handelsschiffe und bis zu hundert Entführungen. Gelegentlich wird die Mannschaft gegen ein Lösegeld an den Schiffseigner zurückgegeben, und manchmal werden auch alle umgebracht, und man hört nie wieder von ihnen. Die geraubte Ladung wandert auf den Schwarzmarkt.

Kapitän Herrmann fuhr einigermaßen gelassen auf dieser »Milchkannenroute«, denn er war sicher, dass seine Ladung für die Banditen des Meeres uninteressant war. Aber auf dieser Reise irrte er sich.

Die erste Etappe führte ihn nach Norden, weg von seinem eigentlichen Ziel. Er brauchte sechs Stunden, um das schäbige Städtchen Kudat zu passieren und die Nordspitze von Borneo bei Sabah zu umrunden. Erst dann würde er auf Südostkurs gehen, in Richtung Sulu-Archipel.

Durch die tiefe Fahrrinne zwischen Tawitawi und Jolo würde er zwischen diesen dschungelbewachsenen Koralleninseln hindurchfahren. Südlich der Inseln hätte er dann freie Fahrt zur Celebes-See und nach Australien.

Seine Abreise aus Brunei war beobachtet und per Handy weitergemeldet worden. Wenn der Anruf abgehört worden wäre, hätte man erfahren, dass ein kranker Onkel auf dem Wege der Genesung sei und in zwölf Tagen aus dem Krankenhaus kommen werde. Das bedeutete: zwölf Stunden bis zur Aufbringung.

Der Anruf wurde auf einem Flüsschen auf der Insel Jolo entgegengenommen, und den Angerufenen hätte Mr. Alex Siebart in Crutched Friars in London wiedererkannt. Es war Mr. Lampong, der jetzt nicht mehr so tat, als sei er ein Geschäftsmann aus Sumatra.

Die zwölf Mann, die er in der samtigen Tropennacht unter seinem Kommando versammelt hatte, waren Strauchdiebe, aber sie wurden gut bezahlt, und sie würden gehorchen. Sie waren nicht nur Kriminelle, sondern auch muslimische Extremisten. Die Abu-Sayyaf-Bewegung auf den südlichen Philippinen, deren äußerste Halbinsel nur wenige Meilen von Indonesien entfernt in die Sulu-See ragt, steht in dem Ruf, nicht nur aus religiösen Extremisten, sondern auch aus Mietkillern zu bestehen. Das Angebot, das Mr. Lampong gemacht hatte, ermöglichte es ihnen, in beiden Eigenschaften aufzutreten.

Ihre beiden Schnellboote stachen im Morgengrauen in See, gingen zwischen den Inseln in Stellung und warteten. Nach einer Stunde kam die *Java Star* auf sie zu, um aus der Sulu- in die Celebes-See zu fahren. Sie zu kapern war eine einfache Aufgabe, und die Gangster waren darin geübt.

Kapitän Herrmann hatte in der Nacht das Steuer übernommen, und als über dem Pazifik zu seiner Linken der Morgen heraufdämmerte, übergab er es an seinen indonesischen Ersten Offizier und ging unter Deck. Die Besatzung, zehn Laskaren, lag ebenfalls in ihren Kojen im Vorschiff.

Das Erste, was der indonesische Offizier sah, waren zwei Schnellboote, die achtern herangejagt kamen, eins auf jeder Seite. Dunkle, barfüßige, agile Männer sprangen mühelos vom Schnellboot auf das Deck des Frachters und rannten auf den Brückenaufbau zu, wo der Offizier stand. Er hatte gerade noch Zeit, auf den Knopf zu drücken, der in der Kabine seines Kapitäns den Alarmsummer auslösen würde, bevor die Männer auf die Brücke gestürmt kamen. Dann hatte er ein Messer an der Kehle, und eine Stimme schrie: »Capitán, Capitán ...«

Aber das war nicht nötig. Verschlafen kam Knut Herrmann herauf, um nachzusehen, was los war. Er und Mr. Lampong erschienen gleichzeitig auf der Brücke. Lampong hielt eine Mini-Uzi in den Händen. Der Norweger versuchte gar nicht erst, Widerstand zu leisten. Die Piraten und seine Reederei in Freemantle würden sich auf ein Lösegeld einigen.

»Captain Herrmann ...«

Das Schwein kannte seinen Namen. Die Sache war vorbereitet.

»Bitte fragen Sie Ihren Offizier, ob er womöglich in den letzten fünf Minuten irgendeinen Funkspruch abgesetzt hat.«

Er brauchte nicht zu fragen. Lampong sprach Englisch. In dieser Sprache verständigte Herrmann sich mit seinem Ersten Offizier. Der Offizier schrie, er habe das Funkgerät nicht einmal angerührt.

»Ausgezeichnet«, sagte Lampong und erteilte eine Reihe von Befehlen im lokalen Dialekt. Den verstand der Offizier und öffnete den Mund, um wieder zu schreien. Der Norweger verstand kein Wort, aber er verstand alles, als der Pirat, der seinen Ersten Offizier festhielt, den Kopf des Seemanns nach hinten riss und ihm mit einem einzigen Schnitt die Kehle aufschlitzte. Der Offizier strampelte, zuckte, sackte zusammen und starb. Kapitän

Herrmann war in vierzig Jahren auf dem Meer nicht seekrank gewesen, doch jetzt lehnte er sich an das Steuer und übergab sich.

»Gleich zwei Schweinereien, die aufgewischt werden müssen«, stellte Lampong fest. »So, Captain – für jede Minute, die Sie sich weigern, meinen Befehlen zu folgen, geschieht das Gleiche mit einem Ihrer Männer. Habe ich mich klar ausgedrückt?«

Der Norweger wurde in die winzige Funkkabine hinter der Brücke geführt, wo er Kanal sechzehn einstellte, die internationale Notruf-Frequenz. Lampong legte ihm ein beschriebenes Blatt vor.

»Das hier werden Sie nicht einfach mit ruhiger Stimme verlesen, Captain. Wenn ich auf ›Senden‹ drücke und nicke, werden Sie diese Nachricht mit Panik in der Stimme ins Mikrofon schreien. Oder Ihre Männer sterben, einer nach dem andern. Sind Sie so weit?«

Kapitän Herrmann nickte. Er würde sich gar nicht verstellen müssen, um extreme Panik zu vermitteln.

»Mayday, Mayday, Mayday. *Java Star*, *Java Star*… eine Brandkatastrophe im Maschinenraum… ich kann sie nicht retten… Meine Position ist…«

Er wusste, dass die Position falsch war, als er sie verlas. Sie lag hundert Meilen weiter südlich in der Celebes-See. Aber er würde nicht diskutieren. Lampong schaltete den Funk ab und führte den Norweger mit vorgehaltener Waffe zurück auf die Brücke.

Zwei seiner eigenen Leute hatten hastig das Blut und das Erbrochene auf dem Boden aufwischen müssen. Er sah die anderen acht ängstlich zusammengedrängt draußen auf der Laderaumklappe, bewacht von sechs Piraten.

Zwei der Hijacker waren auf der Brücke geblieben. Die anderen vier warfen Rettungsflöße, Schwimmwesten und zwei aufblasbare Rettungswesten in das eine der beiden Schnellboote, das mittschiffs mit zusätzlichen Treibstofftanks ausgerüstet war.

Als sie fertig waren, legte das Schnellboot von der *Java Star* ab und fuhr nach Süden davon. Bei dieser ruhigen tropischen See und mit mühelosen fünfzehn Knoten würde es in sieben Stunden hundert Meilen weiter südlich sein, und in zehn Stunden wären sie auf ihren Piratenflüssen verschwunden.

»Neuer Kurs, Captain«, sagte Lampong höflich. Sein Ton war freundlich, aber der unversöhnliche Hass in seinem Blick zeigte, dass er für den Norweger keinerlei menschliche Regung empfand.

Der neue Kurs führte zurück nach Nordost, hinaus aus der Inselgruppe des Sulu-Archipels und über die Staatsgrenze in philippinische Gewässer.

Die Südprovinz der Insel Mindanao heißt Zamboanga, und Teile davon sind No-go-Areas für die philippinischen Regierungstruppen. Dieses Territorium gehört Abu Sayyaf. Hier können sie gefahrlos Rekruten anwerben und ausbilden und ihre Beute lagern. Die *Java Star* war Beute, auch wenn sie unverkäuflich wäre. Lampong beriet sich im lokalen Dialekt mit dem Anführer seiner Piraten. Der Mann deutete nach vorn zur Mündung eines schmalen, von undurchdringlichem Dschungel gesäumten Flusslaufs.

»Kommen deine Leute von hier aus allein zurecht?«, fragte Lampong. Der Pirat nickte. Lampong rief einen Befehl zu der Gruppe hinüber, die die Schiffsbesatzung im Bug bewachte. Ohne darauf zu antworten, trieben sie die Seeleute an die Reling und eröffneten das Feuer. Schreiend stürzten die Männer in die warme See. Irgendwo unter ihnen witterten Haie das Blut.

Kapitän Herrmann war so überrascht, dass er zwei oder drei Sekunden gebraucht hätte, um zu reagieren. Aber so viel Zeit blieb ihm nicht. Lampongs Kugel traf ihn in die Brust, und er kippte von der Brücke ins Meer.

Eine halbe Stunde später hatten zwei kleine Schlepper, die ein paar Wochen zuvor gestohlen worden waren, die *Java Star* unter viel Gebrüll und Geschrei an ihren neuen Liegeplatz an einem soliden Teakholz-Anleger gebracht.

Der Dschungel verbarg das Schiff nach allen Seiten und auch nach oben. Ebenso verborgen waren die beiden lang gestreckten, niedrigen, wellblechgedeckten Werkstattschuppen mit Stahlplatten, Schneidemaschinen, Schweißgeräten, Stromgenerator und Farbe.

Der letzte verzweifelte Notruf der *Java Star* war von einem Dutzend Schiffen aufgefangen worden. Der angegebenen Position am nächsten war ein Kühlschiff mit frischen, leicht verderblichen Früchten für den amerikanischen Markt auf der anderen Seite des Pazifiks. Der finnische Skipper nahm unverzüglich Kurs auf die Stelle. Er fand Rettungsflöße, die auf dem Ozean dümpelten; sie hatten sich automatisch geöffnet und aufgeblasen. Er umkreiste sie einmal und sah die Schwimmwesten und die beiden aufgeblasenen Rettungswesten. Alle waren mit demselben Namen bedruckt: *MV Java Star*. Kapitän Raikkonen hielt sich an das Seerecht: Er ließ die Maschinen stoppen und eine Pinasse zu Wasser bringen, um einen Blick in die Rettungsflöße zu werfen. Sie waren leer, also ließ er sie versenken. Er hatte jetzt mehrere Stunden verloren und konnte nicht länger warten. Es hatte keinen Sinn.

Schweren Herzens meldete er über Funk, dass die *Java Star* mit ihrer ganzen Besatzung verloren war. Im fernen London wurde die Meldung von Lloyd's International aufgenommen, und in Ipswich, Großbritannien, wurde der Verlust ins *Lloyd's Register of Shipping* eingetragen. Für die Welt existierte die *Java Star* nicht mehr.

ZWÖLF

Al-Khattab blieb eine Woche weg. Martin saß in seiner Zelle, und nur der Koran leistete ihm Gesellschaft. Bald, das spürte er, würde er zu der angesehenen Schar derer gehören, die jeden der 6666 Verse auswendig hersagen konnten. Aber die Jahre bei den Special Forces hatten ihm die unter Menschen seltene Gabe verschafft, außergewöhnlich lange bewegungslos dazusitzen und der Langeweile und der Nervosität zu trotzen.

So trainierte er von neuem die Anpassung an das kontemplative Innenleben, das allein verhindern kann, dass ein Mann in Einzelhaft dem Wahnsinn verfällt.

Dieses Talent verhinderte indessen nicht, dass die Atmosphäre in der Operationszentrale in Edzell sehr angespannt wurde. Sie hatten ihren Mann verloren, und die Nachfragen von Marek Gumienny in Langley und Steve Hill in London wurden immer drängender. Der Predator bekam einen doppelten Auftrag: Er sollte Ras al-Khaimah beobachten für den Fall, dass Crowbar wieder zum Vorschein käme, und er sollte die Dhau *Rasha* überwachen, wenn sie im Golf auftauchte und irgendwo in den Vereinigten Arabischen Emiraten festmachte.

Dr. al-Khattab kam zurück, nachdem er jeden Aspekt der Geschichte, soweit sie Guantanamo Bay betraf, verifiziert hatte. Das war nicht leicht gewesen. Er hatte nicht die leiseste Absicht, sich einem der vier britischen Insassen, die nach Hause entlassen worden waren, zu offenbaren. Sie alle hatten wiederholt erklärt, sie seien keine Extremisten, und sie seien nur zufällig in das Netz der Amerikaner geraten. Was immer die Amerikaner dachten, al-Qaida konnte bestätigen, dass sie die Wahrheit sagten.

Die Sache wurde dadurch weiter erschwert, dass Izmat Khan

wegen seiner mangelnden Kooperationsbereitschaft so lange Zeit in Einzelhaft verbracht hatte. Deshalb hatte kein anderer Häftling ihn näher kennen gelernt. Er verhehlte nicht, dass er ein paar Brocken Englisch aufgeschnappt hatte, aber nur in den endlosen Vernehmungen, wenn er den CIA-Mann und dann die Übersetzung des Paschto-Dolmetschers gehört hatte.

Nach allem, was Dr. al-Khattab in Erfahrung bringen konnte, hatte sein Gefangener keine einzige falsche Angabe gemacht. Das wenige, das aus Afghanistan zu hören war, deutete darauf hin, dass der Ausbruch aus dem Gefängnisbus auf der Fahrt von Bagram nach Pul-i-Charki tatsächlich echt gewesen war. Er konnte natürlich nicht wissen, dass diese Episode von dem tüchtigen Leiter der SIS-Niederlassung in der britischen Botschaft inszeniert worden war. Brigadier Yusuf hatte seinen Zorn sehr überzeugend gespielt, und die Agenten der wiedererstarkenden Taliban hatten ihm geglaubt. Und das hatten sie auch auf Nachfrage von al-Qaida gesagt.

»Kehren wir noch einmal zu Ihrer Vergangenheit in Tora Bora zurück«, schlug al-Khattab vor, als er sein Verhör fortsetzte. »Erzählen Sie mir von Ihrer Kindheit.«

Al-Khattab war clever, aber er konnte nicht ahnen, dass Martin, auch wenn er ein Doppelgänger war, sich in den Bergen Afghanistans besser auskannte als er. In den sechs Monaten, die der Kuwaiti in den terroristischen Ausbildungslagern verbracht hatte, war er ausschließlich mit anderen Arabern zusammen gewesen, nicht mit Paschtunen aus den Bergen. Er machte sich zahlreiche Notizen; sogar die Namen der Früchte, die in den Gärten von Maloko-zai gewachsen waren, schrieb er sich auf. Seine Hand huschte über den Schreibblock und füllte Seite um Seite.

Am dritten Tag der zweiten Sitzung kamen sie zu dem Tag, der sich als entscheidender Wendepunkt in Izmat Khans Leben erweisen sollte: zum 20. August 1998, als die Tomahawk-Cruise-Missiles in den Berg krachten.

»Ah, ja, das ist wirklich tragisch«, sagte al-Khattab leise.

»Und merkwürdig, denn Sie müssen der einzige Afghane sein, für den kein lebender Verwandter mehr bürgen könnte. Das ist ein bemerkenswerter Zufall, und als Naturwissenschaftler hasse ich Zufälle. Wie hat dieses Ereignis auf Sie gewirkt?«

Tatsächlich hatte sich Izmat Khan in Guantanamo geweigert, darüber zu sprechen, warum er die Amerikaner mit solcher Leidenschaft hasste. Informationen von anderen Kämpfern, die Qala-i-Jangi überlebt hatten und in Camp Delta gelandet waren, hatten diese Lücke gefüllt. In der Taliban-Armee war Izmat Khan zu einer Ikone geworden, und an den Lagerfeuern erzählte man seine Geschichte in ehrfürchtigem Flüsterton: Er war ein Mann, der immun gegen Angst war. Die anderen Überlebenden hatten in ihren Verhören die Geschichte von der ausgelöschten Familie erzählt.

Al-Khattab machte eine Pause und schaute seinen Gefangenen an. Noch immer hatte er ernste Vorbehalte, aber eines war inzwischen sicher: Der Mann war wirklich Izmat Khan. Zweifel hatte er noch in der zweiten Frage: War er von den Amerikanern »umgedreht« worden?

»Sie sagen also, Sie haben eine Art Privatkrieg erklärt? Einen ganz persönlichen Dschihad? Und Sie haben darin nie nachgelassen? Aber was haben Sie tatsächlich unternommen?«

»Ich habe gegen die Nordallianz gekämpft, gegen die Verbündeten der Amerikaner.«

»Aber erst ab Oktober/November 2001«, sagte al-Khattab.

»Die Amerikaner kamen erst im Herbst 2001«, erwiderte Martin.

»Das stimmt. Sie haben also für Afghanistan gekämpft … und verloren. Und jetzt wollen Sie für Allah kämpfen?«

Martin nickte. »Wie der Scheich es vorausgesagt hat.«

Zum ersten Mal ließ Dr. al-Khattab seine Weltgewandtheit im Stich. Eine volle halbe Minute lang starrte er das schwarzbärtige Gesicht seines Gegenübers an, mit offenem Mund und bewegungslos erhobenem Füllfederhalter. Endlich flüsterte er: »Sie haben … den Scheich tatsächlich kennen gelernt?«

In all den Wochen im Lager hatte al-Khattab Osama bin Laden niemals zu Gesicht bekommen. Einmal war ein Toyota Land Cruiser mit schwarz getönten Scheiben vorbeigefahren, aber er hatte nicht angehalten. Er hätte sich buchstäblich mit einem Metzgerbeil die linke Hand abgehackt, wenn er dafür die Gelegenheit bekommen hätte, den Mann, den er mehr als jeden anderen auf der Welt verehrte, zu sehen oder gar mit ihm zu sprechen.

»Erzählen Sie mir diese Episode von Anfang an, und beschreiben Sie haargenau, was passiert ist. Lassen Sie nichts aus.«

Martin erzählte. Er berichtete, wie er als Teenager, frisch aus der *madrasa* bei Peschawar, in der *lashkar* seines Vaters gekämpft hatte. Wie er mit anderen auf Patrouille gewesen und auf einem Berghang überrascht worden war, wo nur ein paar Felsen Deckung geboten hatten.

Einen britischen Offizier erwähnte er nicht, und er sagte auch nichts von einer Blowpipe-Rakete und vom Abschuss des Kampfhubschraubers. Er sprach nur von dem donnernden Maschinengewehr und von den Granat- und Steinsplittern, die umhergeflogen waren, bis dem Hubschrauber – Allah sei ewiger Dank – die Munition ausgegangen und er weggeflogen war.

Er schilderte, dass er einen Schlag gegen den Oberschenkel gespürt habe, wie von einer Faust oder einem Hammer, und wie seine Kameraden ihn von Tal zu Tal getragen hatten, bis sie einen Mann mit einem Maultier gefunden hatten.

Er berichtete, wie man ihn in einen Höhlenkomplex bei Jaji gebracht und den Saudis übergeben hatte, die dort lebten und arbeiteten.

»Aber der Scheich – erzählen Sie mir vom Scheich«, drängte al-Khattab. Martin erzählte. Der Kuwaiti schrieb Wort für Wort mit.

»Wiederholen Sie das bitte noch einmal.«

»Er sagte zu mir: ›Der Tag wird kommen, da Afghanistan dich nicht mehr brauchen wird. Aber der allbarmherzige Allah wird einen Kämpfer wie dich immer brauchen.‹«

»Und dann?«

»Wechselte er den Verband.«

»Der Scheich hat das getan?«

»Nein, der Arzt, der bei ihm war. Ein Ägypter.«

Dr. al-Khattab lehnte sich zurück und atmete tief aus. Natürlich, der Arzt, Aiman al-Sawahiri, Bin Ladens Gefährte und Vertrauter, der Mann, der den islamischen Dschihad aus Ägypten zum Scheich gebracht und mit ihm zusammen al-Qaida gegründet hatte. Al-Khattab ordnete seine Papiere.

»Ich muss Sie noch einmal verlassen. Es wird eine Woche dauern, vielleicht länger. Sie werden so lange hierbleiben müssen. Angekettet, fürchte ich. Sie haben zu viel gesehen, Sie wissen zu viel. Aber wenn Sie wirklich ein Wahrer Gläubiger und wenn Sie tatsächlich der Afghane sind, dann werden Sie sich uns als geachteter Rekrut anschließen dürfen. Wenn nicht ...«

Martin war wieder in seiner Zelle, als der Kuwaiti ging. Diesmal kehrte al-Khattab nicht geradewegs nach London zurück. Er fuhr ins Hilton und schrieb einen Tag und eine Nacht lang ununterbrochen und gewissenhaft. Als er fertig war, tätigte er mehrere Anrufe auf einem neuen, blütenreinen Handy, das er gleich danach in den Tiefwasserhafen warf. Niemand hörte diese Gespräche ab, aber was er sagte, hätte auch niemandem etwas verraten. Dr. al-Khattab war immer noch ein freier Mann, weil er sehr vorsichtig war.

Bei diesen Telefonaten vereinbarte er ein Treffen mit Faisal bin Selim, dem Kapitän der *Rasha*, die in Dubai vor Anker lag. Am Nachmittag fuhr er mit seinem billigen Mietwagen nach Dubai und sprach mit dem Kapitän, und dieser nahm einen langen persönlichen Brief in Empfang und verbarg ihn tief unter seinen Gewändern. Und zwanzigtausend Fuß hoch über ihnen kreiste der Predator.

Islamistische Terrorgruppen haben schon viel zu viele führende Agenten verloren, um nicht zu wissen, dass Handys und Satellitentelefone gefährlich für sie sind, mögen sie noch so vorsichtig sein. Die Abhör- und Entschlüsselungstechnologie des

Westens ist einfach zu gut. Und ihre zweite Achillesferse ist der Transfer großer Summen über das normale Bankensystem.

Um den Gefahren des Letzteren zu entgehen, benutzen sie das *hundi*-System, das mit einigen Abwandlungen so alt ist wie das erste Kalifat. *Hundi* basiert auf dem Konzept des totalen Vertrauens, und jeder Rechtsanwalt würde davon abraten. Aber es funktioniert, weil jeder Geldwäscher, der seinen Kunden betrügt, bald arbeitslos wäre – oder Schlimmeres.

Der Zahlende gibt sein Geld in bar dem *hundi*-Mann am Ort A und bittet darum, dass sein Freund am Ort B die gleiche Summe abzüglich des Anteils für den *hundi*-Mann erhalte.

Der *hundi*-Mann hat einen Partner seines Vertrauens, meistens einen Verwandten, am Ort B. Er informiert diesen Partner und weist ihn an, dem Zahlungsempfänger, der sich auf eine vereinbarte Weise zu identifizieren hat, die entsprechende Summe Bargeld auszuhändigen.

Angesichts der zig Millionen Muslime, die Geld an ihre Familien in der Heimat schicken, und in Anbetracht dessen, dass es weder Computer noch überprüfbare Akten gibt, dass die gesamte Transaktion in bar vorgenommen wird und dass Zahler und Empfänger Pseudonyme benutzen können, sind solche Geldbewegungen unmöglich abzufangen oder zu verfolgen.

Für die Kommunikation besteht die Lösung darin, die Botschaften der Terroristen mit dreistelligen Codes zu verschlüsseln, die sich per E-Mail oder SMS um die ganze Welt schicken lassen. Nur ein Empfänger, der über die Liste mit bis zu dreihundert solchen Zifferngruppen verfügt, kann die Nachricht entschlüsseln. Das funktioniert mit kurzen Anweisungen und Warnungen. Aber ab und zu muss ein längerer und exakter Text um die halbe Welt reisen.

Nur der Westen hat es immer eilig. Der Orient hat Geduld. Was lange dauert, dauert eben lange. Die *Rasha* stach an diesem Abend in See und fuhr zurück nach Gwador. Ein loyaler Kurier in Karachi, weiter unten an der Küste, war per SMS herbeibeordert worden. Er war mit seinem Motorrad da, übernahm den

Brief und fuhr nordwärts durch Pakistan bis zu der kleinen Fanatikerstadt Miram Schah.

In einem vereinbarten *chaikhanna* wartete der Mann, der so viel Vertrauen genoss, dass er ins Hochgebirge von Südwasiristan gehen durfte, und der versiegelte Umschlag wechselte erneut die Hände. Die Antwort kam auf demselben Weg zurück. Sie brauchte zehn Tage.

Aber Dr. al-Khattab blieb nicht am Arabischen Golf. Er flog nach Kairo und von dort weiter nach Westen, nach Marokko. Dort führte er ein paar Gespräche und wählte die vier Nordafrikaner aus, die zur neuen Mannschaft gehören würden. Da er noch immer nicht beobachtet wurde, erfasste auch kein Radar diese Reise.

Bei der Verteilung des guten Aussehens hatte Mr. Wei Wing Li eine Niete gezogen. Er war kurz, gedrungen und krötenähnlich, und auf seinen Schultern saß ein Kopf wie ein Fußball. Sein Gesicht war von Pockennarben übersät. Aber er verstand seinen Job.

Er war mit seiner Truppe zwei Tage vor der *Java Star* bei dem verborgenen Flusslauf auf der Halbinsel Zamboanga eingetroffen. Auf ihrer Reise von China, wo sie eine bedeutende Rolle in der kriminellen Unterwelt von Guangdong spielten, hatte es keine lästigen Pass- und Visaprobleme gegeben. Sie waren einfach an Bord eines Frachters gegangen, dessen Kapitän gut bezahlt worden war, und waren so zur Insel Jolo gelangt, wo zwei Schnellboote aus einer philippinischen Flussmündung gekommen waren und sie abgeholt hatten.

Mr. Wei hatte seinen Gastgeber, Mr. Lampong, und den örtlichen Abu-Sayyaf-Führer, der ihn empfohlen hatte, begrüßt, die Quartiere für sein Dutzend Arbeiter inspiziert, fünfzig Prozent seines Honorars als Anzahlung kassiert und darum gebeten, die Werkstätten sehen zu dürfen. Nach einer gründlichen Inspektion zählte er die Sauerstoff- und Azetylenflaschen und erklärte sich zufrieden. Dann studierte er die Fotos aus Liverpool. Als die

Java Star schließlich hereingeschleppt wurde, wusste er schon, was er zu tun hatte, und machte sich an die Arbeit.

Der Umbau von Schiffen war seine Spezialität, und mehr als fünfzig Frachter, die unter falschen Namen und mit falschen Papieren die Meere Südostasiens befuhren, hatten dank Mr. Wei auch ein falsches Aussehen. Er hatte gesagt, er brauche zwei Wochen, und man hatte ihm drei gegeben – aber nicht eine Stunde länger. Innerhalb dieser Zeit würde aus der *Java Star* die *Countess of Richmond* werden. Das wusste Mr. Wei nicht. Er brauchte es auch nicht zu wissen.

Auf den Fotos, die er studierte, war der Name des Schiffes wegretuschiert worden. Mr. Wei interessierte sich nicht für Namen und Papiere. Seine Sache war die äußere Form.

Teile der *Java Star* würden herausgeschnitten, weitere abgeschnitten werden. Andere würden aus geschweißtem Stahl neu geformt werden. Aber vor allem würde er sechs lange, stählerne Hochseecontainer bauen, die in drei Paaren von der Brücke bis zum Bug reichen würden.

Allerdings würden es keine echten Container sein. Von allen Seiten und auch von oben würden sie so aussehen, bis hin zu den Hapag-Lloyd-Beschriftungen. Noch aus nächster Nähe würden sie jede Inspektion bestehen. Zusammen würden sie jedoch einen einzigen Raum ohne Trennwände bilden, eine lang gestreckte Halle mit einem an Scharnieren befestigten, aufklappbaren Dach, zugänglich durch eine neue Luke, die unterhalb der Brücke ins Schott geschnitten werden würde, unsichtbar für jeden, der nicht wusste, wo die Entriegelung angebracht war.

Die Farbarbeiten würden Mr. Wei und sein Team nicht übernehmen. Das würden die philippinischen Terroristen tun, und der neue Name des Schiffs würde angebracht werden, wenn Mr. Wei wieder weg wäre.

An dem Tag, als er seine Schweißbrenner in Gang setzte, passierte die *Countess of Richmond* den Suezkanal.

Als Ali Aziz al-Khattab in die Villa zurückkam, war er ein anderer Mensch. Er ließ seinem Gefangenen die Fesseln abnehmen und bat ihn zum Mittagessen an seinen Tisch. Seine Augen funkelten vor Aufregung.

»Ich habe mit dem Scheich selbst Verbindung aufgenommen«, schnurrte er. Offensichtlich erfüllte ihn diese Ehre mit grenzenlosem Stolz. Die Antwort hatte er nicht schriftlich bekommen. Sie war dem Boten in den Bergen mündlich mitgeteilt worden, und er hatte sie auswendig gelernt. Auch diese Praxis ist in den oberen Ebenen von al-Qaida sehr üblich.

Der Bote war bis zum Arabischen Golf gebracht worden, und als die *Rasha* anlegte, hatte er die Botschaft vor Dr. al-Khattab Wort für Wort wiederholt.

»Es gibt noch eine letzte Formalität«, sagte al-Khattab. »Würden Sie den Saum Ihrer *dishdasha* über den Schenkel hochziehen?«

Martin tat es. Er kannte Dr. al-Khattabs wissenschaftliche Disziplin nicht, er wusste nur, dass der Mann einen Doktortitel hatte. Hoffentlich war er kein Mediziner.

Der Kuwaiti untersuchte die Narbe mit größter Aufmerksamkeit. Sie war genau da, wo sie sein sollte. Sechs Nähte, angebracht in einer Höhle in Jaji vor neunzehn Jahren durch einen Mann, den er verehrte.

»Danke, mein Freund. Der Scheich persönlich lässt dir seine Grüße übermitteln. Was für eine unglaubliche Ehre. Er und der Doktor erinnerten sich an den jungen Kämpfer und an die Worte, die damals gesprochen wurden.

Er hat mich ermächtigt, dich in eine Mission aufzunehmen, die dem Großen Satan einen so schrecklichen Schlag versetzen wird, dass selbst die Zerstörung der Türme wie eine Kleinigkeit erscheint.

Du hast Allah dein Leben angeboten. Dein Angebot wurde angenommen. Du wirst glorreich sterben, ein echter *schahid*. Von dir und den anderen Märtyrern wird man noch in tausend Jahren sprechen.«

Nachdem drei Wochen Zeit verschwendet worden waren, hatte Dr. al-Khattab es jetzt eilig. Die al-Qaida-Ressourcen an der ganzen Küste wurden mobilisiert. Ein Friseur kam und verwandelte die zottige Mähne in einen westlichen Haarschnitt. Er wollte auch den Bart abschneiden. Martin protestierte. Als Muslim und Afghane wollte er seinen Bart behalten. Al-Khattab gestand ihm einen säuberlichen kleinen Spitzbart am Kinn zu, aber mehr nicht.

Suleiman machte Passfotos und legte vierundzwanzig Stunden später einen tadellosen Pass auf den Tisch, der den Eigentümer als Schiffbauingenieur aus dem entschieden prowestlichen Sultanat Bahrain auswies.

Ein Schneider erschien, nahm Martins Maße und kam mit Schuhen, Strümpfen, Hemd, Krawatte und einem dunkelgrauen Anzug zurück, zusammen mit einem passenden Koffer.

Die Gruppe würde am nächsten Tag abreisen. Suleiman, der, wie sich herausstellte, aus Abu Dhabi stammte, würde den Afghanen auf der ganzen Strecke begleiten. Die beiden anderen waren »Muskelmaterial«, vor Ort rekrutiert und entbehrlich. Die Villa hatte ihren Zweck erfüllt; man würde sie säubern und räumen.

Bevor Dr. al-Khattab als Erster verschwand, wandte er sich noch einmal an Martin.

»Ich beneide dich, Afghane. Du ahnst nicht, wie sehr. Du hast für Allah gekämpft, für ihn geblutet, du hast Schmerzen erlitten und die stinkenden Ungläubigen für ihn ertragen. Und jetzt wirst du für ihn sterben. Wenn ich dich nur begleiten könnte.«

Er streckte nach englischer Art die Hand aus, aber dann fiel ihm ein, dass er Araber war, und er umarmte den Afghanen. In der Tür drehte er sich ein letztes Mal um.

»Du wirst vor mir im Paradies sein. Halte mir dort einen Platz frei. *Inshallah.*«

Dann war er fort. Er parkte seinen Mietwagen stets ein paar hundert Meter entfernt, zwei Straßenecken weiter. Draußen vor der Villa ging er wie immer in die Hocke, um einen Schnürsenkel zu richten. Auf diese Weise konnte er unauffällig die Straße hinauf- und hinunterblicken. Er sah niemanden außer einem jungen Mädchen, das zweihundert Meter weiter versuchte, einen Motorroller in Gang zu bringen, der nicht anspringen wollte. Sie war eine Einheimische; sie trug den *jilbab*, der ihr Haar und das halbe Gesicht bedeckte. Trotzdem fand er es anstößig, dass eine Frau ein Motorfahrzeug hatte.

Er drehte sich um und ging zu seinem Wagen. Das Mädchen mit dem stotternden Motorroller beugte sich vor und sprach in den Korb, der vorn am Lenker hing. Ihr präzises Englisch klang nach dem Cheltenham Ladies' College.

»Mongoose One, in Bewegung«, sagte sie.

Jeder, der jemals etwas mit dem zu tun hatte, was Kipling »das große Spiel« nannte und was bei James Jesus Angleton von der CIA »ein Labyrinth der Spiegel« hieß, wird eines bestätigen: Der größte Feind ist der UFU.

Der unvorhergesehene Fuck-up hat wahrscheinlich mehr verdeckte Operationen scheitern lassen als Verrat oder die brillante Gegenspionage der anderen Seite. Auch für Operation Crowbar hätte er beinahe das Ende bedeutet. Und das alles fing an, weil jeder, der von der neuen Hochstimmung der Kooperation erfasst war, sich bemühte, hilfreich zu sein.

Die Bilder von den beiden Predators über den Vereinigten Arabischen Emiraten und der Arabischen See wanderten von Thumrait nach Edzell, wo man genau wusste, was sie bedeuteten, und zum CENTCOM der U.S. Army nach Tampa in Florida, wo man annahm, die Briten hätten um eine routinemäßige Luftüberwachung gebeten. Martin hatte darauf bestanden, es dürften nicht mehr als zwölf Personen wissen, dass er draußen »in der Kälte« war, und noch waren es sogar nur zehn. Und diese zehn waren nicht in Tampa.

Wenn die Predators über den Emiraten waren, zeigten ihre Bilder eine wimmelnde Masse von Arabern, Nichtarabern, Autos, Taxis, Hafenanlagen und Häusern. So viele Menschen konnte man nicht einzeln überprüfen. Aber die Dhau *Rasha* und ihr Kapitän waren bekannt. Und wenn sie im Hafen lag, war jeder, der sie besuchte, möglicherweise von Interesse.

Doch das taten Dutzende. Sie musste be- und entladen, betankt und mit Lebensmitteln versorgt werden. Der omanische Matrose, der das Deck schrubbte, wechselte freundliche Worte mit den Passanten auf dem Kai. Touristen schlenderten heran und bestaunten die echte Kaufmannsdhau aus traditionellem Teakholz. Ihr Skipper wurden von seinen Agenten und Freunden an Bord besucht. Als ein glatt rasierter junger Araber in weißer *dishdasha* und mit der filigranen weißen Schädelkappe mit Faisal bin Selim sprach, war er nur einer von vielen.

Edzells Operationszentrale verfügte über Aufnahmen von tausend Gesichtern mutmaßlicher und identifizierter al-Qaida-Mitglieder, und jedes Bild, das die abwechselnd fliegenden Predators übermittelten, wurde elektronisch damit verglichen. Dr. al-Khattab ließ keine rote Warnlampe aufleuchten, denn er war nicht bekannt. Also übersah Edzell ihn. So etwas kommt vor.

Der schlanke junge Araber, der die *Rasha* besuchte, ließ auch in Tampa keine Alarmglocken läuten, aber die Army schickte die Bilder gefälligkeitshalber weiter an die NSA in Fort Meade und an den Satellitenaufklärungsdienst, die National Reconnaissance Agency, in Washington. Die NSA schickte sie im Rahmen der üblichen Kooperation an ihre britischen Partner beim Government Communication Headquarter in Cheltenham, die sich die Bilder lange und gründlich anschauten, ohne al-Khattab zu entdecken, und sie dann an den britischen Security Service, besser bekannt unter der Bezeichnung MI5, ins Thames House gleich hinter dem Parlament weiterleiteten.

Hier glich ein junger Mitarbeiter, der unbedingt Eindruck machen wollte, die Gesichter sämtlicher Besucher der *Rasha* mit der Gesichtserkennungsdatenbank ab.

Es ist noch nicht allzu lange her, dass man bei der Identifizierung menschlicher Gesichter auf talentierte Agenten angewiesen war, die im Halbdunkeln und mit Vergrößerungsgläsern über körnigen Fotos brüteten und versuchten, zwei Fragen zu beantworten: Wer ist der Mann auf diesem Foto, und haben wir ihn schon einmal gesehen? Es war immer eine einsame Arbeit, und es dauerte Jahre, bis ein hingebungsvoller Gesichtserforscher den sechsten Sinn entwickelte, der ihm half, sich zu erinnern, dass der »Kollege« auf dem Foto fünf Jahre zuvor auf einer Cocktailparty vietnamesischer Diplomaten in Delhi gewesen war und deshalb zweifellos zum KGB gehörte.

Dann kam der Computer, und es entstand eine Software, die das menschliche Gesicht auf über sechshundert winzige Einzelvermessungen reduzierte und abspeicherte. Jedes menschliche Gesicht der Welt lässt sich mit solchen Vermessungen identifizieren. Vielleicht ist es der (auf ein Mikron) genaue Abstand zwischen den Pupillen oder die Breite der Nase an sieben Stellen zwischen Nasenspitze und Augenbrauen. Allein für die Lippen gibt es zweiundzwanzig verschiedene Messungspunkte, und die Ohren …

Ah, die Ohren. Gesichtsanalytiker lieben Ohren. Jede Falte und Furche, jede Runzel und Kurve, jeder Knick, jedes Ohrläppchen ist anders. Auch das rechte und das linke Ohr desselben Menschen sind nicht gleich. Plastische Chirurgen ignorieren das, aber gibt man einem talentierten Gesichtsbetrachter ein gutes Foto beider Ohren, wird er die dazugehörige Person sicher identifizieren.

Die Datenbank des Computers war sehr viel umfangreicher als die Liste der tausend in Edzell gespeicherten Gesichter. Sie enthielt auch Kriminelle ohne ersichtliche politische Überzeugung, denn sie arbeiten ebenfalls für Terroristen, wenn die Bezahlung stimmt. Sie enthielt Immigranten, legale wie illegale, und nicht alle waren konvertierte Muslime. Sie enthielt Tausende und Abertausende von Gesichtern, die bei Demonstrationen fotografiert worden waren, wenn die Protestierer an versteckten Kameras vorbeimarschierten, ihre Transparente schwenkten und ihre Slogans skandierten. Und die Datenbank beschränkte sich nicht auf das Vereinigte Königreich. Kurz: Sie enthielt über drei Millionen Gesichter aus der ganzen Welt.

Der Computer zerlegte das Gesicht des Mannes, der mit dem Kapitän der *Rasha* sprach, glich den schrägen Blickwinkel mit Hilfe des einen Bildes aus, auf dem der Mann den Kopf hob, um zu einem Flugzeug hinaufzuschauen, das auf dem Flughafen von Abu Dhabi startete, nahm sechshundert verschiedene Messungen vor und begann mit dem Abgleichen.

Es war ein schneller Computer, und er brauchte trotzdem eine Stunde. Aber er fand ihn.

Er war ein Gesicht in einer Menge, die sich unmittelbar nach 9/11 vor einer Moschee versammelt hatte und lautstark bejubelte, was immer der Redner sagte. Der Redner war bekannt als Abu Qatada, ein fanatischer al-Qaida-Anhänger in Großbritannien, und die Menge, zu der er an diesem Septembertag im Jahr 2001 sprach, war eine Dschihad-begeisterte Extremistengruppe namens al-Muhajirun.

Der junge Mitarbeiter druckte das Gesicht des Studenten aus und ging damit zu seinem Vorgesetzten. Von dort wanderte es höher hinauf zu der Respekt gebietenden Chefin des MI5, Eliza Manningham-Buller. Sie befahl, den Mann aufzuspüren. In diesem Moment wusste noch niemand, dass der junge Mitarbeiter den britischen al-Qaida-Chef entdeckt hatte.

Es dauerte noch eine Weile, aber dann gelang ein zweiter Treffer: Ein Bild zeigte den Mann, wie er in einer akademischen Feierstunde seinen Doktorhut erhielt. Sein Name war Ali Aziz al-Khattab, und er war ein anglisierter Akademiker an der Aston University in Birmingham.

Aus dem, was die Behörden jetzt wussten, konnte man schließen, dass der Mann entweder ein höchst erfolgreicher Langzeit-»Schläfer« oder ein Dummkopf war, der sich in seiner Studentenzeit mit extremistischer Politik befasst hatte. Wenn man jeden Bürger verhaften wollte, der zur zweiten Kategorie gehört, gäbe es mehr Häftlinge als Polizisten.

Sicher war, dass er sich nach jenem Tag vor der Moschee anscheinend nie wieder in der Nähe von Extremisten aufgehalten hatte. Aber einen dummen Jungen, der irgendwann zur Besinnung gekommen war, sah man nicht im Gespräch mit dem Kapitän der *Rasha* im Hafen von Abu Dhabi. Also gehörte er zu Kategorie Nummer eins: Er war ein al-Qaida-Schläfer, solange das Gegenteil nicht erwiesen wäre.

Weitere diskrete Nachprüfungen ergaben, dass er wieder in Großbritannien war und seine Labortätigkeit an der Universität aufgenommen hatte. Die Frage war: Sollte man ihn verhaften oder lieber beobachten? Das Problem war, dass eine Luftaufnahme, die nicht offenbart werden durfte, keine Überführung sicherstellen konnte. Also entschied man, den Akademiker unter Beobachtung zu stellen, so kostspielig das auch sein mochte.

Das Dilemma löste sich eine Woche später, als Dr. al-Khattab einen Flug zurück zum Arabischen Golf buchte. Jetzt brachte man das SRR ins Spiel.

Großbritannien besitzt seit Jahren eine der besten Aufspüreinheiten der Welt. Früher war sie bekannt als 14th Intelligence Company, aber auch als »Detachment« oder noch kürzer als »The Det«. Mike Martin hatte 1988 bei dieser Einheit in Nordirland gedient. Sie arbeitete extrem verdeckt. Im Gegensatz zum SAS und zur SBS war es keine Einheit ultraharter Kämpfer. Ihre Talente waren das unauffällige und geschickte Anbringen von Wanzen, das Fotografieren über große Distanzen und Lauschen und Verfolgen. Gegen die nordirische IRA war sie besonders erfolgreich im Einsatz.

In mehreren Fällen konnte der SAS aufgrund von Informationen, die »The Det« geliefert hatte, terroristische Angriffskommandos in die Falle gehen lassen und eliminieren. Anders als die harten Einheiten setzte das Det häufig Frauen ein. Bei Beschattungseinsätzen wirkten sie viel harmloser, und niemand hatte Angst vor ihnen. Aber die Informationen, die sie lieferten, waren umso mehr Grund, sie zu fürchten.

2005 entschied die britische Regierung, das Det zu erweitern und höher einzustufen, und wandelte es in das Special Reconnaissance Regiment um. Es gab eine Gründungsparade, bei der jeder, einschließlich des führenden Generals, nur von der Hüfte abwärts fotografiert werden durfte. Der Sitz seines Hauptquartiers ist geheim, und wenn SAS und SBS schon diskret sind, so ist das SRR unsichtbar. Aber Dame Eliza bat um seine Unterstützung und bekam sie.

Als Dr. al-Khattab das Flugzeug von London Heathrow nach Dubai bestieg, waren sechs Leute vom SRR an Bord, unauffällig unter dreihundert Passagiere verteilt. Einer davon war ein junger Buchhalter, der in der Reihe hinter dem Kuwaiti saß.

Weil es sich nur um einen Beschattungseinsatz handelte, sah man keinen Grund, die Special Forces der Vereinigten Arabischen Emirate nicht um Unterstützung zu bitten. Seit bekannt war, dass der 9/11-Attentäter Marwan al-Shehhi aus den Emiraten stammte, und mehr noch seit durchgesickert war, dass das Weiße Haus erwogen hatte, den Fernsehsender al-Dschasira in Qatar zu bombardieren, waren die Vereinigten Arabischen Emirate extrem vorsichtig gegenüber dem islamistischen Extremismus, und sie waren es vor allem in Dubai, wo die Special Forces ihr Hauptquartier hatten.

Und so standen zwei Mietwagen und zwei gemietete Motorroller für das SRR-Team bereit, als die Maschine landete, für den Fall, dass Dr. al-Khattab abgeholt werden sollte. Man hatte beobachtet, dass er nur Bordgepäck dabeihatte. Aber die Mühe hätte man sich sparen können: Er mietete einen japanischen Kleinwagen, und so hatten sie genug Zeit, ihre Positionen einzunehmen.

Zunächst verfolgten sie ihn vom Flughafen zum Creek in Dubai, wo die *Rasha* nach ihrer Rückkehr aus Gwador festgemacht hatte. Diesmal näherte er sich dem Schiff nicht, sondern blieb hundert Meter weit entfernt bei seinem Wagen stehen, bis Bin Selim ihn entdeckte.

Ein paar Minuten später kam ein junger Mann, den niemand kannte, von unten an Deck der *Rasha*, bahnte sich seinen Weg durch die Menge und flüsterte dem Kuwaiti etwas ins Ohr. Es war die Antwort des Mannes in den Bergen in Wasiristan. Al-Khattab machte ein erstauntes Gesicht.

Im dichten Verkehr der Küstenstraße fuhr er hinauf nach Ajman und Umm al-Quwain und weiter nach Ras al-Khaimah. Dort checkte er im Hilton ein und zog sich um. Das war rücksichtsvoll von ihm, denn so konnten die drei jungen Frauen, die zum SRR-Team gehörten, sich auf die Damentoilette zurückziehen, den alles bedeckenden *jilbab* anziehen und zu ihren Fahrzeugen zurückkehren.

Dr. al-Khattab erschien in seiner weißen *dishdasha*, stieg in seinen Wagen und fuhr durch die Stadt. Dabei vollführte er mehrere Manöver, die dazu dienen sollten, einen Beschatter abzuhängen, aber damit hatte er kein Glück. Am Arabischen Golf wimmelt es von Motorrollern mit Fahrern beiderlei Geschlechts, und weil die Kleidung immer die gleiche ist, sieht ein Rollerfahrer aus wie der andere. Seit der Auftrag erteilt worden war, hatte das Team die Straßenkarten aller sieben Emirate studiert und sich jede einzelne Landstraße eingeprägt. Und so verfolgten sie ihn bis zur Villa.

Wenn es noch den Rest eines Zweifels daran gegeben hätte, dass er nichts Gutes im Schilde führte, so hatte er ihn mit seinen Abschüttelungsversuchen zerstreut. Ein unschuldiger Mann benahm sich nicht so.

Er verbrachte die Nacht nicht in der Villa, sondern fuhr zum Hilton zurück, und die SRR-Agentin folgte ihm. Die drei Männer bezogen Position auf einer Anhöhe, wo sie die Villa die Nacht hindurch im Blick behielten. Aber niemand betrat oder verließ sie.

Am zweiten Tag sah es anders aus. Jetzt kamen Besucher. Die Beobachter konnten es nicht wissen, doch diese Besucher brachten einen neuen Pass und neue Kleidung. Ihre Autonummern wurden notiert, und einer würde später aufgespürt und verhaftet werden. Ein dritter war der Friseur, den man ebenfalls aufspüren würde.

Am Ende des zweiten Tages kam al-Khattab zum letzten Mal aus dem Haus. Das war der Augenblick, als Katy Sexton, die ein Stück weiter oben an der Straße an ihrem Motorroller herumhantierte, ihre Kollegen informierte, dass die Zielperson in Bewegung sei.

Im Hilton offenbarte der kuwaitische Akademiker seine Pläne, als er von seinem Zimmer aus, das in seiner Abwesenheit verwanzt worden war, einen Platz in der Morgenmaschine von Dubai nach London buchte. Das Team begleitete ihn, bis er zu Hause in Birmingham war, ohne dass er etwas merkte.

Das MI5 hatte großartige Arbeit geleistet, und das wusste es. Der Coup wurde durch streng geheime Kanäle an nur vier Personen in den britischen Geheimdiensten übermittelt. Einer davon war Steve Hill. Er flog fast in den Orbit.

Der Predator wurde umgeleitet und überwachte jetzt die Villa in dem zur Wüstenseite gelegenen Vorort von Ras al-Khaimah. Aber es war Vormittag in London und schon Spätnachmittag am Golf. Alles, was der Vogel sah, war die Putzkolonne, die ins Haus ging. Und die Razzia.

Es war zu spät, um zu verhindern, dass die Special Forces der Emirate ihre schnelle Eingreiftruppe losschickten. Ihr Kommandant war ein ehemaliger britischer Offizier, Dave de Forest. Der Leiter der SIS-Niederlassung in Dubai, ohnehin ein persönlicher Freund, nahm blitzschnell Kontakt mit ihm auf, und sofort wurde über die Buschtrommel verbreitet, der »Hit« habe stattgefunden, weil ein anonymer Nachbar, der irgendeinen Groll hegte, einen Tipp gegeben habe.

Die beiden Putzfrauen wussten nichts; sie kamen von einer Agentur, sie waren im Voraus bezahlt worden, die Schlüssel hatte man ihnen gebracht. Aber sie waren noch nicht fertig, und in einem Haufen Schmutz, den sie zusammengefegt hatten, fanden sich Büschel von schwarzen Haaren, Kopf- und Barthaare, wie an der unterschiedlichen Struktur zu erkennen war. Ansonsten fand sich keine Spur von den Männern, die hier gewohnt hatten.

Nachbarn hatten einen geschlossenen Lieferwagen gesehen, doch an das Kennzeichen konnte sich keiner erinnern. Er wurde bald gefunden und erwies sich als gestohlen, doch es war zu spät und brachte nichts mehr ein.

Der Schneider und der Friseur waren ergiebiger. Sie redeten ohne Zögern, konnten allerdings nur die fünf Männer im Haus beschreiben. Al-Khattab war bereits bekannt. Suleiman konnten sie anhand von Fahndungsfotos identifizieren, weil er auf einer lokalen Verdächtigenliste stand. Die Beschreibung der beiden Unterlinge ließ nirgends eine Glocke läuten.

Die beiden Golf-Araber, der Schneider und der Frisör, kamen aus Ajman und waren einfache Handwerker. Es war der fünfte Mann, auf den sich de Forest mit seinen perfekten Arabischkenntnissen konzentrierte. Der Chef der SIS-Niederlassung saß dabei.

Niemand in diesem Raum wusste etwas von einem Afghanen. Sie nahmen lediglich die Personenbeschreibung auf und leiteten sie nach London weiter. Auch von einem Pass wusste niemand etwas, denn dafür war allein Suleiman zuständig gewesen. Sie wussten nicht, warum die in London hysterisch wurden, als sie von einem großen Mann mit langem schwarzem Haar und Vollbart hörten. Sie konnten nur berichten, dass er jetzt sauber rasiert war und wahrscheinlich einen dunkelgrauen Mohairanzug trug.

Die letzte Information von dem Friseur und dem Schneider versetzte Steve Hill, Marek Gumienny und das Team in Edzell in Entzücken.

Die Araber hatten ihren Mann wie einen Ehrengast behandelt. Und offensichtlich bereiteten sie ihn auf seine Abreise vor. Er lag nicht als Leiche auf einem Fliesenboden irgendwo am Arabischen Golf.

Michael McDonald und Gordon Phillips in Edzell waren ebenso erfreut wie ratlos. Sie wussten, dass ihr Agent sämtliche Prüfungen bestanden hatte und als Dschihadi aufgenommen worden war. Nach wochenlangen Sorgen hatten sie jetzt ein zweites Lebenszeichen von ihm bekommen. Aber hatte er irgendetwas über Stingray herausgefunden, was ja der einzige Sinn dieser Übung war? Wohin ging er jetzt? Konnten sie irgendwie Kontakt mit ihm aufnehmen?

Doch selbst wenn sie mit ihrem Agenten gesprochen hätten, er hätte ihnen nicht helfen können. Er wusste nichts.

Und niemand wusste, dass die *Countess of Richmond* dabei war, ihre Jaguars in Singapur auszuladen.

DREIZEHN

Zwar konnte die Reisegruppe es nicht wissen, aber sie wurde im Abstand von nur wenigen Stunden verfolgt, und so war ihr Entkommen nur ein glücklicher Zufall.

Wenn sie Kurs auf die Küste der sechs Emirate genommen hätte, wären sie wahrscheinlich gefasst worden. Aber sie fuhr nach Osten, über die gebirgige Landenge und auf das siebte Emirat zu, nach Fujairah am Golf von Oman.

Bald ließen sie die letzte Asphaltstraße hinter sich und fuhren auf ausgefahrenen Pisten, die sich zwischen den braun gebrannten Bergen von Jebel Yibir verloren. Von der Passhöhe ging es hinunter zu dem kleinen Hafen von Dibbah.

Ein gutes Stück weiter unten an derselben Küste erhielt die Polizei von Fujairah eine Anfrage mit einer umfassenden Beschreibung aus Dubai, und sie richtete an der Straße, die aus den Bergen zu ihrer Stadt führte, eine Straßensperre ein. Viele Lieferwagen wurden gestoppt, aber in keinem saßen die vier Terroristen.

Dibbah ist nicht weiter bemerkenswert: weiße Häuser, eine Moschee mit grüner Kuppel, ein kleiner Hafen für Fischer und manchmal auch Charterboote für westliche Taucher. Zwei Flussmündungen weiter wartete ein Aluminiumboot; es war auf den Strand heraufgezogen, und die beiden großen Außenborder ragten aus dem Wasser. Der Laderaum mittschiffs war von angeketteten Zusatztanks ausgefüllt. Die zweiköpfige Besatzung hatte im Schatten eines einzelnen Kameldorns zwischen den Felsen Schutz gesucht.

Für die beiden einheimischen jungen Männer war die Reise hier zu Ende. Sie würden den gestohlenen Lieferwagen hoch hinauf in die Berge fahren und dort zurücklassen. Und dann würden sie einfach in denselben Straßen verschwinden, die auch Marwan al-Shehhi hervorgebracht hatten. Suleiman und der Afghane halfen mit, das Zigarettenboot wieder ins hüfttiefe Wasser zu schieben. Ihre westliche Kleidung war noch verpackt, um sie vor der Salzwassergischt zu schützen.

Als die beiden Passagiere und die Besatzung an Bord waren, fuhr das Schmugglerboot geruhsam an der Küste entlang fast bis zur Spitze der Halbinsel hinauf. Erst in der Dunkelheit würden die Schmuggler die rasende Überfahrt durch die Meerenge beginnen.

Zwanzig Minuten nach Sonnenuntergang forderte der Mann am Steuer seine Passagiere auf, sich festzuhalten, und dann gab er Vollgas. Das Boot hob sich aus dem unruhigen Wasser vor der äußersten Spitze Arabiens und schoss in Richtung Iran. Die fünfhundert PS der beiden Motoren ließen es über das Wasser fliegen. Martin schätzte, dass sie fast fünfzig Knoten erreichten. Die kleinste Welle traf das Boot wie ein Klotz, Gischt peitschte über die Bordwände. Alle vier hatten sich das Gesicht mit der *keffiyeh* umwickelt, um die Sonne abzuhalten, und jetzt schützte das Tuch sie vor den harten Wassertropfen.

Nach weniger als dreißig Minuten tauchten an Backbord die ersten verstreuten Lichter der persischen Küste auf, doch das Schmugglerboot raste weiter ostwärts in Richtung Gwador und Pakistan. Die gleiche Strecke hatte Martin vor einem Monat unter den ruhigen Segeln der *Rasha* zurückgelegt. Die Rückfahrt ging jetzt zehnmal so schnell.

Vor den Lichtern von Gwador drosselte die Besatzung die Motoren und stoppte dann. Es war eine willkommene Erleichterung. Mit Trichtern und Muskelkraft schafften sie die Benzinfässer ins Heck und füllten die Tanks der beiden Motoren bis zum Rand. Wo sie für den Rückweg nachtanken würden, war ihre Sache.

Faisal bin Selim hatte Martin gesagt, diese Schmuggler könnten innerhalb einer Nacht aus omanischen Gewässern nach Gwador fahren und im Morgengrauen mit neuer Ladung zurück sein.

Aber diesmal fuhren sie offensichtlich weiter und würden auch bei Tageslicht unterwegs sein müssen.

Als der Morgen dämmerte, waren sie weit in pakistanische Gewässer vorgedrungen und hielten sich nah genug an der Küste, dass man sie für ein Fischerboot halten konnte, das seiner Arbeit nachging – nur, dass kein Fisch so schnell schwimmt. Aber von den Behörden war weit und breit nichts zu sehen, während die kahle braune Küste wie im Flug vorüberzog. Als es Mittag wurde, begriff Martin, dass Karachi ihr Ziel sein musste. Was sie vorhatten, wusste er immer noch nicht.

Noch einmal tankten sie auf See nach, und als die Sonne hinter ihnen im Westen unterging, wurden sie bei einem stinkenden Fischerdorf unweit des größten pakistanischen Hafens an Land gebracht.

Suleiman war wohl noch nicht hier gewesen, aber er war offensichtlich von jemandem instruiert worden, der seine Hausaufgaben gemacht hatte. Martin wusste, dass al-Qaida ungeachtet von Zeit und Kosten gewissenhaft recherchierte; es war eins der wenigen Dinge, die er an ihr bewundern konnte.

Der Golf-Araber fand das einzige Fahrzeug im Dorf, das zu mieten war, und handelte einen Preis aus. Die Tatsache, dass zwei Fremde ohne jeden Anschein von Legalität von einem Schmugglerboot an Land gebracht worden waren, veranlasste hier niemanden, auch nur die Brauen zu heben. Hier war Belutschistan. Die Regeln aus Karachi waren etwas für Idioten.

Im Wagen stank es nach Fisch und Körperschweiß, und der Motor schaffte unter Fehlzündungen nicht mehr als vierzig Meilen pro Stunde. Mehr ließen aber auch die Straßen nicht zu. Bald hatten sie den Zubringer zum Flughafen gefunden und hatten, als sie dort ankamen, noch ein wenig Zeit.

Der Afghane zeigte sich angemessen erstaunt und unbeholfen. Er war ja erst zweimal geflogen – beide Male in einer amerikanischen C-130 Hercules, beide Male als Gefangener in Ketten. Er wusste nichts von Check-in-Schaltern, Flugtickets, Passkontrollen. Mit spöttischem Lächeln zeigte Suleiman ihm alles.

Irgendwo zwischen den endlos drängelnden und schiebenden Menschenmassen im Haupttermminal des Karachi International Airports fand der Araber den Ticketschalter der Malaysian Airlines und kaufte zwei Tickets in der Economy Class nach Kuala Lumpur. Umfangreiche Visaanträge mussten ausgefüllt werden, in englischer Sprache; Suleiman übernahm das. Die Tickets bezahlte er bar mit amerikanischen Dollars, der überall auf der Welt akzeptierten Währung.

Der Flug mit dem europäischen Airbus A330 dauerte sechs Stunden plus drei wegen der Zeitverschiebung. Die Maschine landete um neun Uhr dreißig, nachdem ein kleines Frühstück serviert worden war. Zum zweiten Mal legte Martin seinen neuen Bahraini-Pass vor und fragte sich, ob es Beanstandungen geben würde. Es gab keine. Der Ausweis war perfekt.

Aus der internationalen Ankunftshalle führte Suleiman sie zum Abflug-Terminal für Inlandsflüge und kaufte zwei einfache Tickets. Erst als Martin seinen Boardingpass vorzeigen musste, sah er, wohin sie flogen: zur Insel Labuan.

Er hatte schon von Labuan gehört, aber viel wusste er nicht. Die Insel lag vor der Nordküste Borneos und gehörte zu Malaysia. In der Touristenwerbung war von einer geschäftigen, kosmopolitischen Insel die Rede, von atemberaubenden Korallenriffen in den Gewässern ringsum, aber in westlichen Briefings über die kriminelle Unterwelt genoss die Insel einen anderen, dunkleren Ruf.

Sie war früher Teil des Sultanats Brunei, das zwanzig Meilen weit entfernt an der Küste von Borneo liegt. Die Briten annektierten sie 1846 und behielten sie 117 Jahre lang, von denen drei Jahre japanischer Besetzung im Zweiten Weltkrieg abgerechnet werden müssen. Im Zuge der Dekolonisation übergaben die Briten die Insel 1963 an den Staat Sabah, und 1984 fiel sie an Malaysia.

Da sie zu jenen Absonderlichkeiten gehört, die auf ihrem fünfzig Quadratmeilen umfassenden ovalen Territorium keinerlei erkennbare Ökonomie besitzen, hat sie sich eine geschaffen.

Mit dem Status eines internationalen Offshore-Finanzzentrums, eines zollfreien Hafens und Billigflaggen-Standorts und eines Mekkas für Schmuggler hat Labuan eine ziemlich dubiose Klientel angelockt.

Martin begriff, wohin er flog: mitten ins Herz der wildesten Schiffsentführer-, Frachträuber- und Matrosenmörder-Industrie. Er brauchte jetzt Kontakt zur Basis, um ein Lebenszeichen abzugeben, und er musste sich überlegen, wie er ihn herstellen sollte. Und zwar schnell.

Bei der kurzen Zwischenlandung in Kuching, dem ersten Anflughafen auf Borneo, blieben die Passagiere, deren Flug hier nicht zu Ende war, an Bord.

Nach vierzig Minuten Aufenthalt startete die Maschine in Richtung Westen, kreiste über dem Meer und ging auf Nordostkurs in Richtung Labuan. Tief unter dem kreisenden Flugzeug war die *Countess of Richmond* unter Ballast auf dem Weg nach Kota Kinabalu, um Padauk und Rosenholz aufzunehmen.

Nach dem Start verteilte die Stewardess die Landing Cards. Suleiman füllte sie beide aus. Martin musste weiter so tun, als könne er nicht Englisch schreiben oder lesen und nur ein paar Worte sprechen. Aber er hörte die Sprache überall um sich herum. Er und Suleiman hatten sich in Kuala Lumpur umgezogen und trugen jetzt Anzüge und Hemden. Er hatte keinen Stift und auch keinen Grund, sich einen zu borgen. Vorgeblich waren sie ein bahrainischer Ingenieur und ein omanischer Buchhalter, die mit einem Vertrag der Erdgasindustrie auf dem Weg nach Labuan waren. Das trug Suleiman jetzt auch in die Formulare ein.

Martin murmelte, er müsse zur Toilette. Er stand auf und ging nach hinten, wo es zwei gab. Die eine war frei, aber er tat, als seien sie beide besetzt, und ging nach vorn. Das hatte einen Sinn. Die Boeing 737 flog mit zwei Kabinen: Economy und Business Class. Zwischen beiden war ein Vorhang, und Martin musste hindurch.

Vor der Toilettentür in der Business Class blieb er stehen,

strahlte die Stewardess an, die die Landing Cards verteilt hatte, und zupfte eine neue Landing Card und ihren Kugelschreiber aus ihrer oberen Jackentasche. Die Toilettentür öffnete sich klickend, und er ging hinein. Er hatte nur Zeit, eine kurze Nachricht auf die Rückseite der Karte zu schreiben, sie zusammengefaltet in die Brusttasche zu schieben, herauszukommen und den Kuli zurückzugeben. Dann kehrte er zu seinem Platz zurück.

Man hatte Suleiman gesagt, der Afghane sei vertrauenswürdig, aber er behielt ihn dennoch ständig im Auge. Vielleicht wollte er vermeiden, dass sein Schützling aus Naivität oder Unerfahrenheit einen Fehler beging, vielleicht lag es auch an seiner jahrelangen Ausbildung bei al-Qaida – jedenfalls ließ seine Wachsamkeit niemals nach, nicht einmal während der Gebete.

Der Flughafen von Labuan war das Gegenteil von dem in Karachi: klein und gepflegt. Martin hatte immer noch keine Ahnung, wohin sie wollten, aber vermutlich wäre der Flughafen die letzte Chance, seine Nachricht loszuwerden. Hoffentlich hatte er Glück.

Es war nur ein kurzer Augenblick, und er ergab sich auf dem Gehweg vor dem Terminal. Die Instruktionen, die Suleiman sich eingeprägt hatte, mussten außergewöhnlich präzise gewesen sein. Er hatte sie um die halbe Welt geführt, und er war offensichtlich ein erfahrener Reisender. Martin konnte nicht wissen, dass der Araber seit zehn Jahren bei al-Qaida war und der Bewegung im Irak und in Fernost, vor allem in Indonesien, gedient hatte. Und er konnte auch nicht wissen, was Suleimans Spezialität war.

Suleiman suchte die Vorfahrt vor dem Terminalgebäude ab, das Ankunft und Abflug auf einer Ebene abfertigte: Er hielt Ausschau nach einem Taxi, als eines auf sie zugefahren kam. Es war besetzt, aber offenbar würden die Fahrgäste vor dem Terminal aussteigen.

Es waren zwei Männer, und Martin hörte sofort ihren englischen Akzent. Beide waren groß und muskulös, beide trugen Khakishorts und geblümte Hawaii-Hemden. Beide waren verschwitzt von der brennenden Sonne und der schwülen 30-Grad-Hitze vor dem Monsun. Der eine zog malaysisches Geld aus der Tasche, um den Taxifahrer zu bezahlen, der andere holte das Gepäck aus dem Kofferraum. Sie hatten zwei Hartschalenkoffer und zwei Taschen mit Taucherausrüstungen. Es waren Journalisten, die für eine britische Sporttaucher-Zeitschrift die Korallenriffe besichtigt hatten.

Der Mann am Kofferraum konnte nicht alle vier Gepäckstücke gleichzeitig bewältigen. Bevor Suleiman ein Wort sagen konnte, griff Martin zu und half dem Taucher. Er wuchtete eine der Ausrüstungstaschen aus dem Wagen auf den Gehsteig. Dabei steckte er die zusammengefaltete Landing Card in eine der Seitentaschen, von denen Tauchertaschen mehrere haben.

»Danke, Mann«, sagte der Taucher, und die beiden nahmen Kurs auf den Check-in-Schalter für ihren Flug nach Kuala Lumpur und weiter nach London.

Suleiman gab dem malayischen Fahrer seine Anweisungen auf Englisch: Es ging zu einer Frachtagentur im Herzen des Hafens. Hier wurden die Reisenden endlich von jemandem erwartet. Wie die beiden erregte auch er keine Aufmerksamkeit durch auffällige Kleidung oder Gesichtsbehaarung. Er war *takfir* wie sie. Er stellte sich als Mr. Lampong vor und führte sie zu einem Kabinenkreuzer, einem 50-Fuß-Sportfischerboot, das am Kai lag. Wenige Minuten später hatten sie den Hafen hinter sich gelassen.

Mit einer stetigen Geschwindigkeit von zehn Knoten fuhr der Kreuzer nordostwärts in Richtung Kudat, auf die Einfahrt der Sulu-See und das Terroristenversteck in der philippinischen Provinz Zamboanga zu.

Es war eine anstrengende Reise gewesen. Die Meeresdünung war einlullend, die Brise erfrischend nach der Saunahitze von Labuan. Die beiden Passagiere schliefen ein. Der Steuermann gehörte zur Terrorgruppe Abu Sayyaf; er kannte sich aus, er fuhr nach Hause. Die Sonne ging unter, und kurz darauf war die tropische Nacht da. Der Kreuzer glitt an den Lichtern von Kudat vorbei, durch die Straße von Balabag und über die unsichtbare Grenze in philippinische Gewässer.

Mr. Wei hatte seinen Auftrag vor der Zeit erfüllt und war schon wieder auf dem Heimweg nach China. Ihm konnte es gar nicht schnell genug gehen. Aber wenigstens war er auf einem chinesischen Schiff und aß gutes chinesisches Essen und nicht den Fraß, den die Piraten ihm in ihrem Camp am Fluss vorgesetzt hatten.

Er wusste nicht, was er da hinterlassen hatte, und es interessierte ihn auch nicht. Im Gegensatz zu den Killern von Abu Sayyaf und den zwei oder drei indonesischen Fanatikern, die fünfmal am Tag betend auf den Knien lagen und die Stirn auf ihre Teppiche senkten, gehörte Wei Wing Li zur Schlangenkopf-Triade und betete zu niemandem.

Was er dort geschaffen hatte, war eine bis auf die letzte Niete genaue Nachbildung der *Countess of Richmond*, gebaut aus einem Schiff von ähnlicher Größe, Tonnage und Silhouette. Er wusste nicht, wie das ursprüngliche Schiff geheißen hatte oder wie das neue heißen würde. Das Einzige, was ihn interessierte, war die dicke Rolle großer Dollarscheine von einem Konto bei einer Bank in Labuan, eingerichtet von dem verstorbenen Mr. Tewfik al-Qur, ehemals Kairo, Peschawar und Leichenschauhaus.

Anders als Mr. Wei betete Kapitän McKendrick durchaus. Nicht so oft, wie er sollte, das wusste er, aber er war als guter Liverpool-irischer Katholik aufgewachsen; auf der Brücke vor dem Steuer stand eine Figur der Heiligen Jungfrau, und an seiner Kabinenwand hing ein Kruzifix. Vor dem Auslaufen betete er immer um eine gute Reise, und nach der Heimkehr dankte er dem Herrn.

Er brauchte nicht zu beten, als der Lotse aus Sabah die *Countess* an den Untiefen vorbei und zu ihrem Liegeplatz am Kai von Kota Kinabalu bugsierte. Früher war hier der Kolonialhafen Jesselton gewesen. Damals gab es noch keine Kühlschränke, und wenn die britischen Kaufleute in den monatlichen Proviantlieferungen Butterkonserven erhalten hatten, mussten sie sie aus kleinen Krügen auf ihr Brot träufeln.

Kapitän McKendrick wischte sich mit dem Halstuch über den schweißnassen Nacken und dankte dem Lotsen. Endlich konnte er alle Luken und Bullaugen schließen und die erholsame Klimaanlage einschalten. Das und ein kaltes Bier, dachte er, würde jetzt guttun. Der Wasserballast würde am nächsten Morgen abgepumpt werden, und er sah die Hölzer, die er aufnehmen sollte, unter den Lichtern auf dem Kai. Mit einer guten Schauerkolonne würde er morgen Abend um sieben wieder auf See sein.

Die beiden jungen Taucher waren in Kuala Lumpur umgestiegen und saßen nun in der British-Airways-Maschine nach London. British Airways ist keine »trockene« Airline, und so hatten die beiden genug Bier getrunken, um jetzt fest zu schlafen. Der Flug würde zwölf Stunden dauern, aber durch die Zeitzonen würden sie acht gewinnen und am frühen Morgen in Heathrow landen. Die Hartschalenkoffer waren im Laderaum, doch ihre Tauchertaschen lagen in den Fächern über den Köpfen der Schlafenden.

Sie enthielten Schwimmflossen, Masken, Neoprenanzüge, Lungenautomaten und Tarierwesten; nur die Tauchermesser waren in den Koffern unten im Laderaum. Und in einer der beiden Taschen steckte eine noch unentdeckte malaysische Landing Card.

In einem Flusslauf am Rande der Halbinsel Zamboanga arbeitete ein Lackierer im Flutlicht auf einer Plattform, die vor dem Heck hing, am letzten »d« im Namen des Schiffes, das hier festgemacht hatte. Am Mast hing schlaff die Flagge der britischen Handelsmarine. Zu beiden Seiten des Bugs und am Heck stand der Name *Countess of Richmond*, und am Heck darunter noch das Wort »Liverpool«. Als der Lackierer von der Plattform stieg und das Flutlicht erlosch, war die Verwandlung vollendet.

In der Morgendämmerung kam ein als Sportfischerboot getarnter Kabinenkreuzer langsam den Fluss herauf. Er brachte die letzten beiden Mitglieder der neuen Besatzung der alten *Java Star*, diejenigen, die das Schiff auf seiner – und ihrer – letzten Reise führen sollten.

Das Beladen der *Countess of Richmond* begann im Morgengrauen, als die Luft noch kühl und angenehm war. In drei Stunden würde hier wieder das übliche Saunaklima herrschen. Die Ladekräne waren nicht gerade ultramodern, aber die Schauerleute verstanden ihr Gewerbe, und die Edelholzbalken schwangen an ihren Ketten an Bord und wurden unten im Laderaum von der schwitzenden Crew verstaut.

In der Mittagshitze mussten selbst die Einheimischen von Borneo eine Pause einlegen, und vier Stunden lang schlummerte in dem alten Holzhafen alles, was ein bisschen Schatten fand. Bis zum Frühjahrsmonsun war es nur ein Monat, und schon jetzt näherte sich die Luftfeuchtigkeit, die nie weit unter neunzig Prozent lag, allmählich der Hundertermarke.

Kapitän McKendrick wäre lieber auf hoher See gewesen, aber als die Sonne unterging, war die Ladung an Bord und die Luken geschlossen, und am nächsten Morgen würde der Lotse an Bord kommen, um den Frachter wieder auf das offene Meer zu bringen. Das bedeutete eine weitere Nacht in diesem Treibhaus. Seufzend suchte McKendrick noch einmal Zuflucht in der klimatisierten Atmosphäre unter Deck.

Am nächsten Morgen um sechs erschien der örtliche Agent geschäftig an Bord; der Lotse war bei ihm, und die letzten Papiere wurden unterschrieben. Dann glitt die *Countess* gemächlich hinaus auf das Südchinesische Meer.

Wie vor ihr die *Java Star* ging sie auf Kurs Nordost, um die Spitze Borneos zu umrunden und dann südwärts durch den Sulu-Archipel nach Java zu fahren. Dort in Surabaya, glaubte der Skipper, erwarteten ihn sechs Hochseecontainer mit asiatischen Seidenstoffen. Er sollte nicht erfahren, dass diese Seide nicht in Surabaya lag – und nie gelegen hatte.

Der Kreuzer setzte seine drei Passagiere an einem wackligen Landungssteg in dem Flusslauf ab. Mr. Lampong ging den anderen voraus zu einem Langhaus auf Pfählen über dem Wasser, das als Ess- und Schlafstätte für die Männer diente, denen die Mission anvertraut war, die Martin als »Stingray« und Mr. Lampong als »al-Isra« kannte. Andere in dem Langhaus würden zurückbleiben. Mit ihrer Arbeit hatten sie die gekaperte *Java Star* für die Reise vorbereitet.

Sie waren bunt zusammengewürfelte Indonesier von der Gruppe Jemaat Islamija, die für die Bombenanschläge auf Bali und anderen Inseln der Kette verantwortlich war, und Philippinos von Abu Sayyaf. Sie sprachen das heimische Tagalog und javanesischen Dialekt, und von denen, die von weiter westlich kamen, hörte man gelegentliche Randbemerkungen auf Arabisch. Einen nach dem andern lernte Martin die Crew kennen und erfuhr, welche Aufgabe jeder hatte.

Ingenieur, Steuermann und Funker waren Indonesier. Suleimans Fach war, wie sich herausstellte, die Fotografie. Was immer bei dieser Mission passieren sollte, vor seinem Märtyrertod würde Suleiman den Höhepunkt mit einer digitalen Radiokamera fotografieren, und per Laptop und Satellitentelefon würde der ganze Datenstrom an den Fernsehsender al-Dschasira gesendet und von dort verbreitet werden.

Ein Teenager war dabei, der aussah wie ein Pakistani, aber Lampong sprach Englisch mit ihm. Als er antwortete, war dem Jungen anzuhören, dass er in Großbritannien geboren und aufgewachsen sein musste, jedoch pakistanische Eltern hatte. Er sprach ein breites Nordenglisch; in Martins Ohren klang es nach der Gegend von Leeds und Bradbury. Allerdings konnte Martin nicht herausfinden, wozu der Junge dabei war. Vielleicht als Koch.

Damit blieben drei: Martin selbst betrachtete seine Anwesenheit als persönliches Geschenk von Osama bin Laden. Der zweite war ein echter Chemieingenieur und vermutlich Sprengstoffexperte. Und der dritte war der Anführer der Mission –

aber er war nicht anwesend. Sie alle würden ihn erst später kennen lernen.

Am Vormittag erhielt der stellvertretende Anführer Lampong einen Anruf auf seinem Satellitentelefon. Das Gespräch war kurz und zurückhaltend, doch es genügte. Die *Countess of Richmond* hatte Kota Kinabalu verlassen und war auf See. Etwa bei Sonnenuntergang würde sie zwischen Tawitawi und den Joloinseln durchfahren. Die Schnellboote, die sie abfangen würden, hatten noch vier Stunden Zeit, ehe sie ablegen müssten. Suleiman und Martin hatten die westlichen Anzüge abgelegt und trugen die ortsübliche Kleidung: Hosen, geblümte Hemden und Sandalen, die man ihnen gegeben hatte. Man ließ sie über eine Treppe ins flache Wasser des Flüsschens hinuntersteigen, damit sie sich vor den Gebeten und einer Mahlzeit aus Reis und Fisch waschen konnten.

Martin konnte nur zuschauen, ohne viel zu verstehen, und abwarten.

Die beiden Taucher hatten Glück. Die meisten anderen Passagiere waren aus Malaysia und mussten an der Passkontrolle in der Schlange für Nichtbriten anstehen, während die wenigen Briten schnell abgefertigt wurden. Sie waren unter den Ersten am Gepäckband, konnten ihre Koffer nehmen und zur Zollschranke für anmeldefreie Waren gehen.

Vielleicht lag es an ihren rasierten Schädeln und den Sechstagebärten, vielleicht an den muskulösen Armen in den kurzärmeligen, geblümten Hemden an einem eisigen englischen Märzmorgen – jedenfalls winkte sie ein Zollbeamter an die Kontrollbank.

»Darf ich bitte Ihre Pässe sehen?«

Eine Formalität. Sie waren in Ordnung.

»Und woher kommen Sie?«

»Aus Malaysia.«

»Zweck Ihres Besuches dort?«

Einer der beiden jungen Männer deutete auf seine Tauchertasche. Sein Gesichtsausdruck ließ erkennen, dass er die Frage ziemlich dämlich fand, denn die Taschen trugen das Logo einer bekannten Taucherausrüstungsfirma. Aber es ist immer ein Fehler, sich über einen Zollbeamten lustig zu machen. Dessen Miene blieb ungerührt, doch in seiner langen Laufbahn hatte er Unmengen von exotischem Raucherbedarf und Injektionsmitteln aus dem Fernen Osten abgefangen. Er zeigte auf die eine der beiden Taschen.

Sie enthielt nichts als die übliche Taucherausrüstung. Er zog den Reißverschluss zu und schob die Hände in die Seitentaschen. Aus einer zog er eine gefaltete Karte hervor, sah sie an und las sie.

»Woher haben Sie die, Sir?«

Der Taucher war ehrlich verblüfft.

»Das weiß ich nicht. Nie gesehen.«

Ein paar Schritte weiter bemerkte ein zweiter Zollbeamter die wachsende Anspannung, die an der beispielhaften Höflichkeit des Tons zu erkennen war, und kam dazu.

»Würden Sie bitte hier warten?«, sagte der erste und verschwand durch eine Tür hinter ihm. Die großen Spiegel an der Zollabfertigung sind nicht dazu da, dass eitle Reisende ihr Make-up auffrischen können. Es sind Einwegspiegel, und dahinter sitzen die diensthabenden Beamten der Inneren Sicherheit – in diesem Fall von Scotland Yards Special Branch.

Wenige Minuten später saßen die beiden Taucher mit ihrem Gepäck in separaten Vernehmungszimmern. Die Zollbeamten durchsuchten Koffer und Taschen, Flosse für Flosse, Maske für Maske, Hemd für Hemd. Sie fanden nichts Illegales.

Der Mann in Zivil studierte die gefaltete Karte.

»Jemand muss sie da hineingesteckt haben, aber ich war es nicht«, beteuerte der Taucher.

Inzwischen war es halb zehn geworden. Steve Hill saß an seinem Schreibtisch in Vauxhall Cross, als sein privates, nirgends registriertes Telefon klingelte.

»Mit wem spreche ich?«, fragte eine Stimme. Hill stellte die Stacheln auf.

»Vielleicht sollte ich Sie das Gleiche fragen. Ich glaube, Sie haben sich verwählt«, sagte er.

Der MI5-Beamte hatte die Nachricht gelesen, die in der Tauchertasche gesteckt hatte, und er neigte dazu, dem Mann zu glauben. In diesem Fall aber …

»Ich rufe aus Heathrow an, Terminal drei. Büro für Innere Sicherheit. Wir haben einen Passagier aus Fernost abgefangen. In seiner Tauchertasche war eine kurze handschriftliche Nachricht. Sagt Ihnen das Wort ›Crowbar‹ etwas?«

Für Hill war es wie ein Schlag in die Magengrube. Der Mann hatte sich nicht verwählt; niemand konnte aus Versehen in diese Leitung geraten. Er nannte den Dienst, für den er arbeitete, und seinen Rang, befahl dem Mann, die beiden Reisenden in Gewahrsam zu halten, und machte sich auf den Weg. Keine fünf Minuten später verließ sein Wagen die Parkgarage, fuhr über die Vauxhall Bridge und bog in die Cromwell Road in Richtung Heathrow ein.

Es war Pech für die Taucher, dass sie den ganzen Vormittag verloren hatten, aber nachdem Steve Hill sie eine Stunde lang vernommen hatte, war er sicher, dass sie unschuldig und ahnungslos waren. Er ließ ihnen aus der Personalkantine ein Frühstück mit allem Drum und Dran bringen und bat sie, sich das Hirn zu zermartern, bis ihnen einfiele, wer ihnen die Karte in die Tasche geschmuggelt haben könnte.

Sie versuchten, sich an jeden zu erinnern, dem sie begegnet waren, seit sie gepackt hatten. Endlich sagte der eine: »Mark, erinnerst du dich an den arabisch aussehenden Typen, der dir am Flughafen beim Ausladen geholfen hat?«

»Welcher arabisch aussehende Typ?«, fragte Hill.

Sie beschrieben den Mann, so gut sie konnten. Schwarzes Haar, schwarzer Bart, sauber getrimmt. Dunkle Augen, olivfarbene Haut. Ungefähr fünfundvierzig, fit aussehend. Dunkler Anzug. Hill hatte die Aussagen von dem Friseur und dem Schneider aus Ras al-Khaimah. Es war Crowbar. Er dankte den beiden aufrichtig und ließ sie durch einen Fahrer nach Hause bringen.

Als er Gordon Phillips in Edzell und Marek Gumienny beim Frühstück in Washington anrief, konnte er vorlesen, was auf die Karte in seiner Hand gekritzelt war. Die kurze Nachricht lautete: »WENN SIE IHR LAND LIEBEN, RUFEN SIE NACH IHRER RÜCKKEHR DIE NUMMER XXXXXXXXXXXX AN. TEILEN SIE DORT MIT, CROWBAR SAGT, ES WIRD IRGENDEIN SCHIFF SEIN.«

»Ziehen Sie alle Register«, befahl er Edzell. »Suchen Sie die ganze Welt nach einem verschwundenen Schiff ab.«

Wie Kapitän Herrmann von der *Java Star* hatte auch Liam McKendrick es vorgezogen, sein Schiff selbst um die diversen Landzungen zu führen und das Steuer abzugeben, wenn die Meerenge zwischen den Inseln von Tawitawi und Jolo hinter ihnen läge. Vor ihnen lag die offene Celebes-See, und jetzt ging es auf direktem Südkurs zur Straße von Makassar.

Er hatte sechs Mann Besatzung: fünf Inder aus Kerala, allesamt Christen, loyal und tüchtig, und einen Ersten Offizier aus Gibraltar. Ihm hatte er das Steuer übergeben und war unter Deck gegangen, als die Schnellboote von achtern heranjagten. Wie bei der *Java Star* hatte die Mannschaft auch hier keine Chance. In Sekundenschnelle waren zehn Piraten über die Reling gekommen und stürmten auf die Brücke. Mr. Lampong, der die Entführung leitete, kam in gemächlicherem Tempo hinterher.

Diesmal gab es keinen Grund für überflüssige Umständlichkeiten oder Gewaltandrohungen. Die *Countess of Richmond* hatte nur eine Aufgabe: Sie musste verschwinden, mitsamt ihrer Besatzung und für immer. Was sie in diese Gewässer gelockt hatte – ihre wertvolle Fracht –, würde komplett abgeschrieben werden müssen. Bedauerlich, aber nicht zu ändern.

Die Mannschaft wurde einfach an die Heckreling geführt und mit Maschinenpistolen erschossen. Ihre Leichen, noch zuckend aus Protest gegen diesen unfairen Tod, flogen über die Reling.

Man brauchte sie nicht einmal mit Ballast zu beschweren, damit sie untergingen. Mr. Lampong kannte seine Haie.

Liam McKendrick ging als Letzter. Wütend brüllte er die Mörder an und nannte Mr. Lampong ein heidnisches Schwein. Der fanatische Moslem ließ sich nicht gern als Schwein bezeichnen. Er achtete darauf, dass der Liverpooler Kapitän verwundet, aber noch lebend ins Wasser stürzte.

Die Piraten von Abu Sayyaf hatten schon genügend Schiffe versenkt, um zu wissen, wo die Bodenventile waren. Als die Bilge unter dem Laderaum zu fluten begann, gingen die Piraten von Bord und dümpelten in einiger Entfernung auf dem Wasser, bis das Heck unterging und der Bug sich aufrichtete. Langsam sank die *Countess* rückwärts auf den Grund der Celebes-See. Als sie verschwunden war, wendeten die Mörder und rasten in die Richtung davon, aus der sie gekommen waren.

Die Gruppe im Langhaus an dem philippinischen Fluss erfuhr durch einen kurzen Anruf über Mr. Lampongs Satellitentelefon draußen auf dem Meer, wann sie abreisen würden. Die Männer bestiegen den Kreuzer, der am Fuße der Treppe lag. Martin sah, dass die Zurückbleibenden keine Erleichterung zeigten, sondern nur tiefen Neid.

In seiner ganzen Laufbahn bei den Special Forces hatte Martin noch nie einen Selbstmordattentäter vor der Tat gesehen. Jetzt war er gleich von mehreren umgeben, und er war selbst einer von ihnen.

Auf Forbes Castle hatte er viel über ihren Geisteszustand gelesen – von ihrer totalen Überzeugung, dass das, was sie tun, für eine wahrhaft heilige Sache geschieht und automatisch den Segen Allahs in sich trägt, und dass dies ihren sofortigen Eingang ins Paradies garantiert, was auch den letzten Rest von Liebe zum Leben bedeutungslos werden lässt.

Er hatte auch gesehen, wie tief der Hass sein musste, der die *schahid* neben ihrer Liebe zu Allah erfüllte. Nur eine dieser beiden Regungen würde sie nicht so weit bringen. Der Hass war wie eine ätzende Säure in ihren Seelen, und Martin war davon umgeben.

Er hatte ihn in den Gesichtern der Abu-Sayyaf-Piraten gesehen, die sich genussvoll auf jede Gelegenheit stürzten, einen Westler umzubringen. Er hatte ihn in den Herzen der Araber gesehen, wenn sie um die Chance beteten, mit ihrem eigenen Tod so viele Christen, Juden und säkularisierte oder nachlässige Muslime wie möglich zu töten. Und vor allem hatte er ihn in den Augen al-Khattabs und Lampongs gesehen, gerade weil sie sich selbst besudelten, um inmitten der Feinde unbemerkt zu bleiben.

Langsam tuckerten sie den Flusslauf hinauf. Der Dschungel drängte zu beiden Seiten heran und verdunkelte allmählich auch den Himmel über ihnen. Martin betrachtete seine Begleiter. Sie alle empfanden den gleichen fanatischen Hass, und sie alle glaubten sich gesegnet wie kein anderer Wahrer Gläubiger auf Erden.

Martin war davon überzeugt, dass die Männer um ihn herum genauso wenig wussten wie er, auf welche Weise sie sich opfern würden, wohin die Reise ging, was ihr Ziel war, und womit sie es angreifen würden.

Sie wussten nur eines: Weil sie sich erboten hatten zu sterben und nach sorgfältiger Auswahl angenommen worden waren, würden sie den Großen Teufel auf eine Weise schlagen, von der man noch in hundert Jahren sprechen würde. Wie der Prophet vor langer Zeit unternahmen sie eine Reise in den Himmel, die Reise namens al-Isra.

Vor ihnen teilte sich der Flusslauf. Der tuckernde Kreuzer nahm den breiteren Abzweig, und als sie um eine Biegung kamen, lag vor ihnen ein Schiff an einem Anleger. Der Bug war flussabwärts gewandt, bereit zum Auslaufen auf das offene Meer. Die Deckladung befand sich offenbar in sechs Hochseecontainern auf dem Vorderdeck. Der Name des Schiffs war *Countess of Richmond*.

Einen Augenblick lang spielte Martin mit dem Gedanken, in den Dschungel zu flüchten. In Brunei, im tropischen Trainingscamp des SAS, hatte er eine wochenlange Dschungelausbildung absolviert. Aber kaum war ihm der Gedanke in den Sinn gekommen, wusste er auch, dass es hoffnungslos war. Ohne Kompass und Machete würde er keine Meile weit kommen, und innerhalb von einer Stunde würden sie ihn haben. Und dann würden tagelange, unsagbare Qualen folgen, wenn sie versuchten, ihm die Einzelheiten seines Auftrags abzupressen. Es hatte keinen Sinn. Er musste auf eine bessere Gelegenheit warten – falls sich je eine bieten sollte.

Nacheinander stiegen sie über die Leiter an Deck des Frachters hinauf: der Ingenieur, der Steuermann und der Funker, alle drei Indonesier, der Pakistani aus Großbritannien mit dem breiten nordenglischen Akzent – der, wie sich herausgestellt hatte, für den Fall dabei war, dass jemand darauf bestand, per Funk mit der *Countess* zu sprechen – und der Afghane, dem man zeigen konnte, wie man das Steuer bediente und einen Kurs hielt. Während der ganzen Vorbereitung auf Castle Forbes war unter all den Gesichtern bekannter Verdächtiger, die er stundenlang studiert hatte, keiner von ihnen dabei gewesen.

Als er an Deck kam, erwartete sie der Mann, der sie auf ihrer Mission der ewigen Seligkeit kommandieren würde. Und ihn erkannte der Ex-SAS-Mann. Aus der Schurkengalerie von Castle Forbes wusste er, dass es Jusuf Ibrahim war, Stellvertreter und rechte Hand al-Sarkawis, seines selbstmörderischen jordanischen Landsmanns.

In dieser Galerie hatte das Gesicht zur »ersten Abteilung« gehört. Der Mann war klein und stämmig, wie Martin es erwartet hatte, und der verkrüppelte linke Arm hing herab. Er hatte in Afghanistan gegen die Sowjets gekämpft und war bei einem Luftangriff durch mehrere Schrapnelle in diesen Arm getroffen worden. Statt eine saubere Amputation zu akzeptieren, ließ er das verstümmelte Glied lieber nutzlos baumeln.

Gerüchten zufolge war er dort gestorben. Aber sie stimmten nicht. Er war in den Höhlen zusammengeflickt und dann für eine bessere chirurgische Versorgung nach Pakistan geschmuggelt worden. Nach dem Abzug der Sowjets war er verschwunden.

2003, nach dem Einmarsch der Koalition in den Irak, war der Mann mit dem verkrüppelten Arm wieder aufgetaucht. Die Zeit, in der er als vermisst galt, hatte er unter der Taliban-Herrschaft als Sicherheitschef in einem al-Qaida-Ausbildungslager verbracht.

Für einen Augenblick blieb Mike Martin das Herz stehen: Vielleicht kannte der Mann Izmat Khan aus jenen Tagen und würde darüber reden. Aber der Missionskommandant starrte ihn nur mit seinen schwarzen, ausdruckslosen Augen an.

Zwanzig Jahre lang hatte dieser Mann getötet und getötet, und es gefiel ihm. Im Irak hatte er als Musab al-Sarkawis Adjutant vor laufender Kamera Menschen die Köpfe abgehackt, und es hatte ihm gefallen. Es gefiel ihm, sie flehen und schreien zu hören. Martin schaute in die leeren, manischen Augen und sprach die üblichen Begrüßungsworte. Friede sei mit dir, Jusuf Ibrahim, Schlächter von Kerbela.

VIERZEHN

Zwölf Stunden nach der Versenkung der *Countess of Richmond* kam die ehemalige *Java Star* aus der versteckten philippinischen Flussmündung. Sie ließ den Golf von Moro hinter sich, fuhr in die Celebes-See und ging dort auf den Süd-Südwest-Kurs, den die *Countess* durch die Straße von Makassar genommen hätte.

Der indonesische Steuermann stand am Ruder, neben ihm der britisch-pakistanische Teenager und der Afghane, dem er jetzt zeigte, wie man auf hoher See den Kurs hielt.

Seine beiden Schüler wussten es nicht, aber die Anti-Terror-Abteilung der internationalen Handelsschifffahrt beobachtete seit Jahren voller Ratlosigkeit, wie oft ein Schiff in diesen Gewässern gekapert und ein paar Stunden im Kreis herumgefahren worden war, während die Crew angekettet im Laderaum saß, nur um dann wieder aufgegeben zu werden.

Der Grund war einfach: Genau wie die Entführer von 9/11 ihre Praxis in amerikanischen Flugschulen erworben hatten, trainieren die Piraten des Fernen Ostens das Handling eines großen Schiffes auf hoher See. Der Indonesier am Ruder der neuen *Countess* war einer dieser »Fahrlehrer«.

Der Ingenieur unter Deck war Schiffbauingenieur gewesen, bis das Schiff, auf dem er arbeitete, von Abu Sayyaf gekapert worden war. Statt zu sterben, hatte er sich lieber den Terroristen angeschlossen und war einer von ihnen geworden.

Der dritte Indonesier hatte alles über den Funkverkehr zwischen Schiffen gelernt, als er im Büro des Hafenmeisters in einem Handelshafen in Nordborneo gearbeitet hatte, bis er als Muslim radikalisiert und in die Reihen von Jemaat Islamija aufgenommen worden war. Später hatte er mitgeholfen, die Bomben in den balinesischen Diskotheken zu legen.

Von allen acht brauchten nur diese drei nautische Kenntnisse. Der arabische Chemiker würde später für die Detonation der Sprengladung zuständig sein. Suleiman, der Mann aus den Vereinigten Arabischen Emiraten, würde die Bilder aufnehmen, die per Datenstrom die Welt erschüttern sollten. Der junge Pakistani würde, wenn es nötig wäre, Kapitän McKendricks nordenglischen Tonfall nachahmen. Und der Afghane würde in den Tagen, die vor ihnen lagen, den Steuermann ablösen.

Als der März zu Ende ging, hatte der Frühling die Bergkette der Cascades noch nicht einmal berührt. Es war bitterkalt, auf dem Wald vor den Mauern der Hütte lag dicker Schnee.

Drinnen war es behaglich warm. Der Feind war die Langeweile, trotz Fernseher, DVD-Filmen, Musik und Brettspielen. Wie Leuchtturmwärter hatten die Männer hier wenig zu tun, und der sechsmonatige Einsatz stellte ihre Fähigkeit zu innerer Einkehr und Selbstgenügsamkeit auf eine harte Probe.

Immerhin konnte die Wachmannschaft Skier oder Schneeschuhe anlegen und durch die Wälder streifen, um sich fit zu halten und ab und zu etwas anderes zu sehen als Schlafbaracke, Kantine und Freizeitraum. Für den Gefangenen, immun gegen alles Fraternisieren, war die Anspannung viel größer.

Izmat Khan hatte gehört, wie der Vorsitzende des Militärgerichts in Guantanamo ihn entließ, und er war überzeugt, dass Pul-i-Charki ihn nicht länger als ein Jahr hätte halten können. Als sie ihn dann – nach allem, was er wusste, für immer – in diese einsame Wildnis gebracht hatten, war es schwer gewesen, die schreiende Wut in seinem Herzen zu verbergen.

Also zog er die kapokgefütterte Jacke an, die sie ihm gegeben hatten, trat hinaus in den ummauerten Hof und ging dort auf und ab. Zehn Schritte lang, fünf Schritte breit. Er konnte es inzwischen mit geschlossenen Augen, ohne je gegen den Beton zu prallen. Die einzige Abwechslung fand sich gelegentlich am Himmel über ihm.

Meistens hingen dort schwere, bleigraue Wolken, aus denen der Schnee herabrieselte. Vorher, in der Zeit, in der die Christen Bäume schmückten und Lieder sangen, war der Himmel von eiskaltem Blau gewesen.

Dann hatte Izmat Adler und Raben kreisen sehen. Kleinere Vögel waren flatternd oben auf der Mauer gelandet, hatten zu ihm herabgespäht und sich vielleicht gefragt, warum er nicht mitkommen konnte. Aber was er am liebsten sah, waren die Flugzeuge.

Manche waren Militärflugzeuge, das wusste er, obwohl er noch nie etwas von den Cascade Mountains oder von der McChord Air Base fünfzig Meilen weiter westlich gehört hatte. Aber er hatte amerikanische Kampfbomber im Anflug auf Nordafghanistan gesehen, und er wusste, dass diese hier die gleichen waren.

Dann waren da die Linienmaschinen. Sie waren unterschiedlich lackiert und trugen vielfältige Embleme auf ihren Leitwerken, aber er wusste genug, um sich darüber im Klaren zu sein, dass es sich nicht um staatliche Insignien handelte, sondern um Firmenlogos. Das Ahornblatt war die einzige Ausnahme. Manche hatten dieses Blatt auf dem Leitwerk, sie waren immer im Steigflug, und sie kamen immer von Norden.

Wo Norden war, konnte er leicht erkennen. Im Westen sah er die Sonne untergehen, daher betete er in die entgegengesetzte Richtung, nach Mekka, weit im Osten. Er vermutete, dass er in den USA war, denn die Stimmen seiner Bewacher klangen eindeutig amerikanisch. Warum kamen dann Flugzeuge mit einem anderen Staatswappen aus dem Norden? Der Grund konnte nur sein, dass dort oben ein anderes Land lag, ein Land, in dem die Menschen zu einem roten Blatt auf weißem Grund beteten. Und so ging er auf und ab und auf und ab und grübelte über das Land des roten Blattes.

Was er sah, waren die Air-Canada-Maschinen, die in Vancouver starteten.

In einer schmuddeligen Hafenbar in Port of Spain, Trinidad, wurden zwei Seeleute von einer einheimischen Bande überfallen und mit geübten Messerstichen umgebracht.

Als die Polizei eintraf, waren sämtliche Zeugen von Amnesie befallen und konnten sich nur erinnern, dass fünf Angreifer, die wohl von den Inseln stammten, den Streit provoziert hatten. Mehr bekam die Polizei nie heraus, und niemand wurde festgenommen.

Tatsächlich waren die Killer einheimische Ganoven, die nichts mit islamistischem Terrorismus zu tun hatten. Aber der Mann, der sie für die Tat bezahlt hatte, war ein leitendes Mitglied der Terrororganisation Jamaat al-Muslimeen, der führenden Unterstützergruppe von al-Qaida auf Trinidad.

JaM hat in den westlichen Medien noch wenig Beachtung gefunden, doch sie wächst seit einigen Jahren stetig, genau wie andere Gruppen überall in der Karibik. In dieser von eingefleischtem Christentum beherrschten Gegend findet der Islam ganz im Stillen immer mehr Zuwachs durch die massenhafte Einwanderung aus Nahost, Zentralasien und dem indischen Subkontinent.

Das Geld, mit dem JaM die Mörder bezahlt hatte, kam von einem Konto, das der verstorbene Mr. Tewfik al-Qur eingerichtet hatte, und den Einsatzbefehl hatte Dr. al-Khattabs Abgesandter gegeben, der sich nach wie vor auf der Insel aufhielt.

Anhand der Brieftaschen, die den Toten gelassen worden waren, identifizierte die Polizei von Port of Spain sie als venezolanische Staatsbürger und Matrosen eines venezolanischen Schiffes, das noch im Hafen lag.

Der Kapitän, Pablo Montalban, war entsetzt und betrübt über den Verlust seiner beiden Matrosen, aber er konnte nicht allzu lange im Hafen bleiben.

Konsulat und Botschaft Venezuelas wurden mit der Überführung der Toten nach Caracas betraut, und Kapitän Montalban nahm Kontakt zu seinem örtlichen Agenten auf, um zwei Ersatzleute zu finden. Der Agent hörte sich um und hatte bald

Glück: Er fand zwei höfliche und arbeitswillige junge Inder aus Kerala, die für ihre Überfahrt um die halbe Welt gearbeitet hatten. Zwar besaßen sie keine Einbürgerungspapiere, aber tadellose Seemannsbücher.

Sie wurden angeheuert und kamen zu den anderen vier Seeleuten, die die Besatzung bildeten. Mit nur einem Tag Verspätung konnte die *Doña Maria* ablegen.

Kapitän Montalban wusste unbestimmt, dass Indien größtenteils von Hindus bewohnt wurde, aber er hatte keine Ahnung, dass es dort auch hundertfünfzig Millionen Muslime gibt. Er ahnte nichts von der Radikalisierung indischer Muslime, die ebenso energisch betrieben wird wie in Pakistan, und wusste auch nicht, dass Kerala, einst ein Treibhaus für den Kommunismus, inzwischen besonders empfänglich für islamischen Extremismus ist.

Seine beiden neuen Matrosen hatten tatsächlich für die Passage von Indien in die Karibik gearbeitet. Aber sie hatten es auf Befehl getan, um Erfahrungen zu sammeln. Und noch etwas konnte der katholische Venezolaner nicht wissen: Zwar hatten die beiden keinen Selbstmord im Sinn, aber sie gehörten zu Jamaat al-Muslimeen und arbeiteten für diese Gruppe. Die zwei Unglücksraben in der Bar waren nur ermordet worden, damit die beiden indischen Matrosen an Bord des Schiffes kommen konnten.

Marek Gumienny beschloss, über den Atlantik zu fliegen, als er den Bericht aus Fernost erhielt. Doch diesmal nahm er einen Experten ganz anderer Art mit.

»Die Arabisten haben ihren Zweck erfüllt, Steve«, sagte er vor dem Abflug am Telefon. »Jetzt brauchen wir Leute, die sich mit der internationalen Handelsschifffahrt auskennen.«

Der Mann, den er mitnahm, war von der amerikanischen Zoll- und Grenzschutzbehörde, Abteilung Handelsmarine. Steve Hill kam aus London nach Schottland, begleitet von einem Kollegen aus der Schifffahrtsabteilung der SIS-Antiterror-Abteilung.

In Edzell lernten sich die beiden jüngeren Männer kennen: Chuck Hemingway aus New York und Sam Seymour aus London. Beide wussten voneinander aus Berichten und Briefings, die unter den westlichen Antiterror-Diensten zirkulierten. Man gab ihnen zwölf Stunden Zeit, die Köpfe zusammenzustecken, um dann eine Einschätzung der Bedrohung und einen Plan zu ihrer Abwehr vorzulegen. Als sie sich mit Gumienny, Hill, Phillips und McDonald zusammensetzten, sprach Chuck Hemingway als Erster.

»Das hier ist keine einfache Jagd, es ist die Suche nach der Nadel im Heuhaufen«, sagte er. »Bei einer Jagd ist das Zielobjekt bekannt, aber wir wissen darüber nur, dass es etwas ist, das schwimmt. Vielleicht. Das muss ich Ihnen als Erstes sagen.

Auf den Weltmeeren sind derzeit sechsundvierzigtausend Handelsschiffe unterwegs. Die Hälfte von ihnen fährt unter Billigflaggen, die sie mehr oder minder nach Lust und Laune des Kapitäns wechseln können.

Sechs Siebtel der Erde sind von Wasser bedeckt, und diese Fläche ist so gewaltig, dass buchstäblich Tausende von Schiffen ständig ohne Sichtverbindung zum Land oder zu anderen Schiffen sind.

Achtzig Prozent des Güterverkehrs auf der Welt findet nach wie vor auf dem Meer statt. Knapp sechs Milliarden Tonnen. Und es gibt viertausend Handelshäfen.

Sie suchen ein Schiff, aber Sie wissen nichts über Typ, Größe, Tonnage, Aussehen und Alter, Sie kennen weder den Eigner noch die Flagge noch den Kapitän, noch den Namen. Um auch nur die geringste Chance zu haben, dieses Schiff zu finden – wir sprechen in solchen Fällen von Geisterschiffen –, brauchen wir entweder mehr als das oder ein gewaltiges Quantum Glück. Können Sie uns das eine oder das andere bieten?«

Die Antwort war ein deprimiertes Schweigen.

»Das klingt verdammt kläglich«, sagte Marek Gumienny schließlich. »Sam, hätten Sie einen Hoffnungsschimmer für uns?«

»Chuck und ich sind uns einig, dass es eine Möglichkeit gebe, wenn wir die Art des Ziels identifizieren könnten, das die Terroristen im Visier haben. Dann könnten wir jedes Schiff ausfindig machen, das Kurs auf ein solches Ziel genommen hat, und Schiff und Ladung mit vorgehaltener Waffe inspizieren«, antwortete Seymour.

»Wir hören«, sagte Hill. »Was für ein Ziel könnte das aller Wahrscheinlichkeit nach sein?«

»Wir in unseren Abteilungen machen uns seit Jahren Sorgen, und wir schreiben seit Jahren Berichte. Die Meere sind ein Spielplatz für Terroristen. Die Tatsache, dass al-Qaida sich bei ihrer ersten großen, spektakulären Aktion für einen Angriff aus der Luft entschieden hat, ist eigentlich unlogisch. Sie hatten gehofft, vielleicht vier Stockwerke der Türme zu zerstören, und schon damit hätten sie großes Glück gehabt. Und die ganze Zeit hat das Meer sich angeboten.«

»Aber die Sicherheitsmaßnahmen in den Häfen sind massiv verstärkt worden«, wandte Marek Gumienny ein. »Das weiß ich, denn ich habe die Etats gesehen.«

»Mit allem Respekt, Sir, doch das genügt noch längst nicht. Wir wissen, dass die Zahl der Schiffskaperungen in den Gewässern um Indonesien – und zwar ringsum in alle Richtungen – seit der Jahrtausendwende stetig zugenommen hat. In vielen Fällen ging es dabei nur darum, Geld für die Terroristen zu beschaffen. Aber andere Zwischenfälle auf See sind logisch nicht zu erklären.«

»Zum Beispiel?«

»Zehnmal haben Piraten Schlepper gestohlen. Einige davon sind nie wieder aufgetaucht. Sie haben keinerlei Wiederverkaufswert, weil sie ziemlich auffällig und schwer zu verändern sind. Wozu werden sie gebraucht? Wir vermuten, man könnte damit einen gekaperten Supertanker in einen großen internationalen Hafen wie Singapur schleppen.«

»Und sprengen?«, fragte Hill.

»Nicht nötig. Einfach mit offenen Ventilen versenken. Der Hafen wäre für zehn Jahre geschlossen.«

»Okay«, sagte Marek Gumienny. »Das wäre mögliches Ziel Nummer eins. Einen Supertanker entführen und damit einen Hafen zerstören. Wäre das spektakulär? Klingt ziemlich banal, von den Auswirkungen für den betroffenen Hafen abgesehen. Keine Toten.«

»Aber es geht schlimmer weiter«, mischte sich Chuck Hemingway ein. »Mit einem Schiff lassen sich Zerstörungen anrichten, die für die Weltwirtschaft gigantischen Schaden bedeuten können. In seinem Video vom Oktober 2004 hat Bin Laden selbst gesagt, er wolle sich jetzt auf ökonomischen Schaden konzentrieren.

Kein Mensch da draußen in den Shoppingcentern und Tankstellen ist sich im Klaren darüber, wie sehr der gesamte Welthandel inzwischen auf Just-in-Time-Lieferungen eingestellt ist. Warenlager und Vorratshaltung sind völlig aus der Mode gekommen. Ein in China produziertes T-Shirt, das montags in Dallas verkauft wird, ist wahrscheinlich am Freitag zuvor im Hafen angekommen. Das Gleiche gilt für Benzin.

Denken Sie an den Panamakanal. Den Suezkanal. Schließen Sie die, und die gesamte Weltwirtschaft stürzt ins Chaos. Der Schaden würde sich auf hunderte Milliarden Dollar belaufen. Es gibt noch zehn andere Schifffahrtsstraßen, die so schmal und so lebenswichtig sind, und man brauchte nur einen großen Frachter oder einen Tanker quer darin zu versenken, um sie zu blockieren.«

»Na gut«, sagte Marek Gumienny. »Hören Sie, ich habe einem Präsidenten und fünf anderen Vorgesetzten Bericht zu erstatten. Sie, Steve, haben Ihren Premierminister. Wir können auf dieser Nachricht von Crowbar nicht einfach sitzen bleiben. Es reicht auch nicht, wenn wir darüber in Tränen ausbrechen. Wir müssen konkrete Maßnahmen vorschlagen. Sie wollen aktiv sein, man soll sehen, dass Sie etwas unternehmen. Also machen Sie uns eine Liste der wahrscheinlichen Optionen und der entsprechenden Gegenmaßnahmen. Verdammt, wir sind doch nicht völlig wehrlos.«

Chuck Hemingway legte ein Papier auf den Tisch, das er und Seymour vorbereitet hatten.

»Sehen Sie sich das an, Sir. Unserer Ansicht nach ist Wahrscheinlichkeit Nummer eins die Entführung eines sehr großen Schiffs – eines Tankers, eines Erzfrachters – und seine Versenkung in einem schmalen, aber lebenswichtigen maritimen Flaschenhals. Gegenmaßnahmen? Alle diese Engpässe identifizieren und Kriegsschiffe zu beiden Seiten postieren. Alle einfahrenden Schiffe müssen Marineinfanteristen an Bord haben.«

»O Gott«, seufzte Steve Hill, »das gibt ein Chaos. Man wird uns Piraterie vorwerfen. Und was ist mit den Gewässern im Besitz fremder Staaten? Haben die nichts zu sagen?«

»Wenn die Terroristen Erfolg haben, bedeutet es das Ende der Schifffahrt und den Ruin der Küstenländer. Es braucht keine Verzögerungen zu geben – die Marines können an Bord der einfahrenden Frachter gehen, ohne dass sie ihre Fahrt verlangsamen. Und natürlich können die Terroristen auf einem Geisterschiff gar nicht zulassen, dass Militär an Bord kommt. Sie müssen das Feuer eröffnen, sich zu erkennen geben und fliehen. Ich glaube, auch die Reedereien werden uns zustimmen.«

»Wahrscheinlichkeit Nummer zwei?«, fragte Steve Hill.

»Sie fahren das Geisterschiff, randvoll mit Sprengstoff, in eine große Anlage, in eine Pipeline-Insel zum Beispiel oder in eine Ölplattform. Die ökologischen Schäden sind astronomisch, und die wirtschaftlichen Verluste werden jahrelang nachwirken. Saddam Hussein hat es in Kuwait getan; er hat sämtliche Ölquellen in Brand gesetzt, als die Koalitionstruppen einmarschierten, und nichts als verbrannte Erde zurückgelassen. Gegenmaßnahme wie oben: Jedes Schiff, das auch nur in die Nähe solcher Anlagen kommt, muss abgefangen und außerhalb einer Zehnmeilensicherheitszone positiv identifiziert werden.«

»Dazu haben wir nicht genug Kriegsschiffe«, gab Steve Hill zu bedenken. »Jede Pipeline-Insel, jede küstennahe Raffinerie, jede Ölplattform?«

»An der Kostenlast müssen sich die Eigentümerstaaten beteiligen. Es müssen auch nicht unbedingt Kriegsschiffe sein. Sobald ein abfangendes Schiff beschossen wird, hat das Geisterschiff seine Tarnung aufgegeben und kann aus der Luft versenkt werden, Sir.«

Marek Gumienny fuhr sich mit der Hand über die Stirn. »Sonst noch was?«

»Es gibt eine dritte Möglichkeit«, erwiderte Seymour. »Der Einsatz von Sprengstoff, um damit ein schreckliches Massaker unter Zivilpersonen anzurichten. In diesem Fall wäre das Ziel wahrscheinlich ein Touristenort am Meer, vollgestopft mit Strandurlaubern. Eine entsetzliche Vorstellung, vergleichbar mit der Zerstörung von Halifax, Nova Scotia, im Jahre 1917. Damals explodierte ein Munitionstransporter im inneren Hafenbecken. Die Stadt verschwand von der Landkarte. Das Unglück gilt immer noch als die größte nichtnukleare Explosion der Geschichte.«

»Ich werde das alles weiterberichten müssen, Steve, und meinen Vorgesetzten wird es nicht gefallen«, sagte Gumienny, als sie sich auf der Rollbahn verabschiedeten. »Übrigens, wenn Gegenmaßnahmen ergriffen werden – und das wird sich nicht vermeiden lassen –, werden wir die Medien da nicht heraushalten können. Wir können uns die beste Tarngeschichte ausdenken, die es gibt, um die Aufmerksamkeit von Colonel Martin abzulenken. Aber Sie wissen, dass wir der Realität ins Auge sehen müssen, auch wenn ich noch so große Hochachtung für ihn habe. Es ist sehr wahrscheinlich, dass er damit erledigt ist.«

Major Larry Duval warf einen Blick aus der Aufsichtsbaracke in der Sonne von Arizona und war wie immer begeistert vom Anblick des F-15 Strike Eagle, der ihn erwartete. Er flog die F-15E-Version, die vermutlich die Liebe seines Lebens war, seit zehn Jahren. Im Laufe seiner Karriere hatte er auch den F-111 Aardvark und den F-4G Wild Weasel geflogen; beides waren beachtliche Maschinen, und es war eine Ehre gewesen, dass die

U.S. Air Force ihn damit hatte fliegen lassen. Aber nach zwanzig Jahren als Flieger bei der USAF war der Eagle für ihn das Größte.

Der Jäger, den er an diesem Tag von der Luke Air Force Base nach Washington State hinauffliegen würde, wurde noch gewartet. Immun gegen Liebe und Lust, Hass und Angst, kauerte der Eagle schweigend inmitten des Gewimmels von Männern und Frauen in Overalls, die auf seiner gedrungenen Gestalt herumkletterten. Larry Duval beneidete seinen Eagle: Trotz seiner myriadenfach komplizierten Konstruktion konnte er nichts fühlen. Er konnte niemals Angst haben.

Das Flugzeug, das heute Morgen für den Testflug vorbereitet wurde, war auf dem Luftwaffenstützpunkt Luke grundlegend überholt und von oben bis unten gewartet worden. Nach einem solchen Werkstattaufenthalt verlangten die Vorschriften einen Testflug.

So wartete die Maschine an diesem Vormittag in der strahlenden Frühlingssonne von Arizona: 19 Meter lang, 6 hoch und 12 breit. Unaufgetankt wog sie 18 Tonnen, und ihr maximales Startgewicht betrug das Doppelte. Larry Duval drehte sich um, als sein für die Waffensysteme zuständiger Offizier, Captain Nicky Johns, hereingeschlendert kam, nachdem er seine eigenen Systemchecks absolviert hatte. Im Eagle sitzt der Weapons Systems Officer, kurz WSO oder »Wizzo«, im Tandemsitz hinter dem Piloten, umgeben von einer Bordelektronik im Wert von vielen Millionen Dollar. Auf dem langen Flug zum Stützpunkt McChord würde er sie komplett testen.

Der offene Geländewagen hielt vor der Tür, um die beiden Flieger die halbe Meile bis zu ihrem wartenden Jäger zu fahren. Sie verbrachten zehn Minuten mit den einleitenden Checks, obwohl die Wahrscheinlichkeit, dass die Bodencrew irgendetwas übersehen hatte, extrem gering war.

Sie schnallten sich an, nickten der Bodencrew ein letztes Mal zu, worauf die Leute von der Maschine kletterten, abzogen und die beiden allein ließen.

Larry Duval startete die beiden starken F-100-Triebwerke, die Kabinenhaube senkte sich zischend herab, rastete ein, und der Eagle begann zu rollen. Er drehte sich in den leichten Wind, der die Startbahn herunterwehte, blieb stehen, erhielt seine Freigabe und nickte noch einmal in einem letzten Bremstest. Dann schossen zehn Meter lange Flammen aus den Zwillingsnachbrennern, und Major Duval entfesselte die ganze Kraft der Triebwerke.

Eine Meile weiter, bei 185 Knoten, verließen die Räder den Asphalt der Startbahn. Der Eagle war in der Luft. Fahrwerk hoch, Klappen hoch, Abschaltung der Treibstoff saufenden Nachbrenner. Duval ging in einen Steigflug von 5000 Fuß pro Minute, und der Wizzo hinter ihm gab ihm die Kursangaben durch. Auf 30000 Fuß Höhe im klaren blauen Himmel richtete sich der Eagle aus und ging auf Nordwestkurs in Richtung Seattle. Die schneebedeckten Rocky Mountains unter ihnen würden sie auf dem ganzen Weg begleiten.

Im britischen Außenministerium war man mit den Vorbereitungen für den Transfer der Regierungsmitglieder und ihrer Berater zum G8-Treffen im April beinahe fertig. Die gesamte Delegation würde mit einer Chartermaschine vom Flughafen Heathrow nach JFK, New York, fliegen und dort formell von der amerikanischen Außenministerin empfangen werden.

Die sechs anderen nichtamerikanischen Delegationen würden aus verschiedenen Hauptstädten ebenfalls zum John-F.-Kennedy-Flughafen reisen.

Alle Delegationen würden im Transitbereich des Flughafens bleiben, eine Meile weit entfernt von den nächsten Demonstranten und Protestierern außerhalb der Sicherheitszone. Der Präsident würde einfach nicht zulassen, dass die Leute, die er als »Irre« bezeichnete, seinen Gästen Beleidigungen zubrüllten oder sie auf andere Weise belästigten. Was sich in Seattle und Genua ereignet hatte, würde sich nicht wiederholen.

Mit einer Luftbrücke von Hubschraubern würden die Konferenzteilnehmer vom Flughafen in eine zweite völlig abgeriegelte Umgebung gebracht werden. Von dort würden sie in den Konferenzort spazieren und fünf Tage in ungestörtem Luxus verbringen. Es war einfach und makellos.

»Niemand hat je daran gedacht, aber wenn man es sich recht überlegt, ist es regelrecht brillant«, sagte einer der britischen Diplomaten. »Vielleicht sollten wir es selbst eines Tages so machen.«

»Was noch besser ist«, brummte ein älterer und erfahrenerer Kollege, »nach Gleneagles werden wir eine Ewigkeit nicht an der Reihe sein. Sollen sich die andern ein paar Jahre lang den Kopf wegen der Sicherheit zerbrechen.«

Marek Gumienny meldete sich schon nach kurzer Zeit wieder bei Steve Hill. Er war in Begleitung des Direktors seines eigenen Dienstes, Porter Goss, im Weißen Haus gewesen und hatte seinen sechs Chefs die Schlussfolgerungen dargelegt, die man aus der bizarren Nachricht von der bis dahin völlig unbekannten Insel Labuan gezogen hatte.

»Sie sagten so ungefähr das Gleiche wie vorher«, berichtete Gumienny. »Was immer es ist, wo immer es ist, finden und zerstören Sie es.«

»Das sagt meine Regierung auch«, bestätigte Steve Hill. »Alle Register ziehen, erst schießen, dann fragen. Und wir sollen weiter zusammenarbeiten.«

»Kein Problem. Aber, Steve, meine Leute sind davon überzeugt, dass die USA das Ziel sein dürften. Also hat unser Küstenschutz Vorrang vor allem andern, vor Nah- und Mittelost, Asien und Europa. Wir beanspruchen die Priorität bei allen unseren Mitteln – Satelliten, Kriegsschiffe, alles. Wenn wir das Geisterschiff anderswo orten, okay, dann lenken wir unsere Mittel um und vernichten es.«

John Negroponte autorisierte die CIA, ihre britischen Kollegen auf vertraulicher Grundlage über die Maßnahmen zu informieren, die die USA zu ergreifen gedachten.

Die Abwehrstrategie basierte auf drei Phasen: Luftüberwachung, Identifizierung des Schiffs und Überprüfung. Bei unzureichenden Erklärungen oder unbegründeten Kursabweichungen würde das Schiff gewaltsam aufgebracht werden. Jeglicher Widerstand würde die vollständige Zerstörung auf See nach sich ziehen.

Zur Eingrenzung eines maritimen Territoriums zog man eine Kreislinie mit einem Radius von dreihundert Meilen um die Insel Labuan. Von der nördlichen Kurve dieses Kreises führte eine Linie über den Pazifik nach Anchorage an der Südküste von Alaska. Eine zweite Linie reichte von der Südkurve des Kreises südostwärts über den Pazifik bis an die Küste von Ecuador.

Das so umschriebene Gebiet umfasste fast den gesamten Pazifik und schloss die Westküste Kanadas, der USA und Mexikos – samt Panamakanal – bis hinunter nach Ecuador ein.

Es gab noch keinen Anlass, an die Öffentlichkeit zu gehen, hatte das Weiße Haus entschieden, aber man würde jedes Schiff, das in diesem Dreieck auf die amerikanische Küste zufuhr, überwachen. Alles, was das Dreieck verließ oder in Richtung Asien fuhr, würde man in Ruhe lassen.

Dank des jahrelangen Drucks seitens einiger nicht selten als verrückt bezeichneter Leute gab es jetzt noch eine unterstützende Prozedur. Die großen Reedereien hatten sich bereit erklärt, routinemäßig ihre Routenpläne einzureichen, wie Fluggesellschaften es mit ihren Flugplänen tun. Siebzig Prozent der Schiffe in der Kontrollzone würden deshalb aktenkundig sein, und die Reedereien konnten Kontakt mit ihren Kapitänen aufnehmen. Im Rahmen der neuen Vorschriften benutzten die Kapitäne im Kontakt mit ihren Reedereien immer ein bestimmtes, nur ihnen bekanntes Kennwort, wenn sie keine bedrohlichen Ereignisse zu melden hatten. Benutzten sie dieses Wort nicht, war zu vermuten, dass der Kapitän unter Zwang stand.

Zweiundsiebzig Stunden nach der Konferenz im Weißen Haus fing der erste KH-11-Keyhole-Satellit an, den Kreis um Indonesien zu fotografieren. Seine Computer hatten den Auftrag, jedes

Handelsschiff in einem Dreihundertmeilenradius um die Insel Labuan zu fotografieren, ganz gleich, auf welchem Kurs es sich befand. Als der Satellit mit dem Fotografieren anfing, befand sich die *Countess of Richmond* auf Südkurs in der Straße von Makassar, 310 Meilen weit südlich von Labuan. Sie wurde nicht fotografiert.

Für London war die Besessenheit, mit der das Weiße Haus einen Angriff vom Pazifik her befürchtete, nur die eine Seite der Medaille. Die Warnungen der Experten in Edzell waren in Großbritannien und in den USA weiter analysiert worden und hatten weitgehende Zustimmung gefunden.

Nach einem ausführlichen persönlichen Telefonat zwischen Downing Street und dem Weißen Haus kam es zu einer Übereinkunft bezüglich der beiden wichtigsten Meerengen östlich von Malta. Die Royal Navy würde in Partnerschaft mit den Ägyptern das Südende des Suezkanals überwachen und jedes Schiff, das aus Asien kam, kontrollieren, mit Ausnahme der allerkleinsten.

Die Kriegsschiffe der US-Marine im Persischen Golf, in der Arabischen See und im Indischen Ozean würden in der Straße von Hormuz patrouillieren. Hier konnte die Bedrohung nur von einem sehr großen Schiff kommen, das sie im tiefen Fahrwasser in der Mitte der Meerenge versenken könnten. Der Verkehr bestand größtenteils aus Supertankern, die leer von Süden heraufkamen. Auf dem Rückweg lagen sie tief im Wasser, randvoll mit Rohöl, das sie an irgendeiner der vielen Dutzend Ölinseln vor den Küsten des Iran, der Vereinigten Emirate, Qatars, Bahrains, Saudi-Arabiens und Kuwaits aufgenommen hatten.

Ein Vorteil für die Amerikaner war, dass solche Schiffe insgesamt nur wenigen Eignergesellschaften gehören, die alle zur Zusammenarbeit bereit waren, um eine Katastrophe zu verhindern. Einen Trupp US-Marineinfanteristen per Sea-Stallion-Hubschrauber dreihundert Meilen weit vor der Straße von Hormuz auf Deck eines Supertankers abzusetzen und die Brücke kontrollieren zu lassen, dauerte nicht lange, und das Schiff brauchte seine Fahrt nicht zu verringern.

Was die Gefahren zwei und drei auf der Liste anging, wurde jede Regierung in Europa, die einen größeren Hafen besaß, vor der potenziellen Existenz eines Geisterschiffs unter terroristischem Kommando gewarnt. So hatte Dänemark Kopenhagen zu sichern, Schweden Stockholm und Göteborg, Deutschland Hamburg und Bremen. Frankreich schützte Brest und Marseille. Britische Marineflugzeuge starteten in Gibraltar und sicherten die Meerenge zwischen ihrem Felsen und Marokko gegen alles, was aus dem Atlantik kommen konnte.

Während des gesamten Flugs über die Rocky Mountains hatte Major Duval den Eagle auf Herz und Nieren getestet, und das Flugzeug funktionierte perfekt. Das Wetter unter ihnen hatte sich geändert.

Am blauen Himmel von Arizona erschienen zuerst ein paar Federwolken, die allmählich dichter wurden, als er die Grenze von Nevada nach Oregon überflog. Als er den Columbia River hinter sich hatte und die Grenze nach Washington überflog, reichte die dichte Wolkendecke unter ihm von Baumwipfelhöhe bis auf 20000 Fuß und zog von Kanada herunter nach Süden. Bei 30000 Fuß flog er immer noch durch einen klaren blauen Himmel, aber es würde ein langer Sinkflug durch dichten Nebel werden. Aus zweihundert Meilen Entfernung rief er den Stützpunkt McChord und bat um eine bodengeführte Landung.

McChord forderte ihn auf, sich im Osten zu halten, über Spokane hereinzuschwenken und den Landeanweisungen zu folgen. Der Eagle war in der Ostkurve in Richtung McChord, als der teuerste Schraubenschlüssel der U.S. Air Force, der zwischen zwei Hydraulikleitungen im Steuerbordtriebwerk geklemmt hatte, herausrutschte. Beim Übergang in den Geradeausflug fiel der Schraubenschlüssel in die Turbine.

Das erste Resultat war ein mächtiger Knall irgendwo in den

Eingeweiden des F-100-Triebwerks, als die messerscharfen, annähernd mit Schallgeschwindigkeit rotierenden Kompressorblätter abgerissen wurden. Jedes abgerissene Blatt blockierte die folgenden. In beiden Cockpits antwortete ein grelles rotes Blinklicht auf Nicky Johns Aufschrei: »Fuck, was war das?«

Larry Duval vor ihm hörte einen Schrei in seinem eigenen Kopf: »Abschalten!«

Nach jahrelanger Flugerfahrung taten Duvals Finger ihre Arbeit fast allein: Sie legten einen Schalter nach dem andern um – Treibstoff, elektrische Schaltkreise, hydraulische Leitungen. Aber das Steuerbordtriebwerk stand in Flammen. Die internen Feuerlöscher setzten automatisch ein, doch es war zu spät. Das F-100-Triebwerk riss auseinander.

Der Wizzo hinter Duval rief McChord: »Mayday, Mayday, Mayday, Feuer im Steuerbordtriebwerk …«

Ein neuerliches Krachen hinter ihm unterbrach ihn. Statt abzuschalten, hatten Splitter des zerreißenden Triebwerks den Feuerschutz nach Backbord durchschlagen. Neue rote Lampen leuchteten auf. Das Backbordtriebwerk brannte jetzt auch. Mit reduziertem Treibstoff und einem funktionierenden Triebwerk hätte Duval die Maschine noch landen können. Aber wenn beide Triebwerke ausfallen, gleitet ein modernes Jagdflugzeug nicht wie in früheren Zeiten zu Boden, sondern fällt wie ein Stein vom Himmel.

Bei der Untersuchung würde Captain Johns später aussagen, dass die Stimme seines Piloten ruhig und besonnen klang. Er hatte den Funk auf »Senden« gestellt, sodass der Fluglotse in McChord nicht informiert zu werden brauchte. Er hörte ständig mit.

»Ich habe beide Triebwerke verloren«, sagte der Major. »Bereitmachen zum Aussteigen.«

Der Wizzo warf einen letzten Blick auf seine Instrumente. Höhe: 24000 Fuß. Sinkflug, steiler werdend. Draußen schien immer noch die Sonne, aber die Wolkendecke kam ihnen rasend schnell entgegen. Er sah sich um. Der Eagle war eine fliegende

Fackel, lodernd von einem Ende zum andern. Er hörte die ruhige Stimme vor ihm.

»Schleudersitz betätigen.«

Beide Männer packten den Griff neben ihrem Sitz und zogen. Mehr brauchten sie nicht zu tun. Moderne Schleudersitze sind so weit automatisiert, dass sie alles Nötige übernehmen, selbst wenn der Flieger bewusstlos ist.

Weder Larry Duval noch Nicky Johns sah, wie ihr Flugzeug starb. Keine Sekunde zu früh schossen sie senkrecht durch die zerberstende Haube in die eisige Stratosphäre. Der Sitz hielt ihre Arme und Beine fest, sodass sie nicht herumgewirbelt und abgerissen werden konnten. Der Sitz schützte ihre Gesichter vor dem Druck der Beschleunigung, der ihnen sonst die Wangenknochen in den Schädel gedrückt hätte.

Kleine Bremsfallschirme stabilisierten die Schleudersitze auf dem Sturzflug zur Erde. In Sekundenschnelle waren sie in der Wolkendecke verschwunden. Durch ihre Helmvisiere sahen die beiden Flieger nichts als nasse graue Wolken, die an ihnen vorbeiflogen.

Der Sitz spürte, dass sie nah genug über dem Boden waren, um die Absprengladungen auszulösen. Die Haltegurte schnappten auf, und die beiden Männer, inzwischen eine Meile weit voneinander entfernt, wurden aus ihren Sitzen gerissen, die unter ihnen wegstürzten.

Die Fallschirme funktionierten ebenfalls automatisch. Auch sie öffneten zuerst einen kleinen Bremsfallschirm, um den freien Fall in der Luft zu stabilisieren, dann öffnete sich der Hauptschirm. Mit einem mächtigen Ruck verringerte sich die tödliche Fallgeschwindigkeit von hundertzwanzig Meilen pro Stunde auf ungefähr vierzehn.

Allmählich spürten sie die intensive Kälte durch ihre dünnen Nylon-Anti-G-Overalls. Sie schienen in einem gespenstischen nassgrauen Limbo zwischen Himmel und Hölle zu schweben, bis sie in die Wipfel der Fichten krachten.

Im Halbdunkel unter dem bewölkten Himmel landete der

Major auf einer Lichtung, wobei sein Fall durch Polster flacher Fichtenzweige abgefedert wurde. Benommen und atemlos blieb er ein paar Sekunden liegen. Dann öffnete er den Gurtverschluss vor seinem Bauch, rappelte sich auf und schaltete sein Funkgerät ein, damit die Retter ihn orten konnten.

Nicky Johns war ebenfalls in den Bäumen gelandet, aber nicht auf einer Lichtung, sondern im dichten Wald. Der Schnee von den Ästen überschüttete ihn, und er wartete auf den Aufschlag, doch der kam nicht. Über sich in der eisigen Düsternis sah er, dass sein Fallschirm in den Bäumen hängen geblieben war. Unter sich konnte er den Boden erkennen. Schnee und Fichtennadeln. Ungefähr fünf Meter. Er holte tief Luft, öffnete den Gurtverschluss und fiel.

Mit etwas Glück wäre er gelandet und wieder aufgestanden. Aber stattdessen hörte er ein sauberes Knacken in seinem linken Schienbein, als seine Wade zwischen zwei kräftige Äste am Boden geriet. Kälte und Schock würden seine Reserven gnadenlos aufzehren, das wusste er gleich. Auch er schaltete seinen Peilsender ein.

Der Eagle war noch ein paar Sekunden weitergeflogen, nachdem die Besatzung ausgestiegen war. Dann richtete sich die Nase auf, er geriet ins Trudeln, kippte wieder ab und explodierte, als er in die Wolken stürzte. Die Flammen hatten die Treibstofftanks erreicht.

Er zerbarst in tausend Stücke. Die beiden Triebwerke lösten sich und fielen senkrecht nach unten. Nach zwanzigtausend Fuß schossen jeweils fünf Tonnen loderndes Metall mit einer Geschwindigkeit von fünfhundert Meilen pro Stunde in die Wildnis der Cascades. Das eine zerstörte zwanzig Bäume. Das andere tat mehr.

Der CIA-Officer, der die Truppe in der Hütte kommandierte, brauchte mehr als zwei Minuten, um wieder zu sich zu kommen und sich vom Boden der Kantine aufzurappeln, wo er zu Mittag gegessen hatte. Er war benommen, und ihm war übel. Im wirbelnden Staub lehnte er sich an die Wand der Blockhütte und fing an, Namen zu rufen. Stöhnen war die Antwort. Zwanzig Minuten später war er mit seiner Bestandsaufnahme fertig. Die beiden Männer, die im Aufenthaltsraum Pool gespielt hatten, waren tot. Drei andere waren verletzt. Zwei waren draußen unterwegs gewesen und hatten Glück gehabt. Sie waren hundert Meter weit entfernt, als der Meteorit, wie sie glaubten, in die Hütte eingeschlagen war. Als klar war, dass von den zwölf CIA-Leuten zwei tot waren, drei schnellstens einen Arzt brauchten, die beiden Spaziergänger wohlauf und die fünf übrigen mit einem üblen Schrecken davongekommen waren, sahen sie nach ihrem Gefangenen.

Später würde man ihnen vorwerfen, sie hätten zu langsam reagiert, aber bei der Untersuchung stellte man schließlich fest, dass sie sich zu Recht als Erstes um sich selbst gekümmert hatten. Ein Blick durch das Guckloch in die Zelle des Afghanen ergab, dass es dort zu hell war. Als sie hineinstürmten, stand die Tür, die in den ummauerten Hof führte, weit offen. Die Zelle selbst, aus armiertem Beton gebaut, war intakt geblieben.

Aber die Mauer des Hofes sah anders aus. Sie war zwar auch aus Beton, doch das herabschießende F-100-Triebwerk hatte ein anderthalb Meter breites Loch hineingerissen, bevor es schräg abprallend in das Mannschaftsquartier gerast war.

Und der Afghane war verschwunden.

FÜNFZEHN

Während sich die große amerikanische Schlinge um die Philippinen, Borneo und das östliche Indonesien und quer über den Pazifik bis zur amerikanischen Küste spannte, verließ die *Countess of Richmond* die Flores-See und fuhr durch die Lombok-Straße zwischen Lombok und Bali hinaus in den Indischen Ozean. Dann ging sie auf Westkurs, in Richtung Afrika.

Der Notruf des sterbenden Eagle war an mindestens drei Stellen gehört worden. McChord Air Force Base hatte natürlich alles auf Band, denn sie hatte Kontakt mit der Mannschaft gehabt. Die Marineflugstation auf Whidbey Island, nördlich von McChord, hörte regelmäßig Kanal 16 ab, ebenso die Küstenwache oben in Bellingham. Wenige Sekunden nach dem Notruf waren sie miteinander in Kontakt und standen bereit, die Position der abgesprungenen Besatzung zu triangulieren.

Die Zeit, als Piloten hilflos in einem Schlauchboot dümpelten oder irgendwo in einem Wald lagen und darauf warteten, gefunden zu werden, ist längst vorbei. Die heutigen Flieger tragen eine Rettungsjacke mit einem Hightech-Peilsender, klein, aber leistungsstark, und einem Funkgerät, das die Kommunikation per Sprechfunk ermöglicht.

Die Peilsender wurden sofort geortet, und die drei Lauschposten hatten die Männer bald auf ein paar Meter genau lokalisiert. Major Duval befand sich im Herzen des Nationalparks, Captain Johns war im Nutzwald gelandet. Beide Bereiche waren wegen des Winters immer noch für die Öffentlichkeit gesperrt.

Die Wolkendecke unmittelbar über den Baumwipfeln würde die Rettung per Hubschrauber verhindern, auch wenn das die schnellste und bevorzugte Methode war. Ein Rettungsunternehmen nach altmodischer Art musste gestartet werden. Geländewagen oder Halbkettenfahrzeuge würden die Bergungsmannschaft über die vorhandenen Pisten so nah wie möglich an die Landeplätze bringen, dann ginge es mit Schweiß und Muskelkraft weiter.

Der größte Feind war jetzt die Unterkühlung, und wegen des gebrochenen Beins kam bei Johns ein traumatischer Schock dazu. Der Sheriff von Watcom County teilte über Funk mit, seine Deputys seien einsatzbereit und könnten sich innerhalb von dreißig Minuten in dem Städtchen Glacier am Rande des Waldgebiets treffen. Dort waren sie dem Wizzo mit seinem gebrochenen Bein am nächsten. Mehrere Holzfäller, die in der Nähe von Glacier wohnten, kannten jeden Holzweg, der durch den Wald führte. Der Sheriff bekam Johns Position auf ein paar Meter genau mitgeteilt und machte sich mit seinen Männern auf den Weg.

Um die Moral des Verletzten zu stärken, verband McChord den Sheriff mit dem Funkgerät an der Rettungsweste des Wizzos, damit er ihm Mut zusprechen konnte, während sie sich ihm näherten.

Der Washington National Park Service widmete sich Major Duval. Die Ranger hatten Erfahrung im Überfluss: Jedes Jahr verunglückten Camper und mussten geborgen werden. Sie kannten alle Straßen und Pfade im Park. Mit Schneemobilen und Vierrad-Bikes fuhren sie los. Der Major war unverletzt, daher würden sie hoffentlich keine Trage benötigen.

Aber von Minute zu Minute sank die Körpertemperatur der beiden Flieger – bei Johns, der sich nicht bewegen konnte, schneller als bei Duval. Es war ein Wettlauf gegen die Zeit; die beiden Männer brauchten Handschuhe, Stiefel, Thermodecken und heiße Suppe, bevor die Kälte sie überwältigte.

Niemand sagte den Rettungstrupps – weil niemand es wusste –, dass sich an diesem Tag noch ein Mann durch die Wildnis schlug und dass er sehr gefährlich war.

Zum Glück für das CIA-Team in der zertrümmerten Hütte war ihre Telekommunikationseinheit unbeschädigt geblieben. Der Commander brauchte nur eine Nummer anzurufen, aber die war gut. Sie verband ihn über eine abhörsichere Leitung mit dem Schreibtisch Marek Gumiennys in Langley. Drei Zeitzonen weiter östlich, gegen vier Uhr nachmittags, nahm der den Anruf entgegen.

Als er die Neuigkeiten erfuhr, wurde er sehr still. Er tobte und fluchte nicht, obwohl das, was er da hörte, eine größere Katastrophe für die Company war. Bevor sein Untergebener in der Cascades Wilderness zum Schluss gekommen war, analysierte Gumienny die Katastrophe bereits. Die beiden Toten würden in der Eiseskälte eine Weile warten können. Die drei Verletzten mussten dringend evakuiert werden. Und der Flüchtige musste gefasst werden.

»Kann ein Hubschrauber zu Ihnen durchkommen?«

»Nein, Sir. Die Wolkendecke liegt dicht über den Baumwipfeln, und es wird bald wieder schneien.«

»Welches ist der nächste Ort, den Sie über eine Piste erreichen können?«

»Mazama. Das liegt außerhalb der Wilderness, aber es gibt eine Gutwetterpiste, die von dort zum Hart's Pass führt. Der ist eine Meile weit von hier entfernt. Doch von hier aus gibt es keine Piste dorthin.«

»Was Sie da haben, ist eine streng geheime Forschungseinrichtung, verstanden? Es hat einen schweren Unfall gegeben. Sie brauchen dringend Hilfe. Alarmieren Sie den Sheriff in Mazama; er soll zu Ihnen kommen mit allem, was er hat. Halbkettenfahrzeuge, Schneemobile, Offroader. So dicht heran wie möglich. Die letzte Meile mit Skiern, Schneeschuhen, Schlitten. Schaffen Sie die Verletzten ins Krankenhaus. Können Sie sich einstweilen warmhalten?«

»Ja, Sir. Zwei Räume sind zerstört, drei andere haben wir verschließen können. Die Zentralheizung ist hin, aber wir haben ein Holzfeuer.«

»Gut. Wenn der Rettungstrupp kommt, schließen Sie alles ab, zerstören Sie die geheimen Kommunikationseinrichtungen, nehmen Sie alle Codes mit und bringen Sie die Verletzten ins Krankenhaus.«

»Sir?«

»Ja?«

»Was ist mit dem Afghanen?«

»Den überlassen Sie mir.«

Marek Gumienny dachte an das Schreiben, das John Negroponte ihm zu Beginn von Operation Crowbar gegeben hatte. Allumfassende Vollmachten. Ohne Einschränkungen. Es war Zeit, dass die Army ihre Steuerdollars verdiente. Er rief im Pentagon an.

Dank seiner jahrelangen Zugehörigkeit zur Company und dem neuen Geist der Informationsweitergabe hatte er gute Kontakte zum Militärischen Nachrichtendienst, und dieser wiederum war bestens befreundet mit den Special Forces. Zwanzig Minuten später erfuhr er, dass er vielleicht den ersten Glückstreffer an einem wirklich üblen Tag gelandet hatte.

Keine vier Meilen weit von der McChord AFB entfernt liegt der Army-Stützpunkt Fort Lewis. Ein Teil dieser großen Garnison ist für unbefugtes Personal gesperrt, und hier befindet sich das Quartier der First Special Forces Group, einer Einsatzgruppe, die unter ihren wenigen Freunden als Operational Detachment Group (OD) Alpha 143 bekannt ist. Die Ziffer 3 am Ende besagt, dass es sich um eine Gebirgsjägereinheit handelt, ein »A«-Team. Der befehlshabende Offizier war Senior Captain Michael Linnett.

Als der Adjutant der Einheit den Anruf des Pentagons entgegennahm, hatte er wenig Hilfreiches zu sagen, obwohl er mit einem Zweisternegeneral sprach.

»Im Moment, Sir, sind sie nicht in der Basis. Sie nehmen an einer taktischen Übung am Mount Rainier teil.«

Der in Washington stationierte General erinnerte sich dunkel daran, dass dieser trostlose Berggipfel weit im Süden von Tacoma in Pierce County lag.

»Können Sie sie per Hubschrauber zur Basis zurückholen lassen, Lieutenant?«

»Ja, Sir, ich denke schon. Die Wolkendecke ist hoch genug.«

»Können Sie sie dann auch mit einem Airlift zu einem Ort namens Mazama bringen, in der Nähe des Hart's Pass in der Wilderness?«

»Das muss ich überprüfen, Sir.«

Der General wartete. Nach drei Minuten war der Lieutenant wieder am Apparat.

»Nein, Sir. Die Wolkenuntergrenze liegt dicht über den Baumwipfeln, und es ist Schneefall angesagt. Da hinauf kommen sie nur per Lastwagen.«

»Na, dann schaffen Sie sie auf dem schnellstmöglichen Weg dorthin. Sie sagen, sie sind im Manöver?«

»Ja, Sir.«

»Haben sie alles bei sich, was sie für einen Einsatz in der Pasayten Wilderness brauchen?«

»Alles für den Einsatz im rauen Gelände bei Minustemperaturen, Sir.«

»Auch scharfe Munition?«

»Ja, Sir. Die Übung ist eine simulierte Terroristenjagd im Rainier National Park.«

»Tja, jetzt ist es keine Übung mehr, Lieutenant. Die gesamte Einheit soll sich beim Büro des Sheriffs in Mazama melden. Setzen Sie sich mit einem CIA-Agenten namens Olsen in Verbindung. Halten Sie ständig Kontakt mit Alpha, und erstatten Sie mir über den Fortgang Bericht.«

Um Zeit zu sparen, forderte Captain Linnett, der beim Abstieg vom Mount Rainier informiert wurde, dass ein Notfalleinsatz angesetzt war, selbst die Luftevakuierung an. Fort Lewis hatte einen eigenen Chinook-Mannschaftstransporter, der das Alpha-Team dreißig Minuten später auf einem leeren Parkplatz am Fuße des Berges abholte.

Der Chinook flog das Team so weit nach Norden, wie es die Bewölkung gestattete, und setzte es auf einem kleinen Flugfeld westlich von Burlington ab. Der Lastwagen war eine Stunde früher losgefahren, und sie kamen fast gleichzeitig an.

Von Burlington schlängelte sich die Interstate 20 durch die unwirtliche Landschaft am Skagit River entlang in die Cascades. Diese Straße ist im Winter geschlossen und darf nur von behördlichen und speziell ausgerüsteten Fahrzeugen befahren werden, aber der Mannschaftstransporter der Special Forces war für alle bekannten und ein paar noch nicht erfundene Arten von Gelände eingerichtet. Trotzdem kamen sie nur langsam voran. Sie brauchten vier Stunden, bis der erschöpfte Fahrer den Lastwagen knirschend in die Kleinstadt Mazama rollen ließ.

Das CIA-Team, das sie vorfanden, war ebenfalls erschöpft, aber zumindest waren ihre verletzten Kollegen jetzt, mit Morphin versorgt, in einem richtigen Krankenwagen auf dem Weg nach Süden, wo ein Hubschrauber sie aufnehmen und ins Tacoma Memorial Hospital fliegen würde.

Olsen berichtete Captain Linnett so viel, wie er für nötig hielt. Linnett erklärte gereizt, er sei Geheimnisträger, und bestand darauf, Genaueres zu erfahren.

»Dieser Flüchtling – hat er Polarkleidung und Stiefel?«

»Nein. Feste Schuhe, warme Hose, eine leichte Steppjacke.«

»Keine Skier oder Schneeschuhe? Ist er bewaffnet?«

»Nein.«

»Es ist schon dunkel. Hat er eine Nachtsichtbrille? Irgendetwas, womit er sich im Gelände bewegen kann?«

»Nein, ganz sicher nicht. Er war Einzelhäftling in einer Hochsicherheitszelle.«

»Dann ist er erledigt«, sagte Linnett. »Bei diesen Temperaturen, ohne Kompass im meterhohen Schnee, läuft er im Kreis. Wir kriegen ihn.«

»Da ist nur eins. Er ist ein Mann aus den Bergen. Dort geboren und aufgewachsen.«

»Hier in der Gegend?«

»Nein. In Tora Bora. Er ist Afghane.«

Linnett starrte ihn verblüfft an. Er hatte in Tora Bora gekämpft. Er war bei der ersten Invasionswelle dabei gewesen, als die britischen und amerikanischen Special Forces der Koalitionstruppen durch die Berge der Spin Ghar gestreift waren und eine flüchtige Gruppe von Saudi-Arabern gesucht hatten, von denen einer einen Meter neunzig groß war. Und er war noch einmal da gewesen und hatte an der Operation Anaconda teilgenommen. Auch die war schlecht gelaufen. Bei Anaconda waren ein paar gute Männer verloren gegangen. Mit Paschtunen aus Tora Bora hatte Linnett noch eine Rechnung zu begleichen.

»Aufsitzen«, rief er, und das Team Alpha stieg wieder in den Lastwagen, der sie zum Hart's Pass hinauffahren würde. Von dort an würde es weitergehen wie vor dreitausend Jahren: auf Skiern und Schneeschuhen.

Als sie abrückten, kam über das Funkgerät des Sheriffs die Meldung, dass die beiden Piloten gefunden und evakuiert worden waren, stark unterkühlt, aber lebend. Sie waren jetzt im Krankenhaus in Seattle. Das war eine gute Nachricht, doch für einen Mann namens Lemuel Wilson kam sie ein bisschen zu spät.

Die angloamerikanischen Schifffahrtsexperten, die Operation Crowbar übernommen hatten, konzentrierten sich immer noch auf die Möglichkeit Nummer eins: dass al-Qaida planen könnte, eine lebenswichtige internationale Wasserstraße zu schließen.

In diesem Fall käme es entscheidend auf die Größe des Schiffes an. Die Ladung war ohne Bedeutung, einmal abgesehen davon, dass auslaufendes Öl die Arbeit von Abwracktauchern unmöglich machen würde. Nachfragen wanderten rund um den Globus; ihr Ziel war es, jedes Schiff oberhalb einer bestimmten Tonnage-Grenze auf den Weltmeeren zu erfassen.

Natürlich, je größer ein solches Schiff ist, desto weniger gab es von seiner Sorte, und die meisten gehörten respektablen und gigantischen Konzernen. Die fünfhundert landläufig als »Supertanker« bekannten Schiffe wurden überprüft und als ungefährdet erkannt. Danach wandte man sich in Zehntausend-Tonnen-Schritten den kleineren Frachtern zu. Als alle Schiffe von mehr als 50 000 Bruttoregistertonnen für unbedenklich befunden waren, ließ die »Blockadepanik« allmählich nach.

Das Lloyd's Register ist wahrscheinlich immer noch das umfassendste Archiv der Welt. Das Team in Edzell richtete eine Standleitung zu Lloyd's ein, die ständig offen blieb. Auf den Rat von Lloyd's konzentrierte man sich auf Schiffe, die unter Billigflaggen fuhren, in zwielichtigen Häfen beheimatet waren oder suspekten Reedereien gehörten. Lloyd's und die Antiterror-Abteilung des Secret Intelligence Service in Zusammenarbeit mit der CIA belegten mehr als zweihundert Schiffe mit einem Küstenannäherungsverbot, ohne dass ihre Kapitäne oder Reedereien etwas davon wussten. Aber noch immer tauchte am Horizont nichts auf, was die Alarmglocken schrillen ließ.

Captain Linnett kannte die Berge und wusste, dass ein Mann ohne spezielles Schuhwerk, der versuchte, durch den hohen Schnee, durchsetzt von unsichtbaren Baumstümpfen, Wurzeln, Spalten, Gräben und Bachläufen voranzukommen, nicht mehr als eine klägliche halbe Meile in der Stunde zurücklegen würde.

Ein solcher Mann würde wahrscheinlich durch den verharschten Schnee in ein Wasserrinnsal brechen, und dann würde – bei nassen Füßen – seine Körpertemperatur in alarmierendem Tempo sinken, was zu Unterkühlung und Erfrierungen an den Zehen führen würde.

Olsens Nachricht aus Langley ließ keinen Platz für Zweifel: Unter keinen Umständen durfte der Flüchtling Kanada oder auch nur ein funktionierendes Telefon erreichen.

Linnett war seiner Sache ziemlich sicher. Ohne Kompass würde der Flüchtling im Kreis herumlaufen. Bei jedem zweiten Schritt würde er stolpern und fallen. In der Dunkelheit unter den Bäumen konnte er nichts sehen; selbst wenn der Mond nicht hinter einer zwanzigtausend Fuß dicken Eiswolkendecke verborgen gewesen wäre, hätte er hier nicht durchdringen können.

Schön, der Mann hatte fünf Stunden Vorsprung, aber selbst wenn er sich in gerader Linie voranbewegte, würde er nicht mehr als drei Meilen zurückgelegt haben. Auf Skiern konnten die Männer der Special Forces das Dreifache schaffen, und wenn Felsen und Baumstümpfe sie zwangen, Schneeschuhe zu benutzen, wären sie immer noch doppelt so schnell wie der Flüchtling.

Was die Skier anging, hatte er Recht. Vom Ende der Piste, wo der Lastwagen sie absetzte, bis zu der zerstörten CIA-Hütte brauchte er weniger als eine Stunde. Er und seine Männer untersuchten sie kurz, um festzustellen, ob der Flüchtige zurückgekehrt war und sich eine bessere Ausrüstung geholt hatte, aber darauf wies nichts hin. Die beiden Toten lagen steif gefroren mit auf der Brust gefalteten Händen aufgebahrt in der Kantine, wo sie vor streunenden Tieren sicher waren. Sie würden warten müssen, bis die Wolkendecke sich hob und ein Hubschrauber landen konnte.

In einem »A«-Team sind zwölf Mann. Linnett war der einzige Offizier, seine Nummer zwei war ein Unteroffizier. Die übrigen zehn waren erfahrene Soldaten, und der Rangniedrigste war ein Staff Sergeant. Zwei von ihnen waren Pioniere (und Experten für Sprengungen), zwei waren Funker, zwei Sanitäter, einer Team Sergeant (mit zwei Spezialgebieten), einer Nachrichtensergeant und zwei Scharfschützen. Während Linnett in der zerstörten Hütte war, suchte sein Team Sergeant, der ein erfahrener Spurenleser war, den Boden ringsum ab.

Der drohende Neuschnee war nicht gefallen; das Gelände um den Hubschrauberlandeplatz und vor dem Vordereingang war ein Gewirr von Schneeschuhspuren. Aber von der geborstenen Hofmauer führte eine einzelne Fußspur in Richtung Norden.

Zufall?, fragte sich Linnett. Es war genau die Richtung, die der Flüchtige unter keinen Umständen einschlagen durfte. Sie führte nach Kanada, das zweiundzwanzig Meilen weit entfernt war. Doch für den Afghanen bedeutete das einen Fußmarsch von vierundvierzig Stunden. Er würde es niemals schaffen, selbst wenn es ihm gelänge, in gerader Linie zu marschieren. Auf halbem Wege würde das Alpha-Team ihn schnappen.

Die nächste Meile zurückzulegen dauerte eine Stunde auf Schneeschuhen. Dann fanden sie die andere Hütte. Niemand hatte je von den zwei oder drei Hütten gesprochen, die in der Pasayten Wilderness stehen durften, weil sie in der Zeit vor dem Bauverbot errichtet worden waren. Und in diese hier war eingebrochen worden. Die zerbrochene Dreifach-Verglasung und der Stein, der neben den Scherben lag, ließen keinen Zweifel daran.

Captain Linnett ging als Erster hinein, den entsicherten Karabiner im Anschlag. Durch die eingeschlagene Fensterscheibe gaben zwei Mann ihm Deckung. Nach weniger als einer Minute stand fest, dass niemand da war, weder in der Hütte noch im benachbarten Holzschuppen, noch in der leeren Garage. Aber die Spuren waren überall. Linnett versuchte das Licht einzuschalten, doch der Strom wurde offenbar durch einen Generator erzeugt, wenn der Eigentümer hier war, und das Gerät stand abgeschaltet hinter der Garage. Sie waren auf ihre Taschenlampen angewiesen.

Neben dem großen Kamin im Wohnzimmer lagen eine Schachtel Streichhölzer und ein paar lange Kienspäne, um die Holzscheite auf dem Rost anzuzünden, und für den Fall, dass der Generator ausfiel, war auch ein dickes Bündel Kerzen da. Der Einbrecher hatte beides benutzt, um sich zurechtzufinden. Captain Linnett wandte sich an einen der beiden Funker.

»Treiben Sie den Sheriff auf, und stellen Sie fest, wem die Bude gehört«, befahl er und fing an, sich umzusehen. Anscheinend war nichts beschädigt, aber alles war durchsucht worden.

»Ein Chirurg aus Seattle«, meldete der Sergeant. »Macht im Sommer hier Urlaub und schließt im Herbst ab.«

»Name und Telefonnummer. Er muss beides beim Sheriff hinterlassen haben.« Als der Sergeant diese Informationen erhalten hatte, bekam er den Befehl, mit Fort Lewis Verbindung aufzunehmen; dort sollte man den Arzt zu Hause in Seattle anrufen und per Funk zur Hütte weiterverbinden. Dass es sich um einen Chirurgen handelte, war ein glücklicher Zufall: Chirurgen haben Piepser für Notfälle. Und diese Situation war einer.

Das Geisterschiff kam nicht einmal in die Nähe von Surabaya. Es gab dort keine Ladung teurer Seidenstoffe, und die sechs Scheincontainer standen ja bereits auf dem Vorderdeck der *Countess of Richmond*.

Sie nahm die Südroute an Java vorbei, passierte die Weihnachtsinsel und fuhr hinaus in den Indischen Ozean. Für Mike Martin wurde die Routine an Bord zu einem Ritual.

Der psychopathische Ibrahim blieb die meiste Zeit in seiner Kabine und war zum Glück fast immer seekrank. Der Ingenieur kümmerte sich um seine Maschinen, die auf vollen Touren liefen. Der Dieselverbrauch spielte keine Rolle – da, wo die *Countess* hinfuhr, brauchte sie keinen Treibstoff für die Rückfahrt.

Martin hatte noch immer keine Antwort auf die beiden entscheidenden Fragen. Wohin fuhr das Schiff, und welche Sprengkraft lag unter seinen Decks? Niemand schien es zu wissen, vielleicht mit Ausnahme des Chemieingenieurs. Aber der redete nie darüber, und das Thema wurde nicht angesprochen.

Der Funker hörte den Äther ab, wobei er von einer Suchaktion erfahren haben musste, die sich über den ganzen Pazifik erstreckte und an der Straße von Hormuz und am Suezkanal stattfand. Vielleicht berichtete er Ibrahim davon, aber den andern gegenüber erwähnte er es nicht.

Die anderen fünf Männer aßen abwechselnd in der Kombüse Teller um Teller Konservenmahlzeiten und wechselten sich auch am Steuer ab. Der Steuermann gab den Kurs vor, zuerst lange nach Westen und dann nach Südwesten, zum Kap der Guten Hoffnung.

Sie beteten fünfmal am Tag, wie die Schrift es verlangte, lasen im Koran und starrten auf das Meer hinaus.

Martin dachte daran, das Schiff in seine Gewalt zu bringen. Er hatte keine Waffe; allenfalls konnte er ein Küchenmesser stehlen, und er würde sieben Männer töten müssen, von denen einer – Ibrahim – vermutlich mindestens eine, vielleicht mehrere Schusswaffen besaß. Außerdem waren die Männer vom Maschinenraum bis zur Funkerkabine auf dem Vorderkastell verteilt. Wenn sie sich einem klar erkennbaren Ziel an der Küste näherten, würde er es versuchen müssen, das wusste er. Aber solange sie auf dem Indischen Ozean waren, musste er abwarten.

Er wusste nicht, ob seine Nachricht in der Tauchertasche gefunden oder ungelesen auf irgendeinen Dachboden gewandert war, und er wusste nicht, dass er eine weltumspannende Schiffssuche ausgelöst hatte.

»Hier ist Dr. Berenson. Mit wem spreche ich?«

Michael Linnett nahm das Mikro von dem Set auf dem Rücken des Sergeants und log: »Ich gehöre zum Büro des Sheriffs in Mazama. Im Augenblick bin ich bei Ihrer Hütte in der Wilderness. Ich muss Ihnen leider mitteilen, dass hier eingebrochen wurde.«

»Verflucht, nein. Ist was beschädigt worden?«, fragte die blecherne Stimme aus Seattle.

»Er hat das große Vorderfenster mit einem Stein eingeschlagen, Doktor. Das scheint der einzige Schaden am Gebäude zu sein. Jetzt geht es darum, ob etwas gestohlen wurde. Haben Sie Schusswaffen in der Hütte?«

»Auf keinen Fall. Ich habe zwei Jagdgewehre und eine Schrotflinte, aber die nehme ich mit, wenn ich im Herbst wegfahre.«

»Okay. Und Kleidung? Haben Sie einen Schrank mit schweren Wintersachen?«

»Ja. Da ist ein begehbarer Wandschrank neben der Schlafzimmertür.«

Captain Linnett nickte seinem Team Sergeant zu, der mit einer Taschenlampe vorausging. Der geräumige Schrank war voll von Wintersachen.

»Da sollten ein Paar arktistaugliche Schneestiefel sein, eine gesteppte Hose und ein Parka mit Reißverschlusskapuze.«

Alles weg.

»Skier oder Schneeschuhe?«

»Na klar, beides. Im selben Schrank.«

Ebenfalls weg.

»Irgendwelche Waffen? Ein Kompass?«

Das große Bowiemesser hätte in seiner Scheide an der Schranktür hängen und Kompass und Taschenlampe hätten in einer Schreibtischschublade liegen müssen. Alles war weg. Außerdem hatte der Flüchtling die Küche geplündert, aber frische Lebensmittel waren nicht da gewesen. Eine kürzlich geöffnete, leere Dose Baked Beans stand neben dem Dosenöffner auf der Arbeitsplatte, und zwei leere Sodadosen waren auch da. Ein leeres Gurkenglas war noch vor kurzem voll mit Vierteldollarmünzen gewesen, aber das wusste niemand.

»Danke, Doc. An Ihrer Stelle würde ich, sobald das Wetter aufklart, mit einem Glaser herkommen, das Fenster reparieren lassen und den Schaden der Versicherung melden.«

Der Alpha-Commander trennte die Verbindung und sah sich nach seiner Einheit um.

»Weiter.« Mehr sagte er nicht. Er wusste, dass die Hütte und das, was der Afghane daraus entwendet hatte, die Chancen seines Teams verschlechtert hatten. Vielleicht standen sie jetzt sogar gegen ihn und seine Männer. Er schätzte, dass der Flüchtige, der über eine Stunde in der Hütte verbracht haben musste – während Linnett dreißig Minuten hier gewesen war –, zwei oder drei Stunden Vorsprung hatte, aber jetzt viel schneller vorankam.

Linnett schluckte seinen Stolz hinunter und beschloss, die Kavallerie zu Hilfe zu rufen. Er befahl eine Pause und sprach wieder mit Fort Lewis.

»Sagen Sie McChord, ich will einen Spectre, und zwar sofort. Ziehen Sie jede Autorität hinzu, die Sie brauchen – das Pentagon, wenn es sein muss. Ich will ihn über den Cascades haben, und ich will eine direkte Verbindung zu ihm.«

Während sie darauf warteten, dass ihr neuer Verbündeter erschien, marschierten die Männer von Alpha 143 mit hohem Tempo weiter. Der Spurenleser ging an der Spitze; seine Taschenlampe beleuchtete die Spuren der Schneeschuhe im gefrorenen Schnee. Sie gaben ihr Letztes, schleppten jedoch viel mehr Ausrüstung mit sich als der Mann vor ihnen. Linnett schätzte, dass sie mit ihm Schritt hielten, aber holten sie auf?

Dann fing es an zu schneien. Das war ein Segen und ein Fluch zugleich. Trügerisch sanft wehten die Flocken von den Nadelbäumen. Sie bedeckten Steine und Baumstümpfe und ermöglichten es den Männern, in einer kurzen Marschpause von Schneeschuhen auf Skier zu wechseln. Aber sie deckten auch die Spur zu.

Linnett brauchte eine leitende Hand vom Himmel, und sie kam kurz nach Mitternacht in Gestalt einer Lockheed Martin AC-130 Hercules, die auf 20000 Fuß Höhe über der Wolkendecke kreiste, allerdings durch sie hindurchschauen konnte.

Unter den vielen Spielzeugen, die den Special Forces zur Verfügung stehen, ist die Spectre aus der Sicht des Feindes am Boden ungefähr das Abscheulichste, was es gibt.

Die ursprüngliche Hercules-Transportmaschine wurde ausgekernt und ihre Innereien durch ein von der Nase bis zum Schwanz reichendes Arrangement von Technologie ersetzt, die dazu dient, den Feind am Boden zu orten, anzuvisieren und zu töten – für diesen eine schlechte Nachricht im Wert von zweiundsiebzig Millionen Dollar.

In ihrer hauptsächlichen Funktion des Ortens ist sie nicht abhängig von Tageslicht oder Dunkelheit, Wind oder Regen, Schnee oder Hagel. Die Firma Raytheon ist so freundlich, ein Synthetic Aperture Radar und ein Infrarot-Sichtgerät zur Verfügung zu stellen, das jede Gestalt in der Landschaft erkennt, die Körperwärme abstrahlt. Und das Bild, das es liefert, ist kein verschwommener Klecks; es ist so deutlich, dass man zwischen vierbeinigen und zweibeinigen Geschöpfen unterscheiden kann. Nur mit dem verrückten Mr. Lemuel Wilson konnte es trotzdem nichts anfangen.

Auch er hatte eine Hütte, dicht außerhalb der Pasayten Wilderness, an den unteren Hängen des Mount Robinson. Aber anders als der Arzt in Seattle war er stolz auf seine Fähigkeit, dort oben zu überwintern, denn er hatte kein Zuhause in der Großstadt, wohin er sich hätte zurückziehen können.

Also überlebte er ohne elektrischen Strom; er heizte mit einem lodernden Holzfeuer, und sein Licht kam von Kerosinlampen. Im Sommer ging er auf die Jagd und trocknete das Fleisch streifenweise an der Luft, um es im Winter zu essen. Er schlug sein Holz selbst und sammelte das Futter für sein zähes Bergpony. Aber er hatte noch ein Hobby.

Mit seiner CB-Funkausrüstung, gespeist durch einen winzigen Generator, hörte er in den Winterstunden die Frequenzen des Sheriffs, der Notdienste und der öffentlichen Einrichtungen ab. So erfuhr er, dass zwei Flieger in der Wilderness gelandet waren und professionelle Bergungstrupps sich zu ihnen durchschlugen.

Lemuel Wilson bezeichnete sich gern selbst als »engagierten Bürger«. Wie so oft in solchen Fällen bevorzugten die Behörden für sein Engagement die Bezeichnung »lästige Einmischerei«. Kaum hatten die beiden Piloten ihre Lage bekannt gegeben und die Behörden ihre genaue Position ermittelt, hatte Lemuel Wilson sein Pony gesattelt und war losgeritten. Er hatte sich vorgenommen, die Südhälfte der Wilderness bis zum Nationalpark zu durchqueren und Major Duval zu retten.

Seine Funkausrüstung war zu sperrig, um sie mitzunehmen, und deshalb erfuhr er nicht, dass die beiden Flieger gerettet worden waren. Menschlichen Kontakt fand er jedoch trotzdem.

Er sah den Mann nicht kommen. Gerade noch trieb er sein Pferd auf eine ungewöhnlich hohe Schneewehe zu, und im nächsten Moment erhob sie sich und kam ihm entgegen. Die Schneewehe war ein Mann in einem gesteppten Anzug aus silbrigem Raumfahrtmaterial.

Das Bowiemesser hatte nichts Raumfahrtmäßiges an sich. Erfunden um die Zeit der Belagerung von Alamo, war es immer noch sehr effizient. Ein Arm schlang sich um Wilsons Hals und riss ihn vom Pferd, und noch während er fiel, drang die Klinge von hinten zwischen seine Rippen und ins Herz.

Ein Infrarot-Suchgerät ist dazu da, Körperwärme aufzuspüren, aber Lemuel Wilsons Leichnam, der in einer Spalte lag, zehn Schritte neben der Stelle, an der er gestorben war, kühlte sehr schnell ab. Als die AC-130 Spectre dreißig Minuten später über den Cascades zu kreisen begann, erschien Lemuel Wilson nicht auf ihren Monitoren.

»Hier Spectre Echo Foxtrott, ich rufe Team Alpha, hören Sie mich, Alpha?«

»In Stärke fünf«, antwortete Captain Linnett. »Wir sind zwölf Mann auf Skiern hier unten. Sehen Sie uns?«

»Lächeln Sie freundlich, und ich mache ein Foto von Ihnen«, sagte der Infrarot-Techniker vier Meilen hoch über ihnen.

»Darüber lache ich später«, erwiderte Linnett. »Ungefähr drei Meilen weit nördlich von uns ist ein entlaufener Häftling. Ein einzelner Mann auf Skiern, unterwegs in Richtung Norden. Bestätigen Sie das?«

Es folgte eine Pause, eine lange Pause.

»Negativ. Nichts zu sehen«, sagte die Stimme vom Himmel dann.

»Er muss da sein«, widersprach Linnett. »Er ist da irgendwo vor uns.«

Die letzten Ahornbäume und Lärchen lagen weit hinter ihnen, und sie stiegen einen kahlen Geröllhang hinauf. Der Schnee fiel senkrecht auf sie herab, ungefiltert vom Astwerk. Weit hinter ihnen lagen Lake Mountain und Monument Peak. Die Männer sahen aus wie Gespenster, weiße Zombies in einer weißen Landschaft. Wenn Linnett mit seinen Männern mühsam vorankam, ging es dem Afghanen genauso. Und dafür, dass es kein Infrarot-Bild von ihm gab, konnte es nur eine Erklärung geben: Der Afghane war in einer Höhle oder in einem Schneeloch untergekrochen, sodass seine Körperwärme nicht nach oben dringen konnte. In diesem Fall aber holte Linnett den Vorsprung des Flüchtigen auf. Die Skier glitten leicht über die Bergflanke auf ein weiteres Waldgebiet zu.

Die Spectre hatte Linnetts Position bis auf einen Meter genau erfasst. Noch zwölf Meilen bis zur kanadischen Grenze. Noch fünf Stunden bis zur Morgendämmerung – oder das, was in diesem Land aus Schnee, Bergen, Felsen und Bäumen als Morgendämmerung gelten konnte.

Linnett schätzte, dass es noch eine Stunde dauern würde. Die Spectre kreiste und spähte, aber sie sah nichts, was sie hätte melden können.

»Checken Sie noch mal«, verlangte Captain Linnett. Allmählich schwante ihm, dass etwas schiefgegangen war. War der Afghane hier oben gestorben? Möglich; das würde die Abwesenheit jeder Wärmeabstrahlung erklären. Oder hockte er in einer Höhle? Auch möglich, doch dann würde er bald herauskommen und laufen, wenn er nicht darin sterben wollte. Und dann ...

Izmat Khan hatte das energische, aber müde Pferd vom Geröllhang in den Wald getrieben und hatte seinen Vorsprung in Wahrheit vergrößern können. Der Kompass sagte ihm, dass er immer noch nach Norden ritt, und es ging bergauf.

»Ich scanne einen Bogen von neunzig Grad mit Ihnen im Zentrum«, meldete der Späher. »Bis hinauf zur Grenze. Innerhalb dieses Bogensegments sehe ich acht Tiere. Vier Rehe, zwei Schwarzbären, die sehr schwach zu erkennen sind, weil sie in tiefer Deckung im Winterschlaf liegen. Dann etwas, das aussieht wie ein streunender Berglöwe, und einen einzelnen Elch, der nach Norden wandert. Ungefähr vier Meilen vor Ihnen.«

Die Arktiskleidung des Chirurgen war einfach zu gut. Das Pferd schwitzte vor Erschöpfung und war deutlich zu erkennen, aber der Mann, der darauf saß und sich über seinen Hals beugte, um es anzutreiben, war mit seiner wärmeisolierenden Kleidung so gut getarnt, dass er mit dem Tier verschmolz.

»Sir«, sagte einer der Pionier-Sergeants, »ich bin aus Minnesota.«

»Heben Sie sich Ihre Probleme für den Militärpfarrer auf«, blaffte Linnett.

»Ich will nur sagen, Sir«, fuhr das schneeverkrustete Gesicht neben ihm fort, »dass Elche bei solchem Wetter nicht auf die Berge hinaufziehen. Sie kommen in die Täler und suchen Flechten. Das kann kein Elch sein.«

Linnett ließ halten. Den Männern war es willkommen. Er starrte in das Schneetreiben vor ihnen. Wie der Mann das geschafft hatte, war Linnett schleierhaft. Vielleicht noch eine einsame Hütte, mit einem Idioten, der dort überwinterte und einen Stall hatte. Irgendwie hatte der Afghane sich ein Pferd beschafft und ritt ihm davon.

Vier Meilen vor ihm, im tiefen Wald, geriet Izmat Khan, der Lemuel Wilson aufgelauert hatte, selbst in einen Hinterhalt. Der Puma war alt und ein bisschen zu langsam für Rehe, aber er war schlau und sehr hungrig. Er kam von einem Felsen zwischen den Bäumen herunter. Das Pferd hätte ihn gewittert, wenn es nicht so erschöpft gewesen wäre.

Ehe der Afghane sich versah, hatte etwas Schnelles, Braunes das Pony angefallen, das seitwärts zusammenbrach. Der Reiter hatte gerade noch Zeit, Wilsons Jagdgewehr aus der Scheide neben dem Sattelknauf zu reißen und sich rückwärts aus dem Sattel fallen zu lassen. Er landete, drehte sich um, zielte und schoss.

Es war sein Glück gewesen, dass der Berglöwe es auf das Pferd und nicht auf ihn selbst abgesehen hatte, aber er hatte sein Reittier verloren. Es lebte noch, doch 135 Pfund wütende Muskeln mit scharfen Klauen hatten ihm Hals und Schulter aufgerissen. Es würde nicht mehr aufstehen. Mit einer zweiten Kugel erlöste er es von seinen Qualen. Das Pferd sank zusammen, halb über den Kadaver des Berglöwen. Den Afghanen interessierte es nicht, dass Oberkörper und Vorderbeine der Katze unter dem Pferd lagen.

Er hakte die Schneeschuhe vom Sattel, schnallte sie unter seine Stiefel, hängte das Gewehr über die Schulter und warf einen

Blick auf den Kompass. Hundert Schritte weiter war ein großer Felsüberhang. Er kauerte sich darunter, um eine kurze Pause zu machen. Er wusste es nicht, aber für das Infrarot-Sichtgerät war er hier unsichtbar.

»Schießen Sie den Elch ab«, befahl Captain Linnett. »Ich glaube, das ist ein Pferd mit dem Flüchtigen.«

Der Späher betrachtete das Bild auf seinem Monitor genauer.

»Sie haben Recht«, sagte er. »Ich erkenne sechs Beine. Er macht Pause. In der nächsten Runde ist er erledigt.«

Die Vernichtungskraft der Spectre wird durch drei Systeme gesichert. Das schwerste ist die M102-15-mm-Haubitze, deren Feuerkraft an einen einzelnen Menschen eher verschwendet wäre.

Als Nächstes kommt die 40-mm-Bofors-Kanone, die vor langer Zeit aus der schwedischen Flugabwehrwaffe entwickelt wurde, ein schnelles Repetiergeschütz, stark genug, um Gebäude oder Panzer in Stücke zu schießen. Als die Besatzung der Spectre erfuhr, dass ihr Ziel ein Mann auf einem Pferd war, entschied sie sich für das GAU-12/U-Gatling-Bordkanone. Diese schreckliche Waffe feuert 1800 Schuss in der Minute ab, und jedes einzelne der 25-mm-Geschosse kann einen menschlichen Körper auseinanderreißen. Richtet man das intensive Feuer der fünf rotierenden Läufe auf ein Football-Feld, wird nach dreißig Sekunden nichts Größeres als eine Haselmaus am Leben sein. Und die Maus wird bald darauf am Schock verenden.

Die Maximalhöhe für den Einsatz der Bordkanone ist zwölftausend Fuß; also sank die Spectre im Kreisflug auf zehntausend, visierte das Ziel an und feuerte zehn Sekunden lang – insgesamt dreihundert Kugeln auf den Pferdekadaver im Wald.

»Da ist nichts mehr«, meldete der Späher. »Mann und Pferd sind weg.«

»Danke, Echo Foxtrott«, sagte Linnett. »Wir übernehmen.« Die Spectre hatte ihre Mission erfüllt und kehrte nach McChord zurück.

Es hörte auf zu schneien. Die Skier glitten zischend über

den neuen Pulverschnee, und sie kamen so schnell voran, wie ein trainierter Athlet auf Skiern vorankommen kann. Dann stieß das Alpha Team auf die Überreste des Pferdes. Wenige Fetzen waren größer als ein Männerarm, aber es waren die Reste eines Pferdes, nicht die eines Menschen. Mit Ausnahme der Fetzen von braunem Fell.

Linnett suchte zehn Minuten lang nach Resten von Arktiskleidung, Stiefeln, Schenkelknochen, Bowiemesser, Bart oder Schneeschuhen.

Die Skier lagen da, einer davon zerbrochen. Das hatte das Pferd beim Sturz getan. Eine Lammfellhülle war da, aber kein Gewehr. Keine Schneeschuhe, kein Afghane.

Noch zwei Stunden bis zur Morgendämmerung, und jetzt war es zu einem Wettrennen geworden. Ein Mann auf Schneeschuhen gegen zwölf Männer auf Skiern. Alle erschöpft, alle verzweifelt. Das Alpha Team hatte ein GPS-System. Als der Himmel im Osten kaum merklich heller wurde, bemerkte der Team Sergeant: »Eine halbe Meile bis zur Grenze.«

Zwanzig Minuten später waren sie auf einer Anhöhe und schauten in ein Tal hinunter, das von links nach rechts verlief. Ein Holzweg, der dort unten entlangführte, markierte die kanadische Grenze. Auf der Höhe gegenüber war eine Lichtung mit ein paar Blockhütten, in die kanadische Holzfäller ziehen würden, wenn der Winter vorüber war.

Linnett hockte sich hin, stützte die Ellenbogen auf und suchte die Landschaft mit dem Fernglas ab. Nichts regte sich. Das Licht nahm zu.

Unaufgefordert zogen seine Scharfschützen ihre Waffen aus den Scheiden, in denen sie während der ganzen Mission gesteckt hatten, setzten die Zielfernrohre auf und schoben eine Patrone in die Kammer. Dann legten sie sich bäuchlings hin und spähten durch ihre Teleskope über das Tal hinweg zur anderen Seite.

Nach soldatischen Maßstäben sind Scharfschützen eine sonderbare Gattung. Sie kommen niemals in die Nähe der Menschen, die sie töten, aber sie sehen sie mit größerer Klarheit und scheinbar größerer Nähe als irgendjemand sonst in der heutigen Zeit. Den Kampf Mann gegen Mann gibt es so gut wie nicht mehr, und die meisten Soldaten sterben nicht durch die Hand des Feindes, sondern durch seinen Computer. Sie werden von einer Rakete zerfetzt, die auf einem anderen Kontinent oder irgendwo unter der Meeresoberfläche abgefeuert wird. Sie werden von einer Smart Bomb aus einem Flugzeug vernichtet, das so hoch fliegt, dass sie es weder sehen noch hören. Sie sterben, weil jemand im übernächsten Land eine Granate abschießt. Da, wo die Nähe am größten ist, kauern die Tötenden hinter einem Maschinengewehr in einem herabstoßenden Hubschrauber und sehen ihre Opfer als undeutliche Gestalten, die rennen und versuchen, sich zu verstecken oder zurückzuschießen – aber nicht als Menschen.

Doch so sieht sie der Scharfschütze. Völlig still, völlig stumm liegt er da und sieht sein Ziel als einen Mann mit Dreitagebart, einen Mann, der sich reckt und gähnt, der Bohnen aus einer Dose löffelt, den Reißverschluss an seiner Hose hochzieht oder einfach dasteht und ein Objektiv anstarrt, das eine Meile weit entfernt ist, sodass er es nicht einmal sieht. Und dann stirbt er. Scharfschützen sind etwas Besonderes, auch im Kopf.

Sie leben in einer eigenen Welt. So umfassend wird ihre Genauigkeitsbesessenheit, dass sie in ein Schweigen verfallen, in dem es nichts mehr gibt als das Gewicht von Projektilköpfen, die Triebkraft bestimmter Pulverladungen und die Frage, wie groß die Winddrift über eine gegebene Distanz sein wird, wie weit die Kugel über diese oder jene Strecke sinken wird und ob am Gewehr noch eine winzige Verbesserung vorgenommen werden kann.

Wie alle Spezialisten sind sie leidenschaftliche Verfechter rivalisierender Ausrüstungen. Manche Scharfschützen bevorzugen eine winzige Kugel wie die M700 für das Remington .308, ein Geschoss, das so klein ist, dass es mit einer ablösbaren Hülle versehen werden muss, damit es überhaupt durch den Lauf fliegt.

Andere halten sich an das M21, die Scharfschützenversion des M14-Sturmgewehrs. Das Schwerste ist das Barrett Light Fifty, ein Monstrum, das eine Kugel von der Größe eines menschlichen Zeigefingers mit einem so hohen Produkt aus Masse mal Beschleunigung über eine Meile fliegen lässt, dass sie einen menschlichen Körper explodieren lässt.

Ausgestreckt zu Captain Linnetts Füßen lag sein Erster Scharfschütze, Master Sergeant Peter Bearpaw, Sohn eines Santee Sioux und einer hispanischen Mutter. Er stammte aus den Slums von Detroit, und die Army war sein Leben. Er hatte hohe Wangenknochen und schräge Augen wie ein Wolf. Und er war der beste Scharfschütze bei den Ledernacken.

Was in seiner Ellenbeuge lag, als er über das Tal hinwegspähte, war das Cheyenne .408 von CheyTac in Idaho. Es war eine neuere Entwicklung als andere Gewehre, aber nach über dreitausend Schuss auf dem Schießstand war es die Waffe seiner Wahl. Ein Repetiergewehr mit Bolzensystem, was er bevorzugte, weil der harte Schlag des niederfahrenden Bolzens im Augenblick der Detonation für ein winziges Maß an zusätzlicher Stabilität sorgte.

Er hatte eine einzige, sehr lange und schlanke Patrone in die Kammer geschoben und die Spitze des Projektils geputzt und poliert, um auch die geringste Vibration während des Fluges auszuschließen. Über dem Verschluss saß ein Jim-Leathewood-Zielfernrohr mit vierundzwanzigfacher Vergrößerung.

»Ich habe ihn, Captain«, flüsterte er.

Dem Fernglas war der Flüchtige entgangen, aber das Zielfernrohr hatte ihn erfasst. Zwischen den Hütten auf der anderen Seite des Tales stand eine Telefonzelle. Drei Wände waren aus Holz, die vierte war eine Glastür.

»Groß, langes, zottiges Haar, buschiger Bart?«

»Roger.«

»Was macht er?«

»Er ist in einer Telefonzelle, Sir.«

Izmat Khan hatte wenig mit seinen Mitgefangenen in Guantanamo gesprochen, aber einer, mit dem er viele Monate im Einzelhaftblock verbracht hatte, war ein Jordanier gewesen, der Mitte der neunziger Jahre in Bosnien gekämpft hatte, bevor er als Ausbilder in die al-Qaida-Lager gekommen war. Er war ein Hardliner gewesen.

Als die Sicherheitsmaßnahmen während der Weihnachtszeit weniger streng gehandhabt wurden, stellten sie fest, dass sie von Zelle zu Zelle flüsternd miteinander sprechen konnten. »Wenn du jemals hier herauskommst«, hatte der Jordanier gesagt: »Ich habe einen Freund. Wir waren zusammen in den Lagern. Er ist zuverlässig, und er wird einem Wahren Gläubigen helfen. Sag ihm meinen Namen.«

So hatte er einen Namen und eine Telefonnummer. Izmat Khan wusste nicht, wo das Telefon stand. Er verstand wenig von den Komplexitäten des Selbstwählferndienstes, für den seine Vierteldollarmünzen wohl gereicht hätten, aber noch schlimmer war, dass er die Auslandsvorwahlen von Kanada nicht kannte. Also warf er eine Münze ein und fragte nach der Vermittlung.

»Welche Nummer möchten Sie anrufen?«, fragte die kanadische Telefonistin. Langsam und in stockendem Englisch nannte er die Ziffern, die er sich so gewissenhaft eingeprägt hatte.

»Das ist eine britische Nummer«, sagte die Vermittlung. »Benutzen Sie amerikanische Vierteldollarmünzen?«

»Ja.«

»Das ist zulässig. Werfen Sie acht ein, und ich verbinde Sie. Wenn Sie den Piepton hören, müssen Sie nachwerfen, falls Sie das Gespräch fortsetzen möchten.«

»Haben Sie das Ziel im Visier?«

»Ja, Sir.«

»Schießen Sie.«

»Er ist in Kanada, Sir.«

»Schießen Sie, Sergeant.«

Peter Bearpaw atmete langsam und tief ein und drückte ab.

Sein Distanzmesser zeigte 2100 Meter bei Windstille, weit über eine Meile.

Izmat Khan warf Münzen in den Schlitz. Er schaute nicht hoch. Die Glastür der Zelle zerbarst zu nadeldünnen Acrylsplittern, und die Kugel riss ihm den Hinterkopf weg.

Die Telefonistin war sehr geduldig. Der Mann in dem Holzfällercamp hatte nur zwei Vierteldollarmünzen eingeworfen, dann hatte er anscheinend den Hörer fallen lassen und die Telefonzelle verlassen. Irgendwann blieb ihr nichts anderes übrig, als die Verbindung zu trennen.

Weil ein Schuss über die Grenze eine heikle Angelegenheit war, wurde nie ein offizieller Bericht abgefasst.

Captain Linnett erstattete seinem Vorgesetzten Bericht, und der leitete die Information an Marek Gumienny in Washington weiter. Sonst erfuhr niemand etwas.

Der Leichnam wurde gefunden, als die Holzfäller nach dem Tauwetter zurückkehrten. Der baumelnde Telefonhörer war tot. Der Staatsanwaltschaft blieb nichts anderes übrig, als den Fall ungeklärt zu den Akten zu legen. Der Mann trug amerikanische Kleidung, aber in dieser Grenzregion war das nichts Besonderes. Er hatte keine Papiere bei sich, und in der Gegend kannte ihn niemand.

Die inoffizielle Vermutung der Staatsanwaltschaft war die, dass der Mann auf tragische Weise der verirrten Kugel eines Jägers zum Opfer gefallen war. Wieder jemand, der durch einen achtlosen Schützen oder einen Querschläger gestorben war. Der Tote wurde in einem namenlosen Grab bestattet.

Weil niemand südlich der Grenze Aufsehen erregen wollte, kam man nicht erst auf den Gedanken, nachzufragen, welche Nummer der Flüchtige hatte anrufen wollen. Die bloße Nachfrage hätte die Herkunft des Schusses preisgegeben. Also ließ man es bleiben.

Tatsächlich gehörte die Nummer, die er verlangt hatte, zu einem kleinen Apartment in der Nachbarschaft des Campus der Aston University in Birmingham. Dort wohnte Dr. Ali Aziz al-Khattab, und sein Telefon wurde vom britischen MI5 abgehört. Der Geheimdienst wartete nur auf genügend Beweismaterial, um eine Razzia und eine Festnahme zu rechtfertigen. Man würde es einen Monat später bekommen. Aber an jenem Morgen versuchte der Afghane den einzigen Mann westlich von Suez anzurufen, der den Namen des Geisterschiffs kannte.

SECHZEHN

Nach zwei Wochen begann die Begeisterung für die Jagd nach einem scheinbar unsichtbaren Geisterschiff allmählich abzuflauen, und die neue Stimmung kam aus Washington.

Wie viel Zeit, Mühe und Geld konnte man auf das unbestimmte Gekritzel auf einer Landing Card verwenden, die jemand auf einer Insel, von der man noch nie gehört hatte, in eine Tauchertasche gesteckt hatte? Marek Gumienny war nach London geflogen, um sich mit Steve Hill zu besprechen, als der Experte für maritimen Terrorismus, Sam Seymour, aus der Zentrale des Lloyd's Register in Ipswich angerufen und alles noch schlimmer gemacht hatte. Er hatte seine Meinung geändert. Hill beorderte ihn nach London, damit er eine Erklärung abgab.

»Im Rückblick«, sagte Seymour, »war die Möglichkeit, dass al-Qaida versuchen könnte, mit einem großen Schiff eine lebenswichtige Wasserstraße zu blockieren, um den Welthandel zu torpedieren, immer die wahrscheinlichste. Aber sie war nie die einzige.«

»Wieso glauben Sie jetzt, dass wir auf der falschen Fährte waren?«, fragte Marek Gumienny.

»Weil inzwischen jedes Schiff auf der Welt, das groß genug ist, um dieses Ziel zu erreichen, überprüft wurde. Und sie sind alle in Ordnung. Damit bleiben die Optionen zwei und drei, die beinahe identisch, aber auf unterschiedliche Ziele gerichtet sind. Ich glaube, wir sollten uns die Nummer drei ansehen: Massenmord in einer Küstenstadt. Bin Ladens öffentlicher Schwenk zu ökonomischen Zielen war vielleicht ein Täuschungsmanöver. Oder er hat es sich wieder anders überlegt.«

»Okay, Sam, überzeugen Sie mich. Steve und ich haben politische Herren, die entweder Resultate oder unseren Kopf fordern. Um was für ein Schiff kann es sich handeln, wenn es nicht um eine Blockade geht?«

»Im Bedrohungsfall Nummer drei geht es weniger um das Schiff als um die Ladung. Es braucht nicht groß zu sein, wenn nur die Ladung tödlich ist. Lloyd's hat eine spezielle Abteilung für gefährliche Frachten, denn natürlich ändert sich da die Versicherungsprämie.«

»Ein Munitionstransporter?«, fragte Hill. »Eine Großexplosion wie in Halifax?«

»Nach Auskunft der Experten explodiert militärische Munition nicht mehr auf diese Weise. Moderner Sprengstoff braucht eine machtvolle Provokation, um in der Hülse loszugehen. Eine Explosion in einer Feuerwerksfabrik hätte heutzutage schlimmere Folgen, aber auch die würde nicht annähernd die Bezeichnung ›spektakulär‹ verdienen, wie es bei 9/11 der Fall war. Der Chemie-Unfall in Bhopal war weit schlimmer, und das war Dioxin, ein tödliches Pflanzengift.«

»Also müsste ein Tanklaster mit Dioxin in die Park Avenue fahren und die Sache mit Semtex zu Ende bringen?«, schlug Hill vor.

»Aber solche Chemikalien werden bei Produktion und Lagerung streng bewacht«, wandte Gumienny ein. »Wie sollten sie an eine solche Ladung kommen, ohne dass man es bemerkt?«

»Und uns wurde ausdrücklich mitgeteilt, dass es sich um ein Schiff handelt«, sagte Seymour. »Bei der Entführung einer solchen Ladung käme es unverzüglich zu Gegenmaßnahmen.«

»Außer in manchen Teilen der Dritten Welt, die buchstäblich gesetzlos sind«, sagte Gumienny.

»Aber in diesen Gegenden werden keine ultraletalen Toxine mehr hergestellt, Sir. Nicht mal aus Gründen der Lohnkostenersparnis.«

»Also zurück zum Schiff«, meinte Hill. »Eine Explosion auf einem Öltanker?«

»Rohöl explodiert nicht«, gab Seymour zu bedenken. »Als die *Torrey Canyon* südwestlich der englischen Küste aufriss, brauchte man Phosphorbomben, um das Öl in Brand zu setzen und es abbrennen zu lassen. Ein gefluteter Öltanker würde nur ökologische Schäden, aber keinen Massenmord anrichten. Ein eher kleiner Gastanker könnte es dagegen schaffen. Flüssiggas, massiv komprimiert für den Transport.«

»Erdgas in flüssiger Form?«, fragte Gumienny. Er überlegte, wie viele Häfen in den USA flüssiges Gas für den Energiebedarf der Industrie importierten, und die Zahl war beunruhigend. Hafenanlagen dieser Art waren jedoch bestimmt meilenweit von stark besiedelten Gegenden entfernt.

»Flüssiges Erdgas ist schwer entzündlich«, antwortete Seymour. »Es wird bei minus hundertfünfundzwanzig Grad in speziellen doppelwandigen Schiffen transportiert. Selbst wenn jemand so ein Schiff in seine Gewalt bringen könnte, würde das Zeug stundenlang in die Atmosphäre strömen müssen, bevor es brennbar würde. Aber nach Auskunft der Fachleute gibt es eines, das ihnen eine Höllenangst macht: flüssiges Petroleumgas. Wenn man einen ziemlich kleinen Tanker binnen zehn Minuten nach einer Havarie anzündet, entspräche die Explosion der Sprengkraft von dreißig Hiroshima-Bomben. Das wäre dann wirklich die größte nichtnukleare Explosion in der Geschichte des Planeten.«

In dem Zimmer über der Themse herrschte Totenstille. Steve Hill stand auf, ging zum Fenster und schaute hinunter auf den Fluss, der in der Aprilsonne funkelte.

»Sagen Sie uns in einer für Laien verständlichen Sprache, was Sie uns mitzuteilen haben, Sam.«

»Ich glaube, wir haben das falsche Schiff auf dem falschen Ozean gesucht. Unser einziger Vorteil ist, dass es ein kleiner und sehr spezialisierter Markt ist. Aber der größte Importeur von flüssigem Petroleumgas sind die USA. Ich weiß, dass in Washington die Stimmung vorherrscht, es handle sich vielleicht um eine Phantomjagd. Ich finde jedoch, wir sollten den letzten Schritt noch tun. Die USA können jeden Petroleumgastanker überprüfen, der in ihren Gewässern erwartet wird, und nicht nur die aus Fernost. Man kann sie stoppen und an Bord gehen. Von Lloyd's kann ich weltweit jede Flüssiggasfracht in Erfahrung bringen.«

Marek Gumienny flog mit der nächsten Maschine zurück nach Washington. Er hatte an Besprechungen teilzunehmen und Arbeit zu erledigen. Als sein Flugzeug in Heathrow startete, fuhr die *Countess of Richmond* gerade um Kap Agulhas, Südafrika, in den Atlantik.

Sie war schnell vorangekommen, und ihr Steuermann, einer der drei Indonesier, schätzte, dass der Agulhasstrom und der nordwärts führende Benguelastrom ihr einen zusätzlichen Tag einsparen würden, sodass sie reichlich Zeit hätten, ihr Ziel zu erreichen.

Weiter draußen auf dem Meer vor dem Kap und auf dem Atlantik waren andere Schiffe aus dem Indischen Ozean unterwegs nach Europa und Nordamerika. Riesige Erzfrachter waren darunter, aber auch normale Frachter, die asiatische Waren in zunehmenden Mengen zu den beiden westlichen Kontinenten brachten, weil die dortigen Märkte ihre Produktion in die Niedriglohnbetriebe Asiens auslagern. Wieder andere waren Supertanker, die sogar für den Suezkanal zu groß waren. Ihre Computer folgten der Hundertfadenrinne von Osten nach Westen, während die Besatzung Karten spielte.

Sie alle wurden bemerkt. Hoch über ihnen, unsichtbar und vergessen, zogen die Satelliten durch den Weltraum, und ihre Kameras sandten jede Kontur ihrer Aufbauten und den Namen an ihrem Heck nach Washington. Und mehr noch: Nach der neuesten Gesetzgebung waren sie alle mit Transpondern ausgerüstet, die ihr individuelles Rufzeichen an die lauschenden Ohren übermittelten. Jedes so identifizierte Schiff wurde überprüft, auch die *Countess of Richmond*, für die sowohl Lloyd's als auch Abercrombie & Siebart bestätigten, dass sie ein in Liverpool beheimateter kleiner Frachter sei, der eine legale Fracht auf der vorgesehenen Route von Surabaya nach Baltimore brachte. Für die USA gab es keinen Grund für eingehendere Nachforschungen; sie war Tausende von Meilen weit von der amerikanischen Küste entfernt.

Wenige Stunden nach Marek Gumiennys Rückkehr nach Washington wurden die amerikanischen Vorsichtsmaßnahmen geändert. Im Pazifik wurde der Kontrollkordon auf einen Tausendmeilenstreifen vor der Küste verlagert. Ein gleicher Kordon reichte im Atlantik von Labrador bis Puerto Rico und quer durch die Karibik zur mexikanischen Halbinsel Yucatán.

Ohne großes Aufsehen verlegte sich das Interesse von den Riesentankern und -frachtern (die inzwischen ohnehin alle überprüft worden waren) auf die vielen Dutzend kleineren Tanker, die das Meer von Venezuela bis zum St.-Lorenz-Strom befahren. Jede verfügbare P-3 Orion wurde für die Küstenwache requiriert, und sie alle überflogen hunderttausende Quadratmeilen tropischer und subtropischer Gewässer und hielten Ausschau nach kleineren Tankern, vor allem nach Gastankern.

In vorbehaltloser Kooperation lieferte die amerikanische Industrie detaillierte Informationen über jede Fracht und darüber, wann und wo sie erwartet wurde. Gastanker durften erst in einen Hafen einlaufen, wenn sie zweihundert Meilen vor der Küste eine Abteilung der U.S. Navy, der Marineinfanterie oder der Küstenwache an Bord genommen hatten, die sie dann hineineskortierte.

Die *Doña Maria* war wieder in Port of Spain, als die beiden Terroristen, die zu ihrer Besatzung gehörten, das Signal sahen, das man ihnen angekündigt hatte. Und als sie es sahen, handelten sie befehlsgemäß.

Die Republik Trinidad und Tobago ist ein bedeutender Lieferant eines breiten Spektrums petrochemischer Produkte für die USA. Die *Doña Maria* lag vor der Ölinsel, einer Tankfarm, die von großen und kleinen Tankern angefahren werden konnte. Hier nahmen sie ihre Ladung an Bord und legten wieder ab, ohne sich je der Hafenstadt zu nähern.

Die *Doña Maria* gehörte zur Flotte der kleineren Tanker, die an solchen Inseln festmachen, deren Anlagen nicht auf Riesentanker eingerichtet sind. Die Giganten bringen venezolanisches Rohöl zu den auf dem Festland gelegenen Raffinerien, wo es zu diversen Produkten verarbeitet und dann durch eine Pipeline zu der Insel gepumpt wird, um weitertransportiert zu werden.

Zusammen mit zwei anderen kleineren Tankern lag die *Doña Maria* an einem entlegenen Teil der Ölinsel und nahm flüssiges Petroleumgas auf. Während des Beladens wollte niemand ihr näher als nötig kommen. Am Spätnachmittag war sie abgefertigt, und Kapitän Montalban machte sie zum Auslaufen bereit.

Ungefähr zwei Stunden des tropischen Tageslichts waren noch übrig, als die Leinen losgemacht wurden und sie ablegte. Eine Meile weit vor der Küste passierte sie ein starres Schlauchboot, in dem vier Männer mit Angelruten saßen. Das war das erwartete Signal.

Die beiden Inder verließen ihren Posten, liefen unter Deck zu ihren Spinden und holten ihre Pistolen. Der eine begab sich zur Mitte des Tankers, wo die Speigatten am tiefsten über dem Wasser lagen: Hier würden die Männer an Bord kommen. Der andere ging auf die Brücke und richtete die Mündung seiner Waffe auf Kapitän Montalbans Schläfe.

»Tun Sie bitte nichts, Kapitän«, sagte er mit großer Höflichkeit. »Sie brauchen die Fahrt nicht zu verlangsamen. Meine Freunde werden in ein paar Minuten an Bord kommen. Versuchen Sie nicht, einen Funkspruch abzusetzen, denn dann muss ich Sie erschießen.«

Der Kapitän war so verblüfft, dass er gehorchte. Als er sich wieder gefasst hatte, warf er einen Blick auf das Funkgerät an der Seite der Brücke, aber der Inder sah es und schüttelte den Kopf. Der Kapitän gab auf. Minuten später waren die vier anderen Terroristen an Bord, und jeder Widerstand war zwecklos.

Der Letzte, der das Schlauchboot verließ, schlitzte es mit einem Messer auf; es versank im Kielwasser, als die Leine gekappt war. Die drei anderen waren inzwischen mit ihren Segeltuchtaschen über das Spaghettigewirr von Rohren, Schläuchen und Tankventilen auf dem Vorschiff des Tankers gestiegen und auf dem Weg nach achtern.

Kurz darauf erschienen sie auf der Brücke: zwei Algerier und zwei Marokkaner, die Dr. al-Khattab einen Monat zuvor hergeschickt hatte. Sie sprachen nur nordafrikanisches Arabisch, aber die beiden Inder, höflich wie zuvor, übersetzten. Die vier südamerikanischen Besatzungsmitglieder wurden auf das Vorschiff geschickt, wo sie warten sollten. Als Nächstes würde man einen neuen Kurs berechnen.

Eine Stunde nach Einbruch der Dunkelheit wurden die vier Besatzungsmitglieder kaltblütig ermordet. Jedem wurde eine Kette um die Knöchel gewickelt, dann warf man sie über Bord. Wenn Kapitän Montalban noch einen Rest von Widerstandsgeist in sich gehabt hatte, war es jetzt damit vorbei. Die Exekutionen gingen mechanisch vonstatten; die beiden Algerier hatten in ihrer Heimat der Bewaffneten Islamischen Front angehört und Hunderte wehrloser Fellachen ermordet, ein Massenmord, der nichts weiter bezweckte, als ein Signal an die algerische Regierung zu senden. Männer, Frauen und Kinder, Kranke und Alte – sie hatten so viele getötet, dass vier Matrosen eine reine Formalität für sie waren.

Die Nacht hindurch fuhr die *Doña Maria* nach Norden, aber ihr Ziel war nicht mehr Puerto Rico. An ihrer Backbordseite lag das weite karibische Becken, das ununterbrochen bis Mexiko reichte. An Steuerbord, nicht allzu weit entfernt, lagen die beiden Inselketten, die Inseln unter dem Winde und Inseln über dem Winde genannt werden. In der warmen See ringsum sieht man sie oft nur als Urlaubsziele, aber es wimmelt dort auch von Hunderten kleiner Trampschiffe und Tanker, die diese Inseln versorgen und für die Touristen am Leben erhalten.

In diesem Gewirr von Küstenfrachtern und kleinen Inseln würde die *Doña Maria* verschwinden und verschwunden bleiben, bis man sie in Puerto Rico als überfällig registrierte.

Als die *Countess of Richmond* die Kalmenzone erreichte, beruhigte sich die See, und Jusuf Ibrahim kam aus seiner Kabine. Er war bleich und erschöpft von der Seekrankheit, aber die hasserfüllten schwarzen Augen waren immer noch unverändert, als er seine Befehle erteilte. Die Crew schleppte ein aufblasbares, zwanzig Fuß langes Schnellboot aus dem Maschinenraum, wo es gelagert hatte, und als es starr aufgeblasen war, hängten sie es an die beiden Davits über dem Heck.

Sechs Mann waren nötig, die schwitzend und grunzend den 100-PS-Außenbordmotor heraufholten und am Heck des Bootes anbrachten. Dann wurde das Boot in die sanfte Dünung am Heck hinuntergelassen.

Treibstofftanks wurden auf dem Boot verzurrt. Nach einigen Fehlstarts erwachte der Motor stotternd zum Leben. Der indonesische Steuermann übernahm das Ruder und fuhr einen schnellen Kreis um die *Countess*.

Schließlich kletterten die anderen sechs Mann über ein Fallreep zu ihm hinunter, und nur der Killer mit dem verkrüppelten Arm blieb am Steuer des Schiffes zurück. Offensichtlich handelte es sich um eine Generalprobe.

Sinn der Übung war, den Kameramann Suleiman ungefähr dreihundert Meter weit von dem Frachter wegzubringen und zu wenden, damit er ihn mit seiner digitalen Ausrüstung fotografieren konnte. Über seinen mit dem Mini-M-Satellitentelefon verbundenen Laptop konnten die Bilder dann zu einer Website auf der anderen Seite der Welt gesandt werden, wo man sie aufzeichnen und veröffentlichen würde.

Mike Martin wusste, was er da mit ansah. Für Terroristen sind Internet und Cyberspace unentbehrliche Propagandawaffen geworden. Jede Gräueltat, die in den Nachrichten erscheint, ist von Vorteil, jede Gräueltat, die von Millionen muslimischer Jugendlicher in siebzig Ländern gesehen wird, ist reiner Goldstaub. Denn daher kommen die Rekruten: Sie sehen, was passiert, und lechzen danach, es nachzuahmen.

Auf Forbes Castle hatte Martin Videoaufzeichnungen aus dem

Irak gesehen: Selbstmordattentäter grinsten in die Kamera, bevor sie wegfuhren, um vor laufenden Kameras zu sterben. In solchen Fällen überlebte der Kameramann. Hier bei dem kreisenden Schnellboot war klar, dass das Ziel des Angriffs ebenfalls im Bild sein musste und das Fotografieren zu Ende sein würde, wenn das Boot mit den sieben Mann vernichtet wäre. Nur Ibrahim, so schien es, würde an Bord des Schiffes und am Steuer bleiben.

Aber Martin wusste immer noch nicht, wann und wo es geschehen würde und welches Grauen sich in den Containern verbarg. Er zog eine Möglichkeit in Betracht: Er könnte als Erster wieder an Bord klettern, die Leine des Schlauchboots loswerfen, Ibrahim umbringen und den Frachter übernehmen. Doch dabei hätte er keine Chance. Das Boot war so schnell, dass die sechs Männer in Sekundenschnelle über die Reling entern würden.

Als die Übung vorbei war, blieb das Schnellboot leer an den Davits hängen und sah aus wie ein gewöhnliches Rettungsboot. Der Ingenieur stellte die Maschinen auf volle Kraft, und die *Countess* fuhr auf Nordwestkurs an der Küste von Senegal vorbei.

Nachdem er sich von seiner Seekrankheit erholt hatte, verbrachte Jusuf Ibrahim mehr Zeit auf der Brücke und in der Messe, wo die Crew ihre Mahlzeiten einnahm. Die Atmosphäre war ohnehin über alle Maßen angespannt, was durch seine Anwesenheit noch verstärkt wurde.

Alle acht Männer an Bord hatten beschlossen, als *schahid* zu sterben – als Märtyrer. Aber das änderte nichts daran, dass das Warten und die Langeweile an ihren Nerven zerrten. Nur das ständige Beten und die obsessive Koranlektüre machten es ihnen möglich, ruhig zu bleiben und den Glauben an das, was sie taten, zu bewahren.

Niemand außer Ibrahim und dem Sprengstoffingenieur wusste, was sich in den Stahlcontainern verbarg, die von der Brücke der *Countess of Richmond* fast bis zum Bug reichten. Und nur Ibrahim schien ihr Ziel und ihren Auftrag zu kennen. Die anderen sieben mussten auf das Versprechen vertrauen, dass ihr Ruhm ewig währen würde.

Als der Kommandant der Operation wieder bei ihnen war, merkte Martin schon nach wenigen Stunden, dass Ibrahims leerer, verrückter Blick ständig auf ihn gerichtet war. Es war nur menschlich, dass dieses Phänomen ihn nervös machte.

Beunruhigende Fragen plagten ihn. War Ibrahim in Afghanistan vielleicht doch mit Izmat Khan zusammengetroffen? Würde sich Martin demnächst vielleicht mit Fragen konfrontiert sehen, die er einfach nicht beantworten konnte? Hatte er beim unablässigen Rezitieren der Gebete vielleicht doch einmal einen winzigen Fehler gemacht? Würde Ibrahim ihn prüfen, indem er ihn aufforderte, Passagen zu rezitieren, die er nicht auswendig gelernt hatte?

Tatsächlich hatte er mit diesen Gedanken halb Recht, halb Unrecht. Der jordanische Psychopath, der ihm da am Tisch in der Messe gegenübersaß, hatte Izmat Khan nie gesehen, aber er hatte von dem legendären Taliban-Kämpfer gehört. Und Martin hatte beim Beten keinen Fehler gemacht. Ibrahim hasste den Paschtunen einfach wegen seines im Kampf erworbenen Ansehens, das er selbst nie bekommen hatte. Aus diesem Hass erwuchs der Wunsch, der Afghane möge am Ende doch ein Verräter sein, den er demaskieren und töten könnte.

Aber aus einem der ältesten Gründe der Welt hielt er seine Wut im Zaum: Er hatte Angst vor dem Mann aus den Bergen, und obwohl er in einer Schärpe unter seinem Gewand eine Pistole trug und ohnehin zu sterben geschworen hatte, konnte er seine Ehrfurcht vor dem Mann aus Tora Bora nicht unterdrücken. Also brütete er und starrte ihn an, wartete ab und behielt seine Gedanken für sich.

Zum zweiten Mal war die Suche des Westens nach dem Geisterschiff, falls es existierte, vollständig ins Leere gegangen. Steve Hill wurde mit Informationsersuchen bombardiert. Alles war recht, um die Frustration zu beschwichtigen, die bis in die Downing Street hinaufreichte.

Aber er hatte keine Antwort auf die vier Fragen, die der britische Premierminister und der US-Präsident immer wieder stellten. Gibt es dieses Schiff wirklich? Und wenn ja: Was für ein Schiff ist es? Wo ist es? Wo fährt es hin? Die täglichen Konferenzen wurden zur Hölle.

Der Chef des SIS – immer nur bekannt und gegrüßt als »C« – blieb eisern in seinem Schweigen. Nach Peschawar waren alle leitenden Instanzen sich darin einig gewesen, dass ein spektakulärer Terrorakt in Vorbereitung war. Aber in der Welt aus Spiegellabyrinthen gibt es keine Nachsicht für den, der seine politischen Herren enttäuscht.

Seit am Zoll die gekritzelte Nachricht auf der gefalteten Landing Card entdeckt worden war, hatte es von Crowbar kein Lebenszeichen mehr gegeben. War er tot, oder lebte er noch? Niemand wusste es, und einige interessierte es schon fast nicht mehr. Inzwischen waren fast vier Wochen vergangen, und mit jedem weiteren Tag wuchs die Auffassung, dass er ein Ding der Vergangenheit war.

Manche murmelten, er habe seinen Auftrag erfüllt: Er sei enttarnt und getötet worden, aber seinetwegen habe man den Plan aufgegeben. Nur Hill riet zur Zurückhaltung und weiteren Suche nach einer immer noch unentdeckten Bedrohung. In düsterer Stimmung fuhr er nach Ipswich, um mit Sam Seymour und den beiden Experten in der Abteilung für gefährliche Frachten bei *Lloyd's Register* zu sprechen, die ihm halfen, jede noch so bizarre Möglichkeit durchzuspielen.

»Sie haben in London eine ziemlich haarsträubende Formulierung gebraucht, Sam: das Dreißigfache der Hiroshima-Bombe. Wie um alles in der Welt kann ein kleiner Tanker schlimmer sein als das ganze Manhattan-Projekt?«

Sam Seymour war erschöpft. Mit zweiunddreißig Jahren sah er, wie eine vielversprechende Karriere im britischen Geheimdienst mit einer höflichen Abschiebung auf das Abstellgleis der

Archive im Zentralregister enden würde, auch wenn man ihm einen Auftrag aufgebürdet hatte, dessen Erfüllung mit jedem Tag unmöglicher erschien.

»Bei einer Atombombe, Steve, kommt der Schaden in vier Wellen. Der Blitz ist so gleißend hell, dass er die Hornhaut im Auge des Betrachters kauterisieren kann, wenn der keine schwarze Schutzbrille trägt. Dann kommt die Hitzewelle, die alles auf ihrem Weg einäschert. Die Druckwelle zerstört noch meilenweit entfernte Gebäude, und die Gammastrahlung wirkt langfristig und verursacht Karzinome und Missbildungen. Bei einer Explosion von flüssigem Petroleumgas können Sie drei der vier Auswirkungen vergessen. Hier geht es nur um Hitze. Aber diese Hitze ist so ungeheuer, dass Stahl zerfließt wie Honig und Beton zu Staub zerfällt. Haben Sie schon mal von der Aerosolbombe gehört? Sie ist so gewaltig, dass Napalm dagegen sanft erscheint, aber beides basiert auf demselben Stoff: Petroleum.

Flüssiges Petroleumgas ist schwerer als Luft. Transportiert wird es nicht wie Erdgas bei sehr niedrigen Temperaturen, sondern unter Druck. Deshalb haben Petroleumgastanker Doppelwände. Wenn die Tanks aufreißen, strömt das Gas unsichtbar an die Luft. Weil es schwerer ist, verbreitet es sich in Wirbeln um den Austrittsort und bildet so eine gewaltige Aerosolbombe. Wird sie entzündet, explodiert die gesamte Ladung in einer gewaltigen Stichflamme, deren Temperatur rasend schnell auf fünftausend Grad Celsius ansteigt. Und dann geht es erst richtig los.

Die Explosion schafft ihren eigenen Wind. Eine tosende Flammenflut rollt vom Explosionsherd kreisförmig nach außen und zerstört alles auf ihrem Weg, bis sie sich selbst verzehrt hat. Dann blakt sie wie eine verlöschende Kerze und erstirbt.«

»Wie weit rollt dieser Feuerball?«

»Na ja, nach meinen neuen Freunden, den Experten, würde ein kleiner Tanker von, sagen wir, achttausend Tonnen bei einer kompletten Explosion im Radius von fünf Kilometern alles zerstören und alles menschliche Leben vernichten. Aber noch ein Letztes: Ich habe gesagt, die Explosion schafft ihren eigenen

Wind. Dieser Wind saugt die Luft von der Peripherie ins Zentrum, sodass selbst Menschen, die sich fünf Kilometer weit vom Epizentrum entfernt in geschützter Umgebung befinden, einfach ersticken.«

Im Geiste sah Steve Hill die Ruinen einer Stadt rings um ihren Hafen nach einer solchen Horror-Explosion. Nicht einmal die äußeren Vororte würden überleben.

»Werden diese Tanker überprüft?«

»Jeder einzelne. Die großen, die kleinen, die ganz kleinen. Das Team für gefährliche Frachten hier besteht nur aus zwei Mann, aber sie sind gut. Sie haben übrigens inzwischen nur noch eine Handvoll Petroleumgastanker zu checken.

Was die Mehrzweckfrachter angeht, mussten wir wegen ihrer gewaltigen Zahl bei denen unter zehntausend Tonnen aufhören. Nur wenn sie in die verbotene Zone vor den beiden amerikanischen Küsten eindringen, werden die Yankees sie sehen und untersuchen. Was die übrigen angeht – jeder größere Hafen der Welt ist davon in Kenntnis gesetzt worden, dass die westlichen Geheimdienste vermuten, ein gekapertes Geisterschiff könnte auf hoher See unterwegs sein, und sie müssen ihre eigenen Vorsichtsmaßnahmen treffen. Aber offen gesagt, ein Hafen, den al-Qaida für ein Blutbad ausersehen hat, dürfte in einem entwickelten, westlichen Land liegen, nicht in Lagos oder Dakar, und nicht in einem muslimischen, hinduistischen oder buddhistischen Land. Damit umfasst die Liste der nichtamerikanischen Häfen, die in Gefahr sein könnten, unter dreihundert.«

Es klopfte, und jemand steckte den Kopf zur Tür herein. Ein sehr junger Mann mit rosigen Wangen namens Conrad Phipps.

»Eben haben wir den Letzten hereinbekommen, Sam. Die *Wilhelmina Santos* aus Caracas bringt flüssiges Petroleumgas nach Galveston. Sie bestätigt, dass alles okay ist, und die Amerikaner bereiten sich darauf vor, an Bord zu gehen.«

»Das war's?«, fragte Hill. »Jeder Petroleumgastanker der Welt ist erfasst?«

»Die Auswahl ist nicht groß, Steve«, sagte Seymour.

»Sieht trotzdem so aus, als wäre die Idee mit den Gastankern eine Sackgasse gewesen.« Hill stand auf und wollte nach London zurückfahren.

»Eins macht mir noch Sorgen, Mr. Hill«, sagte der Frachtexperte.

»Nennen Sie mich Steve«, sagte Hill. Beim SIS redet man sich seit jeher mit Vornamen an, vom höchsten bis zum niedrigsten Mitarbeiter mit Ausnahme des obersten Chefs. Diese Formlosigkeit gehört zum Team-Ethos.

»Na ja, vor drei Monaten ging ein Petroleumgastanker mit der gesamten Besatzung verloren.«

»Und?«

»Niemand hat ihn wirklich sinken sehen. Der Kapitän hat einen Notruf abgesetzt: Er habe einen unlöschbaren Brand im Maschinenraum und könne sein Schiff wohl nicht retten. Und dann ... nichts mehr. Das Schiff hieß *Java Star*.«

»Keine Spuren?«, fragte Seymour.

»Doch. Spuren. Bevor der Funkkontakt abbrach, hat er seine exakte Position angegeben. Als Erstes an Ort und Stelle war ein Kühlschiff, das von Süden heraufkam. Der Kapitän meldete selbst aufblasende Rettungsboote, Rettungswesten und diverses Treibgut. Keine Spur von Überlebenden. Von Kapitän und Mannschaft hat man nie wieder gehört.«

»Tragisch, aber warum interessiert uns das?«, fragte Hill.

»Wegen der Gegend, wo es passiert ist, Sir ... äh ... Steve. In der Celebes-See. Zweihundert Meilen weit von einer Insel namens Labuan.«

»Scheiße«, sagte Steve Hill und fuhr nach London.

Während Hill im Wagen saß, überquerte die *Countess of Richmond* den Äquator. Sie war auf Kurs Nord-Nordwest, und nur der Steuermann wusste, wohin er führte. Das Ziel war ein Punkt achthundert Meilen weit westlich der Azoren und zwölfhundert Meilen weit östlich der amerikanischen Küste. Weiter nach Westen fortgesetzt, würde dieser Kurs die *Countess* nach Baltimore bringen, am oberen Ende der dicht bevölkerten Chesapeake Bay.

Einige der Männer an Bord begannen schon frühzeitig mit ihren Vorbereitungen für den Eingang ins Paradies: Sie rasierten ihre Körperbehaarung ab und verfassten ihr letztes Testament des Glaubens, und jeder verlas es vor laufender Kamera.

Auch der Afghane tat es, doch er zog es vor, es auf Paschto zu tun. Aus seiner Zeit in Afghanistan kannte Jusuf Ibrahim ein paar Worte dieser Sprache, und er gab sich Mühe, zu verstehen, was gesagt wurde. Aber selbst wenn seine Sprachkenntnisse fließend gewesen wären, hätte er an diesem Testament nichts aussetzen können.

Der Mann aus Tora Bora sprach von der Vernichtung seiner Familie durch eine amerikanische Rakete und seiner Freude darüber, dass er sie nun bald wiedersehen werde, während er dem Großen Teufel endlich seine gerechte Strafe zukommen lasse. Während er sprach, war ihm klar, dass nichts von all dem je in physischer Form das Land erreichen würde. Suleiman würde es in seinem Datastream übermitteln, bevor auch er starb, und seine Ausrüstung mit ihm. Aber anscheinend wusste immer noch niemand, wie sie sterben und auf welche Weise den USA Gerechtigkeit widerfahren sollte – mit Ausnahme des Sprengstoffexperten und Ibrahims selbst. Doch die beiden schwiegen.

Da die gesamte Besatzung sich von Konserven ernährte, bemerkte niemand, dass ein Kochmesser mit einer achtzehn Zentimeter langen Klinge aus der Kombüse verschwunden war.

Wenn er unbeobachtet war, schliff Martin seine Klinge mit dem Schleifstein aus der Messerschublade in aller Stille rasiermesserscharf. Er überlegte, ob er im Dunkel der Nacht über die Heckreling klettern und das Beiboot aufschlitzen sollte, aber dann verwarf er diese Idee.

Er gehörte zu den vier Mann, die in Kojen im Vorderkastell vorn im Bug schliefen. Immer stand ein Mann am Steuer, und gleich daneben war die Stelle, wo man sich über das Heck hätte abseilen können. Der Funker verließ seine winzige Kajüte hinter der Brücke so gut wie nie, und der Ingenieur war immer im Maschinenraum unter der Brücke am Heck. Jeder von ihnen konnte den Kopf herausstrecken und ihn sehen.

Und der Schaden würde entdeckt werden. Man würde sofort wissen, dass ein Saboteur an Bord war. Der Verlust des Bootes wäre ein Rückschlag, aber er würde die Mission nicht gefährden. Martin verwarf den Gedanken, band sich jedoch das in einen Lappen gewickelte Messer an den Leib und bewahrte es am Kreuz auf. Jedes Mal, wenn er auf der Brücke am Steuer stand, versuchte er herauszufinden, welchen Hafen sie ansteuerten und was sich in den Containern verbarg, damit er es vielleicht zerstören könnte. Aber auf seine Fragen fand er keine Antwort, und die *Countess* blieb weiter auf Kurs Nord-Nordwest.

Die globale Suche verlagerte und verengte sich. Alle Giganten der Weltmeere, alle Tanker und alle Gasschiffe waren überprüft und für unbedenklich befunden worden. Alle ihre ID-Transponder sendeten ordnungsgemäß, alle Schiffe befanden sich auf dem angemeldeten Kurs, und dreitausend Kapitäne hatten per Sprechfunk mit ihren Reedereien und Agenten gesprochen und private Details über Herkunft und Geburt übermittelt, bei denen, selbst wenn sie bedroht wurden, kein Hijacker wissen konnte, ob sie logen oder nicht.

Die Marine, die Marineinfanterie und die Küstenwache der USA arbeiteten ohne Urlaub und Freizeit an den Grenzen ihrer Möglichkeiten; sie enterten und eskortierten jedes Frachtschiff, das in einen größeren Hafen einlaufen wollte. Das schaffte ökonomische Ungelegenheiten, aber nichts, was der größten Ökonomie der Welt wirklichen Schaden zufügen konnte.

Nach dem Tipp aus Ipswich wurden Geschichte und Besitzverhältnisse der *Java Star* eingehend unter die Lupe genommen. Weil ihre Reederei klein war, verbarg sie sich hinter einer Scheinfirma unter dem Dach einer Bank, die sich als Messingschild in irgendeinem fernöstlichen Steuerparadies erwies. Die Raffinerie in Borneo, aus der die Ladung stammte, war legal, aber sie wusste wenig über das Schiff. Die Werft wurde ermittelt – die *Java Star* hatte in ihrem Leben sechs Eigner gehabt –, und sie machte die Baupläne zugänglich. Ein Schwesterschiff wurde gefunden, über das Amerikaner mit Maßbändern herfielen. Computergrafik-Programme lieferten ein genaues Abbild der *Java Star*, aber nicht das Schiff selbst.

Die Regierung des Landes, unter dessen Billigflagge sie fuhr, als sie zuletzt gesehen worden war, bekam eindrucksvollen Besuch. Doch es war eine indonesische Atoll-Republik, und die Kontrolleure hatten sich bald davon überzeugt, dass der Gastanker noch nie hier gewesen war.

Die westliche Welt brauchte die Antwort auf drei Fragen: War sie wirklich untergegangen? Wenn nicht, wo war sie jetzt? Und wie lautete ihr neuer Name? Die KH-11-Satelliten wurden angewiesen, ihre Suche einzuschränken auf alles, was Ähnlichkeit mit der *Java Star* hatte.

In der ersten Aprilwoche wurde die Gemeinschaftsoperation in der schottischen Edzell Air Base geschlossen. Ihre Mitarbeiter konnten jetzt nichts mehr tun, was die großen westlichen Nachrichtendienste nicht sehr viel effizienter tun konnten.

Michael McDonald kehrte erleichtert in sein heimatliches Washington zurück. An der Suche nach dem Geisterschiff arbeitete er weiter mit, aber jetzt von Langley aus. Unter anderem begann die CIA, jeden Gefangenen in ihren geheimen Inhaftierungslagern, der vor seiner Ergreifung vielleicht etwas von einem Projekt namens al-Isra hatte raunen hören, noch einmal zu verhören. Und sie zapften jede ihrer Quellen in der Schattenwelt des islamistischen Terrorismus an. Aber niemand hatte etwas zu sagen. Das Wort von der großen Reise durch die Nacht zur Erleuchtung war anscheinend geboren und gestorben mit einem ägyptischen Financier, der im September in Peschawar von einem Balkon gestürzt war.

Mit Bedauern vermutete man, dass Colonel Mike Martin seine Mission nicht überlebt hatte. Er hatte offensichtlich getan, was er konnte, und wenn die *Java Star* oder eine andere schwimmende Bombe mit Kurs auf die USA entdeckt werden sollte, wäre er auch erfolgreich gewesen. Aber niemand rechnete damit, ihn wiederzusehen. Sein letztes Lebenszeichen in einer Tauchertasche auf der Insel Labuan lag einfach zu lange zurück.

Drei Tage vor dem G8-Treffen war die Geduld mit der globalen Suchaktion auf der Grundlage des Hinweises aus Großbritannien zu Ende, und zwar an höchster Stelle. Von seinem Schreibtisch in Langley aus rief Marek Gumienny über die abhörsichere Leitung bei Steve Hill an und teilte ihm die Neuigkeit mit.

»Steve, es tut mir leid. Für Sie und noch mehr für Ihren Mike Martin. Aber hier ist man davon überzeugt, dass er tot ist, und nachdem wir jetzt die größte Kontrollaktion der globalen Seeschifffahrt aller Zeiten durchgeführt haben, muss er sich wohl geirrt haben.«

»Und was ist mit Sam Seymours Theorie?«, fragte Hill.

»Da gilt das Gleiche. Niete. Wir haben so gut wie jeden gottverdammten Tanker auf dem Planeten überprüft. Sämtliche Kategorien. Bleiben noch ungefähr fünfzig, die lokalisiert und identifiziert werden müssen, und dann war's das. Was immer dieses al-Isra bedeutet hat – entweder werden wir es nie erfahren, oder die Operation ist längst abgeblasen worden. Warten Sie … da klingelt's auf der anderen Leitung.«

Einen Augenblick später war er wieder da. »Ein Schiff ist überfällig. Hat vor vier Tagen Trinidad mit Kurs auf Puerto Rico verlassen. Hätte gestern ankommen müssen. Ist nicht aufgetaucht und meldet sich nicht.«

»Was für ein Schiff?«, fragte Hill.

»Ein Tanker. Dreitausend Tonnen. Hören Sie, vielleicht ist er gesunken. Aber wir checken das.«

»Was hatte er an Bord?«

»Flüssiges Petroleumgas«, war die Antwort.

Ein Keyhole-KH-11-Satellit fand den Tanker, sechs Stunden nachdem die Überfälligkeitsmeldung aus Puerto Rico bei der in Houston ansässigen Betreiberfirma der Raffinerie einen Großalarm ausgelöst hatte.

Mit seinen Lauschsensoren und Kameras beobachtete der Keyhole einen fünfhundert Meilen breiten Streifen von Meer und Inseln in der östlichen Karibik. Er fing ein Transpondersignal auf, und sein Computer bestätigte, dass es von der als vermisst gemeldeten *Doña Maria* kam.

Unverzüglich wurde die Information an verschiedene Instanzen weitergeleitet, und deshalb wurde Marek Gumiennys Telefonat mit London unterbrochen. Andere Empfänger waren CENTCOM in Tampa, die US-Marine und die Küstenwache. Alle erhielten die exakte Position des Tankers.

Dass die Hijacker den Transponder nicht abgeschaltet hatten, war entweder eine große Dummheit gewesen, oder sie hatten auf ihr Glück gehofft. Aber sie hielten sich nur an ihre Befehle: Der Transponder verriet ihren Namen und ihre Position, und wenn sie ihn abschalteten, setzten sie sich damit dem Verdacht aus, ein Geisterschiff zu sein.

Der kleine Gastanker wurde noch immer von dem verängstigten Kapitän Montalban navigiert und gesteuert. Er hatte jetzt vier Tage nicht mehr geschlafen; wenn er kurz eingenickt war, hatte man ihn sofort mit einem Fußtritt geweckt. Das Schiff war im Schutze der Dunkelheit an Puerto Rico und dann westlich an den Turks und Caicos Islands vorbeigefahren, und eine Zeit lang war es in der Gruppe der siebenhundert Inseln verschwunden, aus denen die Bahamas bestehen.

Als der Keyhole es entdeckte, war es auf Westkurs südlich von Bimini, der westlichsten Insel des Archipels.

In Tampa rechnete man seinen Kurs weiter und stellte fest, dass er direkt auf die Mündung des Hafens von Miami zuführte, auf eine Wasserstraße, die geradewegs ins Herz dieser Großstadt reicht.

Innerhalb von zehn Minuten bekam der kleine Tanker eindrucksvolle Begleitung. Ein U-Boot-Jäger vom Typ P3-Orion startete auf dem Marineflughafen von Key West, fand ihn, sank auf ein paar tausend Fuß, begann zu kreisen und filmte ihn dabei aus allen Blickwinkeln. Er erschien auf einem wandgroßen Plasmabildschirm im Halbdunkel der Operationszentrale in Tampa – fast in Lebensgröße.

»Mann, seht euch das an«, murmelte einer der Techniker.

Auf hoher See war jemand mit Bürste und weißer Farbe über das Heck des Tankers gestiegen und hatte einen Querstrich durch das »i« im Namen Maria gemalt, um das Schiff in *Doña Marta* umzutaufen. Aber der weiße Strich war so plump geraten, dass er niemanden länger als ein paar Sekunden täuschen konnte.

In Charleston, South Carolina, waren zwei Kutter der Küstenwache stationiert; beide gehörten zur Hamilton-Klasse, und beide waren auf See: die *717 USCG Mellon* und ihr Schwesterschiff, die *Morgenthau*. Die *Mellon* war näher und nahm sofort und mit voller Kraft Kurs auf den gekaperten Flüchtling. Ihr Navigator errechnete die voraussichtliche Frist bis zum Rendezvous auf neunzig Minuten. Das wäre kurz vor Sonnenuntergang.

Die Bezeichnung »Kutter« wird der *Mellon* kaum gerecht. Ihre Performance entspricht mit 150 Metern Länge und einem Eigengewicht von 3300 Tonnen der eines kleinen Zerstörers. Während sie durch die Aprildünung des Atlantiks pflügte, machte die Mannschaft sie eilig gefechtsklar – für alle Fälle. Der vermisste Tanker war als »wahrscheinlich feindselig« eingestuft worden.

Mit der Bewaffnung der *Mellon* ist nicht zu spaßen. Das leichteste ihrer drei Systeme ist die sechsläufige 20-mm-Gatling-Schiffsflak, die einen solchen Blizzard von Geschossen abfeuert, dass man sie als Raketenabwehrgeschütz benutzen kann. Theoretisch würde sogar eine anfliegende Rakete von einem solchen Kugelhagel in Fetzen gerissen. Aber die Phalanx-Gun braucht nicht gegen Flugkörper eingesetzt zu werden, denn auch wenn sie praktisch alles pulverisieren kann, benötigt sie doch kurze Distanzen.

Das zweite Waffensystem sind zwei Bushmaster-25-mm-Kanonen, nicht so schnell wie die Gatling, aber schwerer, und einem kleinen Tanker können sie den Tag komplett verderben. Das dritte ist die an Deck montierte Oto-Melara-76-mm-Schnellfeuerkanone.

Als die *Doña Maria* als Punkt am Horizont auftauchte, waren alle drei Systeme bemannt und gefechtsklar. Die Männer hatten sie bisher immer nur bei Übungen bedient, und sie wären mehr als heilig gewesen, wenn es sie nicht insgeheim in den Fingern gejuckt hätte, sie einmal unter realen Gefechtsbedingungen zu benutzen.

Der Orion über ihnen filmte alles und sendete die Bilder in Realzeit nach Tampa; unterdessen kurvte die *Mellon* achtern um den Tanker herum, ging mit etwa zweihundert Metern Abstand auf Parallelkurs und verringerte ihre Fahrt. Dann rief sie die *Doña Maria* mit dem Megafon an.

»Unidentifizierter Tanker, hier spricht die *Mellon* von der Küstenwache der Vereinigten Staaten. Drehen Sie bei. Ich wiederhole, drehen Sie bei. Wir kommen an Bord.«

Mit einem starken Fernglas war der Mann am Ruder zu sehen; zwei weitere Gestalten flankierten ihn. Der Tanker antwortete nicht und verringerte auch nicht seine Fahrt. Die Aufforderung wurde wiederholt.

Nach der dritten Aufforderung gab der Kapitän Befehl, eine Granate vor den Bug des Tankers zu feuern. Als die Fontäne über den Bug der *Doña Maria* sprühte und die Persennings durchnässte, mit denen jemand versucht hatte, das Gewirr von Rohren und Schläuchen zu verbergen, an dem das Schiff als Tanker zu erkennen war, mussten die Leute auf der Brücke die Botschaft verstanden haben. Aber die *Doña Maria* fuhr mit unverminderter Fahrt weiter.

Dann kamen zwei Gestalten aus der Luke am Achterkastell hinter der Brücke. Der eine hatte eine M60-MP umgehängt. Es war eine leere Geste, doch sie besiegelte das Schicksal des Tankers. Die nordafrikanischen Züge des Mannes waren in der untergehenden Sonne deutlich zu erkennen. Er gab einen kurzen Feuerstoß ab, der über die *Mellon* hinwegging, dann traf ihn eine Kugel aus einem der vier M16-Sturmgewehre, die an Deck der *Mellon* auf ihn gerichtet waren, mitten in die Brust.

Das war das Ende der Verhandlungen. Als der Algerier rückwärts kippte und die stählerne Luke, aus der er gekommen war, zuschlug, bat der Kapitän der *Mellon* um die Erlaubnis, den widerspenstigen Frachter zu versenken. Aber er bekam sie nicht. Die Antwort der Basis war unmissverständlich.

»Drehen Sie ab. Entfernen Sie sich so schnell wie möglich. Das Schiff ist eine schwimmende Bombe. Gehen Sie mit einer Meile Abstand in Position.«

Nicht ohne Bedauern drehte die *Mellon* ab, rauschte mit voller Kraft davon und überließ den Tanker seinem Schicksal. Die beiden F-16-Falcons waren bereits in der Luft und würden in drei Minuten hier sein.

Im Luftwaffenstützpunkt Pensacola auf der Halbinsel Florida ist eine Staffel stationiert, die rund um die Uhr innerhalb von fünf Minuten einsatzbereit ist. Hauptsächlich wird sie gegen Rauschgiftschmuggler eingesetzt, die auf dem Luft- und manchmal auf dem Seeweg versuchen, mit Kokain nach Florida und in die benachbarten Staaten zu gelangen.

Sie kamen aus der untergehenden Sonne in den klaren Abendhimmel, nahmen den Tanker westlich von Bimini ins Visier und machten ihre Maverick-Lenkraketen klar. Auf ihren Displays sahen die Piloten, dass die Smart Bombs ihr Ziel erfasst hatten, und der Tod des Tankers kam mechanisch, präzise und ohne Emotionen.

Auf einen knappen Befehl des Rottenführers verließen die Mavericks ihre Halterungen unter den Maschinen und folgten ihren Nasen. Zwei Sekunden später trafen zwei Sprengköpfe mit 135 Kilogramm Abscheulichkeit auf den Tanker.

Aus einer Meile Abstand sah die Crew der *Mellon* zu, wie die

Doña Maria explodierte, und war gebührend beeindruckt. Die Männer spürten die Hitze auf ihren Gesichtern und rochen den stechenden Geruch von brennendem konzentriertem Benzin. Es ging schnell; nichts schwelte danach noch auf dem Wasser. Bug und Heck des Tankers versanken, zwei einzelne Brocken aus geschmolzenem Schrott. Ein Rest des schwereren Dieselöls seiner Maschine flackerte noch fünf Minuten, dann hatte die See alles verschluckt.

Genau so, wie Ali Aziz al-Khattab es gewollt hatte.

Eine knappe Stunde später wurde dem Präsidenten der Vereinigten Staaten auf einem Staatsbankett eine kurze Nachricht zugeflüstert. Er nickte und wies den Übermittler an, man solle ihm am nächsten Morgen um acht im Oval Office einen umfassenden mündlichen Bericht geben. Dann wandte er sich wieder seiner Suppe zu.

Um fünf vor acht wurden der CIA-Chef und Marek Gumienny ins Oval Office geführt. Gumienny war schon zweimal in diesem Raum gewesen, aber er war immer noch höllisch beeindruckt. Der Präsident und die anderen fünf Geheimdienstoberen waren anwesend.

Die Formalitäten waren rasch abgehandelt. Marek Gumienny wurde aufgefordert, über Fortgang und Beendigung einer langwierigen Antiterror-Operation namens Crowbar zu berichten.

Er fasste sich kurz; er wusste, dass der Mann, der vor dem runden Fenster zum Rosengarten mit den dicken, kugelsicheren Scheiben saß, lange Erklärungen hasste. Die Faustregel lautete: »Fünfzehn Minuten und Klappe.« Marek Gumienny komprimierte die komplexen Vorgänge von Crowbar auf zwölf.

Als er fertig war, herrschte Stille.

»Der Tipp von den Briten war also richtig?«, fragte der Vizepräsident.

»Ja, Sir. Ihr bei al-Qaida eingeschleuster Agent, ein sehr tapferer Offizier, den kennen zu lernen ich im letzten Herbst die Ehre hatte, muss wohl als verloren betrachtet werden. Andernfalls hätte er inzwischen ein Lebenszeichen geschickt. Aber er hat seine Nachricht hinausgeschmuggelt. Die Terrorwaffe war tatsächlich ein Schiff.«

»Ich hatte keine Ahnung, dass solche gefährlichen Frachten tagtäglich in der Welt herumgefahren werden«, sagte die Außenministerin staunend.

»Ich auch nicht«, sagte der Präsident. »Und was raten Sie mir jetzt in Bezug auf das G8-Treffen?«

Der Verteidigungsminister warf dem Geheimdienstkoordinator einen Blick zu und nickte. Offensichtlich hatten sie vereinbart, grünes Licht zu geben.

»Mr. President, wir haben allen Grund zu der Annahme, dass die terroristische Bedrohung gegen unser Land, speziell gegen Miami, gestern Abend abgewendet wurde. Die Gefahr ist vorüber. Was das G8-Treffen angeht, so werden Sie während der gesamten Konferenz unter dem Schutz der US-Marine stehen, und die Marine hat ihr Wort gegeben, dass Ihnen nichts geschehen wird. Wir raten Ihnen deshalb: Gehen Sie ganz unbesorgt zu Ihrem Treffen.«

»Na, dann werde ich das auch tun«, sagte der Präsident der Vereinigten Staaten.

SIEBZEHN

David Gundlach schätzte, dass er den besten Job der Welt hatte. Den zweitbesten auf jeden Fall. Den vierten goldenen Streifen am Ärmel und auf der Epaulette zu haben und Kapitän des Schiffs zu sein wäre noch besser, aber er war auch glücklich und zufrieden als Erster Offizier.

An einem Abend im April stand er im Steuerbordflügel der riesigen Brücke und sah hinunter auf das Menschengewimmel sechzig Meter unter ihm auf dem Kai des neuen Brooklyn Terminal. Brooklyn überragte ihn nicht; aus der Höhe eines dreiundzwanzigstöckigen Gebäudes schaute er auf den größten Teil hinunter.

Pier zwölf am Buttermilk Channel, der an diesem Abend eröffnet wurde, war kein kleiner Liegeplatz, aber dieses Passagierschiff füllte ihn ganz aus: Mit 345 Metern Länge, 41 Metern Breite und 10 Metern Tiefgang – dafür hatte die Fahrrinne vertieft werden müssen – war sie mit Abstand das größte Passagierschiff auf den Weltmeeren. Je länger der Erste Offizier Gundlach, auf seiner ersten Überfahrt seit seiner Beförderung, sie anschaute, desto prachtvoller kam sie ihm vor.

Tief unter ihm und weit hinten in den Straßen jenseits der Terminal-Gebäude sah er die Transparente der zornigen und frustrierten Demonstranten. Mit großer Effizienz hatte die New Yorker Polizei den gesamten Terminal einfach abgesperrt. Boote der Hafenpolizei umschwärmten das Terminal zu Wasser und stellten sicher, dass keine Protestierer sich per Boot nähern konnten.

Selbst wenn es ihnen gelungen wäre, hätte es nichts genutzt. Der stählerne Rumpf des Liners ragte turmhoch über die Wasserlinie. Die niedrigsten Bullaugen lagen mehr als fünfzehn Meter hoch. So konnten diejenigen, die heute Abend an Bord gingen, das völlig ungestört tun.

Nicht, dass sie für die Demonstranten von Interesse gewesen wären. Einstweilen nahm das Schiff nur die unteren Chargen an Bord: Stenografinnen, Sekretärinnen, Diplomaten des niederen Dienstes, Sonderberater und all die anderen menschlichen Ameisen, ohne die die Großen und Guten dieser Welt anscheinend nicht über Hunger, Armut, Sicherheit, Handelsschranken, Verteidigung und Bündnisse diskutieren konnten.

Bei dem Gedanken an Sicherheit runzelte David Gundlach die Stirn. Er und seine Offizierskollegen hatten den ganzen Tag über Scharen von Agenten des amerikanischen Secret Service auf dem Schiff herumgeführt und ihnen jeden Zollbreit gezeigt. Sie sahen alle gleich aus: Alle zogen konzentriert die Stirn kraus, alle plapperten in ihre Ärmel, wo die Mikrofone versteckt waren, und alle hörten die Antworten in ihren Ohrhörern, ohne die sie sich nackt fühlten. Gundlach war am Ende zu dem Schluss gekommen, dass sie alle professionell paranoid waren – und sie hatten nichts auszusetzen gehabt.

Die zwölfhundertköpfige Besatzung war durchleuchtet und auf Herz und Nieren geprüft worden, und bei keinem einzigen hatte sich auch nur der Schimmer eines Zweifels ergeben. Das für den US-Präsidenten und die First Lady reservierte Grand Duplex Apartment war bereits versiegelt und wurde vom Secret Service bewacht, nachdem man es Zoll für Zoll durchsucht hatte. Jetzt, nachdem er es zum ersten Mal erlebt hatte, wurde David Gundlach klar, dass dieser Kokon den Präsidenten wahrscheinlich ständig umgeben musste.

Er sah auf die Uhr. Noch zwei Stunden, dann wäre das Boarding der dreitausend Passagiere beendet, und die acht Staats- und Regierungschefs würden eintreffen. Wie schon die Diplomaten in London bewunderte auch er die genial einfache Idee, für das größte und angesehenste Gipfeltreffen der Welt das größte und luxuriöseste Passagierschiff der Welt zu chartern, und das für eine fünftägige Atlantiküberquerung von New York nach Southampton.

Dieser Kunstgriff frustrierte all die Kräfte, die gewohnheitsgemäß Jahr für Jahr versuchten, das Treffen ins Chaos zu stürzen. Besser als jeder Berg, besser als jede Insel und Platz für 4200 Menschen – die *Queen Mary 2* war unangreifbar.

Gundlach würde neben seinem Kapitän stehen, wenn der Bass der Typhoon-Sirenen sein tiefes »A« ertönen ließe, um sich von New York zu verabschieden. Er würde die vier Mermaid-Pod-Antriebe auf die erforderliche Schubkraft schalten, und mit einem winzigen Joystick an der Steuerkonsole würde der Kapitän die *Queen* in den East River und den wartenden Atlantik hinausgleiten lassen. So empfindlich waren die Steuerung und so flexibel die Achter-Pods, dass sie auf der Stelle eine 360-Grad-Wende vollführen konnte und keine Schlepper brauchte, um den Terminal zu verlassen.

Weit im Osten passierte die *Countess of Richmond* die Kanarischen Inseln, die fernab an Steuerbord lagen. Die Ferieninseln, auf denen so viele Europäer in der Dezembersonne vor der westafrikanischen Küste Zuflucht vor dem Schnee und Regen ihrer winterlichen Heimat suchen, waren nicht zu sehen – nur den Gipfel des Teide konnte man mit dem Fernglas über dem Horizont ausmachen.

Die *Countess* hatte noch zwei Tage bis zu ihrem Rendezvous mit der Geschichte. Der indonesische Steuermann hatte seinen Landsmann im Maschinenraum angewiesen, die Maschinen auf »langsame Kraft voraus« zu stellen, und so glitt sie im Schritttempo durch die sanfte Dünung des Aprilabends.

Der Gipfel des Teide versank. Der Steuermann korrigierte den Kurs um ein paar Grad nach Backbord, wo 1600 Meilen weit entfernt die amerikanische Küste lag. Aus dem Weltall wurde sie wieder gesichtet; die Computer empfingen ihre Transpondermeldung, glichen sie mit ihren Daten ab und erklärten sie nochmals für unbedenklich: »Legitimer Frachter. Keine Gefahr.«

Als erste traf die japanische Abordnung ein, der Premierminister mit seinem Gefolge. Verabredungsgemäß waren sie von Tokio geradewegs zum John-F.-Kennedy Airport geflogen. Sie blieben im Transitbereich, wo sie die Demonstranten weder sehen noch hören konnten, und stiegen in die Passagierkabinen einer kleinen Hubschrauberflotte, die sie aus der Jamaica Bay geradewegs nach Brooklyn brachte.

Die Landezone lag innerhalb des Perimeters der großen Hallen und Schuppen, aus denen der neue Terminal bestand. Aus der Perspektive der Japaner verschwanden die Protestler hinter den Absperrungen, wo sie unhörbar vortrugen, was immer sie vorzutragen hatten. Die Rotorblätter kreisten sanft über ihnen, als die Delegation von den Schiffsoffizieren begrüßt und durch einen überdachten Tunnel zum Eingang in der Schiffswand und von dort zu einer der Royal Suites geführt wurden.

Die Hubschrauber starteten und flogen zurück nach JFK, um die eben angekommenen Kanadier abzuholen.

David Gundlach blieb auf der Brücke; sie war fünfzig Meter breit, mit riesigen Panoramafenstern, die freien Blick voraus auf das Meer boten. Obwohl die Brücke in sechzig Metern Höhe lag, verrieten die Scheibenwischer an den Fenstern, dass die Gischt bis hier heraufspritzen würde, wenn der Bug auf die meterhohen Atlantikwellen träfe.

Aber allen Vorhersagen zufolge würde diese Überfahrt ruhig verlaufen, mit sanfter Dünung und leichten Winden. Die *Queen* würde die Südroute nehmen, den Great Circle, der bei den Passagieren wegen des milderen Wetters und der ruhigeren See beliebter war. So würde sie in einem Bogen über den Atlantik fahren, wo er am schmalsten war, wobei der südliche Scheitelpunkt des Bogens nördlich der Azoren liegen würde.

In reibungsloser Folge trafen Russen, Franzosen, Deutsche und Italiener ein, und der Abend dämmerte, als die Briten, die Eigentümer der *Queen Mary* 2, mit dem letzten Shuttleflug der Hubschrauberflotte ankamen.

Der amerikanische Präsident, Gastgeber beim Eröffnungsdiner um kurz nach acht, kam Punkt sechs Uhr mit dem gewohnten dunkelblauen Hubschrauber des Weißen Hauses. Eine Marinekapelle auf dem Kai stimmte »Hail to the Chief« an, als er an Bord des Schiffes ging und die stählernen Luken die Außenwelt aussperrten. Um achtzehn Uhr dreißig wurden die letzten Leinen losgemacht, und die *Queen Mary*, beflaggt und erleuchtet wie eine schwimmende Stadt, glitt hinaus auf den East River.

Auf kleineren Schiffen auf dem Fluss und draußen auf der Reede sahen die Leute ihrer Passage zu und winkten. Hoch über ihnen, hinter gehärteten Glasscheiben, winkten die Staats- und Regierungschefs der acht reichsten Länder der Welt zurück. Die hell beleuchtete Freiheitsstatue zog vorüber, die Inseln blieben zurück, und die *Queen Mary* beschleunigte gelassen ihre Fahrt.

Die beiden Lenkraketenkreuzer der amerikanischen Atlantikflotte nahmen zu beiden Seiten in ein paar hundert Metern Abstand ihre Begleitposition ein und meldeten sich beim Kapitän. An Backbord fuhr die *USS Leyte Gulf*, an Steuerbord die *USS Monterey*. Wie es die Etikette auf See verlangte, bestätigte der Kapitän ihre Anwesenheit und dankte ihnen. Dann verließ er die Brücke, um zum Diner zu gehen. David Gundlach übernahm das Steuer und das Kommando.

Als die Lichter von Long Island hinter dem Konvoi versanken, schaltete der Erste Offizier Gundlach die Maschinen auf optimale Reisegeschwindigkeit. Die vier Mermaid-Pod-Antriebe mit zusammen über 157 000 PS konnten die *Queen* notfalls auf eine Geschwindigkeit von dreißig Knoten bringen. Die normale Reisegeschwindigkeit liegt bei fünfundzwanzig, und die Kreuzereskorte musste ihre Maschinen mit voller Kraft laufen lassen, um Schritt zu halten.

Am Himmel erschien die Lufteskorte: ein Marine-Hubschrauber vom Typ E-C2 Hawkeye mit einem Radargerät, das die Atlantikoberfläche in einem Radius von fünfhundert Meilen rings um den Konvoi ausleuchtete, und ein EA-6B Prowler, der in der Lage war, jedes feindliche Offensivwaffensystem zu blockieren, das den Konvoi ins Visier nähme, und es mit seinen HARM-Raketen zu zerstören.

Die Lufteskorte würde von den USA aus betankt und am Ende der Schicht abgelöst werden, wenn identische Flugzeuge von der US-Basis auf den Azoren die Mission übernehmen könnten. Das letzte Drittel der Reise würden die Briten sichern. Man hatte an alles gedacht.

Das Diner war ein triumphaler Erfolg. Die Staatsmänner strahlten, ihre Gattinnen funkelten, die Küche war nach einhelliger Ansicht superb, und in den Kristallgläsern leuchteten edle Weine.

Die Speisenden folgten dem Beispiel des amerikanischen Präsidenten – zumal da die anderen Delegationen lange Flüge hinter sich hatten – und zogen sich schon früh in ihre Suiten zurück.

Am nächsten Morgen kamen sie zur ersten Plenarsitzung zusammen. Das Royal Court Theatre war so umgebaut worden, dass alle acht Delegationen untergebracht werden konnten. Hinter den Hauptakteuren saß die kleine Armee von Lakaien, die jeder von ihnen anscheinend brauchte.

Der zweite Abend verlief wie der erste, nur dass diesmal der britische Premierminister als Gastgeber in den zweihundert Personen fassenden Queen's Grill geladen hatte. Die weniger bedeutenden Mitreisenden verteilten sich auf das riesige Britannia Restaurant und die zahlreichen Pubs und Bars, wo ebenfalls Essen serviert wurde. Von diplomatischen Verpflichtungen befreit, bevorzugte das jüngere Element nach dem Essen den Queen's Ballroom und den Nightclub G32.

Hoch über ihnen im gedämpften Licht der Brücke führte David Gundlach das Kommando in der Nacht. Vor ihm, gleich unter den großen Fenstern, reihten sich die Plasmabildschirme aneinander, auf denen jedes System des Schiffs abgebildet war. Das wichtigste war das Radar, das in einem Radius von fünfundzwanzig Meilen um das Schiff alles erfasste. Er sah die Lichtpunkte der Kreuzer zu beiden Seiten und dahinter die der anderen Schiffe, die auf dem Atlantik ihren Geschäften nachgingen.

Überdies hatte er ein automatisches Identifikationssystem zur Verfügung, das das Transpondersignal jedes Schiffes im weiten Umkreis lesen konnte, dazu einen Computer, der aufgrund der Daten aus *Lloyd's Register* nicht nur den Namen jedes Schiffes identifizieren konnte, sondern auch seine Route und seine Ladung sowie die Frequenz kannte, auf der es sendete und empfing.

Zu beiden Seiten der *Queen Mary*, ebenfalls auf verdunkelter Brücke, beobachteten die Radartechniker der Kreuzer ihre Monitore. Sie hatten sicherzustellen, dass sich nichts auch nur annähernd Bedrohliches dem Ungetüm näherte, das da zwischen ihnen dröhnend durch die Nacht pflügte. Selbst für einen harmlosen und überprüften Frachter betrug die Näherungsgrenze drei Meilen. In der zweiten Nacht kam nichts und niemand näher als auf zehn Meilen an die *Queen* heran.

Das Bild, das der E2C Hawkeye lieferte, war wegen seiner Flughöhe natürlich größer. Wie der runde Lichtkreis eines gigantischen Scheinwerfers wanderte es von West nach Ost über den Atlantik. Aber fast alles, was der Hawkeye sah, war meilenweit entfernt von dem Konvoi. Immerhin konnte er einen zehn Meilen breiten Korridor vor den drei Schiffen überschauen und den beiden Kreuzern mitteilen, was vor ihnen lag. Um realistisch zu bleiben, limitierte er auch diese Projektion bei fünfundzwanzig Meilen oder einer Stunde Fahrt.

Kurz vor dreiundzwanzig Uhr in der dritten Nacht gab der Hawkeye eine niederstufige Warnung.

»Da ist ein kleiner Frachter fünfundzwanzig Meilen voraus, zwei Meilen südlich Ihres beabsichtigten Kurses. Er scheint bewegungslos im Wasser zu liegen.«

Die *Countess of Richmond* war nicht völlig bewegungslos. Ihre Maschinen standen auf »midships«, das heißt, ihre Propeller drehten sich im Leerlauf im Wasser. Aber eine Strömung von etwa vier Knoten gab ihr gerade genug Fahrt, um die Nase auf Kurs zu halten: auf Kurs West.

Das aufblasbare Schnellboot war zu Wasser gelassen und an Backbord festgemacht worden; ein Fallreep führte von der Reling hinunter. Vier Männer saßen bereits in dem Boot, das neben der Bordwand des Frachters in der Strömung dümpelte.

Die anderen vier waren auf der Brücke. Ibrahim stand am Steuer und blickte starr zum Horizont. Er wartete auf den ersten Schimmer der nahenden Lichter.

Der indonesische Funker justierte Klarheit und Stärke des Sendemikrofons. Neben ihm stand der Teenager, dessen Eltern in Pakistan geboren waren und der in der Großstadt Leeds in Yorkshire aufgewachsen war. Der vierte war der Afghane. Als der Funker zufrieden war, nickte er dem Jungen zu, und der nickte zurück, setzte sich auf einen Schemel vor der Steuerkonsole des Schiffs und wartete auf den Funkspruch.

Er kam von dem Kreuzer, der sechs Kabel querab an der Steuerbordseite der *Queen Mary* durch die See pflügte. David Gundlach hörte ihn laut und deutlich wie alle, die in dieser Nacht Wache hatten. Der Kanal, auf dem er gesendet wurde, war die allgemeine Frequenz für Schiffe im Nordatlantik. Die Stimme sprach mit einem starken Südstaatenakzent.

»*Countess of Richmond*, *Countess of Richmond*, hier spricht Kreuzer *Monterey*, U.S. Navy. Hören Sie mich?«

Die Stimme, die antwortete, klang ein wenig verzerrt. Die Funkausrüstung des alten Frachters war nicht mehr auf dem neuesten Stand, aber man hörte, dass der Sprecher aus Lancashire oder vielleicht Yorkshire stammte.

»Oh, aye, *Monterey*, hier ist die *Countess*.«

»Anscheinend haben Sie beigedreht. Wie ist Ihre Situation?«

»*Countess o' Richmond*. Sind 'n bisschen heiß gelaufen …« Klick klick. »… Schraubenwelle …« Zzzzzz. »… reparieren, so schnell wir können …«

Von der Brücke des Kreuzers kam kurzes Schweigen. Dann: »Wiederholen Sie, *Countess of Richmond*. Wiederholen Sie.«

Die *Countess* antwortete, und der Akzent klang stärker als

vorher. Auf der Brücke der *Queen Mary* sah der Erste Offizier jetzt den Punkt auf seinem Radar ein kleines Stück weit südlich von seinem Kurs, etwa fünfzig Minuten entfernt. Ein anderes Display lieferte sämtliche Details der *Countess of Richmond* einschließlich der Information, dass ihr Transpondersignal echt war. Er schaltete sich in den Funkverkehr ein.

»*Monterey*, hier spricht die *Queen Mary* 2. Lassen Sie mich mal versuchen.«

David Gundlach war in Cheshire geboren und aufgewachsen, im County Wirral, keine fünfzig Meilen weit von Liverpool entfernt. Er hörte, dass die Stimme von der *Countess* entweder aus Yorkshire oder aus Lancashire kam, jedenfalls aus der Nachbarschaft seiner Heimat.

»*Countess of Richmond*, hier spricht die *Queen Mary* 2. Ich höre, Sie haben eine Überhitzung des Hauptlagers im Wellentunnel und führen die Reparatur auf See durch. Bestätigen Sie.«

»Aye, so ist es. Hoffe, dass ich in einer Stunde fertig bin«, sagte die Lautsprecherstimme.

»*Countess*, bitte nennen Sie Ihren Heimathafen, Abreisehafen, Bestimmungshafen, Fracht.«

»*Countess of Richmond*, Heimathafen Liverpool, achttausend Tonnen, Mehrzweckfrachter mit Seidenstoffen und Edelhölzern auf der Fahrt von Java nach Baltimore.«

Gundlachs Blick wanderte über den Monitor mit den Informationen der Reederei McKendrick Shipping in Liverpool, der Maklerfirma Siebart & Abercrombie in London und der Versicherung Lloyd's. Alles stimmte.

»Und mit wem spreche ich bitte?«, fragte er.

»Mit Kapitän McKendrick. Und wer sind Sie?«

»Erster Offizier Gundlach.«

Die *Monterey*, die dem Funkverkehr nur mit Mühe hatte folgen können, meldete sich wieder.

»Hier *Monterey*. *Queen*, möchten Sie den Kurs ändern?«

Gundlach konsultierte seine Displays. Der Brückencomputer führte die *Queen Mary* auf dem geplanten Kurs und würde sich auf jede Veränderung von Seegang, Wind oder Strömungsverhältnissen einstellen. Davon abzuweichen würde bedeuten, dass man auf Handsteuerung umstellte oder die Programmierung änderte und später wieder auf den ursprünglichen Kurs zurückkehrte. Den beigedrehten Frachter würde er in einundvierzig Minuten passieren, und er würde zwei Meilen oder drei Kilometer querab steuerbord liegen.

»Nicht nötig, *Monterey*. Wir sind in vierzig Minuten an ihr vorbei. Sie liegt mehr als zwei Meilen abseits.«

Auf ihrem Parallelkurs neben der *Queen* würde die *Monterey* den Frachter in geringerem Abstand passieren, aber es blieb immer noch reichlich Platz. Hoch über ihnen scannten der Hawkeye und der EA-6B den hilflosen Frachter nach Visiereinrichtungen für Lenkwaffen und anderen elektronischen Aktivitäten. Sie fanden nichts, aber sie würden die *Countess* weiter im Auge behalten, bis sie weit hinter dem Konvoi läge. Zwei weitere Schiffe befanden sich in der Nähe des Kurses, doch sie lagen viel weiter voraus und würden später aufgefordert werden, nach steuerbord und backbord auszuweichen.

»Roger«, bestätigte die *Monterey*.

Das alles war auf der Brücke der *Countess* gehört worden. Ibrahim befahl den anderen mit einer Kopfbewegung, ihn jetzt allein zu lassen. Der Funker und der Junge kletterten flink über das Fallreep ins Schnellboot hinunter, und alle sechs Mann dort unten warteten auf den Afghanen.

Martin war überzeugt, dass der irrsinnige Jordanier die Maschinen auf volle Kraft voraus stellen und versuchen würde, eines der herankommenden Schiffe zu rammen, und er wusste, dass er die *Countess of Richmond* nicht verlassen durfte. Seine einzige Hoffnung bestand darin, die Besatzung auszuschalten und das Schiff zu übernehmen.

Rückwärts kletterte er die Leiter hinunter. Suleiman war dabei, hinter den Bänken seine digitale Fotoausrüstung aufzubauen. Ein Tau hing von der Reling der *Countess* herunter; einer der

Indonesier ging zum Bug des Schnellboots, packte es und hielt das Boot in der Strömung an der Bordwand ruhig.

Ohne die Leiter loszulassen, drehte Martin sich um, beugte sich hinunter und schlitzte das harte graue Gewebe des Schlauchboots über eine Länge von fast zwei Metern auf. Es geschah so schnell und unerwartet, dass zwei oder drei Sekunden lang niemand reagierte – nur die See. Mit leisem Zischen entwich die Luft, und mit sechs Mann an Bord begann das Boot zu krängen und schlug schnell voll.

Martin beugte sich weiter nach außen, um das Haltetau zu kappen. Er verfehlte es, aber das Messer riss den Unterarm des Indonesiers auf. Jetzt reagierten die Männer, doch der Indonesier ließ das Tau los, und das Meer übernahm sie.

Wütende Hände streckten sich nach ihm aus, aber das sinkende Schnellboot blieb achtern zurück. Das Gewicht des großen Außenbordmotors drückte das Heck unter Wasser, und immer mehr Salzwasser rauschte herein. Das Wrack löste sich vom Heck und verschwand in der schwarzen Nacht des Atlantiks. Irgendwo strömungsabwärts versank es einfach, von seinem Motor in die Tiefe gezogen. Martin sah Hände, die sich aus dem Wasser streckten, dann waren auch sie verschwunden. Niemand kann gegen eine Strömung von vier Knoten anschwimmen. Er kletterte wieder die Leiter hinauf.

In diesem Moment riss Ibrahim einen der Hebel herum, die der Sprengstoffexperte ihm übergeben hatte. Während Martin noch kletterte, hörte er ein paarmal hintereinander einen scharfen Knall kleiner, explodierender Sprengladungen.

Als Mr. Wei die Stahlkonstruktion gebaut hatte, die sich, als sechs Hochseecontainer getarnt, an Deck der *Java Star* von der Brücke bis zum Bug erstreckte, hatte er das Dach aus einer einzigen, an vier Stellen befestigten Stahlplatte angefertigt.

An diesen vier Stellen hatte der Sprengstoffexperte Hohlladungen angebracht und mit Drähten verbunden, die vom Maschinenraum mit Strom versorgt wurden. Bei der Detonation hob sich der stählerne Deckel um mehrere Fuß. Die Sprengkraft der

Ladungen war asymmetrisch, sodass sich der Deckel auf der einen Seite weiter öffnete als auf der anderen.

Martin war, das Messer zwischen den Zähnen, oben an der Leiter angekommen, als die Sprengladungen detonierten. Geduckt wich er der großen Stahlplatte aus, die seitlich ins Meer rutschte. Dann steckte er das Messer ein und lief auf die Brücke.

Der al-Qaida-Killer stand am Ruder und spähte nach vorn durch die Scheibe. Am Horizont kam mit fünfundzwanzig Knoten eine schwimmende Stadt auf sie zu – siebzehn Decks und 150000 Tonnen Licht und Stahl und Menschen. Die stählerne Konstruktion vor der Brücke lag offen unter den Sternen, und jetzt erkannte Martin, welchen Zweck sie hatte: Sie sollte nichts enthalten, sondern etwas verbergen.

Der Halbmond kam hinter den Wolken hervor, und das ganze Vorderdeck der ehemaligen *Java Star* erglänzte in seinem Licht. Martin sah, dass das Schiff kein mit Sprengstoff beladener Mehrzweckfrachter war, sondern ein Tanker. Von der Brücke bis zum Bug reichte das Gewirr von Rohren, Schläuchen, Muffen und Ventilrädern, das seinen Zweck verriet.

In gleichmäßigen Abständen bis zum Bug erkannte er sechs kreisrunde Stahldeckel – die Ventilluken – auf den sechs unter Deck befindlichen Tanks.

»Du solltest im Boot bleiben, Afghane«, sagte Ibrahim.

»Da war kein Platz mehr, Bruder. Suleiman wäre beinahe über Bord gefallen. Ich bin auf der Leiter geblieben, und dann waren sie weg. Jetzt werde ich hier mit dir sterben, *inshallah.*«

Ibrahim gab sich damit anscheinend zufrieden. Er warf einen Blick auf die Uhr und legte den zweiten Hebel um. Kabel führten von der Brücke hinunter zu den Batterien des Schiffs und leiteten Strom nach vorn in die Aufbauten, wo der Sprengstoffexperte, der sie durch den geheimen Zugang betreten hatte, in seinem Monat auf See gearbeitet hatte.

Wieder detonierten sechs Sprengladungen. Die sechs Ventilluken flogen von den Tanks. Was jetzt folgte, war für das bloße Auge unsichtbar: Sechs Säulen stiegen aus den gewölbten Tanks in die Höhe wie die Rauchsäule aus einem Vulkan, als die Ladung zu entweichen begann. Das aufsteigende Gas erreichte eine Höhe von dreißig Metern, aber dann siegte die Schwerkraft über den Druck, und die unsichtbare Wolke, die sich turbulent mit der Nachtluft vermischte, sank wieder auf den Meeresspiegel herunter und verbreitete sich in alle Richtungen rollend nach außen, weg vom Schiff.

Martin hatte verloren, und er wusste es. Er war zu spät gekommen, und auch das wusste er. Er wusste, dass er seit den Philippinen auf einer schwimmenden Bombe unterwegs gewesen war und dass das, was jetzt aus den Ventilluken strömte, ein unsichtbarer Tod war, der nicht mehr aufzuhalten war.

Er hatte immer angenommen, die *Countess of Richmond*, die sich jetzt wieder in die *Java Star* zurückverwandelt hatte, werde in irgendeinen Hafen einfahren und explodieren lassen, was immer unter Deck verborgen war.

Er hatte angenommen, sie werde irgendetwas Wertvolles rammen, bevor sie sich selbst in die Luft sprengte. Dreißig Tage lang hatte er vergebens auf eine Gelegenheit gewartet, sieben Männer zu töten und das Schiff in seine Gewalt zu bringen. Diese Gelegenheit war nicht gekommen.

Jetzt – zu spät – erkannte er, dass die *Java Star* keine Bombe abliefern würde. Sie *war* die Bombe. Und während ihre Ladung schnell aus den Tanks entwich, bewegte sie sich keinen Zoll von der Stelle. Das entgegenkommende Passagierschiff brauchte sie nur im Abstand von drei Kilometern zu passieren, um von einem Feuersturm verzehrt zu werden.

Auf der Brücke hatte er die Unterredung zwischen dem pakistanischen Jungen und dem Ersten Offizier der *Queen Mary 2* verfolgt. Nun, da es zu spät war, wusste er, dass die *Java Star* nicht mit voller Kraft voraus auf das Schiff zufahren würde. Die Kreuzer-Eskorte würde das niemals zulassen, aber es war auch gar nicht nötig.

Neben Ibrahims Hand wartete ein drittes Schaltelement, ein Knopf, der niedergeschlagen werden musste. Martin sah die

Drähte, die von dort zu einer Very-Pistol führten, einer Leuchtpistole, die dicht vor dem Fenster der Brücke montiert war. Nur eine Leuchtkugel, ein einziger Funke, und ...

Die Stadt der Lichter dort draußen war über dem Horizont. Noch fünfzehn Meilen. Dreißig Minuten. Der optimale Zeitraum für eine maximale Gas-Luft-Mischung.

Martins Blick huschte zu dem Funkgerät auf der Konsole. Die letzte Chance, eine Warnung hinauszuschreien. Seine rechte Hand glitt zu dem Schlitz in seinem Gewand, hinter dem sein Messer an den Oberschenkel gebunden war.

Der Jordanier sah den Blick und die Bewegung. Er hatte nicht Afghanistan, ein jordanisches Gefängnis und die unerbittliche Fahndung der Amerikaner im Irak überlebt, ohne die Instinkte eines wilden Tieres zu entwickeln.

Etwas sagte ihm, dass der Afghane trotz der brüderlichen Sprache nicht sein Freund war. Ibrahims unbändiger Hass erfüllte die Atmosphäre auf der engen Brücke wie ein stummer Aufschrei.

Martins Hand fuhr zu dem Messer unter seinem Gewand. Ibrahim war schneller; seine Pistole lag unter der Seekarte auf dem Kartentisch. Im nächsten Moment war die Mündung auf Martins Brust gerichtet. Die Distanz für Martin betrug dreieinhalb Meter. Drei zu viel.

Ein Soldat ist darauf trainiert, seine Chancen zu kalkulieren, und zwar schnell. Martin hatte einen großen Teil seines Lebens damit verbracht, genau das zu tun. Auf der Brücke der *Countess of Richmond* inmitten ihrer Todeswolke hatte er nur noch die Wahl zwischen dem Mann und dem Knopf. Überleben würde er beide Möglichkeiten nicht.

Worte gingen ihm durch den Kopf, Worte aus längst vergangenen Zeiten, Worte aus dem Gedicht eines Schuljungen: »Für jeden Mann auf dieser Erde kommt früher oder später der Tod ...« Und er dachte an Ahmed Schah Massud, den Löwen des Pandschir, und an seine Worte am Lagerfeuer: »Wir sind alle zum Sterben verurteilt, Anglies. Aber nur ein von Allah gesegneter Krieger darf sich aussuchen, wie er stirbt.«

Colonel Mike Martin traf seine Wahl …

Ibrahim sah ihn kommen. Er kannte das Flackern in den Augen eines Mannes, der sterben wird. Der Killer schrie und schoss. Die Kugel traf den angreifenden Mann in die Brust, und er begann zu sterben. Aber jenseits von Schmerz und Schock gibt es immer noch die Kraft des Willens, die gerade genügt, um noch eine Sekunde zu leben.

Als die Sekunde vorüber war, verschwanden die beiden Männer und das Schiff in einer rosaroten Ewigkeit.

David Gundlach riss starr vor Staunen die Augen auf. Fünfzehn Meilen voraus, da, wo das größte Passagierschiff der Welt in fünfunddreißig Minuten gewesen wäre, barst ein gewaltiger Flammenvulkan aus dem Meer herauf. Die drei anderen Männer der Nachtwache schrien auf. »Was zum Teufel war das?«

»*Monterey* an *Queen Mary* 2. Gehen Sie auf Backbordkurs. Wir erkunden die Sache.«

Gundlach sah, wie der US-Kreuzer zu seiner Rechten in voller Fahrt auf die Flammen zusteuerte, die jetzt auf dem Wasser zu flackern und zu ersterben begannen. Es war klar, dass die *Countess of Richmond* einen schrecklichen Unfall erlitten hatte. Seine Aufgabe war es, Abstand zu halten; wenn Männer im Wasser waren, würde die *Monterey* sie finden. Trotzdem war es ratsam, den Kapitän auf die Brücke zu rufen. Als der Kommandant des Schiffs auf der Brücke erschien, berichtete sein Erster Offizier, was er gesehen hatte. Sie waren inzwischen achtzehn Meilen weit von der Stelle entfernt und vergrößerten den Abstand schnell.

Die *USS Leyte Gulf* blieb backbords bei ihnen. Die *Monterey* steuerte geradewegs auf die Brandstelle zu. Und der Kapitän stimmte zu: Für den unwahrscheinlichen Fall, dass es Überlebende gäbe, sollte die *Monterey* nach ihnen suchen.

Von ihrer sicheren Brücke aus sahen die beiden Männer zu, wie das Feuer flackernd verlosch. Die letzten Flammen hier und da dürften die Reste des Treibstoffs aus dem verschwundenen Schiff gewesen sein. Die hypervolatile Ladung war verbrannt, bevor die *Monterey* den Ort der Katastrophe erreichte.

Der Kapitän der *Queen Mary 2* wies die Computer an, den Kurs nach Southampton wieder aufzunehmen.

EPILOG

Es gab eine Untersuchung. Natürlich. Sie dauerte zwei Jahre. Nur im Fernsehen sind diese Dinge in ein paar Stunden erledigt.

Ein Team übernahm die echte *Java Star*: von dem Augenblick, da sie auf Kiel gelegt wurde, bis sie Brunei mit flüssigem Petroleumöl für Freemantle, Westaustralien, verließ.

Unabhängige Zeugen, die keinen Grund zum Lügen hatten, bestätigten, dass Kapitän Herrmann sein Schiff befehligt hatte und dass alles in Ordnung war. Kurz danach hatten zwei andere Kapitäne sie gesehen, als sie um die nordöstliche Spitze von Borneo fuhr. Sie hatten bemerkt, dass sie gerade wegen ihrer Ladung beträchtlichen Abstand hielt, und hatten ihren Namen ins Logbuch eingetragen.

Die einzige existierende Aufzeichnung ihres letzten Notrufs wurde einem norwegischen Psychiater vorgespielt, der bestätigte, dass die Stimme einem norwegischen Landsmann gehörte, der gut Englisch sprach, aber anscheinend unter Druck stand.

Der Kapitän des Kühlschiffs, der ihre angegebene Position aufgenommen und darauf Kurs genommen hatte, wurde ausfindig gemacht und befragt. Er berichtete noch einmal, was er gehört und gesehen hatte. Aber Hochsee-Brandexperten vermuteten, wenn das Feuer im Maschinenraum der *Java Star* so verheerend gewesen wäre, dass Kapitän Herrmann sie nicht mehr retten konnte, müsste die Ladung sich irgendwann entzündet haben. In dem Fall aber hätte es keine Rettungsflöße mit Textilzeltdächern an der Unglücksstelle mehr geben können.

Philippinische Sonderkommandos, unterstützt von US-Kampfhubschraubern, fielen auf der Halbinsel Zamboanga ein – vorgeblich, um Abu-Sayyaf-Stützpunkte auszuheben. Nach einer ausgedehnten Fahndung brachten sie zwei im Dschungel lebende Spurenleser zurück, die gelegentlich für die Terroristen arbeiteten, aber keine Lust hatten, sich ihretwegen einem Erschießungskommando auszuliefern. Sie berichteten, dass sie in einem schmalen Flusslauf im Herzen des Dschungels einen kleinen Tanker gesehen hätten, auf dem Männer mit Schweißbrennern gearbeitet hätten.

Das *Java-Star*-Team reichte seinen Bericht innerhalb eines Jahres ein. Darin stand, die *Java Star* sei nicht wegen eines Brandes an Bord gesunken, sondern unversehrt gekapert worden. Die Entführer hätten sich große Mühe gegeben, die seefahrende Welt davon zu überzeugen, dass sie nicht mehr existierte. Dass die Besatzung ums Leben gekommen war, nahm man schon seit langem an, aber dazu fehlte noch die Bestätigung.

Auch hier galt, dass alle Beteiligten bei der Untersuchung nur so viel wussten, wie sie zur Erfüllung ihrer Aufgabe zu wissen brauchten. Man sagte ihnen, es gehe darum, einen Versicherungsfall aufzuklären, und das glaubten sie auch.

Ein anderes Team verfolgte die Geschicke der echten *Countess of Richmond*. Die Untersuchung führte von Alexander Siebarts Büro in Crutched Friars in London nach Liverpool, wo die Besatzung und deren Familien durchleuchtet wurden. Die Ermittlungen ergaben, dass alles in bester Ordnung war, als die *Countess* in Singapur ihre Jaguar-Fahrzeuge abgeliefert hatte. Kapitän McKendrick hatte dort im Hafen einen alten Freund aus Liverpool getroffen, und sie hatten ein Bier zusammen getrunken, bevor er ausgelaufen war. Und er hatte zu Hause angerufen.

Unabhängige Zeugen bestätigten, dass die *Countess* noch von ihrem rechtmäßigen Kapitän geführt wurde, als sie in Kinabalu die Edelholzfracht an Bord genommen hatte.

Aber bei einem Ortstermin in Surabaya auf Java stellte sich heraus, dass sie niemals dort gewesen war, um den zweiten Teil ihrer Fracht, asiatische Seidenstoffe, aufzunehmen. Gleichwohl hatten Siebart & Abercrombie in London von der Reederei die

Bestätigung erhalten, dass sie es getan hatte. Also war diese Bestätigung gefälscht.

Man fertigte ein Phantombild von »Mr. Lampong« an, und die indonesische Heimatschutzbehörde erkannte einen Mann, der im Verdacht stand, Jemaat Islamija finanziell zu unterstützen, ohne dass man aber handfeste Beweise gehabt hätte. Er wurde zur Fahndung ausgeschrieben, doch der Terrorist war in den Menschenfluten Südostasiens untergetaucht.

Das Team kam zu dem Schluss, die *Countess of Richmond* sei in der Celebes-See gekapert und entführt worden. Man habe ihre Papiere, die ID-Codes und den Transponder entwendet und sie dann mitsamt der Besatzung versenkt. Die Verwandten wurden entsprechend informiert.

Die Informationen, die den Fall zum Abschluss brachten, kamen von Dr. Ali Aziz al-Khattab. Die Abhörprotokolle seiner Telefonate ergaben, dass er einen Flug in den Mittleren Osten gebucht hatte. Nach einer Konferenz im Thames House, dem Sitz des MI5, entschied man, das Maß sei voll. Ein Einsatzkommando der Polizei von Birmingham brach die Wohnungstür des kuwaitischen Akademikers auf, als die Lauscher bestätigten, dass er im Badezimmer war, und er wurde im Bademantel abgeführt.

Aber al-Khattab war clever. Trotz einer umfassenden Durchsuchung seiner Wohnung, seines Wagens und seines Büros sowie seines Handys und seines Laptops fand sich kein einziges belastendes Detail.

Er lächelte freundlich, und sein Anwalt legte Beschwerde ein und berief sich dabei auf die gesetzliche Vorschrift, dass die Polizei einen Verdächtigen ohne formelle Anklage nicht länger als achtundzwanzig Tage in Gewahrsam halten dürfe. Doch das Lächeln verging ihm, als er beim Verlassen des Gefängnisses Ihrer Majestät in Belmarsh sogleich wieder festgenommen wurde – diesmal aufgrund eines Auslieferungsantrags der Vereinigten Arabischen Emirate.

Die dortige Gesetzgebung sieht keinerlei Zeitbeschränkung

vor. Al-Khattab kehrte geradewegs in seine Zelle zurück. Diesmal erhob sein Anwalt energisch Einspruch gegen die Auslieferung. Als Kuwaiti sei er nicht einmal Bürger der Arabischen Emirate. Aber darum ging es nicht.

Die Antiterror-Zentrale in Dubai war verblüffenderweise in den Besitz eines Stapels Fotos gekommen. Sie zeigten al-Khattab im vertrauten Gespräch mit einem bekannten al-Qaida-Kurier, einem Dhau-Kapitän, der seit längerem überwacht wurde. Andere zeigten ihn beim Betreten und Verlassen einer Villa am Rande von Ras al-Khaimah, die als Terroristenversteck bekannt war. Der Londoner Richter war beeindruckt und verfügte die Auslieferung.

Al-Khattab legte Widerspruch ein – und verlor. Angesichts der Wahl zwischen dem zweifelhaften Charme des Gefängnisses Ihrer Majestät und einer athletischen Vernehmung durch Special Forces in einem Wüstenstützpunkt am Golf bat er darum, als Gast der Queen im Land bleiben zu dürfen.

Das war ein Problem. Die Briten erklärten, sie hätten keine Grundlage für eine Inhaftierung und erst recht kein Material, das die Einleitung eines Gerichtsverfahrens gerechtfertigt hätte. Al-Khattab war schon auf halbem Wege zum Flughafen Heathrow, als er einen Handel anbot und zu reden begann.

Nachdem er einmal angefangen hatte, berichteten die Gäste von der CIA, die bei den Vernehmungen dabeisaßen, war es, als breche der Boulder-Damm. Er ließ über hundert al-Qaida-Agenten auffliegen, die bis dahin eine blütenreine Weste gehabt hatten und den angloamerikanischen Nachrichtendiensten unbekannt gewesen waren, und verriet vierundzwanzig versteckte Bankkonten.

Als die Vernehmungsbeamten ein al-Qaida-Projekt namens al-Isra erwähnten, verschlug es dem Kuwaiti die Sprache. Er hatte nicht geahnt, dass jemand davon wusste. Aber dann fing er wieder an zu reden.

Er bestätigte alles, was London und Washington bereits wussten, und erzählte noch mehr. Bis auf die drei Indonesier konnte er die Männer, die auf der letzten Reise an Bord der *Countess of Richmond* gewesen waren, identifizieren.

Er kannte Hintergrund und Herkunft des Teenagers pakistanischer Abstammung, der im englischen Yorkshire geboren und aufgewachsen war und der anstelle von Kapitän McKendrick am Funkgerät stehen und den Ersten Offizier David Gundlach täuschen konnte.

Und er gestand, dass die *Doña Maria* und ihre Besatzung mit Absicht geopfert worden waren, ohne dass sie selbst davon gewusst hatten. Es sei ein Ablenkungsmanöver für den Fall gewesen, dass man aus irgendeinem Grund zögern sollte, den amerikanischen Präsidenten mit einem Passagierschiff über den Atlantik fahren zu lassen.

Behutsam brachten die Befrager das Gespräch auf einen Afghanen, von dem sie wüssten, dass al-Khattab ihn in der Villa in den Vereinigten Arabischen Emiraten ins Verhör genommen hatte. Tatsächlich wussten sie es nicht: Sie vermuteten es nur, doch al-Khattab antwortete bereitwillig.

Er bestätigte das Auftauchen des mysteriösen Taliban-Führers in Ras al-Khaimah, dem außerhalb von Kabul eine wagemutige und blutige Flucht aus der Haft gelungen war. Alle Einzelheiten, erklärte er, seien von al-Qaida-Sympathisanten in Kabul überprüft und bestätigt worden.

Er sei von Aiman al-Sawahiri persönlich angewiesen worden, an den Golf zu fliegen und den Flüchtling so lange wie nötig zu verhören. Und kein Geringerer als der Scheich selbst habe die Identität des Afghanen aufgrund eines Gesprächs, das er Jahre zuvor in einem Höhlenlazarett in Tora Bora mit ihm geführt habe, bestätigen können.

Der Scheich sei es gewesen, der dem Afghanen das Privileg verliehen habe, an al-Isra teilzunehmen, und er, al-Khattab, habe den Mann zusammen mit anderen nach Malaysia entsandt.

Den angloamerikanischen Verhörspezialisten bereitete es ein diebisches Vergnügen, auch den Rest seines Lebens zu ruinieren, indem sie ihm verrieten, wer der Afghane in Wirklichkeit gewesen war.

Ein letztes Detail war das Gutachten eines Handschriftexperten, der bestätigte, dass es sich bei der Person, die die Nachricht aus der Tauchertasche von der Insel Labuan geschrieben hatte, um den vermissten Colonel handelte.

Der Crowbar-Ausschuss gelangte schließlich zu der Überzeugung, dass Mike Martin, noch immer als Terrorist getarnt, irgendwann nach seinem Aufenthalt auf Labuan an Bord der *Countess of Richmond* gegangen sei und nichts darauf hindeute, dass er sie rechtzeitig wieder habe verlassen können.

Die Frage, warum die *Countess* vierzig Minuten zu früh explodiert war, blieb in der Akte offen.

In Großbritannien kann eine spurlos vermisste Person erst nach sieben Jahren rechtmäßig für tot erklärt werden.

Aber als die Vernehmung Dr. al-Khattabs abgeschlossen war, wurde der Coroner der City of Westminster, London, zu einem sehr diskreten Dinner in einem Privatraum des Brooks Club in der St. James's Street gebeten. Nur drei andere Personen waren dabei zugegen, und sie konnten dem Coroner manches erklären, nachdem die Kellner sie allein gelassen hatten.

In der darauffolgenden Woche schickte der Coroner einen Totenschein an einen Dozenten an der School of Oriental and African Studies, einen Dr. Terry Martin, und übermittelte ihm sein Beileid zum Tod seines Bruders, Colonel Mike Martin vom Fallschirmjägerregiment, der achtzehn Monate zuvor spurlos verschwunden war.

Auf dem Gelände des Hauptquartiers des SAS-Regiments vor den Toren der Stadt Hereford steht ein ziemlich merkwürdiges Gebäude, das allgemein nur als »der Uhrturm« bekannt ist. Der Turm wurde Stück für Stück abgetragen, als das Regiment vor einigen Jahren von seinem alten Standort auf das neue Gelände umzog, und dort wurde er wieder aufgebaut.

Erwartungsgemäß befindet sich eine Uhr in der Spitze, aber das Interessante sind die vier Fassaden des Turms, auf der die Namen all der SAS-Männer stehen, die im Kampf gefallen sind.

Kurz nach der Ausstellung des Totenscheins fand am Fuße des Uhrturms ein Gedenkgottesdienst statt. Ein Dutzend Männer in Uniform, zehn in Zivil und zwei Frauen nahmen daran teil. Die eine war die Chefin des MI5, die andere die Exfrau des Toten.

Den Status eines im Kampf Vermissten hatte man ihm erst nach einigem Zögern zuerkannt, aber der Druck war von ganz oben gekommen, und nach Kenntnis aller bekannten Fakten hatten der Direktor der Special Forces und der Regimentskommandeur gemeinsam befunden, dass der Status gerechtfertigt sei. Colonel Mike Martin war nicht der erste und sicher auch nicht der letzte SAS-Mann, der an einem entlegenen Ort verschollen war und nie wieder gesehen wurde.

Jenseits der Grenze im Westen versank an einem trüben Februartag die Sonne hinter den Black Mountains von Wales, als die kurze Zeremonie stattfand. Am Ende sprach der Geistliche die traditionellen Worte aus dem Johannes-Evangelium: »Niemand hat größere Liebe denn die, dass er sein Leben lässt für seine Freunde.«

Nur diejenigen, die hier am Uhrturm standen, wussten, dass Mike Martin, Fallschirmjäger und Colonel des SAS-Regiments im Ruhestand, dies für viertausend fremde Menschen getan hatte, von denen keiner jemals wusste, dass es ihn gab.